死んだレモン

フィン・ベル

酒を飲んで運転し、自損事故で下半身の自由を失ったフィンは、心機一転、ニュージーランド最南端の町へ引っ越す。住居は人里離れたコテージで、26年前にその家に住んでいた少女が失踪していた。彼女が消えてから6週間後、不気味な三兄弟が住む隣のゾイル家の土地から、骨の一部が発見された。住人は逮捕されたが結局未解決となっていた。ゾイル家の関わりは明らかなのに証拠がない場合、どうすれば？　事件を詳しく調べ始めるフィン。だが5か月後、彼は三兄弟に命を狙われ……。最後の最後まで読者を翻《ほん》弄《ろう》するナイオ・マーシュ賞新人賞受賞作。

登場人物

フィン・ベル……………………リヴァトン移住者。事故で下半身の自由を失う
ダレル・ゾイル…………………リヴァトンの漁師。ゾイル家の長男
アーチー・ゾイル………………次男
ショーン・ゾイル………………三男
ベティ・クロウ…………………リヴァトンのセラピスト
パトリシア・ランギ……………リヴァトンの美容室オーナー
タイ・ランギ……………………マーダーボール・チームの選手。
パトリシアのいとこ
ベックス・ランギ………………タイの妻
ミヒ………………………………タイとベックスの末娘
エミリー・コッター……………フィンが買ったコテージのまえの持ち主
アリス・コッター………………エミリーの娘
ジェイムズ・コッター…………エミリーの夫
プルーイット・ベイリー………地元紙の記者
ロバート（ボブ）・レス………ダニーデンの神父。元刑事

ルーカス・ファソ……………ウェリントンから派遣された刑事
ジョン・ファソ……………同。ルーカスの双子の兄弟
トゥイ・ランギ……………タイの親戚。電気工事士
ブラック・アルビー………タイのおじ。郷土史家
ブラムヒルダ………………ドイツ人留学生

死んだレモン

フィン・ベル
安達眞弓訳

創元推理文庫

DEAD LEMONS

by

Finn Bell

This edition is published by TOKYO SOGENSHA Co., Ltd.
Japanese translation rights arranged with Finn Bell
through Japan UNI Agency, Inc.
This book was originally titled as DEAD LEMONS
and now published as THE KILLING GROUND.

死んだレモン

第一章

わたしが神を味方につけていることが、まだわからないのか？
——アドルフ・ヒトラー、一九三三年

六月四日、現在

死を目前にすると、妙なことが頭に浮かぶものだ。わたしはそのとき、マーダーボールのことを考えていた。

ボールとルールとは別に、選手は滾《たぎ》る攻撃心と破壊衝動を味方につけ、限界をぶっちぎって戦う。マーダーボールの名選手になると、さらに上を行く——敵方を傷つけるなんて初歩中の初歩。自分がケガすることなんて、みじんも頭に浮かばない。

やったことがなければまずわからないだろうが、この闘志こそがマーダーボールの真理だ。

男らしく正々堂々に、とか、怒りを発散させましょう、とかいう、ヤワな心理学のゴタクは通用しない。どんなことだっていい、マーダーボールの原動力は、ほとばしる感情、頭が沸《わ》き立つほどの興奮だ。

マーダーボール初体験のあの日、プレイしているタイをはじめて見たときのことは、今も鮮明に覚えている。車いすに乗った選手たちが大声で怒鳴りながらグルグルまわっていて、わたしは自分が突き指したことにもすぐには気づかなかった。床は汗でツルツルだ。

「おまえのアレが、もう使い物になんねぇからか?」車いすに乗ったまま、大柄な男が声をかけてきた。筋肉がたっぷりとついた両腕から広い胸板にかけ、マオリ族のタトゥーが彫ってある。

「歩けなくなったのを嘆いてもいいが、車いすなしの生活には戻れないんだ」そいつは言った。聞き捨てならないとは思ったが、あのときのわたしは、返事をする代わりにへらへらと笑うしかなかった。

「なんだと?」自分が一番わかっているが、改めて口に出されると、残酷な現実がじわじわと全身に染みわたってくる。

「だから、この競技《ゲーム》を気に入ったんだろう——爽快感を得たいからじゃない——ゲームに没頭すれば、つらさなんか吹っ飛ぶ、自分を哀れだと思わずに済む——セックスもそうだろ?」

「気に入ったただなんて、勝手に決めつけるな」わたしは返した。

この日から、わたしとタイは友人になった。

マーダーボールは、バスケットボールとラグビー、それに遊園地によくある、小さな自動車に乗ってぶつかり合う、あのアトラクションをミックスしたような競技で、選手はホッケー選手と特攻隊員を足して二で割った鋼《はがね》のメンタルを持つ車いす利用者だ。力自慢の向こう見ず――車いすに乗ることと引き替えに手放したはずの世界が、ここにある。体を鍛《きた》えないと危険にさらされるスポーツ。目にしたとたんに魅了されたスポーツ。

マーダーボール。

とりこになった。

ぎりぎりのところで、生きる希望を与えてくれた。

その生きる希望が、次の火曜日が来たら消えてしまうとは。

正確には、だいたい火曜日ごろ――すべては天気次第だ――ニュージーランドの南の果て、世界じゅうのどこよりも南極の海に近いこの場所、この先の天気がどうなるか、予測すらできない。殺されるのが火曜日でなければ、その翌日か。

ゾイル兄弟はフィヨルドランド沿岸でロブスター漁に出ている。海が荒れなければ次の火曜日に戻ってくる。発覚するまで時間はかかるまい。わたしが何を知ったかわかれば――やつらはわたしを探しに来る。これから四日後に。

全部、マーダーボールのせいだ。

ずっと逆さ吊りになっていると、ろくなことを考えない。

＊

最初は気を失ったのかと思ったが、そうではなかった。車いすから出ようと体を動かそうにも、可動域はそれほどない上、逆さ吊りではどのみち無理だし、何より怖い。下半身の自由を失った人間が、八メートル下に波が逆巻《さかま》く崖の上、頭を下にして宙ぶらりんでいるのは、思った以上に心もとない。片脚が車いすごと巨石の間にはまったおかげで、間一髪で命拾いしているところだ。痛みは感じない。おとなしくぶら下がっているかぎり、まだつらくはない。ただ、麻痺《まひ》していない上半身は……もうだめだ。

わたしの車いすを押して、ここ、海沿いの岩場まで連れてきたのはゾイル家の三兄弟のうち、一番見た目がぱっとしない、長男のダレルだ。事故か自殺を装おうっていう魂胆《こんたん》だろうが、そんなことはどうでもいい。確認しておきたいことがあり、やつらの農場に入ったわたしは、やっと真相をつかんだ。まさか、ダレルが残っていたとは。ロブスター漁船は、朝方入り江を出て行ったじゃないか。こいつの弟ふたりがデッキに素焼きの壺《つぼ》を並べていたのを見たぞ。朝日を浴び、撥水《はっすい》加工の黄色いコートが輝いていた。それを見て、てっきり船出したと信じていたのに。

わたしに気づいたダレルは何もせず、何も言わず、顔色ひとつ変えなかった。ただお互いを見つめているうちに、あいつは異変に気づいた。ダレルはこっちに向かって駆けてくると、車いすの向きを変えようとしていたわたしのまえに立ちはだかり、蹴りつけてきたのだ。こちらもムキになり、車いすに乗ったまま、ダレルとぶつかり合った。わたしが車いすから転がり落ちても、あいつは蹴るのをやめない。意識が途切れ、気がつくとわたしはいすに戻っていた。耳鳴りがする。ダレルがわたしのジャケットの襟《えり》を引っつかみ、力ずくでいすに座らせたのだ。あいつは乱暴に車いすを押しながら、農場を離れて海へと向かった。

こうしてダレルとわたしは坂道を上った。下まで十メートル、いや、十二メートルはあるだろうか。崖の先端ほどの高さはないにしろ、落ちれば荒れ模様の海と岩場が広がっている。それも、動かせる脚があり、落ちても命が助かればの話だ。まだ気を失っているとダレルに思わせるよう、わたしは目をつぶり、両手の力を抜いた。ゾッとしない。車いすを押そうと頭を低くしているせいで、ダレルの顔が、すぐそばにある。あいつの体温が伝わってくるほどだ。首筋に当たる息は、饐《す》えたビールの臭いがした。

運がよかっただけか、それとも勘が働いたのか。丘の頂上、平らになった場所に近づいたところで、ダレルがいきなりスピードを上げ、すごい力で車いすを押した。目を開くと、わたしたちは崖のすぐそばにいた。投げ落とされたら命はないと、わたしはとっさにあいつの腕をつかんだ。そこでよろめいたのだろう、ダレルの体重が一気に車いすに乗った。あいつはハンドルを力まかせにつかんで、わたしの手をふりほどこうとしたが――車いす利用者の腕っ節《ぷし》の強さを見くびってはいけない。健常者が脚を使うことも腕力で乗り切っているのだ。一度つかんだら、自分が放す気になるまでぜったいに放さない。

今度はダレルも一緒に倒れた。ひっかいたり、体をぶつけ合ったりと激しく揉《も》みあった末、体が反転したところで眼下の海を見やると、ダレルが海面にたたきつけられていた。あいつは泡を吐きながら海から顔を出し、こっちをまっすぐ見つめている。岩肌をつかもうともがくところを、波が襲う。希望の光が差したのもつかの間《ま》、ダレルはまた浮き上がると、さっきの岩場に近づき、次の波が来る前に両手でつかんだ。今度はうまく行き、あいつはまたわたしをにらみつけた。

妙な気分だ。テレビのアクションドラマみたいに、かっこよくはいかないものだな。ダレルはわたしを殺そうとし、わたしは身を守るために戦っているが、ふたりとも、ひとことも発しない。こんな修羅場《しゅらば》になると、言いたいことなんかなくなるのだろう。

ダレルの体が岩場から遠ざかり、両脚はもう波の上にある。やっと落ちついて考えられるようになった。あいつがここまで上ってくるまでに逃げなければ。岩肌に目をやる。あいつにこの崖が上れるだろうか……まあ、無理だと、自分に都合よく考えた。そこで今は高潮の時間だと気づいた。潮が引くのを待つか、迂回《うかい》するか、あえて今、海岸に向かって泳ぎ出すか。ダレルは出血しているが傷は浅く、命にかかわるほどではない——一方こちらは両脚の自由が利かず、しかも片脚が岩場にはさまって宙ぶらりん。妙な角度に曲がっているところを見ると、骨が折れているようだ。

ここではじめて銃のことを思い出した。ジャケットをあちこち引っつかむうち、ずっしりとした塊《かたまり》が収まっている場所に触れた。落としていなかった！　あのとき銃に手を伸ばし、ダレルが襲いかかってきた。それからの記憶がない——殺されそうになるなんて、何しろ生まれてはじめてだから。

震える両の手で銃を構える。ダレルが三メートル下まで来たところで、わたしは銃をあいつに向けた。岩場を上る手がかりを探すのに夢中だったダレルも、こっちを見たとたんに動くのをやめた。彼の目はまず銃をとらえ、次にわたしと目が合う。ずっとにらみ合った。ダレルの目に涙が浮かぶ。あいつは口を引き結び、唇をかみしめ、ゆっくりと数回うなずいた。そして軽く身をよじり、岩場に背を着け、海を見下ろしながら、こちらの耳にやっと届くぐらいの声で言った。「いいよ《オーケー》」

その声を合図にダレルを撃った。銃弾はあいつの肩と首筋の間付近に当たった。まとまった量の血が一度だけ飛んで終わった。ダレルの体がガクンと動いて落ち、岩肌にたたきつけられても、赤い弾痕はまだはっきり見えた。あいつは海面には落ちなかった。大声を上げるかと思ったが、無言のまま、断崖をすべり落ちていく。あいつの両脚が海岸線に接したところで波が砕け、足のまわりに泡が立った。ダレルは二度大きなため息をつくように呼吸したあと、倒れた。そのまま動かなくなった。

後悔はしていない。

＊

いつまでそうしていただろうか。ダレルと争っている間か、落ちるときか、どこかで時計をなくしていた。携帯電話もだ。宙ぶらりんになって数分、いや、三十分ほど経っただろうか。

ダレルの遺体はさっきと同じ場所にある。海面の泡に血液がピンクの筋を描いている。ダレルから目を離さずにいるのも楽ではない。あいつの脚がぴくりと動いて、ギョッとしたが、波の仕業だとすぐわかった。あれはただの死骸——ダレル・ゾイルはもうこの世にいない。

ショーンとアーチーが戻ってくるのは四日後だろう。銃はまだ手元にある。落とさないよう注意を払いながらジャケットの内ポケットに銃をしまい、ボタンをかけ、銃のある場所をジャケットの上から触れ、重みをたしかめる動作を数秒おきに繰り返した。

だが銃なんて、今となっては何の役にも立たない。このままあと四日も生きていられるはずもなく、今夜の寒さを乗り切ることすら無理だろう。岩から脚が抜ければ海にボチャン、だ。そもそもおかしい。四日も飲み食いせずに生きていろっていうのか？　かりに生き延びても、こんなザマであのふたりと争えるわけがない。もう終わりだ。

ダレルだってわたしを殺そうとしたじゃないか。

こんなことをするつもりはなかったが、海を見ながら、自分はこのまま死ぬ運命にあることを受け入れたときにふと思いつき、納得した。ダレルのように。そして、口に出して言った。

「オーケー」

第二章

五か月前、一月二日

「こいつらを連れてきたのはわたしたちなんですかねぇ」

「連れてきた？」わたしは意味もわからぬまま返した。

「ヘラジカですよ。一頭じゃなくて、何頭も」

「えっ？」この男は何の話をしているのか。きっとわたしが〈偉大なる南島の謎〉と書かれたポスターを興味津々《しんしん》で見ているとでも思っているのだろう。うっそうとした原生林の闇から、ふたつのとぼけた瞳がこちらをじっと見ているポスターだ。

一九一〇年、狩猟や食肉用に繁殖させるため、ヘラジカを連れてニュージーランドに入植した人々がいた。はたして繁殖は成功したのだろうか。百年以上経った今も、ときおり住民の間で議論となる。今もフィヨルドランドの奥深く、道すらもない場所で、ひっそりと生を営《いとな》むヘラジカがいるはずと信じている人たちがいる。

ヘラジカのポスターに見入っていたのではない。わたしは銃を買いに来たのだ。

「どのモデルがホローポイント弾対応ですか」と言って、わたしはヘラジカのポスターの脇にあるショーケースを指差し、本論に入った。調べてみると、ホローポイント弾は人の頭を吹き飛ばせるだけの威力があるらしい。わたしはやるならとことんやる性格だ。

「どのような弾《たま》でもご用意できますが、大口径でしたら既製品のホローポイント弾をお買い求めになるお客様が多いですね」カウンターの向こう側にいる店員はそう言うと、車いすにちらりと目をやってから、けげんそうにこちらを見た。ごらんのとおり、わたしは車いす利用者なので、安全にはとくに気を配りたいのだと説明した。万が一を考えて。運に見放され、終《つい》の住《すみ》処《か》として選んだここでも失敗したら、自分にケリをつけるため、銃を買いに来たのだ。万が一を考えて。わたしは店で一番大きなハンドガンを買った。

ありふれた転落譚《たん》だ。酒を飲んで運転し、駐車中のトラックのケツに衝突。飲酒運転で捕まりはしない程度だが、当時はしらふに近かった日が容易に数えられるほど、めったになかった。うわべは仕事もうまく行き、裕福で、友人も、尽くしてくれる妻もいたが――充実しているとは言えなかった。自分の過去を振り返ると、心から気を許せる人はひとりもおらず、まわりに気を遣いながら誰かの人生をさまよい歩く、退屈な旅人も同然の毎日を送っていた。

悲惨な幼少期を送ったが、そのあとは充実した人生だったのかもしれない――ただ、ほんとうに、自分らしい生き方だったのかは疑問だ。

どうしてそうなったのか、今もうまく説明できない。三十五歳になったころから、午前三時に目が覚めるようになった。最初は月に一、二度だったのが、すぐ、毎晩のように覚醒《かくせい》するようになった。運動も食事制限も試した。睡眠導入剤も飲んだ。本で調べたりもした。瞑想にも手を出した――でも、だめだった。午前三時になると、どこかおかしいという気持ちとともに、頭の中で、幸せや平和や満足感といったポジティブな感情が宿るべき場所に、ぽっかりと穴が開いた気分になった。自分は懸命にがんばってきた、そのために多くのことを犠牲にしてきた――成功を手に入れても穴は埋まらない。何も変わりはしない。

自分を成長させようなんて考えたことがなかった。自分の限界を思い知り、絶望してようやく、自分に将来への希望があったと気づくとは。皮肉な話だ。

そこでまず、改めるべき点を探った。それでも事態が好転しなければ、すでに成功したところを探そうとした。答えが出ない、進むべき道がわからない、将来どうすればいいかわからない。自分が歩んだ人生の先には、道がなかった。ほしいものはすべて手に入れた——人生の目標は達成した——だから幸せなはずじゃないのか、ちがうのか？

最初はだれの力も借りずに解決しようとしていたのだが、まず妻が勘づき、やがて友人、それ以外の人たちまでもが、わたしが壊れた理由をつきとめようとした。こちらもそこで意固地にならず、助けを求めればよかったのに。わたしには支えてくれる人がいたのに、自分の問題は自分で解決するのが当然だと思っていた、そんな自分を誇らしく感じてさえもいた。人生の荒波に揉まれても、ひとりで乗り越えれば強くなる。自分のことは自分で解決するのがわたしの信条だった。乗り越えられるはずだと信じていた。

酒に溺《おぼ》れたのは、この葛藤《かっとう》をどうにかしようと思ったからではない——幸せで、自信に満ちていると自分を偽りたくて、酒を飲んだ。落ち着くまでは人との交流を絶つことにした。泥酔すれば午前三時に目は覚めない。たとえ一時的でも、危機は脱したとまわりに思わせるのには成功した。

みなさんご心配なく、フィン・ベルはここでいったん自分を取り戻した。

だがここから少しずつ、目立たないけれども着実に、そして確実に歯車がかみ合わなくなった。

三十六歳になり、五年間連れ添った美しい妻、アンナがわたしのもとを去った。彼女が悪いわけではない。結婚生活が崩壊するまで、アンナはわたしを愛し、苦難と闘った。だが、幸せな人は、不幸な人と同じ人生を並んで歩むことはできないのだ。

アンナと口論し、とことんまで話し合い、声がかれるまでこちらの疑問を吐き、妻の疑問に答えた挙げ句、行き着いたのは、こんな簡単な結論だった。好意を持つ同士は引き寄せられるが、反発する同士は嫌悪感が募る。わたしの内なる悪と、妻の内なる善は磁石の同極のように反発した。ふたりの間に毒を含んだ薄紙が広がった。触れあい、キスし、安らぎと愛情を満たすはずだった性の営みが、不毛な行為の繰り返しとなり、じわじわと毒がまわっていく。関係は修復できなかったし、どうしたら修復できるか、わたしは今もわからずにいる。

愚かなわたしは、アンナが出て行けば息苦しさから解放されると信じていた。苦痛が感じられなくなるまでアルコールに溺れていた。

アンナは共通の友人からの助言に耳を貸さず、わたしはわたしで、数少ない心の支えとなる人々を遠ざけた。そうやって迎えた三十七歳の誕生日、ひとりで限界まで飲みまくった週末が終わるころ、運転を誤った。病院で目覚めたわたしに医師は、両脚の機能が生涯失われ、腰から下の感覚がほぼなくなったと告げた。ここまでの事故に遭って、よく生きていられましたね、とも言われた。本人はいまだに納得できないのだが。

これが七か月前のこと。機能回復訓練で車いす生活をひととおり学ぶのと並行し、社会復帰にあたって義務づけられているセラピーを受けた。今の気持ちを述べろと言われた。担当の心理カウンセラーは二十四歳、ブロンドの女性で、わたしが〝もう歩けない〟と言うと、〝歩くのに努力を要する〟ですよね、と、婉曲《えんきょく》的な表現への言い換えを迫った。だが、努力すればなんとかなるレベルではない。歩けないのが現実じゃないか。彼女はきれいごとに囲まれ、順調でまぶしいほど幸せな人生を送り、一日たりとも挫折を味わったことがない、おめでたいカウンセラーだった。社会の恥部を認めようとしないやつらと話したって、何の解決にもならない。最初は反発していたが、このカウンセラーが満足するような回答を続けた。おかげでセラピーから放免され、めでたく退院とあいなった。事業を整理し、ウェリントンの自宅を売却した。さて、これからどうしようか。数年ぶりにアルコールが体から抜けた気分は正直、最悪だが、飲んだくれた日々に戻りたいとも思わない。今のうちに酒を断《た》っておかないと、生涯やめられないから。

アンナに電話をしようかと何度も思ったが、そのたびすぐ思いとどまった。

住む場所を早急に決めなければと焦っているうち、気がつくと小さな港町、リヴァトンに近い、人里離れた海沿いのコテージを手に入れていた。ニュージーランド南島の南端、周囲に人が住んでいるかもわからない。南極大陸を除けば、まさに南のどん詰まりに引っ越すことになった。

選んだ理由は自分でもよくわからない。退院して、自分の意志でようやく好きな場所に行けるようになって、南島に渡った。どこだってよかった。順風満帆《まんぱん》に思えた過去からできるだけ離れたかったのだ。断酒した今、きっと現実から逃避したかったのだろう。酒びたりの過去を清算するために。

その後リヴァトンまで足を延ばすと、現地の住民がわたしに言った。ここより南には住めないよ、ここは最南端の町だからね。さいなんたん、か。響きが気に入った。

こうした経緯で移住計画も練らずに留まったのは、もう後戻りができなかったからだ。それから数日後、地元紙の朝刊で見た不動産広告の**最果ての密漁小屋**という売り文句、古びた平屋、吹きさらしの荒涼とした周囲の景色をとらえた写真に興味をそそられた。リヴァトンよりも南に位置し、説明文の表現を借りると**南も南、ニュージーランドの果ての果て**だそうだ。野性の勘というものを信じてみようと、わたしは内覧を申しこんだ。

「ごらんのとおり、リフォームは終わっています。木造部分は大半が建ったときのままです」気さくすぎるほど気さくな不動産業者、ベンの説明を聞き、わたしはゆっくりと車いすを押して、空《から》っぽのコテージへと入った。夕暮れ時で、窓から差しこむ日差しが、壁という壁に四角形のきらめく模様を描き、磨《みが》きこんだ古い木のにおいがした。この家のたたずまいが気に入った。

「ベッドルームは二部屋ですが、三人でも暮らせる広さです」ベンは言った。「廊下やドアは大きめに作ってありますので、車いすでもご不便はありませんね」セールスポイントをちゃんと押さえた説明だ。

「どうして〈最果ての密漁小屋〉と呼ばれてるんです?」わたしはベンに訊いた。

「もともと、そういう場所だったんです。リヴァトンは過去の二度の好景気で生まれた町です。最初は十九世紀前半の捕鯨《ほげい》業、次がクルーサ川流域のゴールドラッシュ。現在の住民の祖先はみな、このときに定住しました。ところがそれほど経たない間に、この好景気はいっぺんに衰退しました。クジラはいなくなり、金塊は掘り尽くされたからです。大勢の住民が、食べるものにも困る苦境に追いこまれました。一攫千金《いっかくせんきん》を狙う人々は船主と手を結び、まもなく密漁が横行しました。海賊もかなりいました」ここまで語ると、町の成り立ちを伝えて満足したのか、ベンは両方の眉を上げた。

「密漁者は金塊、武器、奴隷、ほしいものはなんだろうと、アジアから輸送し、大英帝国に一ペンスも税金を払わず、南の果てまで持ってきました。このコテージは海に近く、密漁者の基地として使われていた中の一軒でして。世間を騒がせた事件もありました。ま、そんなことより、どうぞ、どうぞ」ベンは裏手のベッドルームまでわたしを案内した。「こちらです」

ベンは窓の下にある作りつけのベンチの脇にしゃがむと、羽目板のひとつを前方に押した。驚いたことに、ベンチの前面には丈夫な蝶番《ちょうつがい》がついた扉があり、内側には隠しスペースがあった。

「この家には、このような作りつけの隠しスペースがいくつもあります。歴史の生き証人と暮らすようなイメージでしょうか」ベンはうれしそうに言った。十分に検討するという理性的な考えをとりあえずひっこめ、購入の動機をきちんと考えることもせず、わたしはこの物件に金を払った。

自分としては思い切った目標を掲げた。死ぬのはまだ早い。いや、死を考えるのは、だ。やり残していたことは、まだある。

＊

ハンティング&アウトドアショップを出て駐車場に向かう途中で携帯電話が振動し、わたしは車いすを停めて電話に出た。

「もしもし」

「もしもし、あなた、フィン？」女性の声だ。

「はい、そうです」

「わたしはベティ・クロウ。あなたの新しいセラピスト。心理カウンセリングからずっと逃げてたでしょ」ベティは朗《ほが》らかに言った。おっしゃるとおり、カウンセリングを受ける気になれなかった。

カウンセリングは継続するとは聞いていたが、サプライズとしても人が悪い。知り合いひとりいない町に引っ越して二週間になったこの日、わたしはベティ・クロウから最初のメッセージをもらった。

落ち着いたと見たら早速治療を開始する、ってわけか。

適当に断って、新生活の準備に取りかかろう。

「いやちょっと忙しくて」何とも情けない断り方だ。酒さえ入っていれば、もっとうまい言い訳ができただろうに。

「忙しくないじゃない」ベティは食い下がった。

「ヒマなのはそっちでしょう！」おお、わたしもやればできるじゃないか。


ベティと話せば気分が変わるかもしれないと感じてきた。

「あなた、これまで小さな町で暮らしたことがないでしょ、フィン？」ベティが訊いてきた。

「今回がはじめてです」

「この町の住民の個人情報は町じゅうに筒抜けなの。さて、フィン・ベル。あなたは心理カウンセリングから逃げ、ジャンクフードを食べて、今日は銃を買った。それ以外にやることなんかひとつもない」ベティはこちらを問い詰めるような口調になってきた。


彼女の小言を聞くと急に不安になり、まるでベティが自分のすぐ脇にいるように感じた。きょろきょろあたりを見回したが、通りには人ひとりいない。

「もう、ぶさぎこむのはやめ。今日はカウンセリングにいらっしゃい。クーペ通り沿いの青くて小さな家だから。わたしは裏庭にいますから。待ってるからね、フィン」よく考えもせずうなずいてしまいそうなぐらいには威圧感のある声で、ベティは言った。

「ぶさぎこむ？」わたしは訊いた。〝ふさぎこむ〟と言いたかったのだろうか。

「そう、ぶさぎこむ。ぶさぎこんでる。〝ふさぎこむ〟より、もう一段タチが悪く聞こえるから。そう、そこから通りを隔てた向かいに美容室があるの、そこに行って、パトリシアから、わたしが頼んだ蜂蜜の瓶を引き取ってきて」と言ってからベティは電話を切った。

通話を切ってから携帯電話を持ったまま腕をいっぱいに伸ばし、その状態で画面を見たわたしは、もう一度あたりを見回した。ずいぶんと押しの強いセラピストだなと思ったが、セッションを受けなければいけない。うつ状態を乗り越え、自分を受け入れるために。歩けなくなった自分にはセラピーが必要なのはわかっている。

事故を起こすまで毎日泥酔していたのに、事故直後から酒をやめさせられ、一滴も飲んでいないのも、正規のカウンセリングが必要なほど落ちこんでいる原因なのだろう。もう、自分の愚かさを責めることしか考えられなくなっている。

ふさぎこむ、か。言い得て妙じゃないか。

金属製の小さな金庫代わりであっても、銃を車の中に置いて外に出たくはなかった。そこで車いすに乗り換えたところで銃を箱に入れたままひざの上に載せ、道を向かい側にある美容室に向かった。小さい店で、道路に面したウインドウには〈ヘアスタイル《ラ・コワフュール》・サロン《サロン》〉と、でかでかと筆記体風フォントで書いてあった。

小さな町の女性向けブティック風店舗ってやつは、どうしてフランス語を使いたがるんだろう。

店の入り口には車いす利用者の便宜を考えたスロープがあったので、すんなりと中に入れた。店先のベルを押すまえ、少しためらった。店内にいた客たちはそれぞれ決まり悪そうな表情を見せ、体の不自由な人に失礼な態度を取らないようにと緊張していたからだ。

そのとき、両手にハサミを持った長身の女性がこちらに歩いてきた。そばに来ると、ますます背が高いと感じた――バスケットボールの選手クラスだ――愛嬌のある笑顔の、かわいい人だった。だが、こんな風に愛想よく笑う女性は、わたしの中では〝面倒くさいタイプ〟に分類されるので、こちらから声をかけるのがためらわれた。

「あの、パトリシアに会いに来ました」これからあるセラピーを考えると気が滅入るが、彼女の笑顔に応えようとした。

「あ、それ、あたし。あなたがフィンね。ベティから電話で聞いてるわ」と、パトリシアはカウンターの裏にまわって、空のガラス瓶をたくさん詰めた箱を取り出した。彼女が準備をするのを待ちながらサロンを見渡すと、女性客は会話をやめ、興味津々な視線をまだわたしに投げかけていた。

「男性のカットもやるんですよ」ふと何気ないパトリシアのことばに、自分がちっとも身だしなみに気を配っていないのを見破られたとすぐに察した。

「ベティん家《ち》に行った帰りに寄ってくれたら、髪をすっきり切ってあげるけど?」わたしが戸惑っていると、パトリシアは話を続けた。

「あなたね、ベティとのカウンセリングはまだ一回目よね？　あの人は宿題を出すけど、三十分もかからずに終わる量だから。あたしのいとこのレミがね、こないだ酒屋に強盗に入ったんだけど、更生のためにベティのカウンセリングを受けることになったの。最初の数回は短いセッションだったっけ。レミはまた酒屋に盗みに入って、今は刑務所にいる。せっかくカウンセリングを受けたのに、これじゃあ台無しだって言ってた」

推して知るべし、だな。

この町の住民の個人情報は町じゅうに筒抜けだとベティが言っていたが、なるほどそのとおりだ。たとえ筒抜けでも、住民たちはまったく気にしていない。

断るつもりだった。今日髪を切ってもらうわけにはいきません。買ったばかりの銃に安全装置をつけにいかないと、あとで自分の脳みそを吹き飛ばしてしまいそうなので――それなのに、本音とは別のことばが口をついて出た。

「あ、いや、ありがとうございます。ありがたいな。では、あとで寄ります」おまけに作り笑いまで顔に浮かべて。

「よかった、じゃ、これでご近所さんね。では、これをよろしく」パトリシアはわたしに瓶が入った箱を手渡した。

「ありがとう」と言って、わたしはドアの外に出た。自分の常識ってものが、今日一日でがらりと変わりそうだ。

＊

ベティ・クロウの家はすぐにわかった。外見は童話の中から飛び出してきたようだった。白い杭《くい》を打った柵、淡い水色の壁、赤く塗ったドア、ドールハウスを思わせる平屋建ての家のまえには、きれいに整えた花壇が列を成している。よくある祖父母の隠居屋敷だ。

その家の裏手、広々とした野菜畑の真ん中にベティがいた。小柄でシワだらけ、白髪を短く刈り、大きすぎるゴム長靴を履き、花柄のエプロンを着けた年配の女性だった。彫りが深くて愛嬌のある顔立ちだが、人生の荒波が刻まれ、瞳は大きくて黒い。

長年のつとめを終え、定年を迎えた妖精が実在したら、きっとこんな感じだろう。

ベティはわたしをじろじろと検分してから、顔をしかめた。

「瓶は裏口に置いて。そしたら家のまえにまわって。入ってすぐ右にある部屋がカウンセリング室。すぐ行くから」と言って、ベティは野菜の手入れに戻った。

わたしは言われたとおりにした。いかにもカウンセリング室といった部屋で彼女を待つ。大きな机、心理学関連の書籍で埋め尽くされた、壁一面の本棚、革張りのカウチまである。

ベティの席の背後にある壁には、額装した証明書が掲げてある。てっきり学位記か免許状だと思ったが、よくよく見ると出生証明書だった。正確にはベティ・クロウの出生証明書。わけがわからない。

「大丈夫、ちゃんと心理学の学位も取ってるわよ」背後でベティの声がした。「生年月日を何度も書くから、備忘録として貼ってるの。出生証明書はわたしが人間で、長いこと人間をやってる証《あかし》だから。生年月日よりも大事なことよ」

ベティはデスクまで歩いていすに座ると、くるりとまわってこちらに顔を向けた。

「生年月日は見た？　わたしはいくつ？」

「七十一歳です」どんな話がはじまるのだろう、それより彼女、そろそろセラピストを引退する年齢じゃないだろうか。

「そう、年寄りね、そしてフィン・ベル、あなたは若い。それを意識するのはいいこと。わたしはこの年まで死なずにやってきた。あなたはわたしの半分しか生きてないのに、もう少しで自分の命を失うところだった」と言うと、ベティは老眼鏡をかけ、目のまえのファイルを開いた。

「ウェリントンからあなたの資料を取り寄せました。カルテによると、あなたはアルコール依存症で、奥さんとは去年離婚、飲酒運転で事故を起こし、両脚の機能を喪失した。退院後に自宅と事業を手放し、リヴァトンなんてど田舎に移住、町外れの小さな家でひとり暮らし。友人もいなければ家族もおらず、ここでは働き口もない」

そしてベティは視線を上げた。「どうしてこの町に来たの、フィン?」

それが言えたら苦労はしない。自分でもどうしてこんなことをしでかしたのか、さっぱりわからないのに、他人に説明できるわけがない。その他人がこちらのプライベートにずけずけと土足で踏み入ってきて、話を難しく、大げさなドラマに仕立て上げようとしていたら、なおのことだ。わたしはベティをにらみつけたまま答えなかった。

「あなたはここに死にに来たんでしょ、フィン? 言っとくけど、それって、こちらにはぜんぜん関係ないことですから」

「ちょっと、わたしのセラピストがそんなこと言ってもいいんですか?」ベティの問いかけには答えないよう、ことばを選んだ。どう答えるべきか、ただの世間話なのかもわからぬまま。

ベティは言った。「へぇ、この町には、わたしのほかにセラピストなんていないわよ。たしかに年寄りだけど、こんな世界のどん詰まりでセラピストをやろうって道楽者はいないから。人間の一生は生まれたときからすでに決まっていて、自分では変えられないの。

そういや、わたしの質問にまだ答えてないわね」そして彼女はこうつけ加えた。ばれたか。「まあ、いいわ。よく聞きなさい、フィン、代わりにわたしが説明するから。苦痛とは、どんな人にも訪れる。苦痛を感じたら、人はまず、その苦痛を解決しようとする。解決しないまま苦痛が増せば、苦痛から逃れようとする。それでもダメなら最後の手段、苦痛を受け入れるか、自分の命を絶つか」ベティは肩をすくめた。「答えは単純で明快。時間をかけさえすれば苦痛は消えるの。さて、フィン、そろそろあなたの苦痛と向き合いましょうか。何があったかなんて、正直、どうだっていいわ。だけどあなたには、人生という物語があるはず。自分から苦痛の種を解決しようとしたか、受け入れようとしたか、自分の命を絶とうとしたか、わたしは知らない。知らないし、わたしには関係ない。じゃあ、前向きに生きていける秘訣《ひけつ》を教えてあげましょう。自分の気持ちに正直に向き合う、でなければ、自ら命を絶ちなさい。情けない気分のまま生き続けるのは、人様のためにも、自分のためにもならないでしょうに、そうじゃない？」ここでベティはしゃべるのをやめ、わたしの反応を待った。

ああ、わたしには失うものなんてないから、本音を言ってしまおう。「いや、お見通しだな。おっしゃるとおりのことを考えてましたよ。自ら命は絶ちたくありませんが、自分の力で立ち直れるとは思っていなかった」

ベティは表情を変えない。

「でも、わたしを落ち着かせて自殺を思いとどまらせるつもりがないなら、なぜここに呼んだんですか？」

「自分も人生の落伍者《デッドレモンズ》なのか、見極めてほしかったから」ベティは答えた。

「人生の落伍者？」わたしは首を横に振った。わけがわからない。

「おつむをちゃんと働かせて、いい？　人柄とか魂とか、頭の中で聞こえる声とはちがうの。記憶、思考、感性、理想もそう。みんな頭の中にあり、その人の生きる原動力となる。わかる？」

「はあ」よくわからないけど返事をした。

「ラーニング・チャンネル（アメリカのドキュメンタリー系民放テレビ局）で、進化に関する番組を作ったとしましょう。優秀な頭脳の持ち主、ユニークな発想の持ち主、恵まれた感性の持ち主がいる一方……そういった能力に恵まれなかった人たちもいる。希有《けう》な才能の持ち主がいれば、そうね、才能のかけらもなく、他人を困らせてばかりの人々もいる。取り柄《え》もなく、たくましく生きていく体にも恵まれず、進化の恩恵に浴することができなかった人たち、ってとこかしら。それでいて向上心もなく、周囲の人たちの役に立とうとも考えない」

　このたとえのどこが自分に当てはまるんだと思いつつ、わたしは釈然としないままうなずいた。

「自然界に目を向けると、環境に応じて進化しない種《しゅ》は滅びる。現実はきびしいけど、ありがたや、すぐ忘れられる。その説は正しいとか、同意するとかって話じゃないの。世界ってそういうもの。でも、あなたがたまたま人間として生まれ、もし落伍者なら、みんなが救いの手を次々と差しのべ、支えになろうとする。支えてくれた人たちと一緒に長い間苦しみと災難に耐え、落伍者として一生を終える。ここでもう一度訊くわよ、落伍者だという自覚があり、これから先、自分や自分を愛する人を傷つけ、裏切ることになっても、あなたはその立場に甘んじて生きる？　それとも生きるのをやめる？」

わたしはことばに窮《きゅう》した。ベティがあえて〝自覚〟と言ったのは、わたしがある程度死を覚悟していたのを見すかしていたからだ。彼女は遠回しにそれを伝えている。

「そう、それが落伍者ってこと。明るい未来は来ないとわかっているのに、生きることに執着した挙げ句、自分はおろか、世間にまで迷惑をかける。それにどんな意味がある？」そして、ベティはわたしの目を見すえた。

「あなたは落伍者かしら、フィン？」

第三章

六月四日、現在

人生の落伍者？　半年前、ベティとの初対面で交わした会話が頭をよぎる。おかしな話だ、ずっと、あんなに死にたいと考えていたのに、死の瀬戸際にある今、どうやっても死にたくない。今夜までは持つだろうという予想より早く死ぬかもしれない。たとえ持っても、低体温症でやられるかもしれないなんて、以前のわたしでは考えられないほど楽観的じゃないか。

体が悲鳴を上げだした。脈動と同じリズムで頭は痛み、両手はチクチクするような、変な感触がする。目はかすみ、吐き気を催し、だんだん息苦しくなってきた。下半身の感覚がないため、ケガの影響なのか、逆さ吊りになっているせいなのかがわからない。だいたい、長時間逆さ吊りになって死ぬものだろうか？

時間の感覚がおかしくなってきたが、こうなってからそれほど長く経っていない。体感よりずっと短いだろう。岩場の頂上に見える太陽はあまり動いていないのに、もう一生ぶら下がっているようだ。死に一歩でも近づきたくないくせに、時の流れだけは速く進んで欲しいと願うのか、ほら、また死のことを考えている。

体が揺れるとダレルの遺体が目に入り、また周囲の景色が見える。どうやれば助かるか、まだわからない。ベルトをつかみ、ズボンの生地をつかんで体を起こそうとするが、だめだ。ひざを抱えて体を折り曲げることしかできない。無理を承知で、車いすごと岩にはさまった脚の脇に力なく重なる、自由なほうの脚に手を伸ばしたが、動かないのだからどのみち役には立たない。そうやって身をよじっていると、車いすの金属部分がきしんで音を立て、わたしは車いすごと、岩場から数センチずり落ちた。

あまりの怖さにわたしは動くのをやめた。息をするのも恐ろしいが、それ以上落ちずに済んだ。わかった、動いちゃだめなんだな。そこでもう一度周囲を見回した。

この調子なら落日まで三時間、たぶん四時間は生きていられる。引き潮が進んだからか、小粒のムール貝が点々とへばりつき、波で角が丸まった岩肌が姿を見せている。ダレルの脚はついに動かなくなり、もう海面に浮かんでいる。ここから見える変化はそれぐらいだ。思考回路がかなりやられている。眠りに落ちかけたところを無理やり起こされたような感覚は、おそらく脳しんとうを起こしているのだろう。

いつからいたのか、岩場に落ちたダレルの亡骸《なきがら》の脇に大きなカモメがいる。そうだ、わたしはこのカモメを見ていたのだった。わたしは巨大な鳥となり、ひょいと近づいたり、また遠のいたりを繰り返しながら、カモメの視点でダレルをながめていた。

カモメがうろつくまえから浮かない気分だったのは、自分がどうなるかわかっていたからだ。映画のワンシーンのようだ。ちょうどこんな風に、男の胸元に乗ったカモメが首筋の銃創をくちばしでつつくと、二羽目が急降下して地面に舞い降りる。ああ、そうさ、わたしとダレルは、鳥に食われる事故の被害者リストに載るのだろう。それも悪くない。

そのとき、車いすがまたきしんだ。

第四章

五か月前、一月二日

「さあ、どうなの？」わたしが答えられずにいると、ベティがまた訊いた。

「わかりません」

「さあ、答えを見つけるときが来たわよ、でしょ？　これを最初の宿題にしましょう。自分が置かれた状況を考える。人生を立て直す気があるか、それとも逃げるか。現実を受け止めるか、それとも命を絶つか。それよりも知っておくべきなのは、自分は人生の落伍者《デッドレモンズ》なのか。今列挙したことを全部一度にやろうとするのは、ただの馬鹿ですからね」

わたしは唖然としてベティを見た。

「今挙げた中にあなたの進む道があるといいわね。ただじっとして何もせず、人生の落伍者として生き、みんなが手を差しのべてくれるのを漫然と待っているようじゃ、わたしたちご近所にとって迷惑なだけ。わたしだけじゃない、あなただって困る」

あなたのようになるってことだな――ベティの顔を見ながらうなずいた。変わり者だが、話していることは理にかなっている。

「これが宿題、パート1。パート2は、毎日、大きな鏡のまえに座って自分の顔をじっくり観察すること。十分間集中して。サボらず毎日やること、バスルームでもベッドルームでもいいけど、ひとりで、静かな環境でやること。アラームをセットして、集中すること。いい？」

「わかりました、でも、なぜ？　どんな効き目があるんです？」効き目などあるわけないと思いながらも、好奇心が手伝ってわたしは訊いた。

「教えません。やってみればわかる」わたしは当惑した。彼女のまえで目をまわし、あきれた顔を見せないよう気をつけた。

「今日のセッションはこれで終わり。庭のビーツが枯れそうで、世話してあげなきゃ。次までに宿題をやっていらっしゃい。答えはそのときに教えてあげるから」話はこれで打ち切りとばかりに、ベティは立ち上がって、ドアへと歩いていった。

　ベティは靴を履かずソックスのまま、左右どちらのつま先も穴が開いている。ゴム長がきっと泥まみれで、玄関ドアの脇にでも置いているのだろう。

「わかりました、では次回」こんなセッションのどこが役に立つのだろうと思いながら、とりあえず挨拶した。

「身だしなみをちゃんとしなさい、ヒゲを剃《そ》り、髪も切るのよ！」車いすを自分で動かして正面のドアに向かうわたしに、家の外に出たベティが怒鳴った。

　仰《おお》せのとおりにいたしましょう。

　ベティに課された〝宿題〟のことを考えながら、わたしは車で美容室に戻った。失うものは何もないし、やってみることにした。〈ラ・コワフュール・サロン〉のドアを開けて中に入ると、客は誰もいなかった。朝方の曇り空がきれいに晴れていた。パトリシアがすぐに顔を出した。

「おかえり」パトリシアはにっこり笑ってそう言ったが、わたしはどう返事をしていいか戸惑った。「洗髪ボウルのそばまで行ってくれる?」

車いすの向きを変え、カーブがついたボウルのひとつに頭をもたせると、パトリシアはわたしのうしろにまわってこちらの頭を引っ張り、準備らしきことは何もせず、いきなり髪を濡らした。

「ふぅん、コッターさん家《ち》のコテージに引っ越してきたんだ?」パトリシアはわたしの髪を洗いながら話を続ける。頭皮をマッサージされると、女性に体を触れられて心が癒《い》やされたのは数か月ぶり、いや、ずいぶん経つなと思った。性的な感情を伴わずに愛《いつく》しむ手の動きは、痛みにも似た快感だった。

「ええ、二週間まえに引っ越してきました」

「崖からの眺めは絶景よ。でも、あそこじゃ寂しくならない?」

「静かな場所が好きだから」

「静かって言っても、いろいろあるけど」パトリシアはこちらの胸をざわつかせるような笑みを顔にまた浮かべた。

ひとりのつらさは身にしみる。情けなくてしょうがなくなる。転落の人生もここまで来ると、赤の他人からちょっとでも親切にされると、ひときわ胸を打つ。その理由はわかっている。パトリシアはわたしを知らない、わたしがどんな男か知らないからだ。彼女はちゃんとわたしと向き合い、実体のある生身の人間として接している。社会の役に立つ者として。立てなくなった脚とは切りはなして。

はじめて会う人たちがみな、パトリシアのように接してくれるといいのだが。

彼女はとても話しやすい。会話は美容師の仕事の一部なのだろう、話している間もハサミはずっと動いている。

話題はおもに彼女の親族のことだった。パトリシアには大勢の親戚がいる。忙しいのはみな同じだが、まともな職に就いている者も、そうではない者もいる。

レミ、マヌ、アロハ、ポロ、ヘミ、そして、三人いるトゥイの話を聞いた。

全員のデータを正確に頭にたたきこむのはけっこう大変だ。

だけど、はす向かいのアウトドアショップで働いているトゥイは三人いるトゥイの二人目で、ベティ・クロウも彼女と縁続きであるとわかると、ベティがわたしの個人情報を知っていた事情がなんとなくわかってきた。

パトリシアの血縁関係がわかるまで、わたしは南アフリカで過ごした少年時代のこと、世界を放浪していたこと、ニュージーランドではウェリントンに拠点を構え、事業を興したことを彼女に語った。話題が家族に移ると、わたしはことばを選ぶようになった。

「アンナとは——妻だ——去年別れて、子どもはいない」

「立ち入ったことまで聞いてごめんね」パトリシアが返した。「目元が寂しそうに見えたから」

返事をしなかったが、そう見えても当然だ。あれこれと穿鑿《せんさく》すれば、向こうもこちらを同じように見ていることまで気がまわらなくなる。

「じゃあ、奥さんとはよりを戻すつもり？ 向こうも独り身だったらやり直したいんじゃない？」と言って、パトリシアは口角を上げた。

わたしは不快感をあらわに、フンと鼻を鳴らした。「どうだか、昔の自分が吹っ飛ぶほどすてきな女性がリヴァトンにいるんじゃないかって期待しちゃいけないのかな」

「ねえ、そういう言い方はやめて、それともここの男たちと本気で女の取り合いをする気？ 口より手が先に出る男ばかりよ。それ以前に、あたしたちみんな血がつながってるんだけど」

パトリシアは吹き出した。

つられてわたしも笑った。わたしには笑顔が似合わないが、たまにはいいだろう。

「あたしのいとこに会うといいわ」パトリシアが言った。「タイがマーダーボールに連れて行ってくれるし、車いすの調整もしてくれるわ。タイの車いすは特注品よ」

「マーダーボールって？」

「マーダーボールを知らない？ 車いすのあなたがここに住むって、てっきり……タイにすぐ連絡するね、彼が教えてくれるわ」

市街地を離れ、車でコテージに戻るまでの時間がいやに短く感じられた。面白い日だった。ベティの質問や宿題のこと、パトリシアと会ったことが頭に浮かんだ。パトリシアのいとこ、タイからマーダーボールの体験レッスンに誘われた。マーダーボールとは、車いすで行うラグビーのようなものらしい。パトリシアが「似てるけど……ハードさは……ラグビーどころじゃないから」と言うのだから、きっと楽しい体験なのだろう。

ひとり車で帰る途中、才能のかけらもない歌い手になってラジオから流れてくる音楽に合わせ、調子っぱずれを気にせず歌いながらコテージに着いたそのとき、わけもなく、ずいぶんと明るい気分になったもんだと感じた。

コテージの脇に車を停めたとたん、その理由が急にわかった。

今日はいろいろあったおかげで、市街地に出かけたそもそもの目的をすっかり忘れていた。最悪のシナリオに備えるためじゃないか。

自殺用に手に入れた銃が安全装置を装着したまま、助手席でわたしをなじるように鎮座している。

わたしはこれまで、自分を歯がゆく思ったことなどなかったじゃないか。

第五章

五か月前、一月三日

午前三時。

ほんとうなら熟睡しているこの時間、わたしはまんじりともせず、目を血走らせている。

これまでの自分なら、夜中に目が覚めるのは不愉快きわまりなかった。

また聞こえた。子どもが低くうなるような音。背筋が寒くなってくる。

今度はもっとはっきりと、正面のポーチから聞こえてくる。

早く聞こえなくなってくれと、ベッドに横たわっておとなしくしていると、ようやく止んだ。うとうとしかけると、また聞こえる。いい加減にしろ。

車いすに乗るにはそれ相応の操作技術が必要で、つまりはちゃんと目覚めていなければならない。意識もおぼろげなまま歩いてトイレに行って、難なく戻ってこられたころとはちがうのだ。

あの音が耳についてしょうがなく、車いすでリビングルームに入ると、また聞こえてきた。

照明をつけて玄関のドアを開くと、音の正体がわかった。

猫だ。このあたりに家はないので、崖に近い茂みのあたりから来たのだろう。

小さくて痩《や》せこけて泥まみれな風体の猫が、助けを求めるような声でミャオと啼《な》き、わたしを見上げている。

猫は身をかがめ、低い姿勢のままわたしの脇をすりぬけた。まだうっすらと温かみが残った暖炉に一直線に向かうと、そこで腰を下ろした。

こっちを見て、また、ミャオ、と啼いた。

この家のまえの持ち主、エミリー・コッターが猫を飼っていたかは知らない。誰もそのことには触れなかった。猫は部屋を見渡すと、わたしに目をやり、ふたたび、ミャオ、と啼いた。

小柄なトラ猫だった。前足についた血が乾いている。助けずにはいられなくなるほどひどいザマだ。濡れて汚れて、鼻先と前足についた血が乾いている。背骨がひとつひとつ見て取れるほど痩せこけた猫だ。

なぜだろう、前日、ベティ・クロウから言われたことを思い出した。人生の落伍者《デッドレモンズ》、世間の役に立っていないこと、そのときはくやしく感じたが、ベティの言うとおりだった。

そうだよ、自分は人に迷惑をかけたが、猫の世話ならできる。キッチンに入ってツナ缶を開け、ミルクをボウルに注ぐと、ひざの上に載せてキッチンを出た。

猫はいなかった。

濡れた足跡が、閉めるのを忘れていた玄関まで続いていた。これからどうすればいいんだと、がっかりしたような気分になった。

ドアを閉めようとしたそのとき、あの猫が——メスだ——戻ってきた。メスだと断言できたのは、目も開いていない仔猫《こねこ》をくわえてきたからだ。母猫はさっきまでいた暖炉のそばの敷物まで駆けていくと、仔猫を口から落とした。そしてまたすぐ外に出た。わたしは床にいる仔猫を観察した。濡れた黒い毛玉のようだが、ちゃんと動いている。

どれだけ連れてくるつもりなのかと驚きあきれるわたしを尻目に、母猫は行っては戻りを繰り返して、つごう四匹の仔猫を敷物まで運んだあと、子どもたちの脇に寝転んだ。

そこで母猫はわたしのほうを向き、悪いのはおまえだと言わんばかりにミャオと啼くと、こちらを見すえた。

そうだ、ひざの上に食べ物を載せたままだと、わたしはツナ缶とミルクを入れたボウルを、母猫から一メートルほど離れた床に置いた。母猫は身を起こし、遠慮するでも、おびえるでもなく食べはじめ、両方を空にしてから仔猫に向き合った。

おい、今日から五匹の猫飼いになるのか。まいったな。

もう一度キッチンに行ったわたしはボウルにミルクのお代わりを注ぎ、ツナ缶をもうひとつ開けた。母猫は起き上がり、また両方とも平らげた。へえ。三度目の食事を与えたら、母猫は四分の一ほど口にすると、仔猫のそばに戻り、折り重なるようにくっついた四匹を体で取り囲むようにして、あっという間《ま》に寝息を立てた。仔猫たちもすぐに眠った。

小さくてしっとりと温かい毛皮の、平和な島。

車いすから親子の団らんを見下ろしていると、動物は何を一番大切にすべきか、その判断力が人間よりも勝るのだなあと感心した。子どもを守り、食を確保したら眠る。それでよし。

わたしは玄関のドアを閉めた。猫たちが起きないよう離れたところから暖炉にもう少し薪《まき》をくべると、ベッドに戻った。

わたしも仔猫のように熟睡した。

目が覚めると午前八時をまわっていた。もう水曜日だ。

セラピストから宿題をもらい、五匹の猫が迷いこみ、木曜日にマーダーボールを見学するという用事ができた。文句を言えた義理じゃない。生き方を変えるため、ここに引っ越したんじゃないか。本来の目的とはそれてきたが、課題はとにかくできたのだ。

そのあとまもなく、給湯設備が故障していることにも気づいた。

これまでの人生で、蛇口《じゃぐち》をひねって湯が出ないことより厄介だったことはほかにもある。安眠と妻、両脚の自由を手放す困難にもめげず、コツコツがんばれば幸せはつかめる。世の中は不可思議なもの、予期せぬことが起こり、自分の意志ではどうにもできない。だが、給湯器の不具合は人間の意志とは関係ない。

わたしは神を敵に回したとでも言うのか。

給湯器が使えなくなったのは、電源がまた落ちたからだった。

最初に電源が落ちたのは引っ越して三日目の夜、それから二度落ちている。

電力会社に電話で問い合わせると、担当者をうちに寄こした。

とても愛想がよく、体じゅうにタトゥーを彫った、トゥイという年配の男性で、小柄で細身で老いぼれている。シワとシワが陣地争いを繰り広げているような顔に笑みを絶やすことなく、トゥイは電力会社から派遣されたと言った。「お客さん、この仕事はガキのころからやってましてね」

あとでわかったのだが、この男はパトリシアの親戚である三人のトゥイのひとりだった。見かけは老いぼれだが、小柄なだけあってテキパキと細やかに動いてくれた。

電源が落ちたのは今回で四度目だ。この日、トゥイからあった説明によると、このあたりの送電系統が老朽化し、中継器のどこかに負荷がかかって回路が切れたそうだ。電源をリセットして復旧させたが、それでも停電は、まだ続いているらしい。

この家に越してから不具合は日に日に増えている。ただ、利用者が少ないため、電力会社が修理費用を負担したら足が出る。

もし——また——電源が落ちたら、トゥイに直接連絡し、復旧を頼むことになった。それではちょっと効率が悪くないかと彼に言うと、トゥイは顔をくしゃくしゃにして笑った。小ジワとタトゥーが混ざり合い、顔に新しい文様が浮かび上がった。

「ここはフィヨルドランドですぜ。効率なんてハナからありませんて」トゥイは笑う。それじゃ困るんだ。給湯器をなんとかしてくれ。トゥイはわたしの渋面《じゅうめん》を見るや、茶化すのをやめた。

「あとはゾイル家と相談するしかありませんね」と、トゥイはこのあたりの事情を説明してくれた。「ゾイル家は少し離れたお隣さんで、大きな農場と未開拓地の所有者です。お宅とゾイル家で一本の電線を共有してるんですわ。両家がいっぺんに大量の電力を使えば、中継器が吹っ飛ぶ。相談したほうがいいでしょうけど……やめたほうがいいな」

「どうして？」

トゥイは気まずそうな顔をして口ごもると、理由の説明に入った。

「ゾイル家は、ちょっと手荒な真似をすることがあって――怒らせると手がつけられないというか。昔からの住民でしてね。町の連中とはちがって、気むずかしいんですわ」

「要は偏屈《へんくつ》ってことか」わたしはズバリと言い切った。

「偏屈なんてもんじゃありませんよ」トゥイも偏屈だと認めた。

「どういうことだ？　穏便に電力の使い方について話し合えば、こじれずに済むのに」

トゥイはうなずいたが不安げな表情を見せた。「そりゃもちろん。でもゾイル家は放っておくのが一番なんですよ」と言ってから、彼は顔を背《そむ》けた。

「お客さん、ガスボイラーやガスレンジを使ってください。うちの親戚が工事を請け負います。腕は保証つきですぜ。そうすれば電力をあまり使わずに済みます。一件落着じゃないですかね？」ゾイル家と話し合いで解決するよう勧めたのは失敗だったと気づいたのか、こちらの気が変わるようにとガスを引かせようとしているとしか思えないが、彼の思惑どおりにしたくはなかった。

乗ってきたバンに戻る途中、トゥイは持ち前のひょうきんさを取り戻したようだ。「そうだ、お客さん、ガスの手配をやっちまいましょうよ。冷やしたいものがあれば外に置いておけばいい。不便さもやりくり次第ですぜ」トゥイは自分の軽口がわたし以上に受けた様子で、大笑いしながら楽しげに手を振り、クラクションを鳴らした。

仔猫たちの様子を見ると、やつらは暖炉のそばがお気に召したようだ。母猫は眠そうだが、触れようとしたら耳を寝かせてシャーッと威嚇《いかく》してきた。よしよし、慣れるにはまだ早いか。暖炉に薪をくべ、ボウルにミルクを足してから、猫のものらしい小便の溜まりをていねいに拭き取って新聞紙を敷いた。幸い用を足したのは木造の床で、寝床にしている敷物の上ではなかった。

この日はいつになく機嫌がよく、活力がみなぎっていた。

さて、お隣さんに挨拶に行くとするか。

＊

コテージから丘に沿って未舗装路が伸びている。この家を手に入れたときに不動産業者から聞いた話では、この坂道の先には、ゾイル兄弟が所有する農場があるという。舗装はされていないが、道はそれほど荒れてはいなかったので、本道を走らずに近道することにした。のんびりと坂を下るうち、丘の中腹に錆《さ》びた古い門扉《もんぴ》が見えた。看板が出ているが風雨にさらされ、何と書いてあるのかわからない。門扉の鍵は開いていた。車を降りて車いすに乗り換えるには時間がかかるので、降りずに門を抜け、中へと進んだ。三キロほど走っただろうか。農場の母屋《おもや》はまだ見えないけれども、分かれ道でわたしが選んだ側沿いに一軒の納屋があった。灰色にあせた木材と、錆《さび》と腐敗が進んだ波形のトタン板を使っている。奥行き二十メートルほどの、細長い平屋建てである。農業は不案内でどんな用途で使うのかもわからないが、両開きのドア付近に年代物の赤いトラックが停まっていた。

車を停めると、騒々しい音がいつ終わるともなく聞こえてきた。金属音と何かをたたく音、機械音と動力源のうなる音、怒鳴り合う人の声、動物の啼き声もした。大の大人が子どもみたいに甲高い声を上げているのを聞くと、胸がざわついてくる。

車の座席から車いすへの移動にちょっと手間取ったが、なんとかうまくこなしたところで、納屋の騒音がピタリと止んだ。

スピリチュアルな世界を信じるタイプではないし、虫の知らせや霊感というものとも縁《えん》がないくせに、不意に中に入りたくないと感じた。何とも言えない不快感を覚えたのだ。両開きのドアの先に広がる闇の中に、何かが潜んでいる。

恐怖心を振り切って、車いすを進めた。ドア付近まで来ると、着古した青いつなぎ姿の長身の男が中から出てきて、わたしのまえに立ちはだかった。

「手伝おうか?」男の口角は上がっているのに、水色の目は少しも笑っていなかった。容貌が整っているのに、どこかしっくりこないところがあり、たとえるなら、ローマ神話の美少年、アドニスがアヘンをキメたような男だった。顎のラインはたくましく、豊かな唇の上には堂々たる鼻と、申し分のない美男子で、笑顔に悪気などひとつも見えないのだが、歯が黄ばんでいる。年はわたしと同じぐらいか。目線を男の手に移した。つなぎの両袖をまくり上げ、ひじまで血に染まっている。ゴム長靴も足首まで血まみれだ。

「豚の解体中でね」わたしの視線に気づくと男は言った。

「ダレル、アーチー、お客さんだぞー!」男は振り返って大声で言うと、わたしのいるほうに近づいてきた。

まもなく男がふたり出てきた。家族なのだろう、どこか似ている。三人とも大柄で筋肉質、印象的な水色の瞳。ところが最初に出てきた男が美男子だったのに比べると、残りのふたり、ダレルとアーチーはどう見ても美男子とは言いがたく、ローラーで平らに延ばしたような顔立ちで、ふたりとも歯が抜けている。

人づきあいがぞんざいだという感想はまったくケチな言いぐさだが、ダレルとアーチーが左右に立ってこちらを見ており、中央には最初に出てきた男が、先ほどよりも近くに立っている。

この三人、距離感がおかしくないか? 近すぎる。

「ショーンだ」まえに立っている男が名乗った。

「こいつらはおれの兄貴、アーチーとダレル」ショーンはふたりを指で差しながら言った。

「で、あんた、だれ?」ショーンは笑みを浮かべたまま、わたしに訊いた。

わたしもうなずいて笑みを返そうと、左右に視線を走らせる。兄貴ふたりも手足が血で汚れている。それがどうしてこんなに気になるのか、自分でもよくわからない。

「どうも、フィン・ベルと言います。隣に越してきました。丘向こうのコテージを購入したんです」わたしは自分のコテージのほうを指で差した。

「あっちの丘に越してきた?」ショーンは脇のポケットから汚れた布きれを取り出し、手を拭きながら言った。

「ええ、門をくぐって入ってきました。家畜を放し飼いにしているかもしれないと思って、門が閉まったのはちゃんと確認しましたのでご心配なく」

「そりゃどうも」ショーンはわたしのほうには目を向けず、手についた血を落とすのに一生懸命だった。笑顔はいつしか形容しがたい、業《ごう》の深そうな表情へと変わっていた。とにかくこの場から一刻も早く立ち去ろうと思った。

「何しに来た？」脇にいた兄貴のうち、アーチーとか言う名前の男がおもむろに訊いてきた。

「いえね、電力の件で相談したかったんです。電力会社の話では、うちとお宅は同じ電線を共有してるそうですが、わが家はかなりの頻度《ひんど》で停電を起こしてるんです。二世帯が同時に電力を大量に消費するからだそうで。だったらお互い融通《ゆうずう》できればと考えたわけです」

「融通？」もうひとりの兄、ダレルが妙な口調で言った。わたしの発言をそっくりそのまま真似て返しているようにも聞こえる。

「そうです。お互いが電力を使う時間帯を分ければ消費量は安定します」

「なるほどね」まえに立っていたショーンが身を乗り出し、車いすのひじ掛けに両手を置いた。「うちは毎晩電気を使うから、どうだろう、お宅は日中、うちは夜、と分けるのは」ショーンはわたしの顔のすぐそばまで自分の顔を近づけた。

もう少しで「離れてください」と言いそうになったところで、兄貴のダレルがわたしの肩に手を置いた。味方をするから安心しろとばかりに軽く力をこめた。

無意識に見上げると、ダレルは笑みを返した。涙ぐんでおり、おびえているようにも見えた。

そのときショーンが口を開いた。「よせ、こいつは勘がいい、近寄るんじゃない」

この段階でわたしははっきりと悟った。この三兄弟はどこかおかしい。心がざわざわするような、妙な空気を感じる。

ショーンは一歩脇に寄ると、わたしの肩を揉んでいたダレルの手を取ってから、視線をこちらに戻した。ショーンは真顔になっていた。

「わざわざどうも。帰り道はわかるよな。おれたち仕事に戻らなきゃなんねぇんで」

アーチーが脇にまわりこんでダレルの手を取ると、納屋のほうに体を向けさせた。

「仕事しなきゃね！」ダレルは年齢の割に幼い口調ではきはきと答えてから、ちらりと顔だけこちらに向けた。アーチーは首を横に振り、ダレルを引っ張って納屋へと連れて行った。

「ってことは、あんた、ひとりであそこに住んでるのか？」ショーンがわたしに訊いた。

「ああ、わたしひとりだ」

「その上、車いすのお世話になってるのか。気をつけろよ」ショーンの顔に笑みが戻っていた。

ショーンはこちらに背中を向けて納屋へと歩いていく。一歩一歩、彼が離れるにつれ、こちらの気持ちが晴れていく。

ショーンが納屋に入ったのを見届けてから、わたしは車いすの向きを変え、車に乗りこんだ。車いすをたたんで運転できる体勢になるまで数分かかったが、その間《かん》、納屋からは何の音も聞こえなかった。その異様な雰囲気に、ずっと肌が粟立《あわだ》っていた。

運転席に落ち着くとすぐ、ドアのすべてをロックしてアクセルを踏んだ。バックミラーをのぞきこみ、後方の様子を確認する。なぜだかわからないが、あいつらの赤いトラックがスピードを上げ、わたしを追ってくるかもしれないと不安になったからだ。

コテージに着いても車から降りず、わたしはそのまま市街地へと向かった。人が集まっているところに行きたくて、大通りに駐車した。ゾイル家の三兄弟と会ったときの記憶を巻き戻して考えてみたが、彼らにどうしてあんな態度を取ったのか、自分でも腑《ふ》に落ちなかった。ふつうのお隣さんじゃないか、応対もことば遣いもまともだったし、不作法なことは何ひとつされなかった。なのにどうして、この違和感を誰かに伝えたくてたまらないのだろう。ショーンが血まみれだったからか？　不自然なほど近寄ってこられたからか？　話しぶりが妙だったからか？　いや、おかしいのはこちらのほうだったかもしれない。初対面から馬が合わないことだってあるじゃないか。そうだ、わたしはひとりでいる時間が長すぎたんだ。きっとそうだ。ゾイル家の人たちが悪いんじゃない。

被害妄想はもうやめよう。わたしは車から降りた。こんなときは海岸まで足を伸ばし、美しい景色を見るといい。それから買い物をして、猫に食わせるものを手に入れよう。

車のドアを閉め、ウインドウに映った自分の姿と向き合ったとたん、太い指の形をした血のシミが肩に残っているのに気づいた。ダレルが手を置いたしるしだ。そして、ショーンのことばに覚えた違和感。

「よせ、こいつは勘がいい、近寄るんじゃない」

しかしなぜ、こんなに気になるのだろう？

第六章

五か月前、一月五日

午前三時。ふたたび未明に覚醒。

リビングルームで暖炉に薪をくべる。炎が照らす中、買ってきたバスケットの中で折り重なるようにして眠る仔猫たちをながめる。ノミの除去やらなんやら、できることはすべてやった。母猫はわたしのひざの上にいる。

二日ほど経ってようやく、〝産後は寝るのが最優先なんだから、むやみに近寄ったら容赦しないからね〟という、母猫の無言の訴えから解放された。猫とは、かくも奇妙な動物だ。

猫に起こされたわけではないが、目が覚めたんだから世話をしてやるか。

こうしてわたしは車いすでリビングルームに移動し、そこで身を落ち着け、仔猫の様子をずっとながめていた。心はさんざん踏みかためたはずの人生の道筋をさまよう。ここ数年のこと、不眠のこと、アンナのこと、脚のこと、ここに越してきたこと、これからのこと、などなど。

酒を飲んでしまおうかとも思ったが、それでは現実逃避で終わってしまう。皮肉な話だが、事故に遭い、両脚の自由を奪われたことがアルコールへの依存を断つきっかけとなった。過去の自分に戻る気は一ミリもなかった。アンナにはまだ未練があるが、別れてよかった。妻にひどい仕打ちをしてきた自分に怒りを覚える。ふたりで築いた生活を全否定するも同然のことをしたのだから。アンナと距離を置けば、彼女を傷つけずにいられる。

だからといって、自分の今後の人生設計が定まったわけでもない。

そこで、ベティからもらった宿題を考えることにした。人生の落伍者《デッドレモンズ》。自覚はなくても、わたしはベティの言う〝落伍者〟なのだろうか。世の中には落伍者という自覚を持ち、いや、人から落伍者のレッテルを貼られる人々が一定数いるのだろうか。ベティはなぜ「人間の一生は生まれたときからすでに決まっていて、自分では変えられないの」と、繰り返し言ったのだろう？ わたしはちがうと思いたい。自分の幼少期を振り返る。境遇には満足していなかったが、疑問を持ったこともなかった。だが大人になり、美しいもの、善良なものの判断がつくようになっても、自分の価値がどこにあるのかわからない。

そこが問題なのだ。

違和感は漠然としている。言い訳や弁明、屁理屈は要《い》らない。屁理屈はあとでいくらでもつけられる。頭で理解し、ことばにできるものを違和感とは言わない。違和感とは、五感で感じ取るものだ。

そこで改めて、ゾイル家の三兄弟と会った二日前のことを思い出した。ただならぬ違和感を覚えた。あのときから何度か、彼らのことを考えていた。ただの挨拶じゃないか、悪意なんかないと考えようとした。日暮れ時でもあったし、敷地内が妙に片づいていたからだと、わたしは違和感に何とか理由をつけようとしていた。

いつしか眠りに落ちると、夢見が悪いが内容が思い出せない夢を立て続けに見た。恐ろしくて目が覚めるほどの悪夢なのに、内容をまったく覚えていないというやつだ。なぜだろう、恐怖が味覚となって口に残る。すっかり目が覚め、凍えながら居心地の悪いいすに落ち着いたのが、ちょうど朝の七時過ぎ、暖炉の火は消え、リビングルームは凍てつくほどの寒さだった。

暖炉に火をくべ、一日がはじまる。今日はマーダーボールを見学する日だ。パトリシアのいとこのひとり、タイ・ランギが午前十時に迎えに来る。

マーダーボールをやれば、下肢が動かないという現実を受け入れられるかもしれない――医者たちはわたしに言った。「事故から二年も経過すれば、みなさんまた歩けるようになる、〝医師もさじを投げた病状から回復〟のような見出しをつけ、タブロイド紙が報じるぐらいに元気になると、前向きに考えます。ですがベルさん、あなたがふたたび歩けることはありません。あきらめてください」もともと悲観的な性格のわたしは、もう歩けないという運命を受け入れている。

不便だと感じるのは、セックスができないことぐらいだ。

麻痺と性機能との因果関係は、当然のように医師の間で意見が分かれている。できるとも、できないとも言われているが、正解はいずれわかる。脳が性的に刺激されても勃起しないのは、じつに奇妙だ。麻痺するとはこういうことなのだと納得するのに時間がかかった。どう折り合いをつければいいのか、今もわからない。だからセックス以外に熱中できることを考えようと思ったのだ。

団体競技をやるのはハイスクール以来、しかも真剣に取り組んだことは一度もないのに、なぜかこの日が来るのを楽しみにしていた。やったこともないこと、自分から進んで手を出しそうにないこと。それだけでも十分動機になる。食わず嫌いは自分のためにならないと考えるようになった。自分は信じるに足る人間であるかもわからないのだから。

母猫と仔猫をながめながら、朝食を取った。こいつらの面倒を見なくては。まずは獣医に連れていこう。引き取り手を探そう。途中で不動産業者のオフィスに立ち寄り、エミリー・コッターが、まだ近所に住んでいるか、たしかめることにした。エミリーは高齢で、健康上の理由でコテージを処分したそうだから、地元の高齢者施設に移ったかもしれない。

午前十時ちょうど。鮮やかなイエローに塗装し、前面に〈Ｃｈａｈｏｏ！〉と大きく書いたライトバンが、わが家のポーチに停まった。Ｃｈａｈｏｏとは、地元民でなければその意味を的確に言い表せない、土地のことばだ。うれしい、悲しい、腹が立つ、この三つの感情が一度に巻き起こった男たち、たいていは酔っ払った男たちがかけ合うことばだ。

座っていてもこれだけ大柄な人を、わたしははじめて見た。

彼も車いす利用者なので、体の大きさは座高で判断するしかなかった。快適に移動できるようライトバンを改造しており、速やかに車から出ると、わたしが玄関のドアを開けて出迎えたころには、もう戸口にいた。

ずける。

「よぉ！　おはよう《モレナ》！」タイは陽気な声で挨拶した。近くで見るとさらに大柄だった。肥満ではなく、人並み以上に筋肉が発達している。パトリシアと血がつながっているというのもうなずける。

たくましい両腕にはマオリ族のタトゥーを彫り、分厚い肩に太い首。彼の手にかかると、車いすのホイールが小さく見える。その上に大きくて人なつっこい顔が乗っていなければ、怖気《おじけ》づくほどの体軀《たいく》の持ち主だった。

「やあ」と言ったあと、タイがわたしの車いすに目をやり、眉をひそめたのに気づいた。

「あのさ、その車いす……ショボくないか」と言いながら、タイは首を横に振った。

車いすをくさされたのは、このときがはじめてだった。目の見えない子どもに手話でコミュニケーションを取るかのようで、あまりいい気はしなかった。

「そりゃどうも」わたしは答えた。

「買うまえに誰かに相談するべきだったな。口出しするのはみんな気が引けたんだろう」タイはさらに腹立たしいことを言った。

「車いすなんてどれも同じだろう？」わたしはムキになって返した。

「そりゃそうかもしれない。でもな、使い勝手がいい車いすは、吸いつくような女の体みたいに気持ちいいぞ？」タイは笑った。

「おれは車いすを作っている。これもそうだ。どうだい？」そう言いながら、タイはくるりとまわった。わたしの車いすはどう見てもセクシーさに欠けている。タイの車いすはブラックのマット仕上げ、座席は低めで、ひじかけやハンドルはなく、ホイールは斜めに取りつけてある。わたしのは、昔からある直立型で、フレームは磨きをかけたクロムめっき、病院によくあるタイプだ。

なんだか急に、タイの車いすがうらやましく見えた。

「気にすんな、ぐんとセクシーなやつを見つくろってやるから。そいつは高齢者施設に寄付してやれ」タイはニッコリ笑ってわたしに言った。「よし、行くか。マーダーボールの時間だ！」

ライトバンの助手席に乗り、車いすごとシートベルトを締めたわたしはタイに言った。「もう何年もスポーツらしいことをやっていないんだ」

タイは身を乗り出してわたしをまじまじと見てから言った。「脚が動かなくなって何年になる？」

「七か月と三週間」即座に返すとタイはニヤリとした。

「やれるさ、たったの七か月ならうまくやれる」そしてこうつけ加えた。「おまけにここ数週間、練習中に負傷者は出ていない。深刻な負傷者はいないってことだがな」

「試合はどこでやるんだ？」〝深刻な負傷者〟の意味するところをあまり考えたくなかったので、わたしは尋ねた。

「バルクルーサだ。ここから近い。おれたちのホームグラウンドだぜ！」タイは得意げに言った。

南島も南の果てまで来ると、みんなこんな感じだ。どこもへき地だし、人がいない。〝ちょっとコーヒーを一杯〟と言っても、まさか一時間以上車を飛ばさなきゃいけないとは思わないだろう。そういうものの考え方は嫌いじゃない。

「十九世紀、バルクルーサでゴールドラッシュがあったって話は聞いたか？　町から山師が残らず消えちまったが、あいつら大豪邸を建てたんだ。で、豪邸のすぐ隣にインドアのテニスコートを作ったやつがいた。そいつのひ孫がひょんなことからちょっとした額の金を手に入れ、いい気になって、バラ園を地ならししている途中に自分の脚まで地ならししちまった。ひざから下を失うことになった」と言いながら、タイは何かがつぶれるような生々しい音を立て、掌《てのひら》をダッシュボードの上で弾ませた。「今じゃそいつはチームのエースで、チーム専用のマーダーボール・コートのオーナーだ、ざまあみろ」タイはニヤリと笑いながら言った。

彼は楽観主義者のようだ。

気さくで話しやすく、彼といると時間があっという間《ま》に過ぎていく。パトリシアもそうだった。だれとでも本音で打ち解けることができる人たちがうらやましくてしかたがない。幸せのおすそわけが何のてらいもなくできるのだろう。

「で、どうして殺人球技《マーダーボール》って言うんだ？」と尋ねると、タイは由来を説明してくれた。

「できたころからそう呼ばれてた。その後にプロリーグができ、協会が発足し、ルールが山のように追加されると、車いすラグビーとか、クアッド（四肢麻痺を意味するquadriplegicから）・ラグビーとか呼ばれるようになり、パラリンピック種目に加わった。でもな、おれたちはそんなお上品なプレイはしないぜ。今でもマーダーボールをやってる」

そんなこんなで、わたしたちは錆と汗の臭いがする、古いインドア・テニスコートに着いた。ラインは薄れ、コンクリートにはひびが入り、チカチカと不規則に点滅するスポットライトは、まるで工場にいるような雰囲気にさせる。中に入ると、ＡＣ／ＤＣの〈サンダーストラック〉のサウンドにかぶさるようにして、ストラップで車いすに体を固定させた人たちの雄叫《おたけ》びが聞こえてくる。彼らはいくつものストラップを使いこなしている。

「おい！　みんな、こいつはフィンだ！　フィン、こいつらが仲間だ！」タイがどよめきに負けないぐらいの大声で呼ぶと、フロアに散っていた車いすがわたしのまわりに集まってきた。

「競技経験は？」わたしのそばに来た車いすから、赤毛の豊かなヒゲ、同じ色の巻き毛の男性が話しかけてきた。鼻にリング状のピアスをふたつつけ、〈Ｉｔ Ｈａｐｐｅｎｓ〉（よくあることさ）とメッセージが載った、レインボーカラーのヘアバンドをしている。

「ない」と言って、わたしは四方を見渡した。今まで見たこともない車いすばかりだ。車体は低く、補強されており、最新鋭の小型戦車のように見える。どれもこれも、へこみや傷がたくさんあった。

「ほれ、ぶん殴るときはこれを使いな。新入りは必ずトップを取ることになってる」と、赤毛の男はわたしの太ももに何かを投げてよこした。

マウスガードだった。手に取ってから、振り返ってぎこちなく笑いかけると、わたしの疑問を察したのか、赤毛の男のほうから訊いてきた。「試合を観戦したことは？」

「ない」

「そうか」と言ってから、彼は含み笑いをしながら、車いすの脇にかけたバッグの中をまさぐった。

「じゃ、これも使えよ」今度はもう少し大きなものを投げてきた。ホッケー用のヘルメットだった。

「マザー・テレサ待遇で行こう、な？」と言ってから、わたしのうしろにいるメンバーに怒鳴った。「ジョン・ジョン、フィンはマザー組に入れてくれ、いいな？」

「えっ？」

「彼女は車いす初心者のマザー・テレサだ。やさしくしてやれ」赤毛の男はニヤリとした。ゲームがはじまったとたん、わたしは少年時代に逆戻りしたような気分になった。

まるで悪ガキどもがじゃれ合って喧嘩しているようにも見える。文字どおり技を競い合う競技もあるが、マーダーボールはストリートの勝負だ。ダーティーで容赦なく、話にならないほど暴力的なゲームだ。

その後わたしは、自分の車いす史上最高と断言できる一時間を過ごした。マーダーボールは人に勇気をくれる。チームの一員であるという自覚が芽生え、そこに身を置くことの意義、怒り、幸せを教えてくれる。感動がじわじわと伝わり、実感へと変わった。タイに車で送ってもらって自宅のポーチに降り立ったとき、数か月ぶり、いや、数年ぶりに楽しい時間を過ごしたと、しみじみ思ったのだった。

顔が疲れるほど笑い、これまで感じたことのない、温かくて軽やかなものが胸に広がり、わたしは少しずつ、これは安らぎだ、幸せにも似た感情だと認識する。この心地よさが徐々に全身へと広がっていくのをポーチで楽しんでいると、ぼんやりとした意識が次第にはっきりとした像を描く。幸せはなぜ、人を若返らせるのだろう。いや、そうじゃない。わたしはなぜ、年寄りじみたことばかり考えるのだろう？

＊

シャワーを浴びて遅めの昼食を取ったあとも落ち着かないので、市街地に出ることにした。エミリー・コッターの転居先がわかれば、猫のことも決着がつくかもしれない。この日のうちに済ませておくべきことでもないが、いつになく人恋しかったのは、出かける理由として十分だった。不動産仲介業のベンは疑うことなく「はい、コッターさんは一ブロック先の、高齢者向けコミュニティーにいらっしゃいます」と言って、連絡先も教えてくれた。

気分が高揚したついでに、その足で高齢者向けコミュニティーに行くことにした。

だが、気分はそこから下り坂になった。

高齢者向けコミュニティーに着くと、看護師はすぐ退出することを条件に、エミリー・コッターの部屋へと案内してくれた。エミリーは〝落ち着いている〟けれども、興奮させると心臓によくないので、とも注意があった。

心労のせいか、エミリーはまるで生気がない。

挨拶を交わしたときは礼儀正しくて気さくな印象だったが、心に深い傷を負っていると、すぐにわかった。彼女に与えられたワンルームに、悲しみが霧のように広がっていた。

幸せな人たちにはわからなくても、わたしの肌が悲しみを感じ、わたしの目に悲しみが飛びこんでくる。看護師は笑顔でうなずくと、部屋をあとにした。エミリーの不安を感じ取れたのは、わたし自身も不安だったからかもしれない。

あなたのコテージを買った者ですが、少しうかがいたいことがあると言うと、エミリーは気が進まなそうだが話を聞こうという姿勢を示した。

部屋の中に通された。少し待っててねと言って、彼女はお茶を淹《い》れに調理スペースへと移動した。せっかくの厚意に甘えることにして、わたしはその間《かん》、部屋の中を見回した。思ったとおり、壁には写真や装飾品など、彼女の人生を物語る品々があった。

結婚式やコテージの裏門で腕を組んで立っている写真など、エミリーと夫の数年間をとらえた白黒の写真。娘と思われる写真もあった。かわいらしいブロンドの女の子の誕生から、十二、三歳だろうか、手には絵筆、泥だらけの顔に拡大鏡をかざして、弾けるような笑顔の少女をとらえた写真があった。

どこか不自然だと感じたが、どうしてかはわからなかった。

「じゃあ、あなたがあのコテージを買った方なのね」エミリーがコーヒーテーブルにトレイを置きながら、かすかに震える声で言った。わたしは彼女のほうに体の向きを変えた。

「そうです、住みやすいお宅ですね」

「ええ、そうでしょうとも」とは言いつつ、エミリーは心を許したようではない。まなざしと会話がそぐわない。

「実は、あることを確かめたくてうかがいました」わたしはそう言ってお茶をひと口飲んだ。「コテージに猫が一匹迷いこんでいるのですが、ひょっとしたら、以前飼ってらっしゃいましたか。小さなトラ猫で、トイレのしつけはもう済んでいます」

エミリーは一瞬、困ったような顔をしてから答えた。「いいえ、ベルさん、猫は飼ったことがありません」しょんぼりとうつむいてそう言うと、彼女は視線を上げた。

「聞きたかったのは、それだけですか？」エミリーの声はおびえていた。

「ええ、ただ、その、コテージが町から離れたところにあるので、てっきりあなたが飼ってらした猫かと思いまして」

エミリーは息づかいを荒くしながらカップをテーブルに置いた。カップがカタカタと音を立てた。

「あの人たちと会ったのかと思って。ほんと、ごめんなさいね。あの家を売らなきゃよかった。もう住んでいられなくて。彼らがいるんですもの、ねえ」エミリーは家族の写真を見ながら首を横に振った。

「どういうことです、コッターさん、いや、エミリー？」わたしは身を乗り出してエミリーと視線を合わせた。聞かなくてもわかっている。聞きたくないけど、あえて尋ねたのだ。

「ゾイル家よ」エミリーは写真から目をそらして言った。ゾイル家と聞いて、彼らとはじめて会ったおとといの光景がふたたびわたしの脳裏をよぎった。

「ごめんなさい、もうあそこに住むのはこりごりよ。誰も信じてくれなくったっていい、わたしにはわかるの。母親の勘は必ず当たるものなのよ、ベルさん」エミリーの声は次第に落ち着きを取り戻していった。

「彼らは、ほしいものをすべて手に入れるの」彼女の視線はずっと壁面をさまよっている。やがてわたしは、エミリーが何を言いたいかわかった。壁の写真に違和感を抱いた理由がわかったのだ。エミリー・コッターの現在の年齢は七十代から八十代なのに、夫や娘の写真は若いころのものしかない。

夫は数十年前らしき姿を写したものから先の写真が一枚もない。娘のほうも、先ほど目に留まった弾ける笑顔の十二、三歳の写真で途絶えている。そういうことだったのか。

「わたしは認知症じゃない、ちがうの」彼女は訴えるような声でわたしに言った。

「大丈夫ですよ、エミリー。何があったんですか?」わたしは諭《さと》すように、また訊いた。

「わたしは決して忘れない。決して忘れない」エミリーは呪文のように繰り返し、声が次第に大きくなる。いすに座ったまま、彼女は前後に体を揺らしはじめた。部屋の隅から煙探知機のようなブザーの音がしたかと思うと、看護師がふたり、入り口から飛びこんできた。

わたしは部屋から追い出され、外に出たらすぐドアが閉まった。

「あなた、コッターさんのご親戚じゃありませんね、ベルさん?」背後で声がした。車いすの向きを変えると、クリップボードを持った別の看護師がいた。

「はい」と答えた。「エミリーからコテージを買いました。家に来る猫の件で訊きたいことがあったんです」

「申し訳ありません、ベルさん」看護師はクリップボードにあったわたしの名前に目を落としながら言った。「こちらの手ちがいです。エミリー・コッターは体調を崩しているのに、あなたが身内の方で、彼女の病状を理解していると、当方の看護師が勘ちがいしてしまいました」

「どこがお悪いのですか?」わたしは尋ねた。

「申し訳ありませんが、患者の病状についてはお話しできません。面会を途中で打ち切ったことはお詫《わ》びしますが、コッターさんは今、休養が必要です。ご不明な点はわたしたちがお聞きしますし、病院がご家族と連絡を取り、伝言があったらお伝えしますが」

とはいえ、わたしには別段訊くことはもうなかった。

「ありがとうございます。疑問は解決しましたし、かえってお手数をおかけして申し訳ありませんでした。うかがいたかったのは猫のことだけですから」と言うと、看護師はうなずき、別の患者からのナースコールに対応するため去った。

わたしはしばらくそこにおり、頭の中を整理してから車いすを動かして出口へと向かった。ただの思い過ごしとはわかっていても、運転中はずっとエミリーの声が頭に響いていた。

「わたしは決して忘れない。決して忘れない」

第七章

五か月前、一月十三日

またしても、午前三時。

猫五匹と一緒に、暖炉のまえにいる。週末、こいつらを獣医に連れて行った。車いす生活者が猫を五匹まとめてキャリーボックスに入れるのはひと苦労だ。みんなノミもなく、健康だった。仔猫たちはそろって目が開いた。そこそこ猫らしくなってきた。

その代わり、あたりかまわずおしっこやうんちをする回数も飛躍的に増した。

一週間ほどはぐっすり眠れていたのに、この夜だけはダメだった。夜が明けたら次のセラピーを受け、マーダーボールの練習があるというのに、眠れないとわたしは決まって不機嫌になる。

それでも次回のセラピーが待ち遠しかった。前回ベティが出した宿題にも取り組んでいる。人生の落伍者《デッドレモンズ》について考え、鏡に映った自分の顔を毎日ながめる。自分がこうやって、ひとつのことにじっくり取り組むなんて、いつ以来だろう。五分ほど鏡を見ていると、妙な気分になってくる。鏡に映っているのが自分に見えなくなる。赤の他人に見えてくる。見知らぬ人の顔が脳裏で像を結ぶ。気味が悪い。こんなことをして、いったい何の役に立つというのだろう。

この晩は、いつもとはちがうことがいくつも頭をよぎった。エミリー・コッターと面会した日のことが頭から離れない。この家で、彼女が夫や娘と過ごした日々を思い浮かべようとした。当時を思わせるものは、まだ残っているはずだ。ベッドルームはエミリーが使っていた部屋で、廊下をはさんだ向かい側が娘の部屋。キッチンのドア枠に残った傷は、娘の誕生日のたびに身長の伸びを刻んだものだろう。わたしはコテージに暮らす幸せな家族の様子を思い浮かべた。

ところがゾイル家の三兄弟のことを思い出すと、コッター家の幸せな家族像が邪悪にゆがむ。わたしはただの元アルコール依存症患者で、下肢の機能を失い、移動は両手が頼りだが、この家で過去に何があったのかをがぜん知りたくなった。ぜったいに何かあったと、勝手に決めてかかっていると自覚している。あったに決まっている。もちろんゾイル家が関与している。あの三兄弟に挨拶したときに感じた不気味さは消えず、ここに戻っても消えなかったじゃないか。彼らの不快で、どうにも受け入れがたいなれなれしさといったら。

もう一度エミリー・コッターに会うべきかとも思ったが、会ってどうしろというのだ。パトリシアやタイに訊いてみようか。コーヒーでも飲みながら、さりげなく。なあパット、調子はどう？　そう言えばゾイル家の三兄弟がコッターさんの夫と子どもを殺したんだって？　あ、そこの砂糖取ってくれる？

そんなことをしても意味はない。おまけにわたしにはやるべきことが山ほどある。

またうとうとしたものの、冷えて体がこわばって目が覚めた。日が暮れてから気温が下がったせいだ。

おまけに給湯器からまた水が出る。

朝の八時になってすぐトゥイに電話すると、あっぱれなほど愛想よく、こちらの苦情を聞いてくれた。一時間以内にうかがいますと答えて、彼は電話を切った。そのことばどおり、三十分後に折り返し電話をよこし、問題は特定できたと報告があった。トゥイは冗談めかして「あと一時間ほど待ちゃ、お客さん、お湯で体があったまりますぜ。まずは何か腹に入れて。散歩、いや、車いすでそこらをまわっててください。体は自分で温めなきゃね」と言って、電話を切った。トゥイは前回もわたしを励まそうとしてくれた。だけど熱いシャワーを浴びる以外、どうやって体を温めればいいかわからない。わたしはそれぐらい了見《りょうけん》が狭い男なのだ。

ベティとのカウンセリングのため、この日は早めに家を出た。天気がいいので埠頭《ふとう》に寄ってから行くことにした。行き交う漁船をながめる。その名のとおり、リヴァトンはジェイコブズ川《リヴァー》が、広々とした穏やかな海水の入り江と交わる場所にある。鳥、魚、植物——感性が鈍《にぶ》ったわたしの目でも美しく映るものがたくさんある。

入り江をぐるりとまわってみると、いつもよりひっそりとしているのに気づく。ロブスター漁船が港を離れ、人通りが減ったのだ。

絵のように美しい景色、みずみずしい磯の香りをはらんだそよ風に吹かれて、湯が出ないというわたしの不満も飛び去って行く。たとえ人生の落伍者でも、太陽の恵みに与《あず》かってもいいはずだ。

「あっちの丘の人！」大きな声が聞こえた。かなり近くにいるようだが、左右を漁船がすいすいと進み、一段高くなった入り江にいると、声の主がどこにいるのかわからない。だが、その声には聞き覚えがある。

「今、行くから」声の主がまた大声を上げる。そこでようやく、入り江の左側から頭が見えてきた。すぐに後退し、すぐ下の船から上がってくる男の顔を見た。

ダレル・ゾイルだ。

ダレルはわたしを指さしながら近づいてくると「あっちの丘の人」と、また言った。あとずさりして距離を広げたいのだが、入り江に投げ出されたロープが邪魔をして車輪が動かない。前進し、一度ダレルと向き合う以外に道はなかった。

失礼なことをしている自覚はあった。

ダレルが子どものように素直で、弟たちの助けがなければ生活が成り立たないぐらいの障害を抱えているのはひと目でわかったが、問題はそこではない。とにかく彼から離れたかった。そこでわたしはダレルと目を合わせ、笑顔を作り、声を張って「やあ、ダレル！」と挨拶したら、さっさと彼の脇をすり抜けて逃げようと考えた。

ところが、すり抜けたと思ったところであいつは車いすを片手で押さえ、もう一方の手でわたしの首根っこをつかんだ。首筋を静かに揉むダレルの手のひらは、じっとりと汗ばんでいる。「下を見てよ」ダレルが体を寄せてきた。わたしの頭を押して、無理やり下を見せようとしている。そうは行くかとこちらも力をこめたが、ダレルはさらに強く押してくるので、わたしはされるがまま足元に目をやった。

「ちゃんと下を見てよ。ショーンが言ってた」と、頼みこむような声でダレルは言う。

「放してくれ、ダレル、すぐに放せ、頼む」声を荒らげないよう注意し、片方の手をうしろにまわしてダレルの手首をつかんだ。もう一方の手で車いすの車輪をまわし、なんとか自由を取り戻してから、ダレルと向き合った。

「ちゃんと下を見てよ」ダレルは繰り返した。

「触ってほしくないって言ったじゃないか、ダレル！」わたしはいら立ち気味に彼を諭した。

「兄貴に指図するな」頭の上から声がした。見上げると、ロブスター漁船のキャビンに立った無線塔にまたがっているショーン・ゾイルが見えた。前回会ったときから頭に焼きついて離れない、あのうつろな笑みをまた浮かべている。

いつからこっちを見ていたのだろう。黙ってわたしたちを観察していたのか。

「戻ってこい、ダレル」ショーンはわたしに見向きもせずに言った。

もうどうでもよくなったのか、ダレルはさっさと背中を向けた。

「これはお宅の漁船ですか？」わたしは訊いた。関心などない、会話が途切れたから訊いたのだ。まさかダレルと顔を合わせるとは思っていなかったので、胸がドキドキしている。

「一族の船だ」と、ショーンは答えた。

「漁に出るんですか？」わたしは訊く。

ショーンは海に視線をそらしてから答えた。「今出すか、あとにするか」そしてこちらをまた見て、わたしをにらみつけた。

黙ったままこうしているのもなんなので、こちらが先に立ち去ることにした。

「じゃ、いい漁になるように」わたしは車いすの向きを変え、車に戻った。ショーンは無言だった。

わたしが車に乗りこむまで、ショーンはずっとこちらを見ているかと思ったが、そうではなかった。彼の姿は消え、絵はがきのように見事な景色が広がっていた。

いつものリヴァトン。

ベティの家へ向かう途中、ちょっと気が昂《たか》ぶっていたけれども、別にいら立つ必要もないのだ。あの兄弟に身構えてしまうのはなぜか、わざわざ話すことではない。

ふとしたことで記憶のスイッチが入ることがある。このとき、ダレルの汗ばんだ手が、わたしの首筋を這う、あの感触が蘇《よみがえ》った。こじつけなのは自分がよくわかっている。

*

この日、ベティはオフィスで座ってわたしを待っていた。

「遅刻よ、フィン」部屋に入るなりお小言だ。

「すみません、ベティ、時間をまちがえたようで」

「宿題の答えは出た？」

「ええ、それが、その――」

その先はベティが言わせなかった。「言い訳は聞きません。続けなさい。カウンセリングは宿題の答えが出てから。あなたはまだ、自分が何も知らないのを自覚するところまで達してないわね」

「わかりました、じゃ、今日はどんな話をするんですか？」わたしは訊いた。

「退屈と好奇心との関係について。このふたつ、あなたはどう考える、フィン？」

「どういうことです？　退屈は退屈でしょう。興味や関心がわかないこと。好奇心とは、知りたいという気持ち」自分の境遇やセラピーとどんな関係があるのかわからず、思いついたまま口にした。

ベティはじれったそうに舌打ちしてから「おつむが足りないの？」と言って、首を横に振った。

「これはセラピーよ、フィン。もっと頭を使わなきゃ」

わたしは反省するでもなく、ベティのお小言にただ、肩をすくめてみせた。

「さあ、退屈と好奇心の共通点は？」と、ベティにせっつかれる。退屈と好奇心……よし、考えろ、フィン、とにかく考えるんだ。

「わかりません」これがわたしの出した答えだ。

「フィン、じゃあ、視点を変えましょう。どちらも心で感じることよね？　退屈も、好奇心も、どう？」助け船が出たおかげで、彼女の意図がわかった。なるほど。

「心で感じること、つまり……」ベティはここで間《ま》を置いて、わたしに答えさせようとした。

「感情?」と答えたが、自信はなかった。

説明を聞いてわかったつもりだったが、どうもしっくりこない。

「そう。退屈と好奇心は感情と言えるわ。感情を大別すると、二種類で……」ベティはわたしに向かってうなずくと、その先を言わせようとした。算数の授業中に問題が解けなくて、クラス全員の視線を浴びたときのバツの悪さがフラッシュバックする。

二種類の感情か。持てる知識を総動員し、ひらめきが確信というレベルに達したところで口を開いた。

「いい感情と悪い感情」

「正解。人間の感情は突き詰めれば、愉快と不愉快の二種類に行き着くわ。退屈と好奇心はどちらも感情だけど、どっちだと思う?」

「退屈は不愉快、好奇心は愉快」

「こっちも正解、フィン。さて、今回も宿題を出すわよ。その一、次の週は、退屈と好奇心を、一週間ずっと意識して過ごして。その二、一日の終わり、カレンダーでも日記帳でも、電話でもいいから、その日に印象的だったできごとを書き留める。退屈か、好奇心をくすぐられたか。毎日よ。いい?」

「そうします」

「次回のセッションで、わたしに報告すること」

「退屈と好奇心は感情である。退屈は不愉快。好奇心は愉快。退屈と好奇心、どちらを感じたかを書き留める。わかりました」わたしはうなずきながら答えた。

「よろしい。じゃあ外に出て、養蜂を手伝ってちょうだい」と言って、ベティは席を立った。

「養蜂を手伝う?」わたしはそっくりそのまま返した。

「気にしなくていいのよ、できることだけ手伝えばいいから」と言ってベティは出て行った。

また靴を脱いでいる。日ごろから野外に親しむタイプのご隠居なのだろう。

ベティはキッチンで分厚い養蜂用防護服の装備をはじめた。四方をビニールのメッシュで覆った、白くて大きめの帽子、ひじまで届く厚手のゴム手袋。彼女はわたしの脇に積んだ白いビニールを手に取り、わたしも蜂よけの準備をした。ベティはひざをついて、わたしのズボンの裾をソックスの中にたくしこんだ。別に頼んでもいないのに、年配の女性でなければ眉をひそめるぐらいぶしつけなやり方で、手際よく支度を調えて行く。

おたがい納得できるまで準備が整ったところで、ベティはこちらを向いた。

「ミツバチは不思議な生き物なのよ、フィン。蜂は人間の恐怖を察するって知ってた? においじゃない。蜂には嗅覚はないけど、察するの。人の頭の中を察して、恐怖を見つけたら徹底的に攻撃をしかける。わたしはふだん、防護服はつけないで蜂の巣と向き合う。精神が安定しているときはね。機嫌が悪いとき、気が散ってしょうがないときは、蜂に襲われるより先に、こっちが近づく気になれない。

さて、巣板《すばん》を取るついでに、ためになりそうな実験をやってみましょうか。これまでにつらかったことを思い出して。悲しくなることを、わたしが『ストップ』と言うまで考えて。わたしもやるから。次に、わたしが『ストップ』と言うまで、愉快なことを考えて。それからまた、悲しいことを考えて。さて、どうなるかしら」

わたしはうなずくと、頭の中でつぶやいた――よい子は真似しちゃいけないよ。

わたしたちはベティ宅の裏手にある、だだっ広い野菜畑に出たあと、茂みをいくつか抜け、丘の上り坂に続く、何も植えていない畑にやってきた。巣に近づくまえにベティが言った。

「悲しいことを考えて」

それなら得意だ。この人生、悲しい結果に終わった道をいくつか選んできたわけだから。まず思い浮かんだのがアンナのこと。気持ちの焦点をアンナに向けるのは少し苦しかったが、彼女のこと、ふたりのことをできるかぎり思い出そうとつとめた。ミツバチが勢いを増す。群れ成す羽音で、空気がずっと震動している。顔にかぶせたメッシュにたくさんの蜂が止まり、目のまえがほとんど見えない。ベティもわたしと同じ目に遭いながら、巣板をゆっくりと引き出している。数分後、ミツバチのうなるような羽音に負けないよう、ベティがこちらに身を乗り出し、声を張り上げた。「楽しいことを考えて!」

こちらはちょっと難しい。楽しいこともあったはずなのに、悲しいことより考えるのが負担に感じた。そこで、はじめてマーダーボールの試合に出た日のことを考えることにした。さて、楽しいことを思い描いても、自分の心持ちが変わったとは思えなかった。相変わらずミツバチに取り囲まれている。ところが数分が経ち、まだミツバチでふさがれたままの視界の隙間から、わたしは不思議な光景を目にした。ベティのまわりに蜂がほとんどいないのだ。もちろん数匹はいる。だが、先ほどのように大群ではない。そして彼女がこちらに体を寄せた。「悲しいことを考えて」

やはり、あまり変化を感じなかった。車いすの上でブンブンうなるような羽音に包まれながらも、視界が晴れてきた。なるほど、蜂はベティのまわりに移動したのか。面白い。

蜂の群れは、野菜畑の裏手にある茂みのところまでわたしたちを追ってきた。ベティは蜂を落ち着かせるためにスモーカーで煙を焚《た》くと、巣板とふたりの人間についてきた蜂たちを追い払い、家の裏口に着いたところで、毛束が柔らかで大きなブラシを使って、最後の数匹を払い落とした。

室内で防護服を脱ぐと、ベティはこちらを向いた。「さて、わたしたちは悲しいことを考え、次に楽しいことを、最後にまた悲しいことを考えた。そうよね?」

「ええ」

「発見はあった?」

「悲しいことを考えると蜂が群がってきたのに、楽しいことを考えると蜂はあなたから離れ、わたしからは離れませんでした。どうしてでしょう?」「じゃあ、それを次回までの宿題にしましょう、フィン。今日はここまで」

町の中心へと戻る途中、ベティがわたしに何をさせたいのかを考えた。

人生の落伍者などとひどいことばを浴びせかけ、鏡で自分の顔を見ろと命じ、退屈と好奇心について考えろ、の次は、蜂か。

これが、セラピーのあるべき姿なのかもしれない。

かつての自分とはちがう人生を歩みたい。その気持ちに変わりはない。わたしはまさに、今までとはちがうことをはじめているじゃないか。

*

マーダーボールの練習に行くまで時間が少しあったので、図書館に寄って、猫の育て方みたいな本を借りることにした。道すがら、パトリシアとすれちがった。彼女が気さくに手を振ってきたので、こっちも手を振った。わたしものんきな地元民と言ったところか。静まりかえった図書館、書棚の間を車いすで移動しながら、どの棚から見て行けばいいのかわからなかったが、他人の助けを借りたくもなかった。

車いす乗りとは、そういうものなのだ。

そこで、書棚についている分類名を目で追った。ロマンス。SF。西部小説。探偵小説のラベルが目に入ったところで、自分はそれほど猫の本が読みたかったわけじゃないんだと思いいたった。

無意味なこだわりでもいい。早く忘れてしまいたかった。

新聞保管室に行こう。エミリー・コッターの家族がどうなったのか知りたい。

時間はかかっても探す作業に大した苦労はないし、図書館には司書のサポートがある。

購入したコテージの歴史に興味があると司書に尋ねたら、彼女は親切にも席を立ち、検索を手伝ってくれた。世間話をずっと続けながら。この町の人はみな、車いす利用者にはいつも親切にしてくれる。

記事が見つかると、あの家族のことはすぐわかった。

事件が起きたのは一九八八年、新聞の第一面に何度か載っていた。掲載紙を積み重ねて行くうちに、司書のシャロンは無言になった。けっこうな量だ。

「へぇ、こんなことがあったんですか」シャロンは新聞に目を通しながら言った。「これ、すべてお読みになるおつもりですか？」彼女は途方に暮れた様子だ。

「こんなことがあったから記事になったのでしょう」わたしは記事に目を落とし、シャロンはその場を去った。

エミリー・コッターの部屋の壁にあった写真と同じものが記事に使われている。絵筆と拡大鏡を手に、満足げな笑みを浮かべたアリス・コッターの写真だ。

彼女の最後の姿をとらえたものだ。

アリスは考古学者を目指していた。化石採掘のため、周辺一帯を歩きまわっていたらしい。よく晴れたある土曜日の朝、拡大鏡と絵筆、ショベル、そして母親が焼いたカップケーキひと袋を持ってコテージをあとにしたアリスは、二度と戻らなかった。

母親が最後に娘を見た日、アリスは丘を上り、ゾイル家の農場のほうへと向かっていた。

今朝方ダレル・ゾイルがわたしを呼んだときのことを思い出した。「あっちの丘の人」お決まりの捜索と目撃情報を求める呼びかけもむなしく、アリス・コッターの行方はつかめなかった。

それから六週間後、コテージのフェンスとゾイル家の農場沿いのフェンスの間にある空き地で、子どもの恥骨《ちこつ》が発見された。町を挙げての大騒動となった。アリスの捜索は打ち切られ、追悼《ついとう》集会が開かれ、町の自警団が発足した。

ゾイル家の面々が取り調べを受け、農場はくまなく捜索された。フェンス脇に、一時五十人以上の警官による捜査本部が立ち上がり、現場周辺を徹底的に調べ上げた。何も見つからなかった。遺体も、証拠も。ゾイル家は一度釈放ののちに二度逮捕されたが、いずれも釈放となった。

その後新聞は、捜索が打ち切られた数か月後、事件の詳報が発表されたとだけ報じた。DNA検査の結果、恥骨はアリス・コッターのものと確認された。恥骨に付着していた組織は彼女の子宮の一部であることもあきらかになった。

さらに月日が経過したあとの報道を読むうちに、わたしは三度、吐き気を覚えた。

新聞社は、お子さまの目に触れないようにと但し書きをした上で記事を載せている。報道を続けるのは彼女の両親、つまり、エミリー・コッターとジェイムズ・コッターのたっての要望であるからだとも述べている。

吐き気をもよおした第一の事実。子宮の組織を調べていたところ、豚の精液が検出されたこと。

第二の事実。血液と骨の酸化レベルから、恥骨と組織はアリスの存命中にはぎ取られたこと。

第三の事実。見つかった体の一部は生々しかった。つまり、アリスは行方不明になってから六週間は生存していたこと。

わたしは新聞を押しのけると、ゆっくりと窓辺に背を預けた。

胸くそ悪い事件だ。

この世に神はいないのか。

いつかきっと、恐竜の化石を見つけるの。十二歳の少女の笑顔がフラッシュバックする。そして、「わたしは決して忘れない。決して忘れない」と、エミリー・コッターが繰り返したことばを。

わたしはその場でじっとして、呼吸が整うのを待った。

常識の範囲を超えた事件だ。これ以上深掘りするのはよそう。

今すぐにでも泥酔してしまいたい気分だった。

ただもう、すべてから逃げたくて、わたしは車いすの向きを変えた。

車いすのスピードを落とし、シャロンと目を合わせ、協力に礼を言う気力もなかった。車に乗り、クルーズコントロール（車の速度や車間距離を自動制御する機能）に切り替えて、市街地を出た。途中で目にした酒屋につい引きこまれそうになったが、誘惑を断ち切ってスピードを上げた。

リヴァトンからものの十分で車ひとつない道に出ると、この日は試合に出るはずだったのを思い出した。ありがたい、これで不愉快な現実から逃げられる。

車をさらに走らせる。リヴァトンに戻りたくない、コテージに戻りたくないと思ったのは、この地に越してきてはじめてのことだった。
キッチンのドア枠に刻んだ背丈の傷が低いところで止まっている理由が、やっとわかった。

第八章

五か月前、一月十三日

試合はいつもどおりの激しさで、わたしは時間に縛られず、平和な時間を満喫した。汗を流し、突進し、感情を爆発させてぶつかり合う。そこにあるのは、おんぼろのテニスコートと、相手に追いつき、ぶちのめそうとするわたしたちだけだ。短い間だったが、いつもとちがう自分になった。

試合後は全員で車座になり、あちこちにビールやスポーツドリンクが配られる中、みんなでしゃべったり笑ったりしたのだが、午後、図書館で知ったあれこれが頭をよぎる。

自分に何ができる？　警官でもないのに。この町で自活するだけでも大変なのに。ここには人生の総決算をするために来たんじゃないか。人生も、脚も、妻さえもあきらめたんじゃないのか。酔いどれて道を踏み外したという自覚はある。人生の落伍者《デッドレモンズ》と非難されてもしょうがない。

これ以上深入りして、他人の骨を掘り返すような真似をするなんて、とんでもない。だれも幸せにならない。忘却に身をゆだねるべきだ。

人様の傷に指をつっこむようなことはやめろと、自分を納得させる。

「何をぼーっとしてんだ?」タイがでかい手で容赦なくわたしの背中をたたいた拍子に、それまで言えなかった疑問が口をついて出た。

「ゾイル家の三兄弟を知ってるか?」タイがどんな反応をするかも考えずに。アルコールに頼りすぎた生活が長いと、自分がコントロールできなくなるものだ。

タイの顔から笑みが消え、ひと呼吸おいてから彼は口を開いた。「ああ、ちょっとはな。ふだんから近所づきあいを避けている。一族の農場で生計を立ててて、町に顔を出すのは漁に出るときだけだ。末っ子のショーンは、おれや親戚と同じ学校に通ってた。でも、ろくに口をきいたことがない。変わり者だったよ」と言ってから、タイは考えこんだ。

「どうしてあいつらのことを訊く?」と言って、彼は顔をしかめた。

「こないだ会ったんだ。ゾイル家とは電線を共有してるんだが、わが家に電気があまりまわらなくてね。だから、相談に行ったんだけど……まあ、ちょっと気になっただけさ」

タイの表情がますます曇った。

「おれが聞いたところでは、やつらはずっとまえからあそこに住んでいる。リヴァトンという町ができるまえかららしいぞ。もともとクジラ捕りの一族で、鯨油《げいゆ》を搾《しぼ》る基地だった場所に住み続けているんだ。うちの部族と土地の権利を巡って揉めて、いきさつはそのときにわかった」

タイはマオリである自分の血統をとても誇りにしている。マオリの土地所有権や文化保全に関する活動には種類を問わず活発に参加しているが、白人らしくないユーモアのセンスがあるからと、わたしを仲間として受け入れてくれているようだ。

わたしもまだまだ捨てたもんじゃなさそうだ。

「所有権を調べていたら、あいつらがずいぶん昔からあそこに住んでいるのがわかった。購入したんじゃないらしい。リヴァトンが町として成立するまえから、自分たちの土地として主張していたんだと。だから政府の力を借りて土地を返還させることができなかったってわけさ。マオリの土地を返せと動いた部族もいたが、あそこはゾイルさんところの土地だからと、古老からストップが入った」

「どうしてストップが入ったんだ?」と訊いたが、タイは答えようとはしなかった。

「いいか、おれはあの一家から手を引けと言ったぞ。もうゾイルの農場に行ったらだめだ。あの土地には邪悪なものが憑《つ》いている。コッターさん家《ち》の娘さんが行方不明になる、ずっとまえからな。邪悪なものが染みこんでいる。土にも、大気にも、水にも。古老に言わせると、ゾイル一族が邪悪なものを持ちこんだんだそうだ」タイは首を横に振ってから、こうも言った。「白人のおまえらには迷信めいた話に聞こえるだろうが、おれの言うとおりにしろ、もうあそこには近づくな。あいつらは放っておけ」タイはこれまでにない真剣な表情を見せた。

「ああ、わかった。もう行かないよ、タイ。ちょっと気になっただけさ」

第九章

六月四日、現在

タイの忠告を守って、あの日を最後に、きれいさっぱり手を引いてしまえばよかったのだが、そういうわけには行かなかった。アリス・コッターとゾイル家。どうしても真相をつきとめたかった。愚かしいほど強情っぱりだ、わたしは。

死に場所なんて星の数ほどあったのに、よりによってここなのか。車いすに乗ったまま逆さ吊りで死んだやつはいただろうか。きっとわたしが第一号だ。

一方、ようやく死ねるのかと思うと、むしろほっとしている。脈動とともに頭が痛み、少しずつ視界がぼんやりとして、体じゅうの震えが止まらない。

一定の間隔で、車いすが警報のようにきしむ。もうすっかり引き潮《しお》で、天気はそれほど悪くはない。自分が今置かれた状況を除けば、の話だが。

このまま気を失ってしまえば、どれほどいいか。

これまでの経験で、勇敢な正義の味方なら、命の火が消える最後の瞬間まで戦い抜くか、愛する人すべてに心の中で別れのことばを綴《つづ》るのだろうが、わたしはそんな人間じゃない。失敗だらけの人生だった。今だってそうじゃないか。

コネもツテもあったのに、ぜんぜん活かせなかった。だが、みんなに迷惑をかけたまま、この世を去るつもりはない。

その上、終わりがもう見えている人に〝わたしならもっとうまくやれたのに〟と、相手の気持ちも考えず、役にも立たないことをえらそうに語ってきた自覚もある。だから友だちも少なかったし、ろくな友だちもいなかった。

とは言え、ゾイル家の三兄弟のうちひとりを仕留めたことで、ちょっとした満足感は覚えている。

誰にも伝わらない満足感だとしても、だ。

骨は予想どおりの場所にあった。よくあれだけ長い間、だれにも見つからずに済んだものだ。骨は見つけたが、まだ誰にも話していない。

ゾイル家のように知恵を働かせれば、すぐわかりそうなことなのに。

ショーンとアーチーが戻れば異変に気づくだろう。そうなったら海に投げ捨てられてもおかしくはない。わたしの骨も同じ運命をたどるだろう。

ダレルの遺体をついばむカモメに目をやれば（いや、もうすでに屍肉《しにく》あさりに余念がないだろうが）、わたしもちょっとは感傷的になるかもしれない。

こんなはずではなかったのに、と。

あれ、血だ。

どこを切ったのだろうか、傷の痛みは感じないのに、岩場をどす黒い血が流れているのが見えた。

かなりの量だ。ゆっくりと筋を描いて海へと流れていく。

わたしの中で、グロテスクを好む、少しばかり常軌を逸した部分が覚醒する。この血のしたたりが流れた先には、ダレルの遺体があるのだろうか。われわれは死をもってひとつになる、というわけか。

頭を打ったせいか、それとも血が頭に上ったせいか、妙なことを考えだしたとたん、ダレルの死んだ体がちがったものへと見えてくる。

そこで頭の向きを変え、また下を見た。ダレルは大柄な男だ。ほぼ真下に横たわっている彼の体は、引き潮のおかげでちょうどよく水面から出ている。

こうやって見ていると、遺体に対する恐怖心は消え去っていた。もはや、ただの物体に見える。

大きくて柔らかな物が、都合よく、自分のちょうど真下にある。

あれを遺体と思ってはいけない、あの上に落ちれば、無事に地面に降りられる。

無事と断言できる保証はないけれども。

第十章

五か月前、一月二十六日

引っ越して間《ま》もないのに、予想もつかない形で生活のリズムが整ってきた。生活のリズムが整ってきたことにやっと気づいたのも、そのリズムが乱れはじめたからだ。

セラピーでの宿題をどっさり残し、ベティは養蜂家の会議とやらでオーストラリアに行った。わたしは患者としては落第生だと、彼女が心から失望しているのがはっきりと伝わってくる。こちらに対する評価を抜きにしても、いや、厳しい評価をされたからか、わたしはベティが好きになりはじめていた。

ベティが出張に出るまえ、セッションで養蜂場での印象を語っているわたしを、彼女は途中で制した。「もういい。ぜんぜんわかっていないね。あなたの頭がほんとうに悪いなら許してあげるけど、そうじゃないから勘弁できないの。だから、わたしが出張から帰ってきたら格段に進歩しているところを見せてね。わたしはこんな年になってまで、あなたみたいな患者からくだらない答えをもらう気にはなれませんから」そう言ってから、ベティは裏庭から取ってきた野菜をわたしにくれると、「あなたはひどいものばかり食べてるし」とぼやきながら、出口まで車いすを押してくれた。

マーダーボールの練習が二週間休みになるとタイから聞かされ、整ったはずの生活リズムはさらに乱れた。コートの持ち主であるジョン・ジョンによると、配管工事でコート全体を掘り起こすためだそうだ。タイとパトリシアは一族の行事で北に出かけ、暖炉のそばでもぞもぞしていた、かわいらしい毛玉たちだった猫は、それぞれ別々に用を足し、あらゆるところに首をつっこんでは、ニャアと啼く、みんな、各自意志を持つ動物へと成長した。こないだは仔猫二匹が乾燥機の中で眠っているのを見つけ、昨日の朝は、目覚めると仔猫が一匹、感覚を失ったわたしのつま先にかじりついていた。

ひとつひとつはやんちゃないたずらなのだが、彼らが見せてくれる仕草はすべて、わたしの気分を穏やかにする。猫は家に帰る楽しみであり、家に帰りたい動機になった。こうした感情が戻ってきてよかった——たとえささいなことであっても。

夜中の三時に目が覚めるのは習慣と化していた。意外とは思っていない。酒をやめたら不眠が再発するのは覚悟していた。だから眠れぬ晩は、ふだんの生活で起こったことを大雑把《おおざっぱ》に整理しているのだが——どうしてもアリス・コッターとエミリー・コッターのことを考えてしまう。

あの母子《おやこ》と生活をともにしているかのように。

そこで不要不急の課題やコテージまわりの雑用で気を紛《まぎ》らわせることにした。ゾイル家のことばかり考えないようにするためでもなければ、頭から一切消去し、嫌なことは忘れて生きていこうというつもりでもなかった。彼らの過去を調べても疑問が解決しないなら、自分が今やれることに専念しようと考えたのだ。ゾイル家に執着するのは、自分が抱える問題と向き合うのを避けているからかもしれない。ベティがオーストラリアに発つまえのセッションで、わたしはゾイル家に対する自分の懸念を打ち明けた。

「あらあら。話してごらんなさい——ゾイル家のことが、まるで自分のことみたいに感じる？そうなの？」

「いえ、そうじゃないと思います」わたしは答えた。

「まったくの他人事《ひとごと》で、自分とは関係ないのね？」ベティはダメ押しした。

「そうです」

「なら、そんなに不快なことじゃない、そうでしょ？」そして、ベティはきっぱりと言った。

「これはわたしの考えだけど、人って自分のことばかり考え、世間とうまくやって行こうとはしない。だからあなたには少し肩慣らしが必要ね、フィン——自分をちゃんと見つめなくなって、どれぐらいになる？」ベティは少し眉をひそめながら、こちらをじっと見た。

まさに正論で、ベティに反論することもできなければ、その論拠もない——苦痛は人を身勝手にする。

そうこうするうち、ベティの本意が表情から読めてきた——次にどんな質問が来るかが読める知性がわたしにあるか、彼女は探ろうとしているのだ。

「人って不思議よね、フィン」ベティはそこで少し間《ま》を置いた。「自分が幸せになることばかり考えてると、決まって裏目に出て、幸せから遠ざかる。それとは反対に、他人の幸せだけを考える時間を作る人には、幸せのほうからやってくる」彼女はいったんしゃべるのをやめ、わたしが落ちこんでいないか確かめた。

「悩まないで」ベティは自分を納得させるような口調になった。「あなたは自分に与えられた宿題をやった、それでいいの――自分を見つめ直すために時間を費やしたんだから。世間の上っ面《つら》だけ見るのをやめて、社会に溶けこもうとしている――それが過去の傷跡を掘り起こすことになっても。どうせ、いつかは向き合わなきゃいけないことだし」

ここでためらうのが、自分を偽っている、いい証拠だ。

馬鹿げている、どうせ、いつかは自分と向き合うのだからと、わたしは真剣に考えるのを先送りにしているのだろう。自制心をゆがめて心の安らぎを得ても、損をするのは自分なのに。何かに依存した経験がある人なら、まちがっているとわかっていても自分を偽ったことがあるはずだ。

まちがっているという自覚がありながら、自分を偽るのだ。

＊

仔猫たちがわたしと遊ぶのに飽きてきて――あくまでもこの子たちのためであって、自分が遊んでもらってるのではない――することがなくなると、引っ越してきてはじめてアルコールがほしくてたまらなくなった。そこでベティの助言に従い、頭の中から酒の情報をシャットアウトしてから図書館に行った。

司書のシャロンは車いすのわたしにこの日も笑顔で手を振ってくれたが、声はかけてこなかった。新聞保管庫に向かうわたしの姿を見ても知らん顔だ。

一九八八年以降の新聞を保管している棚を見つけたので、アリス・コッターの続報を載せたものをデスクに積み上げた。小さな町で起こった事件、しかもアリスはきわめて残忍な手段で殺されたので、それなりの量の記事が集まった。アリス失踪事件の幕切れ――というより、未解決事件であること――を知った上で記事を読むのは気が重かった。遺体そのものは見つからず、恥骨と子宮組織の一部しか見つからなかったのだから。これだけでも気が滅入る。

その後の報道で、経緯《けいい》を予想以上に悲惨な形で知ることになった。その記事は警察による記者会見を書き起こしたもので、慈悲の心をずたずたにされた地域住民が一縷《いちる》の望みを賭け、質問を投げかけている。率直にうかがいます、アリスはそんな傷を負っても生きながらえたのですか？　彼女はまだ生きていますか？

監察医の所見は結論を先送りしたが、そのほうが残酷に思えた。彼女がこれほどの傷を負っても生存している可能性は除外できないが、アリスはおそらく死んだと思われると警察は述べた。真相はだれにもわからぬままだ。アリスは行方不明である。一九八八年に端《たん》を発したこの疑問は答えが出ぬまま、二十年以上経った今もまだ、この町の根底でくすぶっている。

最後の新聞を読み終わったころには、軽く一時間は経過していたけれども、目新しい情報はとくになかった。同じ記事を読んだとはいえ、前回よりもわたしの心に事件が重くのしかかった。

どうしても考えてしまう。失踪から骨が発見されるまで、アリスに何があったのか。アリスは恥骨をはぎ取られたあとも生きていたのか。ほかには？ エミリー・コッターにもう一度会って話を聞こうとは思わない。お互いのためにならない。記憶がもう薄れつつあるエミリーに聞いても……ゾイル家の農場にまた出向くのも気が進まない。自分のコテージに戻ることすらおっくうになっているというのに。タイだって、わたしの疑問にはもう答えないという態度をあきらかにしてるじゃないか。

わたしは図書館に残り、虚空《こくう》を見つめ、考えたくもないことを考えながら途方に暮れていた。しばらくして、最後に読んだ新聞に視線を戻すと、記事の終わりに記者名が書いてあった。プルーイット・ベイリー。トップ記事を脇に置いて次を見た。やはり同じ記者、プルーイット・ベイリーが記事を書いている。積み上げた新聞を手あたり次第に開くと、アリス・コッター関連の記事にはすべて、この記者の名があった。プルーイット・ベイリー。ウエスタンスター紙の主任記者。

よし、もし存命なら、この人に訊けばいいんだ。かなり気が楽になった。

わたしはそこで、自分は事件について語り合う相手がほしかったのだと思いいたった——自分らしくもない。子どもじみていようがどうでもいい。ベティも言ってたじゃないか。「もっと大人になりなさい、フィン。わたし、子どもたちにはこう教えているの。『自分の中にある不愉快な部分に名前をつけてごらん、あんまり気にならなくなるから』ってね。子どもでうまく行くんだから、効果があるはずよ」

ウエスタンスター紙のオフィスの場所をシャロンに聞こうと図書館のカウンターに向かおうとしたわたしは、奇遇にも、社屋が図書館と道を一本隔《へだ》てた向かい側にあるのに気づいた。

というわけで、わたしは直接社に出向くことにした。プルーイット・ベイリーは存命か、存命なら連絡は取れるだろうかと尋ねるつもりだったが、なんと彼は奥の部屋にいるとのこと。わたしは両開きのドアを抜け、まっすぐ印刷室へと入った。

ウエスタンスター紙の印刷室はノイズと機械音が織りなす不協和音にあふれ、紙とインクが入り混じったにおいがする。大きく息を吸うと、部屋そのもののにおいが体に入ってくる。希望ににおいがあるのなら、わたしの希望は刷《す》り上がったばかりの新聞のにおいだろうと、かねてから思っていた。

印刷室にいたのはひとりきり。プルーイットは脂肪をたっぷり蓄え、頭は禿《は》げ上がり、手入れをサボっている白いヒゲ、そして、分厚いメガネをかけていた。プルーイットは天板にたくさんの新聞をランダムに並べた低い机につき、視線を上げて、何か用かと言いたげな目でこちらを見た。

「おはようございます、ミスター・ベイリー。フィン・ベルといいます。おうかがいしたいことがあるのですが」

「ほう、取材はわたしの仕事ですがね」プルーイットは笑みを浮かべ、もっとこっちに来いと手招きした。「で、用件は?」

第一次選考は合格のようだ。

「わたしは先日エミリー・コッターのコテージに越してきまして、今、あの家の歴史を読み歩いています……」さあ、話の続きをどう進めようか。

プルーイットは真剣な表情になり、両手で机を押すようにして立ち上がった。

「いや、ベルさん。あなたはアリスのことを訊きたいのでしょう」彼は立ったままため息をついた。

出て行けと言われるのを覚悟したが、彼は古びたファイルキャビネットに歩み寄ると、中からタバコをひと箱取り出し、さりげなく火をつけてから箱を差し出してわたしにも勧めたが、ていねいに断った。

「吸わないに越したことはない。わたしも最近は一日ひと箱に減らし、しかもここで仕事をするときだけにしています」妻が家で吸うのを好みませんものでな」と言って、プルーイットはもう一服吸った。「タバコも、酒も、食事も。妻はわたしの好むものにうるさく口を出す。もう、いつ死んでもおかしくない健康状態でして、だからあなたも、たしなむ程度に控えたほうがいい」話す間、彼はずっとタバコを見ていた。

「しかし、なぜアリスのことを知りたいんです、ベルさん?」プルーイットがタバコに目を落としたまま、わたしに訊いた。

「フィンで構いません、それに、こんなことを言うのもおかしな話ですが、自分でもうまく説明できないんです。あのコテージに越してきたばかりで、記事を読んで、それで……」わたしは肩をすくめると、ことばを濁した。

「小さな町で新聞社を経営するのもなかなか大変でしてね、フィン。好きなように紙面が作れる大都市の新聞社とはちがって――記事にした本人と翌日も、翌年も、ずっと顔を合わせることになる。当時はわたしも新人記者でね、この事件がどんな展開になるかわからなかった。アリスに起こったことを、ただ報道した。まさか、この町全体を悲しみに包むようなことになるとは思わなかった。事件が風化するまで長い時間がかかった。町の住民はみな、忘れたままでいるのが一番だと思っています」

「数日まえにあなたの記事を読みましたが、あなたはエミリーと実際に会い……あの、ゾイル家の三兄弟とも会ったわけですよね」

「早く結論を聞きたいのでしょう、フィン、しかしあなたはわたしの質問に答えておられない。なぜ知りたいのです？　もう何年もまえの事件のことを」プルーイットはたたみかけるように言った。

「それはわたしにもわかりません、ただ、もっと知りたい、情報がほしいんです」

「情報をくれと言われても――何をなさるおつもりですか？　ゾイル家の連中はもう、めったに町には来ないし、彼らの農場を訪ねる人もいない。エミリーはもう老いた。記憶がおぼろげになったのが幸いし、おかげで穏やかに暮らしています。アリスは天に召されました。新たな情報が見つかるわけでもなし。見つかったってどうなるというのです？　見たところ、あなたはジャーナリストでもなければ警官でもない、それなのに、なぜ？」

さあ困った。筋の通った理由などなく、知って満足したいだけだ。

「知りたいんです。おっしゃるとおり、知りたいという欲求だけです。わたしは警官でもなければジャーナリストでもなく、真相を知ってどうこうしたいというわけでもありません。何があったかを知りたいだけなんです。ええ、その……おかしなことを言ってるのはわかってます、だけどゾイル家の三兄弟と会って、なぜかはわかりませんが、おかしいと感じたんです。そこでコテージをあれこれ調べた結果、ここに行き着いたというわけです。この事件について、もっとお話しいただけないでしょうか」

「事実はすべて報じてきました。最初はかわいいアリス、そしてジェイムズ。やるんじゃなかった。公表しないほうがよかった事実もあったんですよ、フィン。お役に立てそうにありません。お帰りください、この事件とはかかわらないでください」プルーイットは吸っていたタバコをもみ消してから、肺まで吸いこんでいた最後の煙を吐き出した。

車に戻り、エンジンをかけたところでようやく脳みそがまわりだし、プルーイットのことばを吟味できるようになった。「最初はかわいいアリス、そしてジェイムズ」そしてジェイムズ？　ここがちょっと引っかかったので、車から降りる支度を調え、車いすに乗って図書館へと向かった。プルーイットはこれ以上話したくないだろうが、彼も言っていたじゃないか。事実はすべて報じた、と。

アリス関連以外の記事探しはけっこう時間がかかった。その記事は、アリスが行方不明になってから一年後に報じられた。記事は第一面ではなく、しかも初刷りにのみ掲載されていた。

プルーイットは記事を載せたことを後悔したのだろう。行方不明者は死亡したもよう——という内容で、記事を書いたのはやはりプルーイットだったが、アリスや昨年の事件には一切触れていなかった。ジェイムズ・コッターは海沿いの崖を散歩してくると言い残し、家を出たまま戻ってこなかったようだ。行方不明者リストに載ったものの、警察は、自殺や事故の可能性を排除できないと語った。遺体は見つからなかった。

もう少し時間をかけ、その後の新聞にもざっと目を通した。一九九六年まで関連の報道はなく、これ以上見ても無駄だとあきらめた。

エミリー・コッターは、まず娘がいなくなり、翌年に夫がいなくなり、遺体も見つからず、確証も得られぬまま、何も解決せぬまま、現在まで生きてきたのか。彼女はあのコテージについ最近まで住んでいた。プルーイットが語ったとおり、エミリーは過去の記憶を失っていてほしいと思う半面、そんなことはないのも承知していた。アリスとジェイムズの写真を見たときの、エミリーの瞳。自分の悩みが急にちっぽけなものに思えてきた。

図書館から出る途中、トゥイのひとりとぶつかった。〝温水のトゥイ〟と覚えている男だったので、意識して愛想よくふるまおうとした。ここ数回、温水が出ないトラブルで顔を合わせているだけに、わたしの印象はとても悪いだろうと思ったからだ。プルーイットも言ってたじゃないか——ここは小さな町、翌日も、翌年も顔を合わせることになる。それに温水はずっと出てもらいたい。

「やあ、トゥイ、調子はどう?」

「ああ、いいですよ、いいです、ベルさん、こんなところでお会いするとは——読書家とは知りませんでした」人のよさそうな笑みを浮かべると、長い年月が刻んだシワがさらに深くなった。

「いや、このあたりの歴史を調べてるんだ。リヴァトンは面白いところだね。あなたは？」ここであえてアリスやジェイムズの話を持ち出し、せっかくのなごやかな雰囲気を壊したくはない。

「シャロンがようやくわたしと結婚する気になったかを確かめにね！」本を数冊抱え、近くを通りかかったシャロンを笑わせようと、トゥイは冗談を飛ばした。

「はい、どうぞ、トゥイ。これで全部よ」シャロンはトゥイに本を渡した。

「選んでくれたのか、どうもありがとう」トゥイはシャロンから本を受け取った。「タッツの本だよ」

「タッツ？」わたしは訊いた。

「タッツ、つまりタトゥーですよ。ボディーアート。あたしのはこんなです」と、トゥイは袖をまくり上げ、骨の上に皮しかないような腕に彫ったタトゥーを見せてから、首を左右に動かし、彫った文様《もんよう》をわたしに見せた。

「ほとんど自分で彫ったんです。ガキのころから彫りはじめましたが、五十の坂を越してからはさすがにもう、彫る場所がなくなっちまいましたよ！」わたしも彼につられて笑った。

「ところが六十になったら、体のあちこちがたるみやがって——最高傑作のできあがりですってことで」と大笑いされては、ふたりともトゥイのユーモアに乗るしかなかった。

「そこで、タトゥーに色を入れようと思って、本を探してましてね——タトゥーに色を入れるの、はじめてなんです。ところでベルさん、リヴァトンの歴史を調べてるんなら、ブラック・アルビーに会って話をお聞きなさい。うちの一族で、ブラッディ・ジャック・ツハワイキの直系にあたります。ブラッディ・ジャックはナイタフ族の首長でした。アルビーはここ百年ばかりの歴史を隅から隅まで知り尽くしてます。所蔵品もかなりのものです、書籍、論文、絵画……先祖代々この土地に住む者として、一族の抗争についてもよく知っています」トゥイはそう言ってからウインクし、おどけた流し目をシャロンに投げた。シャロンはけらけらと笑ってその場を去った。

第十一章

六月四日、現在

ブラッディ・ジャック・ツハワイキ——ブラック・アルビーによると、〝ブラッディ〟というニックネームは、一八三六年に欧州のクジラ捕りの漁師たちが基地としてリヴァトンの町を築きはじめたころ、ジャック・ツハワイキがマオリ語と英語の両方で抗議の声を上げ続けたという逸話が発端だという。ジャック・ツハワイキはそののち、くだんのクジラ漁師らから大砲を手に入れ、近隣のマオリ一族の戦士らを根絶やしにしたらしい。この町の住民は新しい技術や文化を受け入れることに昔から抵抗がない。

だがなぜ今、こんなことを考えているのだろう。眠らないためか、とはいえ、こんな状態で眠れるはずがない。もっと楽に身を落ち着けられる岩に寄りかかると、意識がところどころ欠落しているのに気づいた。

現実に引き戻された。またうとうとしていたようだ。失血のせいか、崖に長時間逆さ吊りになっているせいだろうか、なんだか安らかな気分になってくる。こうやってブラッディ・ジャックに思いを馳《は》せながら死んで行くのだろうか。

これもひとえに、ブラック・アルビーとはじめて会った日、ブラッディ・ジャックの遺品と一緒に見せてくれた、一見どうでもよさそうだが、決定的な証拠に気づかなかったせいだ。しくじった。あれがどういうものか、もっと早く気づいてさえいれば、今、ここで死を待つ身にはならなかったのに。だれにも知られず死ぬような目に遭わずに済んだのに。

真相を知ったジェイムズ・コッターは、だれかに伝える機会を得ぬまま、今のわたしと同じ運命をたどったのだろう。運命は非情だ――プルーイット・ベイリーが真相を知ったら、いかに残虐な真実であっても、記事にして世間に広めるべきだと考えたはずだ。

あちこちに目を走らせると、真下にやはりダレルの遺体がある。欠落した記憶が蘇ってきた。どうせ死ぬ身だ。はさまれた脚の自由を取り戻し、ダレルの遺体めがけて安全に飛び降りる作わる力が温存できるだろう。ダレルは大男だ。怪我は免《まぬが》れないだろうが、落下の衝撃は吸収され、海岸を這いまわる力が温存できるだろう。車がある場所に戻れるかもしれない。結局のところ、こんな目に遭わなくても、ダレルに殺されるか、わたしを見つけた時点で、彼の弟たちに殺されるか。どうせ死ぬなら、やれるだけやってからにしたい。

よし、もう考えるのはよそう。

これからは声を出して、どう動くかいちいち確認するんだ。

はさまっていないほうの脚に手を伸ばして引っ張ると、車いすがまたきしむ。もっと強く、さらに強く引っ張る。

心の準備が整わないうちに、それは起きた。岩が割れるわけでもなく、するりと滑ったわけでもなく、突然落ちた。ダレルの体の上を狙って落ちるなんて無理だ。スローモーションで落ちるなんてのも無理だ。落ちるまえに両腕で顔を防御するのがやっとだった。ものすごい衝撃だった。

ダレルの胸の上に落下はできたが、腹部への衝撃で一瞬呼吸ができなくなった。頭はクラクラするわ、あたりは血まみれだわで、口に血がどっと流れこんでくる。

肩を動かし、自分の頭がダレルの体に乗っているのを確認する。まるで彼の胸を枕にして寝ているような格好だ。間近で見ると、わたしの体重を受け止めた衝撃で肋骨《ろっこつ》が折れて体から突き出ている。口の中の血が自分のものでありますようにと祈る。

だがこんなことは、全身におよぶ痛みのＢＧＭにすぎない。ぼんやりとした意識の中、絶え間なく続くうなり声は、自分が出す声だった。全力を振り絞って意識を保とうとする。いつ気絶してもおかしくはないし、意識は少しずつ遠のいている。

視界がだんだん狭くなり、呼吸が乱れ、やがて目のまえが真っ暗になった。

第十二章

四か月前、二月八日

タイ、パトリシア、ベティがリヴァトンに帰ってくると、喜びと寂しさが同時にわいてきた。三十七年間生きてきて、また会えてよかったと思える人に巡り会えた喜びと、そういう仲間がこれまでほとんどいなかった寂しさと。

だが、感謝のほうへと自分の気持ちを向けるようつとめた。人生最後のチャンスはうわべのきれいさなど要《い》らない。目のまえにあることが大事なのだ。

それよりも、人生に開いた穴をマーダーボールやセラピーで満たし、ゾイル家とのトラブルを除外することが先決だ。この町に引っ越した時点で、わたしは人生計画というものをきちんと立ててはいなかった。現実から逃れ、アルコールから手を切ることだけで頭がいっぱいだった。生活費は事業とウェリントンの家を売却して得た資金と障害年金でなんとかなる。それに、掘り出し物と思って買ったこのコテージがある——今となっては掘り出し物かどうかもあやしいが。

　達成できたこともある。一日中酒びたりではなくなったし、大事な人たちと会わずに仕事に追われることも、世間に絶望し、死を考えることもなくなった。スケジュールは今、真っ白だ。車いす生活者に門戸を閉ざす職種があるのは覚悟している。新生活はいまだ建設途上。それでも動きだしたものがあるとうれしい——今週はマーダーボールの試合があるし、ベティとのセラピーが再開することで気分がぐんと上がった。昨日は仔猫に名前をつけた。ここでの生活がまた一歩身近に思えるようになった。

　昨日は〝温水のトゥイ〟に猫用のドアを作ってもらった。トゥイはあれこれ気がまわるタイプで、猫をていねいにチェックしてからわたしに言った。「お客さん、女性に好かれるようですな——仔猫はみんなメスです。偶然にしても驚きだ」

「へえ、みんなメスか——ということは、メス猫五匹の飼い主ってわけだな」不思議な気分だ。猫好きの自分、いや、ペットを飼う自分をイメージしたことが一度もなかったのだが、こいつらを里子に出すのはもったいなく思えてきた。

「どんな名前をつけたんです?」トゥイがわたしに訊いた。彼は前足やヒゲをジタバタさせている四匹の仔猫をそっとひとつの毛玉にまとめると、ずっとやさしく語りかけている。

「実はまだなんだ」

「そりゃかわいそうに。動物には魂《ワイルア》があるんです。お飼いになるんなら名前をつけてやらなきゃ」

トゥイの用事が終わり、できたばかりのキャットドアを仔猫たちが試しているのをポーチでながめながら、とりあえず〈マムキャット〉と呼んでるから、母猫の名前はこれにしようと決めた。仔猫たちは母猫と名前をそろえよう。考えに考え抜いた末、わたしはマムキャット、ファストキャット、ベイビーキャット、ビッグキャット、ドーピーキャットの飼い主となった。統一感があると自分で思えれば、それでいい。仔猫たちが勝手にキャットドアから外に出られるようにするのに多少の不安はあったが、こういう心配をするのはマムキャットであって、わたしではない。

トゥイに勧められ、この日はブラック・アルビーに会いに行くことにした。車いすでの外出はけっこうな手間だが、自分が住んでいる町について知るのはいいことだし、ゾイル家やアリスについての情報が得られなくても、それはそれでいいじゃないか。こんな感情をどう呼ぶのだろうか――趣味でもなければ捜査でもなく、途中まで聴いた曲の続きを思い出そうとしているような感じか。

わたしはただ、当時を追体験したいのだ。

ブラック・アルビー宅へと向かう道は景色がよく、コラック湾沿いに車を進めると、晴れた日ならフォーヴォー海峡の沖合にクジラが望めるという。捕鯨のおかげでリヴァトンという町ができたとタイが話していた。はじめてのクジラ漁を終え、プリザーベーション海峡は捕鯨の環境に適していないとの理由で、クジラ漁師たちはリヴァトンに捕鯨基地を築いた。

タイによると、立ち上げ当初は失敗に終わったという。地元のマオリ族にとってクジラは神聖なる信仰の対象で、周辺地域にクジラを殺す町を作るのは西欧からの入植者に自由勝手を許すことだとみなされた。それからわずか数年後、アザラシ漁と捕鯨は下火になり、人々は漁業と農業へと転じたため、マオリ族は彼らの定住を結果的に認めた。それまでは何度も入植者をみな殺しにし、町を殲滅《せんめつ》させようという議論があった。だが不思議なことに、その数十年間、白人たちは危機感をまったく感じなかったようだと彼は語った。白人たちも、マオリ族も、意思の疎通を避けていたのだ。人とはそんなものだ。

プリザーベーション海峡の近くに、ブラック・アルビーの家がある。未舗装の小路を通って高い丘一帯に広がる、野生の低木に抱かれた美しい場所を行くと、突きあたりに廃材を寄せ集めて作ったような、ちょっと見には荒れ果てた大きな農家がある。無造作に家に立てかけてあったり、庭に適当に置いてあったりする数々の骨董品に気づくとすぐ、この屋敷が噂にたがわぬ価値がある場所だとわかった。会う人はみな、アルビーは歴史的遺物の熱心なコレクターで、古物とあれば分野を問わず、とにかく〝くれ、買ってもいい〟と、交渉に持ちこむのだと話していた。一方で、その熱意は手に入れたとたんに消え失せるのでも有名なのだとか。

迷彩柄のゆったりとしたハンティングジャケット、つばの広い麦わら帽子と、この景色になじんだ人影がこちらに近づいてくる。大柄な男性だ。タイの一族だとわかるが、こちらは五十代のようだ。年齢の割には身のこなしが軽やかでありながら、人生の大半を屋外で過ごしてきたせいか、顔は風雨にさらされ、年の割にシワが多い。

お互い顔を合わせ、ごくあたりまえに「ブラック・アルビーだ」と自己紹介されると、南島南端のこの町に暮らす人々特有の、天真爛漫《てんしんらんまん》なユーモアを改めて認識させられた。ブラック・アルビーはマオリ族なので、肌の色が黒いと自負しているが、実はアルビノ（先天的にメラニンが欠乏している人。全体的に色素が薄い）なのだ。それを踏まえ、あえて〝ブラック〟・アルビーと名乗っている。

自分たちは黒人だと考えるマオリ族が多いのは、濃いブラウンの肌だからではなく、〝白人とは思われたくない〟からだとタイは言う。西洋人の植民地化政策が他民族の文化におよぼした影響を考えると、彼の主張も納得できる。

「こんにちは、アルビー、フィン・ベルです。あなたの親戚のトゥイから、このあたりの歴史について学ぶのなら、あなたに会うようにと紹介されました」

「うーむ、そうか、むむむ、トゥイがそう言ったか」アルビーはうなずきながら答えた。

「あなたのおいのタイからも聞いていますが、リヴァトン発祥の地は、ここプリザーベーション海峡で、のちに現在の市街地へと移ったんだそうですね？」町がそっくりそのまま移動するなんて不思議なもんだと思いながら、わたしは尋ねた。

こちらがまとまった文章としてしゃべったのはこれが最後、あとはアルビーの独壇場《どくだんじょう》で、彼はうなずきをずっと繰り返し、「むむむ」という声をはさみながら、プリザーベーション海峡周辺の歴史を怒濤《どとう》のごとく語りまくった。町が成立するまえから住んでいるゾイル家は、アルビーが語る歴史には登場しなかった。

歴史書によると、過酷な自然に耐えきれず、リヴァトンの市街地はプリザーベーション海峡からジェイコブズ川河口に移ったという。だがアルビーはその説を否定し、マオリ族が移住を命じたのだと語った。

「むむ、そうじゃなくてな、タプの掟《おきて》があちこちで破られるのではないかと、いくつかの種族が案じたのだ、うむ」アルビーはしきりにうなずきながら言った。

「タプ?」

「そう、タプだ。白人にはわからないだろう、むむむ」アルビーはニヤリとした。「タプとは、われわれの身のまわりにある聖なるもので、タプを尊重し、人として生きていく掟もタプと呼ぶ。掟に従わなければ、この世界や自分たちとの絆を失う。それがタプだ、うむ」

「なるほど、おっしゃることが理解できているかはあやしいですけど、お訊きします、どうして町ぐるみで移動が必要だったのでしょう?」

「うむ、ここ、プリザーベーション海峡でクジラ捕りが町を築くようになったころ、ジェイコブズ川河口では、ゾイル家がタプをすでに破っていた」彼はひと呼吸置いた。「われわれは実利を重んじるのだよ、むむむむ、ベルさん。すでに敵がいる場所へ、新たな敵を招き入れるような真似をするかね?」

「つまり、ゾイル家は町が生まれるまえからここにいたわけですね?」アルビーのしゃべりにターボがふたたびかかるまえに、ここははっきりさせておかなくては。

「ああ、そうだ、ずっとまえからいる。ブラッディ・ジャックの伝説よりもまえからあそこにいる。われわれはゾイル家の土地には踏み入らず、彼らもわれわれと距離を置いている。ゾイル家はあの町ができあがったとき、一度はわれわれの仲間に加わり、あの町に、むむむむむ、捕鯨基地を作ったんだが、しばらくはタプの災いもなく、平和に暮らしていた。ただし、ブラッディ・ジャックがあんな若さで海の覇権を制したのには、ゾイル家が手を貸したからだとも言われている。ゾイル家の金鉱と引き替えに居住権を認めたとわかってからはな、うむ。そうだ、来なさい、写真を見せてあげよう、むむむむ」と、アルビーに案内された家の中は、たくさんの箱や積み上げられた本と書類で足の踏み場もなかった。

会話の内容はあちこちに飛び、アルビーからさまざまな逸話を聞かされた。昔の図面や写真、工芸品や古い武器も見せてもらったが、正直、アルビーがゾイル家について触れた話以外は頭にまったく入ってこなかった。

あの一家はいつ移住してきたのだろう？　どうしてみんな不思議に思わないのだろう？　いや、人にはみなルーツがあり、一族の歴史がある。ニュージーランド人はみな互いにルーツがあり、この地に流れ着いたのだから。それでもゾイル家のルーツは謎に包まれている。

十九世紀初頭に移民が大挙してニュージーランドにやってきた、居住も労働も協力するのが常だったという歴史は、耳にタコができるほど聞いてきた。しかし、西洋人がこうして到来する以前、あるクジラ捕り漁師の一族が突然ニュージーランドに入植したというのは初耳だ。

アルビーから手渡されたアルバムに入っていた白黒の写真を見て、ぼんやり話を聞いていたわたしは現実に引き戻された。こちらを見すえている写真の顔に、目も心も引き寄せられたからだ。

海岸沿いの捕鯨基地を写した、粒子の粗《あら》い、古い写真。巨大なクジラの尾びれを背景に、暗い灰色をした液体状の何かが、海へと大量に流れている。写真の雰囲気から、わたしには血だとしか思えなかった。仕留めたクジラのまえには巨大な鋳鉄《ちゅうてつ》製の容器が並び、景気よく吹き出た漆黒《しっこく》の煙が空へと上っている。

でかい。ひとりでは持ち運べないぐらいにでかい。

わたしの目を奪ったのは、その容器ではなかった。

そのまえに立ち並ぶ数名の男たち、とくにその真ん中に立つ男。映画スターのような笑みをたたえつつ、目だけは笑っていないその顔は、まさにショーン・ゾイルその人だった。

第十三章

六月四日、現在

どうして目が覚めたのかわからないが、きっとカモメたちのおかげだ。気がつくと、顔にまとわりついてくるやつらを振り払おうと、手が勝手に動いていた。このあたりで〝さっさと起きろ〟と唇をついばむ野生動物はカモメぐらいしかいない。いや、この場合は〝とっとと死んじまえ〟か。カモメに罪はない。こちらが死んでいると思ったのだろう。事実、わたしの頭にも同じことがよぎった。

せめてもの幸いは、両腕がなんとか動くということだ。

ほかの痛みや傷については、考えるのをやめた。

受けたダメージを数え上げてもしかたがないので、意識を運動能力に集中して寝返りを打つ。寝返りを打ってからその場に横たわって荒い息をつき、この日はじめて胃の中のものを吐き出すと、酩酊《めいてい》した日のような最悪の気分だと思え――と、心の中でつぶやいた。いつものことだ。

酔ってしまったほうがずっと楽なのに。

いや、物事を前向きに考えれば、うつ伏せになって吐けたおかげで、脚の不自由な自分は多少なりとも動けるようになったわけだ。

こうしてわたしは痛みをこらえながら、ぱっくりと開いた傷口を海水に浸し、尖った岩の上で体を引きずりながら、ゆっくりと砂浜への移動を開始した。

予想どおりの苦行だが、ありがたいことに着実に進んでいる。今のうちにここを脱出しなければ。

あとどれぐらいで満潮になるかわからないし、自分ひとりでは乗り越えられないほど大きい岩もある。脚の力を借りずに砂浜までたどり着けないかもしれないが、それでもあきらめるよりはましだ。出血は止まらないし、これ以上何ができるかわからないが、とにかく体が動くかぎりやってみることにする。

三十分ほど動き続けてからひと休みすると、自分がどれだけ進んだかたしかめるという、愚かな行為に出てしまった。

わたしはダレルの遺体から数歩も離れていない場所にいた。さらに浅はかにも、砂浜まで、あとどのぐらい進めばいいかも確認してしまった。砂浜に着いたら、今度は丘を上って車に乗らなければならない。

ここから脱出する秘訣は、自分の手札をうまく利用することじゃないだろうか——成功する可能性はかなり低いけれども。

だがその手は、わたしにとって生き延びること以上の意味を持つ。

この丘を自力で登っても、そのまま車にたどり着くのは、ほぼ絶望的だ。ならばあの倉庫に戻り、どうにかしてあの骨をすべて手に入れる。あとはどうでもいい。わたしとアリスとジェイムズは、ゾイル家の農場をあとにする。

あの悪魔のような一家の地所から離れるのだ。

第十四章

四か月前、二月八日

ショーン・ゾイルだ。

うりふたつとはよく言ったもので、わたしはしばらく何も考えられずにいた。そこでもう少し顔に近づけてまじまじと見ると、写真の中のショーン・ゾイルのほうが、自分が知っている彼よりいくつか年が上で、老けた印象があるけれども、同一人物と言ってもおかしくないほどだった。

「アルビー、この人たちはだれですか？」わたしは話を遮《さえぎ》り、彼の関心を写真に向けさせた。

「ううむ」アルビーはわたしの手から写真を取ると、大切なものを扱うように裏返してから、そこにあったメモを読んだ。「リヴァトンのクジラ捕りたちだ。一九〇五年か〇六年。うーむ、捕鯨のピークを過ぎた時期だな。クジラを、ああ、捕り尽くし、海はもぬけの殻、ふつうの漁業か農業に鞍替《くらが》えしなけりゃいけなくなった。だが、ゾイル家はちがった。この写真にも写っているが――ゾイル家はだれよりも先にこの地で捕鯨をはじめ、捕鯨に従事する者がいなくなっても続けていた、うむ」

「あの一族はどこから来たか、ご存じですか?」

「んー、わからん——ただ、英語がしゃべれなかったという話は聞いたことがある。うむ、最初はわれわれマオリとの交易が目的でやってきたが、たしか、英語ではない言語を使っていたそうだ。リヴァトンが町として機能するころには、もう英語で話していたそうだがな、むむむむ」

「彼らが話していた言語とは?」

「あー、わからん、英語じゃない言語としか伝わっていない。ゾイルはほかとはちがうんだ、ふむ」アルビーは黙った。わたしが屋敷に来てからはじめて沈黙し、うなずくのもやめた。

「どうちがうんです?」

「むむ、一族相伝《そうでん》の加工品だろうか。ゾイル家は加工品作りがうまいんだ、英語は上手じゃなかったけどな。あそこで一族が固まって暮らしていて、マオリ族のように狩猟をし、んー、自給自足していたんだ。英語は上手じゃなかったけどな、うむ」

「何を作っていたんです?」

「金属加工品をかなりの数、だが大半はトライポットとして知られる」

「トライポット?」

アルビーは写真をまた表に向け、そこに写っているふたつの大きな容器を指さした。

「むうむ、これがトライポットでな——クジラの脂肪から抽出《ちゅうしゅつ》した油を溜める容器だ。うむ、鯨油《げいゆ》を作るために使う、むうむ。上質なトライポットで作るゾイル家の鯨油は最高級品と言われ、注文が殺到した、むうむむ。ゾイル家のトライポットは大きくてな、ほら、むむむ、どこのよりも大きい。ゾイル家のトライポットは、むむむむ、よくできていた。トライポットは陸で使う専用のもの、船に乗せて使うものもあるが、ゾイル家のトライポットはどちらでも使える。よくできている。彼らが手がけたものはみんなそうだった、シンプルだが考え抜かれている、むうむ。あの一族が今まで生きながらえてきたのも、この技術力のおかげかもしれない」

アルビーは自説に納得したようにうなずいた。

「だがな、うむ、トライポットの秘伝はその後、漏洩《ろうえい》してな」アルビーは笑顔になり、さかんにうなずきながら話を続けた。「その秘伝とは、ポットそのものにはない。クジラを銛《もり》で仕留めたら、死骸を海辺まで運び、脂肪を薄く切るのだ、むむうむ。これを〈フレンジング〉と呼び、薄く切った脂肪は〈聖書の薄紙〉と呼ぶ、うむ。この聖書の薄紙をトライポットに入れ、煮出《にだ》して鯨油を取る、というわけだ、むうむ。一方ゾイル家は、ふうむ、質の高い鯨油を取る工程を編み出した。殺さずに、生きているクジラから脂肪を切り取るのだ。生きているクジラの脂肪を薄く切って、聖書の薄紙を作る、数時間は生かしておく。ゾイル家の連中は昔から切れ者ぞろいだから、ある〝しくみ〟を考えだした。彼らは赤ん坊クジラも捕まえる。母子《おやこ》一緒に生かしておいて、母クジラに、仔クジラの様子がわかるようにしておく。むむふむ、だから母クジラは仔クジラのため、脂肪を奪われても生きようとするわけだ。ブラッディ・ジャックがその現場を見たと言われている。早朝から夜更けまで、クジラたちが苦しげな声を上げているのも聞いたそうだ、むむむふむ。

言い伝えによると、われわれの一族はゾイル家を連れ去ってくれと海の神に祈ったそうだが、むふむむ、海では何も起こらなかったと聞いている」アルビーの長い話はここで終わった。

そんな〝しくみ〟を考えつくのは、いったいどんな人間なのだろうと、まずは不審に思うのでは？　わたしは口には出さず、頭の中で感想を述べた。

「われわれは、イギリス人入植者も、むむ、ゾイルたちの真似をするのではないかと案じた。さすがの彼らもゾイル家の工程を目撃すると、そこまでして鯨油を取る気にはなれなかったんだ」アルビーはまたうなずきながら言った。

アルビーはリヴァトンの歴史について話してくれたが、こちらはそれどころじゃなかった。生き物になんてひどい仕打ちをするのだろうか。一日の仕事を終え、妻子に話せる生業《なりわい》とは決して思えない。

そして、あることに気づいた。

「アルビー、ゾイル家は家族ですよね？　女性や子どもはどうしているんです？　男性以外の家族はどんな生活をしていたのでしょう。ゾイル家には妻帯者がいないのですか？」

「むうむ、ゾイル家は大家族だった。大勢の男たち、大勢の子どもたちがいたが、女性はあまりいなかった、むううむ。女性はほとんど見かけなかった。彼らをよく知る人は、むむうむ、いない。地所に他人を入れないからな。町の住民と商売はしている、ただしイギリス人とだ。結婚もするが、妻たちは地所の中にいて、男たちと少年たちだけが町に来る、むむうむ」

わたしがゾイル家に興味を持つことを不審に思っても、アルビーはそんな素振りを見せないだろうが、念のため、あたりさわりのない質問もいくつかしてみた。

タイや彼の親類からたたかれたくはないが、この一族のネットワークでは、噂が光の速さで伝わることはもうわかっている。マオリ族のこと、彼らがこの土地を預かる身であると自認していること、そして、古くからの習わしを今も大事にしていることだけは、引っ越してから今までの間に見知ってきた。

毎週末、アルビーはこの土地での暮らし方を地元の子どもたちに教えている。〝温水のトゥイ〟は郊外に足を運び、その土地に伝わる石を塗装したもの、すなわちロックペイントを施したものを収集している。タイは木彫り技術を教えている。自分らの民族伝承の技術であり、独自の文化であるという理由で、彼らはこうした活動を無償で行っている。

わたしは感動で胸が熱くなると同時に、自分が恥ずかしくなった。さて、わたしは白人として何ができるのだろうか。

こうした話を聞いていると、ニュージーランドを支配したのは白人ではなく、マオリ族であればよかったのにと、つい考えてしまう。

車に戻り、クルーズコントロールに切り替えて自宅へと帰る道、わたしの意識はゾイル家の過去と現在との間を猛スピードで往復していた。あの一族に過剰反応しているのではないかと、またしても思った。彼らは自ら人里離れた場所に住んでいる、ちょっと変わった一族ってだけじゃないだろうか。会うたびにいい思いはしないけれども、彼らが悪人だという、確たる証拠はない。

それに、アリスとジェイムズの失踪に関与しているのではという憶測――それだって確証はない。ちょっと想像力が豊かすぎないか。わたしはとにかく、コテージまで車を走らせた。

そこで、うちの猫たちを見た。

最初は何がどうなったのかわからなかった。今、自分が見ている現実を、脳が一瞬拒絶しようとした。猫たちがきちんと並んでいる。うちの五匹の猫。わたしの猫たち。

わたしの猫たちが、玄関の扉に釘《くぎ》で打ちつけられている。

第十五章

四か月前、二月八日

わたしは一匹ずつ猫に触れた。死んでいるのがわかっていても、そうせずにはいられなかった。

まだ温かい。

猫たちは玄関ドアの真ん中あたりで、腹がドアを向くよう、大きい順にきちんと並んでいた。

マムキャットから、ベイビーキャットの順で。

どの子も頭に一本の釘を打たれ、釘は頭蓋骨を貫通して、ドアに深く刺さっている。

五匹の猫の死骸から流れた血が、玄関の白いドアに鮮紅色の筋を描き、ウエルカムマットの上に血溜まりをひとつ作っている。

わたしは怒りを感じない。悲しみも感じない。

怒りも悲しみも感情だ。感情が高まったのを意識できても、それは表面的なもので、いつかは消えてなくなる。わたしは、その先に生まれるものを考えていた。喪失感と、わたしのような愚か者が考えそうな、浅はかなことが頭に浮かぶ日のことを。そのときのわたしはただ、急に年を取ったような気分になっていた。

こういうときは落ち着いて警察を呼び、家の中を検証してもらうべきなのはわかっている。けれどもそんな風にすぐ気がまわるものではない。だからわたしは目に焼き付けた。その場で、この瞬間を。外はよく晴れ、少し風がある麗《うら》らかな日。目のまえにある光景と、まったくそぐわない。

そう感じるのは、むしろ、この猫たちのほうだろうが。

あいつらがやったんだ。

わたしがあちこち聞きまわっているのを、たまたま知ったのだろう。

エミリーやプルーイットと話すのを見たか、図書館などで噂話を聞いたのかもしれない。いや、このコテージに越してきたわたしが最初から気にくわなかったのかもしれない。あいつらがやったという確証はない――しかしわたしは、犯人は彼らだと見ている。

この行為に意味があるのかどうかは知らないが、意味なんてどうでもいい――メッセージや警告ではない。わたしを傷つけたくてやったのだろう。ゾイル家は、わたしを痛い目に遭わせたいのだ。

自分がすでに理性を失っていることぐらいわかっている――なら訊こう、すべてを捨て、ひとりぼっちになり、仔猫や仔犬と新しい生活をはじめたとたん、ある日、その子たちが自宅の玄関ドアに釘で打たれて吊るされていたら、どんな気分になる?

だからわたしはその場でずっと、じっとしていた。

ようやく家に入れる気分になった。警察にすぐ連絡した――すぐにだれか送ると約束してくれた――やがて、タイの黄色いバンがわたしの車の脇に入ってきた。彼のたくましい腕が窓の外へと伸び、元気よく手を振っている。

「よう、モレナ!」タイがウインドウを下ろして顔を出した。だが、わたしを見るなり顔から笑みは消え、その視線はわたしと同じところ、つまり玄関ドアに向けられた。自分が何を見たのか理解するまで数秒を要したタイは、わたしのほうを向いてため息をついた。

「感情よりも行動を優先させろ」と、彼は言った。タイの行動力にはいつも驚かされる。初対面のころから、ずっとだ。

タイは大急ぎでバンから降り、ポーチまで来て、わたしの隣に車いすを停めた。何も言わず、ひざの上に木製の棍棒《こんぼう》を載せていた。彼の大きな手で持てば、どんなものでもおもちゃのように見えるのだが、その手にもあまるほど巨大な棍棒で、打撃力は相当なものだろう。

「おまえはここにいろ、いいか」タイは玄関ドアを開け、車いすのまま中に入った。わたしも彼のすぐあとに続いた。タイの身に危険がおよぶのを案じたからではない。タイとはマーダーボールのコートで何度も顔を合わせているが、彼が武器を手にしたのはこれがはじめてだったからだ。

わたしたちはそのまま進み、部屋をひとつずつ確認した。荒らされている形跡はなかった。

食器戸棚のチェックに追われているところで警察が来た。わたしたちと同じように、ひと部屋ずつ見てまわった。

事情聴取はごく簡単なものだった。

不審な人物を目撃しましたか？

こんなことをする人物に心あたりがありますか？

そこで、ゾイル家の三兄弟とはじめて会った日のことから、入り江で彼らと偶然出くわしたことなど、あの一家について見知ったことを話した。タイが不満そうな表情を顔に浮かべている。

警察はわたしの話したことをメモし、指紋を採るため粉をはたいた。

状況から考えると器物損壊や家宅侵入程度の微罪に問われるが、証拠がそろうのを待って、不法侵入罪として捜査することを希望するかと警察に訊かれた。いずれにせよ微罪に変わりはない。犯人を罪に処してもわたしの喪失感はどうにもならないからと、わたしは断った。カウンセラーを紹介しましょうか、猫を引き取りましょうかという警官の申し出に、わたしはどちらにもノーと言った。

事情聴取はこれで終わった。再度、ほかの者がお邪魔するかもしれませんが、と言い残し、彼らは帰った。

警察がいる間、ずっと黙っていたタイは、車いすで自分のバンにいったん戻ると、ネイルハンマーを持ってきてわたしに手渡した。

「おれが代わりにやってもいいんだが、おまえが自分で片づけろ。おれは墓穴《はかあな》を掘るから」しばらく経ってから、彼は車いすを動かした。

ネイルハンマーを受け取ったわたしは、釘抜きの部分で一本ずつ釘を抜いていった。作業が終わるころ、家の入り口付近に積み上げた土が乾いてきた。わたしの釘抜きが終わるのを見計らって、タイが言った。「さあ、どうする?」

「まだ……決めてない」

「おまえが正しい、やったのはゾイル家のやつらだ。あいつらならやりそうだ。あいつらは学校でもトラブルメーカーだったんだ。あの三兄弟だけじゃない、ゾイル家は昔からトラブル続きで、この土地の住民との確執はもう何世代にもわたり、情状酌量《じょうじょうしゃくりょう》の余地すらない。あいつらは、相手が立ち直れなくなるまで傷つける手を知り尽くしている。このあたりに住んでりゃ、一度はゾイル家の悪い評判を耳にしたはずだ。ショーンは悪ガキで手がつけられず、みんなから嫌われていた」タイは話している間ずっと、わが家の玄関ドアに空いた釘の穴を見つめていた。

「これまでに手は打たなかったのか?」

「んな、まさか。おまえ、ほんもののワルを知らないからそんなことが言えるんだよ。ゾイル家は大昔からこの土地にいる。みんな、おまえと同じぐらい迷惑してるんだ。手を打たなかったのかって? ワルが、あいつらのような、ほんもののワルが同じ町にいるんだぜ。悪事をやめさせたり、戦ったり、更生させるなんて無理だ。ゾイル家にかかわろうものなら、悪の道に足を踏み入れ、出られなくなる。あいつらと同じ穴の狢《むじな》になるのがオチさ。

フィン、おまえと知り合ってまだ日が浅いが、もう腹を割って話せる仲だ。だから忠告する。ゾイル家にかかわるのはいい考えとは思えない。もうやめろ。ゾイル家はゾイル家で勝手にやらせておいて、おまえはおまえの人生を送るんだ。ここにはおまえの居場所がある、この土地にずっといるつもりなら、社会の一員としてやり直すのなら」

タイがわたしのためを思って言っているのはよくわかるし、自分にはもったいないほどのいい友人であるのもわかっている。半面、我が身を振り返ると、人生を真面目に考えてこなかったことにかけては人後に落ちない。あの日のわたしは、ゾイルとの対決をあきらめる気はさらさらなかった。だが、タイと言いあらそう気もなかったので、「ありがとう、タイ、ここに来てからずっとよくしてくれて感謝している。いつか恩返しをしなきゃな」と言った。

するとタイは、わたしが感謝すると言ったら笑い飛ばした。「見返りを考えないから友だちなんだよ、馬鹿。あ、そうだ、ここに来た理由を話してなかったな。真っ先に伝えたかったんだ。トーナメントへの出場が決まった。クライストチャーチで開かれるマーダーボールの大会で、相手は強豪ぞろい、しかもおまえは正選手として出る。ジョン・ジョンが親指を骨折し、戦列を離れた。後釜《あとがま》をどうするかという話になって、おまえはまだ新入りだが、筋はいいし、酒はもう飲んでいない。女遊びもしていない。過去の罪滅ぼしはもう済んだんじゃないかってことで」言い終えてから、タイはニヤリとした。

心は深く沈んでいたけれども、満面の笑みが自分の顔全体に広がっていくのを感じていた。

「なあ、タイ、こんなときはマーダーボールに打ちこむのが一番だと思うんだ」

タイが帰って家にひとり残され、日が落ち、影が長くなるのをながめていて、ようやく気づいた。猫たちがあちこちにいたおかげで、この家がどんなに満ち足りていたかを。

これからはアリスとジェイムズの亡霊とともに、またひとりになるようだ。いや、もし亡霊と暮らすとなると、今度は猫たちも一緒じゃないか。

そんな夢想にふけっていると、電話のコール音が現実に引き戻した。セラピーのセッションがあるのをすっかり忘れていたわたしに腹を立てた、ベティからだった。

まずは謝ってから、猫がどうなったかを説明した。セッションのことはついうっかり忘れてしまったが、こんな気分では受けられないと言った。

「つまり、自分の都合が悪ければ、セラピーを受ける価値はないと――セラピーの目的はわかってる、フィン？　猫はちゃんと埋葬した？」

「はい」

「だったらさっさと車に乗って、セラピーにいらっしゃい」

「ベティ、すみません、今日は行けません。セラピーを受けても無駄だと思います」

「本気でそう思ってるの、本気で？　数年まえと同じ気持ちでいるんじゃないでしょうね？　酒で憂《う》さを晴らそう、妻と別れればいい、結果、車いすを使うことになるような事故を起こした、あのころと変わってないの？」ベティは怒っている――セラピストはクライアントを落ち着かせるのが仕事じゃないのか？

「そもそもあなたがカウンセリングを受けたのも、自分が信じられなかったからでしょうに。わたしを信じて、フィン。車に乗ってここにいらっしゃい、でなきゃわたしがそっちに行きますよ」ベティはきっぱりと言った。

「わかりました」うんざりはしたが、やっぱり彼女が正しい。

タイが来て、今度はベティか――つまらないことでもいい、わたしもいつか、人のためになることをしたい。

とはいえ、何ができる？　ここで怒りを溜めこむことか？　また酒に溺《おぼ》れることか？　ゾイル家の連中と争うことか？

ベティが正しい――今の自分が考えるべきこと、やるべきことがようやく形を成した。

ここでじっとしている場合じゃない。

第十六章

四か月前、二月八日

三十分後、わたしとベティは大きな机をはさんで座った――ちょっと遅刻したのは、開店中の酒屋のまえを通らないよう迂回したからだ。ゾイル家への怒りで酒が飲みたくはならなかったが、悲しいかな、酒屋の店先を平然と通過できる自信がまだない。わかっている、わたしはまさに今、アルコールがほしくてたまらない病を患《わずら》っているのだから。

「で、わたしがいない間に何があったの？」ベティが単刀直入に訊いてきた。

これまで彼女に話していなかったことを補足しながら、これまで会った人のこと、この町に来て気づいたこと、そして、猫を見つけたことにも触れてから、今朝あったことを、改めてすべて説明した。

「じゃあ、あなたはこれからどうするつもり？」話を聞き終えたベティはわたしに訊いた。

「まだ決めてません。タイにも同じことを訊かれました――これから何を考えるかより、これからどうするかのほうが大事だと彼は言ってましたね」と言うと、こちらの話を聞いていたベティがほほえんだ。めったに笑う人じゃないのに。

「タイと友だちになってよかった。あの子は良識があるけど、頭が切れるってタイプじゃない。本来、駆け引きについてはあなたのほうがずっとうまいと思う。だけどタイは苦痛を怖がらない、だから自分のためになることだけをやり、素直な人生を送っている。一方あなたは、いちいち不安におびえている。そのせいで判断を誤り、面倒な人生を送っている」

どう反応したらいいかさっぱりわからなかったので、わたしは肩をすくめた。「じゃあ、どうするべきでしょう？　生きるのが楽になるコツをご教示いただけませんか？」

「まず、生きるのが楽になるなんて考えないこと。意識してできるもんじゃない。自分の身の回りを変えようと思わなければ、傷つかずに済む。人生には、すべて自分の思うとおりになり、ご安泰でいられる道なんてないの。

要はね、物事には必ず理由があると考えないこと——理屈がわかれば思いどおりになると考えるから、人は理由を探そうとする。だけど、人生の取るに足らない、悲しい〝なぜ〟を拾い集めたって、何も変わらない。なんならわたしがあなたに代わって、そんな疑問を追っ払ってあげましょうか。あなたに依存傾向があるのは、遺伝子学上に問題があるから。あなたが人をきちんと愛せないのは、ご両親から十分な愛情をもらえなかったから。あなたが落ちこんでるのは、脳内化学物質のバランスが乱れているから。本質は変わらないのだから、理由なんて関係ない。だから、世間は自分に冷たいと思っても、それはあなたのせいじゃない。それが世間ってもの」強い口調で語るベティの助言を聞きながら、これはわたしに宛てたアドバイスであると同時に、ベティが自分の信念を語ったのではないかと思った。

いずれにせよ、重みのあることばだった。ベティは心理学の専門用語を並べるのではなく、この世の中で道を踏み外すことなく生きていく知恵を授けてくれたのだ。

ベティはいったん黙ってから口を開いた。「周囲の環境は変えられなくても、向き合い方は自分で変えられる。あなたは人生で悲劇を体験した、フィン——そこから教訓を得た」彼女は噛んで含めるように話した。「ここで大事なのは、あなたにふりかかった悲劇じゃない。あなたが悲劇とどう向き合ったか。向き合うことで、自分本来の姿が見えてくる。自分に降りかかった悲劇もすべて、ね」ベティの話は終わった。

　このときの気持ちをどう表現すればいいのだろう。疲れといら立ちで考えがまとまらない。ベティの話が長くなるにつれ、酒を飲みたいという衝動が強くなるのも感じた。

　彼女の話が自分の核心に触れたからだろう。

「この三年、あなたは不安とばかり向き合ってきた。苦痛から逃げることばかり考えていた」

ベティは指を追って数える身振りを交えながら、わたしが抱えてきた不安の種を列挙する。

「子どものころから苦痛をずっと抱えていたのに、それを認めようとはしなかった。ほんとうの自分を他人に見せなかった。妻と本音で語り合わなかった。すべてうまく行っていると思いこんでいた。酒を飲みだした。助けを求めなかった。仲間との交流をすべて絶った。すべてを捨てて、ここに来た」ベティはわたしに語りかける。「今挙げたのはみんな、苦痛から逃れるためにあなたが取った行動よ。それが思わぬ方向へとあなたを導いた――苦痛と向き合おうとせず、避けようとすると、さらにこじれる。毎回、毎回」

　そして、彼女は悲しそうにも取れる表情を見せた。「話を原点に戻しましょう、フィン。あなたはほんとうに人生の落伍者《デッドレモンズ》なの？」

第十七章

六月四日、現在

じわり、じわりと進んでいるが、体にかなりの負担がかかる。もっと短時間で岩場を乗り越えれば、その分、疲労と吐き気が増す。眠気がまた襲ってくるが、ここで眠ってしまうわけにはいかない。だからといって、速度を落として休み休み進んでいては、時間がかかるばかりか、止まっている間に失う血の量も増す。出血し、体じゅうにまわる血液の量が減っていくのを意識しながら、ダメージがもっとも少ない動き方を考える。

日はまだ高いところにあっても、目がかすんで前方がほとんど見えない。唯一ありがたいのは、振り返ってもダレルが見えなくなったことだ。

メッセージを残そうか。自分が死んだときのため、ここで起こった真実を書き残す。とはいえ、ゾイル家の生き残りたちに見つかるのが関の山だ。携帯電話をいつ、どこでなくしたかも覚えていない。

砂浜にたどり着くと大きな達成感を得たが、今は軽い吐き気しかない。砂浜に来たら移動は格段に楽になり、嘆きばかりの行程を終え、気力がみなぎる。頭の中が痛みと怒りだけで満たされたところで、その両方を鎮《しず》める上で効果的なことを考えることにした——簡単な計算だ。

砂浜から丘の上まで六百ペース（一ペースは約七十六センチ）で行ける。そこから四百ペースで車に戻れる。腕立て伏せのような形で体を引きずっている今、一歩は腕立て伏せ四回に相当するので、あと四千回腕立て伏せをすればいい。

気力を保つにはこれぐらいしかできないので、カウントダウンをはじめよう。四千。三千九百九十九。三千九百九十八……モチベーションが上がる。

丘を上る途中、あと二千百十五回というところで、車のドアがバタンと閉まる音と、話し声がはっきりと聞こえた。

ゾイル家の弟たちが戻ってきた。

第十八章

四か月前、二月八日

わたしがまた黙りこむと、ベティが助け船を出してくれた。「ほら、最初のセッションで話したでしょ、動物でも人間でも——人生の落伍者《デッドレモンズ》というレッテルを貼られたら、もうその運命は変えられない、って。落伍者のレッテルを貼られたら、何ひとついい思いをしないまま、一生が終わる。学んで自分を成長させることなく、自分を変えようと努力しないから。成功を夢見つつ、同じところでつまずいてしまう。いったん負のスパイラルに堕《お》ちれば、みるみるうちに、もっとひどいところまで堕ちていく。さて、あなたはどうかしら。正直に言うと、わからない――本人が努力していないのか、堕ちていくだけの運命なのか。あなたは自分が傷つくのをとても恐れているから、本人の資質か、運命なのかが判断できないのかもしれないわね。

でも、学ぶって――本を読んで学ぶってことじゃなく、自分の本質を学ぶこと――自分を根本から変えるとなると、苦痛を伴うものなのよ、フィン。

あなたが道を踏み外すと、苦痛がアラームのように教えてくれる。いい方向に向かうときも、悪い方向に向かうときも、苦痛が教えてくれる。人は自分が本質的にどんな人物かを理解すると、内面の苦痛はおさまるものなの。

だけどね、フィン、あなたはその賢さが仇《あだ》になった。苦痛の原因と向き合って解決しようとはせず、それどころか、自分が傷つかないよう、苦痛そのものから逃げている。たとえ傷ついても現状を維持したまま、苦痛を感じずに済む道を探している。苦痛から逃げれば逃げるほど、取り返しがつかないことになるのに」

ベティに心中を見すかされたようで、正直、ゾッとしなかった――どうでもいいことをど忘れしたら、変に気を遣われて助け船を出してもらったときのような、いたたまれなさにも似た気分だ。耳を傾けるべき助言だとはわかっているが、耳をふさぎたくもなる。

「だから自分が老けこんだと感じるのよ、フィン――あなたはずっと、そうやって生きてきたから。あなたはずっとそう、変化を嫌い、学ぶことを嫌う。未知の世界に興味がない。いつも退屈で、感動と遠いところにいた。眠れないのもそのせい」

「ベティ、ちょっと……ちょっと話すのをやめてくれませんか」わたしが頼むと、今度は彼女が聞き手にまわった。それから車いすの向きを変えてデスクのまえから窓辺へと移動し、外に広がる海を見つめた。

ごくありふれた説教じゃないか。そんなに深刻に受け取らなくてもいい。でも、考えてみてほしい。自分の欠点をあげつらわれて、それを黙って聞いていることのつらさ。反論の余地もないのは重々わかっている。自分がこれ以上あと戻りできないところにまで追い詰められたという自覚もある。そんな最悪だったころの記憶に手をつっこみ、無理やり引き出されるような真似は、ごめんだ。

自分を偽ったせいで身を持ち崩した者が感じる息苦しさと、頭の整理がまだつかないことへの情けなさ。

「わたしだって、昔は善良な市民でした。思えばやはり……」視線を窓の外に向けたまま、わたしは首を横に振った。ここで笑うべきか、泣くべきか。

「最初からこんな人間だったわけじゃないんです」と、口に出してみて、必ずしも自分だけが抱える悩みではないのに気づいた。わたしにとってこの上ない悲劇――これが今の自分である事実、いや、こんな悲劇はすでに言い尽くされた、陳腐なものであってもだ。

するとベティは意外なことを口にした。「今日はこれでおしまい、フィン。一か月はここに来ないでちょうだい。セラピーもなし。宿題も、なんにもなし。好きなことをやりなさい、でなけりゃ、何もしないか――それはあなた次第。四週間後に電話するから、セッションは、そのときに仕切り直しましょう」

「これもテストですか？　それとも罰ゲーム？」

「このメソッドがあなたに合わないからよ、フィン。あなたには向いてない。このメソッドは、もっと成熟した大人にならないと無理。子どもはとにかく吸収する年ごろ。いいことも、悪いことも、中身を吟味せず、スポンジのように吸いこんで自分のものにする。だけど大人になってからは、新しいことを学ぶのって、けっこう大変。大人だからといって、生きていく上で必要なことをすべて身につけているわけでもなく、あなたを担当してきたカウンセラーは、あなたに教えるのをあきらめたのよ」

ついでにパトリシアのヘアサロンに寄って、これを渡してと、蜂蜜の瓶が入った箱をこちらのひざの上へ無造作に投げた。有無も言わさず、さっきまで人生について深い話をしていたとは思えないほど、あっさりとした態度で。そしてベティは振り返りもせず裏庭の野菜畑に戻った。今日の仕事は野菜の手入れでおしまいなのだろう。

つれなくされて傷つくと、人はやはり蜂蜜がほしくなる。

＊

車に戻る途中、プルーイット・ベイリーが助手席のドアに寄りかかってタバコをふかしているのが見えた。

「やあ、フィン。大変だったんだって?」何があったか知っている口ぶりだ。小さな町は噂がすぐに広まる。

「ええ、そうです、プルーイット」彼のそばまで移動して、車いすを停めた。「で、うちの猫に起こったことを記事にするつもりですか? 記事にするなら、ゾイル家に触れないわけにはいかないでしょうに」

「いや、記事にはしないよ、フィン。新聞に載せるまでもない。明日が来るまえに、住民の半分がもう半分に話して、それで終わりだ」わたしの皮肉に気づかないふりをしているのか、平然としている。

「どうして知ってるんです? たったの数時間まえにあったことを」

「それだけ小さな町なんだよ、フィン——現実を受け入れなさい」プルーイットはわたしを不《ふ》憫《びん》に思ったのか、こうつけ加えた。「町の人たちはいつもきみを気にかけている、きみがこの町になじもうとしないから、この町の人間になろうとしないからね。きみはひとりぼっちでここに来た、家族も友人もおらず、仕事も持たずに、身ひとつで、あのコテージに来た。そのきみが、急にあれこれ訊いてくるものだから」彼は肩をすくめた。

「じゃあ、どうしてここに来たんです?」

「きみん家《ち》の猫のことを聞いて、きみが知りたそうな情報を公開することにした。ゾイル家を調べた資料をね。過去にまとめたファイルを見せるから、どんなことでも聞きなさい。それで疑問が解ければきみも気が済むだろうし、過去の事件に首をつっこむのをやめると思ってね」

「そこまで心配してくださってたなんて、プルーイット」

「いや、きみのためじゃない、フィン、きみのことはまだよく知らない。ただ、わたしは生まれてからずっとこの町に住んできた。ほかの住民もたいていそうだ。五十年も暮らせば、町の人間は家族も同然、それはしかたがない。わたしは過去の恐怖を蒸し返したくないんだよ。エミリー・コッターは……わたしの姉だからね」

　わたしたちはウエスタンスター紙のオフィスに向かい、輪転機の稼働熱がこもった印刷室に入った。刷《す》りたての新聞から立ちのぼるインクのにおいの中、コーヒーを手にしたところで、プルーイットがさっきの話の続きをはじめた。

「それじゃあ話そう。かかわるんじゃなかったと後悔してくれるといいが。これを見なさい」プルーイットはいすから立つと、自分のデスク脇に移動した。デスクのサイドパネルを指で触り、ある場所を押すと、パネル全体がゆっくりと開いた。

「よくできてるだろう？　ミニチュアの隠し部屋みたいなもんさ。わたしのような仕事をしていると、機密書類をしまう秘密のスペースが必要だろうと、ジェイムズが作ってくれた。義兄はこういう小物をしょっちゅう作っていた」話している間は笑みを絶やさなかったプルーイットだが、内側に手を入れ、撚《よ》り糸で縛った、書類があふれるほど詰まったフォルダーを取り出すと、顔から笑みが消えていた。

「これがわたしの知っているすべてだ。事件の全容だよ。ここにずっと封印してきた」プルーイットはデスクの向こう側にまわって腰を下ろすと、ふくらんだフォルダーをデスクの上に置いた。

「必要なら持って帰ってもかまわないが、いいかね、読んで役立つ情報は何もない」プルーイットは、もうたくさんだ、と言いたげに笑った。

すぐさま手を伸ばしてつかみ取りたかったが、実際に目のまえにすると手が伸びないものだった。

プルーイットは新しいタバコに火をつけた。「わたしたちはこの町で育った、わたしも、エミリーも。姉とは年が離れていたけれども、いつも一緒だった。姉は音楽が好きで、ピアノをよく弾いていた。エミリーは音楽の教師をしながら、演奏活動も続けた。姉には才能があり、演奏家としてもやっていけただろうが、ジェイムズと出会った。そのころ、ふたりともそれなりの年齢に達していた。姉にとって、ジェイムズがはじめてまともに交際した男性だった――ずっと音楽漬けだったからね。ジェイムズは船を作る仕事に就くため、この町に来た。実は、わたしがふたりを引き合わせた。ジェイムズは無口だが、姉にはやさしかった。これ以上の良縁はないほどの愛で結ばれていたんだ。エミリーは夫のために歌を書き、ジェイムズは妻のためにコテージを改築した。その後も少しずつ改修を加えては、エミリーとアリスを驚かせた。家のあちこちに隠し収納を作り続けた」と言ってほほえんだプルーイットは、少し若返って見えた。

「エミリーは結婚後もピアノを続け、学校でコンサートを開いたり、毎週日曜日には人前で演奏したりもした。姉は耳に心地よい曲を作った——会ったこともない人を懐かしく感じるような曲をね」プルーイットの声は、戻らぬ過去を偲《しの》ぶようだった。この思い出話は、こちらのためではなく、彼自身のためでもあるのかと、ふと思った。

「ほんものの悲劇は芸術家の才能を伸ばすか、才能の芽を摘む。エミリーの場合は後者だった。アリスの一件以降、姉は二度とピアノに向かわなくなった。弾こうとしたことはあったが、音楽が紡《つむ》げなくなっていた。そしてジェイムズが行方不明になって、姉はついに絶望の淵《ふち》に立たされた。エミリーは思い出の中に住み、この世と縁を切った。わたしは今も姉の見舞いを欠かさない。この町を出るようあれこれと説得を試みたが、姉は耳を貸そうとはしない。

　わたしにも責任の一端はあった。地元紙の記者で警察や監察医とコネがあり、真相を究明しようとした張本人だからね。遺留品が多少見つかったと姉とジェイムズに告げたあと、警察は具体的な説明をせぬまま、アリスの捜索を拡大した。アリスは死んだと言わんばかりの対応じゃないか。わたしは姉に真相を突きつける側だった——アリスはまだ生きている、あの骨をはぎ取られたときも、六週間経っても。わたしは言ってはいけないことを姉に話してしまった」ここでプルーイットはいったん口を閉じ、ゆっくりした動作でもう一本タバコに火をつけると、数回深く煙を吸ってから、話の続きに入った。

「うそをつけばよかった。真相がわかってもアリスは戻ってこない。だがエミリーは必死だった、なんとしても娘を取り戻したかった」プルーイットは首を横に振った。「姉を安心させたかったんだ。事実をすべて記事にすることもエミリーの希望だった。彼女はゾイル家がやったと確信していた。事件の猟奇性が町じゅうに伝われば、真相究明に役立つかもしれない。捜査に大勢が動員され、たくさんのドアがたたき壊され、証拠が手に入るかもしれない。アリスの記事を載せたせいで廃刊に追いこまれそうにもなった。廃刊になってもよかったんだ。だがわたしは、姉に希望の種をまくようなことをした。アリスはまだ生きているかもしれない——そんなむなしい希望を姉に与えてしまった。エミリーが見知った情報は、すべてそのフォルダーにある。彼女とジェイムズの両方が入手した情報がね。つらい記録ばかりでもいい。アリスが六週間後も生きていたことが立証されたのだから。あの夫婦はたがいの怒りを糧《かて》として生きていた」

話しだしてからずっと目をそらせていたプルーイットが、ようやくわたしと視線を合わせた。

「この情報は真実であり、これ以外の情報がないことは、わたしが保証する。その後新たな情報は見つかっていない。わたしはすべてを報道してきた。姉夫婦も娘の居場所を探してきた。エミリーとジェイムズの残りの人生は、娘の捜索に費やされた。町の人たちから話を聞き、自分の足で手がかりを探して。ジェイムズは、あの沿岸を何度も往復したはずだ。彼はゾイル家とも何度か対決しており、銃を手に、姉とひそかにあの農場を訪ねたこともあったと聞いた。だがゾイル家はジェイムズの話を聞くどころか、追い返したり、無視したり。警察も見て見ぬふりを決めこんだ。事件から一年、ジェイムズは散歩に出ると言い残し——〝散歩〟は、アリスを探しに行くときの決まり文句だった——姿を消した」

プルーイットのタバコは指先近くまで燃えていたが、彼は気づいていないようだ。

「何があったのだと思われます？」

「アリスか、それともジェイムズか？」

わたしはただ肩をすくめ、彼の問いかけには答えなかった。

「コッター家の悲劇にゾイル家がからんでいると、住民はずっと怪しんでいる。ずっとそうだった。自分たちが口をつぐめば町は平和でいられると思っている。それにもちろん、確たる証拠はない。フィン、わたしだって、アリスがどうなったのかわからないんだよ。ジェイムズは崖から落ちて海に飲みこまれたか、そういう事故だと思っている。あの人が自ら命を絶つとは思えないんだ。エミリーをひとり残して死ぬなんて」

「では、ゾイル家が……」わたしは水を向けた。プルーイットはしばらく黙りこんでいたが、やがて重い口を開いた。

「自分にはまだ理性が残っていると信じたい、フィン。それはわたしの仕事だ。きみは証拠をつかむまで動くな。ゾイル家はアリスを殺したのか？　確証はあるのか？　確証はない。ならば確信は？　それならある。わたしはあいつらがやったと信じている。そう思える心あたりがあるからだ。

疑いを抱きながら日々をやり過ごすのは妙な気分だった。たまにそれは自分の思いちがいで、ゾイル家はただの一般市民だと納得してしまいそうになる。だが入り江で彼らを見かけたり、エミリーを見舞ったりすると、当時の記憶が一気に蘇り、やはりゾイル家が犯人だとしか考えられなくなる。それ以外の被疑者が頭に浮かばなくなる。今のきみと同じだ。疑問を抱き、妄想にふけり、そこから抜け出せなくなっていた。わたしはそれを何十年もやってきた。何十年も、だ。以前の証拠を取り出しては取材をやり直した。夜を徹して事件の洗い出しをやったのも一度や二度ではない。だが結局、新しい事実なんか見つからないんだよ」

プルーイットの中ではもう、結論が出ているのだろう――ゾイル家の一件は、ルービックキューブの模造品を完成させようとするぐらいにむなしい。正規品ならキューブをまわしつづければ面が必ずそろう。一見解けそうなのに、実は決してそろうことのないルービックキューブを解こうとするようなものだ。むなしい以外に、どう形容したらいいのだろう。

それでもここでじっと座っているだけで落ち着いてくる――猫のことも、ひょっとしたら、自分の人生のことも。だからこんなにこだわるのかもしれない。プルーイットも悩んでいる、自分だけじゃないとわかっただけでも、精神的な負担がいくらか軽くなった。ゾイル家の邪悪さは、だれの目にもわかる悪の権化《ごんげ》とでも言おうか。まず浮かんだのが、第二次世界大戦時のナチスだ。こんな風に何かにたとえると、とたんにわかりやすくなる。相手を悪人とみなせば、悪に立ち向かう自分は正義の味方。わかりやすく、単純なとらえ方だ。自分自身がどうあろうと関係ない、敵と立ち向かうだけでいいのだ。

飲み過ぎるとどうも戦時の話をしてしまうと、祖父がこんな話を聞かせてくれたことがあった。「フィン、わたしたちは恵まれていた、憎きドイツ兵が、あんなひどいやつらでよかった。あいつらが善人だったら、自分たちがやったことを悔やんで生きていかなければならないからな」

いろんなことがあって精神的に疲れ、何も考えられない頭で車を転がし、家路につく道すがら、対向車線をゾイル家の古くて錆《さび》だらけのトラックが走っていた。猛スピードで走り抜ける間際、あの三兄弟が並んで乗っている姿を見かけたその瞬間、胸が締めつけられた。漁に出るのだろう。わたしは家に帰ることだけを考えた。

コテージに戻ってからは、猫たちを埋めた。家の入り口脇の盛り土《ど》が目に入らないようにつとめた。

第十九章

三か月前、三月五日

相手はサイドから襲ってきた。あまりに突然で、ぶつかってこられるまで気づかなかった。乗っていた車いすが倒れ、もう少しで床に顔から落ちそうになったが、両腕を広げて受け身の姿勢を取ったおかげで、なんとか無事に済んだ。

この受け身は自分の得意技になりそうだ。

大勢の人、喝采《かっさい》の声で耳の中がわんわん鳴っていたが、ようやくおさまった――殺戮球技《マーダーボール》という名に恥じぬ、凶暴なスポーツ。

トーナメント戦では〝車いすラグビー〟と呼ばれてはいるけれども。

ラグビーと呼ぶには語弊《ごへい》がある。

ニュージーランドっ子はラグビーに目がないからだ。

ラグビーのようなスポーツをやれば必ず、ニュージーランド人は熱のこもったぶつかり合いをする。

ニュージーランドで老若男女を問わず、主義主張を超えて愛されるスポーツ、それがラグビーだ。しかも強い。ニュージーランドは人口四百三十万人ほどの小国だが、ラグビーチームがまた、世界トップの座に君臨する日は必ず来るだろう。

実際、ワールドカップで何度となく好成績を残している。

ところがマーダーボールとなると、ニュージーランドチームは輝かしい戦績を残せず、対戦相手にことごとく敗れていた。

その後、同じく二〇〇〇年のシドニーパラリンピックで公式競技として認められたのを機に、ついうっかりラグビーという名称を採用したことから、この競技はマーダーボールから車いすラグビーに改称された。

名称の変更を知ったニュージーランドは、二〇〇〇年のくだんのパラリンピックで早速メダルを獲《と》ることになる。

当時のプレイヤーがまだ現役なんだぜ。タイは尊敬の念をこめて言った。それを聞いて、わたしが発憤するとでも思ったのだろう。

何しろマーダーボールの長い競技生活ではじめて、二日連続で流血沙汰《ざた》の衝突騒ぎを起こしたわけだから。長いといっても、試合に出た日を両手で数えられる程度のキャリアだが。

怪我をしてもわたしが楽しそうにプレイしているので、タイはそれほど気にしてはいない。わたし自身、乱闘もどきのプレイはなんとも思わない。いったんコートに入ったら、ことばもルールも疑問も通用しない世界が待っている。ゲームがはじまると全身が活気に包まれ、時間の感覚がなくなり、昔の自分がどこかに連れていかれるような気分とともに、人がひしめき合って戦う、盛大で楽しいゲームの一員となる。

救護の手を借りてコートを離れるとき、脳しんとう特有の、意識が軽く飛ぶ一瞬があった。時間はこうも不思議なものだ。熱中しているとあっという間《ま》に過ぎ、退屈だとなかなか過ぎてはくれない。

思い返すと、何かに打ちこんでいると、時間は、実際よりも短く感じるというのも、また不思議だ。うんざりしたときのことを思い出すと、時間が止まったかのように思える。同じ一週間でも、楽しかった休暇のときと退屈な仕事に追われたときとでは、時間に対する体感がちがうのと同じように。

もっと不思議なのは、年を取るにつれ、体感的に時の経過が早いと感じるようになったことだ。子どものころは次の誕生日が待ち遠しかった。ところが今では、気がつくともう誕生日がやってくる。

こう思っているのはわたしだけではないだろう――退屈にまみれて緩慢な死へと向かい、充実した毎日を送ろうとせず漫然と過ごしているのは、退屈で自分は死んだも同然と感じるからだというのは皮肉な話だ。空虚な年月が静かに積み重なっていく。

こんなことを考えるのは頭を打ったせいかもしれないが、ここ数週間で自分が若返ったという自覚がある。

毎日が楽しくて、引っ越してからずいぶん過ぎたと思っていたが、実は引っ越してまだ日が浅かった。

頭を打った今のこのザマはさておき、マーダーボールの練習をし、トーナメントの作戦会議を手伝い、チームメイトと行動をともにして、わたしはとても充実した日々を送っていた。前向きなことだけを考えていた。

人を好きになるということすら忘れていたし、この町の人たちも人それぞれだろうが、いつかは寛大な気持ちでわたしを受け入れてくれるような気がしている。

いつしかわたしはセラピーに足を運ばなくとも、ゾイル家や猫のことで心が乱れなくなっていた。

新たな人生はわたしにマーダーボールを授けた。わたしは傷だらけの両手で、マーダーボールの世界をしっかりとつかんだ。

新たな人生はわたしにパトリシアを授けた。わたしには何の文句のつけようもない安らぎの場を授けた。パトリシアがシャンプー台に座ったわたしの頭をやさしくもたげると、なぜか彼女と視線が合ってしまう。彼女とはじめて会った日と同じだ。どうしていつも目が合ってしまうのだろう。

「なあ、きみとは店の客としてじゃなく会いたいな」わたしは顔をほころばせて言った。

「ありきたりな口説《くど》き文句だこと――頭までやられちゃったみたいね」パトリシアは顔色ひとつ変えない。

「さて、かゆいところはございませんか?」と聞いて、彼女はわたしの頭の向きをゆっくりと変えた。パトリシアはヘアサロンの仕事のかたわら、ボランティアで救急隊員として活動している。マーダーボールのトーナメント戦で遠征した三日間、彼女は救護員として同行してくれた。また乱闘まがいのラフプレイが数回あったが、激しいぶつかり合いでも、前回のような脳しんとうや首の故障を起こさずに済んでよかった。視線を上げるとパトリシアの胸というのも絶景だ。

「えっ?」パトリシアが何か言ったが、聞き取れなかった。

「もう起きていいですよ」彼女はわたしを見下ろすような形で笑っている。こちらも笑みを返し、渋々座席をもとに戻した。こんな誘いに彼女がそう簡単に乗るわけがない。

パトリシアはタイを昔からよく知っている。というか、車いす利用者の日常生活をよく知っている――だからこちらがほんとうに困るまで手を貸そうとはしない。

「わたしは今日、ずっとサロンにいるけど、あなたはまだ試合があるでしょ。脳しんとうでまた意識を失うかもしれないし、骨折だってするかもよ、ほらっ!」と、冗談っぽくわたしに気合いを入れた。

これは冷静で分別のある大人としての意見だ。パトリシアはわたしたちがマーダーボールをプレイする意義というものを、ちっともわかっちゃいない。よくわかってはいないのは、こちらも一緒だが。負傷は避けられないことぐらいわかっている。自由を犠牲にしてもやらずにいられない——こういうものは、だれの人生にもひとつやふたつはあるはずだ。

われわれのチームは二勝二敗となり、これでもギリギリで優勝のチャンスがあった。おまけに、できるだけタイにパスをまわせというチーム戦略が功を奏している。

＊

試合が終わり、明日の決勝戦に向けての作戦会議がお開きになっても興奮がなかなか醒《さ》めず、眠くならない。自分に向き合う時間がようやくできた。

ここ数週間ほどは赤ん坊のようにぐっすり眠れた。落ちこむこともなければ、考えすぎることも、つらすぎることも、抜け殻のようになることもなく、一日のどこかで小さな事件が毎日あった。タイもわたしの変化に気づいたようだ。「おい、なんかあったのか。おれにはおまえが幸せそうに見える」

「どうしてそう思う？」

「おまえが目をそらさず、ちゃんとこちらを見ているからさ。相手の目を見て話をしている。

以前はそうじゃなかった」

「充実した暮らしが続いてるんだ。理由は聞くな、でも、このマーダーボールがわたしを変えた。スポーツに入れこんだなんて、生まれてはじめてだ」

「おまえは幸せがどんなもんか、まだわかってないな。馬鹿、感じればいいんだよ。おれみたいにさ、気分のいいことを見つけたら、手あたり次第にかき集めるんだ。自分が幸せだろうかって疑問に思うのは、時間の無駄だ。自分が人からどう思われてるかなんて、くよくよ考えるのはもうよせ。おまえが失ったのは脚だけじゃない。もうおまえは以前のおまえじゃないんだ。ちがう道を進むんだよ、わかるか？　ほれ、受け取れ、ボケが」ひとしきりまくし立ててから、タイはボールをわたしに投げた。

これがタイのスタイルだ。『スター・ウォーズ』のヨーダかと思うような含蓄《がんちく》のあることばを吐き、意味がわからず相手がぽかんとしているところを狙って、頭に向かってボールを投げつけ、笑い飛ばすのだ。

わたしも彼のように、涼しい顔であんなことができればいいのだが。

ベッドに横たわってもなかなか寝つけず、ここ数週間ほどの自分を言い表す、うまい表現がないかと考えていた。

ホテルの廊下をはさんだ向かい側の部屋にはタイが泊まっているが、彼のあり得ないほどの高いびきのせいで、眠気がなかなか降りてこない。

麻痺《まひ》した脚が回復し、ふたたび動かせるようになったけれども、きりで刺すような鋭い痛みが脚全体に走る。痛《いた》気持ちいいというか――そんな陳腐なたとえしか浮かばない。

下半身は相変わらず麻痺したまま、外見は以前と変わらない――自分にまとわりついた大量の澱《おり》のようなものが、プレイ中にどっさりと流れ出ていく。

このときわたしは、人生の転機を迎えていたのだろう。ベティに会いたくなっていた。あの人なら、相手の弱点を的確に指摘し、弱点を乗り越えるアドバイスができるはずだ。彼女から見れば、答えはもう出ているのかもしれない。ベティのセラピーも、鏡を見ろとかそういう宿題も、わたしが弱点を克服するためのアドバイスだったのかもしれない。

＊

それから二日後、日付がもうすぐ変わろうかという時間、タイに車で送ってもらい、玄関先で降りたわたしは彼に手を振ったが、興奮がおさまらなかった。決勝戦では敗れたものの、試合は接戦で、終わってからジョン・ジョンが言ったこのひとことが、熱戦を如実に物語っていた。「あいつらは勝ったかもしれないが、試合運びは負け犬同然。負けたおれたちのほうがずっと勝者らしいぜ。みんな、すげえいい試合をやったよな！　いやっほう！」

この気持ちは、当日その場にいた者しかわからないだろう。

玄関ドアに一枚のカードがはさまっていた。留守中に来た警察官が残したもので、〝猫事件のことでもう少し話をうかがおうと訪ねましたが、お出かけのようなので、日を改めて明日また来ます〟とあった。

〝温水のトゥイ〟もメモを残していた。この日の朝早く、電気系統の設定を見直すために立ち寄ったという。

どちらもゾイル家を思い出させる用件だったので、せっかくのうれしい高揚感が一気に醒めたが、冷静でいられた――実はウェリントンからの帰り道、やつらに対する考え方を改めた。プルーイットやタイの助言に従い、とにかく無視することにしたのだ。もうひとつ、別の理由もあった。

あいつらのことで気分を害したくないからではない。たしかに不愉快な目には遭っている。ただ、これからは、もっと前向きなことに頭を使うことにした。自分にはもう、楽しくいられることがすでにあるじゃないか。

トラブルを抱えた自分に待ちくたびれ、内なる自分が一歩先に飛び出し、幸せに向かって勝手に走っていく――こんな感じだろうか。

タイの見立ては正しかった。わたしはこの町を今後の人生の拠点にしよう。

ここにはマーダーボールがあり、気の置けない友だちがいる。最高じゃないか。生身の人間に戻れるかもしれない。

こんな前向きな考えを抱いて眠りについたが、幸せの中にあったはずなのに、またしても夜中に目が覚めた。

寝ぼけていたので、最初は猫に起こされたのかと思ったが、猫はもういない。

じゃ、あの、カリカリという音はなんだ？

ややあって、玄関ドアが開く音、床板がきしむ音がはっきり聞こえた。

だれかが家の中にいる。

とっさに思った。ゾイル家のやつらだ。

反射的に銃を手に取ろうとした。

まず銃に頭がいくとは、なんと情けない。

銃の定位置はベッドのすぐ脇にあるクローゼットだが、クローゼットのカギは車のキーと一緒にキーチェーンでまとめ、玄関ドアを入ってすぐのボウルの中に入れてある。

携帯電話もそこにある。

息をひそめ、音を立てずにいると、家の中がひっそりと静まり返った。

ここから出なくては。

するとまた床板がきしんだ。複数の人間の気配がする。

ここで車いすに乗ったら大きな音がするので、やむを得ず、それでもできるだけ音を出さないよう、わたしは枕と毛布をまず床に敷き、毛布の上に転がるようにしてベッドから床に下りた。

そこからは裏口に向かって、床をしずしずと這って進むしかあるまい。そうすれば、相手がこちらの姿にも、移動する物音にも気づくまえに脱出できそうだ。

だが、もう遅かった。彼らはもう廊下にいた。それでもこちらが動いている気配をあちらが察するには、まだ少し距離がある。見えるのは、ゆっくりと壁を照らす懐中電灯が放つ真っ白な光線だけ。

時間を引き延ばす以外に考えがおよばず、物音がしないよう細心の注意を払い、ベッドの下にもぐりこんだ。懐中電灯の光線が探るように、寝室のあちこちを照らす。

戸口に一足のゴム長靴が見えた。そして、においがした。汗と饐《す》えたビールのにおいが。

そこで、自分の下半身に感覚さえあればぜったいにやらなかった失敗に気づいた。ベッドの下に隠れたとき、脚をどうするか、まったく考えていなかったのだ。

動かなくなったわたしの脚が、ベッドの外に突き出ている。

第二十章

六月四日、現在

ゾイル家の弟たちが戻ってきた。船出してから数時間も経っていないのに。漁に出たら、戻りは早くても火曜日だと思っていたのに。

出航の日、いつも一緒のはずのダレルが留守番をしていた。

あんなに苦労して崖や丘を這い上り、あと少し、というところでやつらが帰ってきた。

たとえ姿が見えなくても、わたしが移動した証拠は血の筋となってきれいに残っている。

なんならおまえらも地獄送りにしてやろうか。

今回こそ、ちゃんと銃のありかを確認しておいた。両手の震えは止まらないが、恐怖とアドレナリンが力をくれたおかげか、視界が少しだけクリアになり、今すぐ意識を失うことはまずないはずだ。

ダレルをクッションにして、体にダメージを受けずに崖から逃げ、丘を目指しただけでも上等だ、どうにでもなれ。

どのみち三兄弟のひとりを道連れにしたわけだし。

逃げ切れるはずがない。

時間の問題だ。

わたしの車はまだあの場所にある。骨も、ほかのものも、みな。

彼らの声が遠ざかっていく――屋敷はもう探し終え、離れに移動するところだろう。

「ダレル!」ショーンの声が聞こえる。

「ダレル! 出てこい!」少し間《ま》を置いて声がする。

「ダレル! ショーンが出てこいって言ってんだぞ!」ショーンの呼ぶ声がする――自分を〝ショーンが〟と呼ぶのも変だなと思いながらも、ダレルには話し方を変えるのは、そう、まるで幼い子に話しかけるように変えるのは、相手がダレルだからだ。

不機嫌で、こちらの常識が通じず、自らの手を血で汚した幼子のような、ダレル。

そのとき、入り江で会ったあの日、ダレルがわたしの頭を押して、無理やり下を向かせたときのことを思い出した。「ちゃんと下を見てよ。ショーンが言ってた」

怒りが蒸し返された――ダレル、おまえ、ショーンの命令でやったことは、ほかにもあったよな。

それをまず、証明してやる。

助かるにはショーンたちに見つかるより先に、あいつらの居場所を特定するしかない。そうすれば数発撃たれても身を隠せる時間的距離が稼げる。

もう、生きるか死ぬかの問題ではない。わたしはもうすぐ死ぬし、ある意味、死んだほうが楽だ。ただ、こちらが先にあいつらを見つけたら、もう一度、こちらから殺しを仕掛けようじゃないか。

「ここだ!」アーチーの声がしたので、てっきり見つかったかと思ったが、風のそよぎをわたしと勘ちがいしたようだ。

アーチーの声は今度、ショーンからさらに離れた場所から聞こえた。「こっちに行ったぞ!」

「待て、先に銃を取りに行こう」ショーンは感情を一切排除した声で言った。

もう少しあたりが見渡せる場所に移動しよう。

この丘のてっぺんまで行けば、やつらが遠くから近づいてくるのが確認できる。

ここに留まれば捕まるし、ダレルと上った岩場のてっぺんにあいつらが行けば、わたしの姿が見えることぐらいわかっている。

やつらがわたしを見失っても、ダレルの胸元から現在地までごていねいに残した血の跡をたどれば、すぐに見つかる。

で、今、どこにいる?

ああそうだ、数え直そう。二千百十五、二千百十四、二千百十三……。

第二十一章

三か月前、三月八日

きっとそうだ。両脚に懐中電灯の光線があたり、焼けつくような感覚を覚えた。しかしそれは、下半身の感覚を失った、わたしの単なる思いちがいだった。懐中電灯はその後、家の中全体を延々と照らしたあと、突然光源が廊下に戻り、もうひとつのベッドルームへと移った。

危険を顧《かえり》みずに自分の足元を見ると、ありがたいことに、両脚は床に落ちたときにくるまった毛布の下に隠れていた。

ベッドメイキングをサボっていたと思ったのだろう。だれもいないベッドルーム、一台の車いす、布団や毛布がだらしなく乗ったベッド。

だったらどうしてベッドの下を見なかったのだろうか?

さして若くもなく、下半身が動かないわたしが逃げるには格好の場所なのに。

そうか、あいつらが探しているのは、わたしではないのか。

タイが送ってくれたのが真夜中だったので、ベッドに入る身支度が済んだら照明をすぐ消した。しかも四日間家を留守にしていた。家の中が出かけるまえとちょっとでもちがっていたら、すぐわかった。玄関のドアに差さっていたカードすら抜き取っていない。

あの三兄弟がわたしを無視したのは、目的がわたしではなかったからだ。

では、あいつらはなぜ家に来た？

かすかに足を引きずるような音のあと、カチカチという妙な音が聞こえた。彼らはキッチンの食器棚の扉を開け閉めし、中を探っている。

探しに来たのは物だ、わたしではない。

家捜《やさが》しはリビングルームでもはじまった。

不可思議な行動がずっと続く。この家に忍びこんだ複数の人間は、こちらの留守を狙って押し入ったくせに、無言を貫いている。

何が目的かは知らないが、このまま家捜しを続ければ、きっとわたしを見つけるはずだ。

ここから逃げよう。

でも、どこから？　裏口か？　懐中電灯を手に三人が家の中を歩きまわっているのだから、容易に出られるとは思えない。だからといってじっとしていても、いずれ彼らに見つかる。

そのとき、あることを思いついた。

わたしは医療用アラームを持っている。アラームはベッドサイドテーブルの引き出しにある。

事故のあと、医療保険会社から貸与されたものだ。急を要する健康上の問題が発生したら、キーチェーンにある小さなボタンをひとつ押す。警報が鳴り、救急サービスから確認の電話が入る。電話に出られない状態なら、救急隊員が自宅に駆けつける。サイレンとライトがついた大きなバンに乗って、救急隊員がやってくる。これはいい。だが、ゾイル家のやつらに見つかってから救急隊員が到着したら？　と考えると、そんな希望もぬか喜びに終わる。

携帯電話は玄関ドア脇のボウルの中。ゾイル家のだれかが電話に出たらどうする？　わたしがこの家のどこかにいることがすぐわかってしまうじゃないか。

しかも、このコテージはそれほど広くない。

もう少し時間を稼ぎたい。

だが、そういうわけにもいかず、ベッドサイドテーブルから医療用アラームを取り出した。もし彼らに見つかったらすぐボタンを押し、自分の体が銃で蜂の巣になるまえに助けが来てほしいと心から願った。

ベッドの下から出て、廊下に移動し、そこから裏口に出る以外に道はなかった。

わたしはゆっくりと、ドアまでにじり寄った。音を出さないようかなり注意を払った。自分たちで立てている音に紛《まぎ》れて、気づかないでいてくれ。

タイミング悪く変な場所で彼らに見つかったら、そこでノータイムだ。

廊下のほうへと進むと、ありがたいことにだれもいなかった。ゾイル家の三兄弟のうち、だれかが持った懐中電灯でいつ照らされてもおかしくはない。

高まる鼓動が今にも聞こえてきそうだ。

ぶざまなほど無防備でどうにもならず、全身が震えて汗まみれだ。

もっといい手を思いつけばよかったのに。

あと少しで廊下、というところで、顔の脇に冷たい風が吹きつけ、汗に濡れた肌がすーっと冷えていった。

待て。

下を向いて顔を床に押しつけると、風は右側、つまり、作りつけの本棚のほうから吹いてくる。

恐怖で麻痺《まひ》した頭脳が急速に回転し、わたしは一縷《いちる》の望みに賭けた。

い、い、い、最果ての密漁小屋。

どうして忘れていたのだ。

ようやく思い出した。契約するまえの内見で、不動産会社のベンが、もうひとつのベッドルームにある作りつけの隠しスペースを見せ、このようなスペースは家の中にいくつもあると言っていたじゃないか。プルーイットも自分のデスクに作った隠しスペースを披露《ひろう》してくれた。ジェイムズ・コッターが彼のために作ったデスクだ。ジェイムズがこのコテージをリフォームした際、隠しスペースを増やしたのかもしれない。もうひとつのベッドルームには人の気配がするので、そこに逃げる選択肢はないし、裏口はまだ遠い。

わらにもすがるような作戦なのはわかっていたけれども、本棚の脇まで進んでみない手はない。

あそこの床下に隠しスペースがあるはずだ。

本棚を押しながら、どうかあってくれと願うような気持ちと、狂おしいまでの切迫感とがせめぎ合い、脳細胞がショートしそうだった。

四度目に押したところで、手ごたえがあった。

うっすらときしむ音を立て、本棚が扉のように開いた。

中は真っ暗だったが、わたしはためらわずに中に身を落ち着けようとした。

入ってから本棚を閉じるのにも手こずった。

本棚の裏にある空間は埃《ほこり》だらけ、クモの巣だらけで狭く、寝返りを打つのに苦労した。

咳やくしゃみが出ないよう息をひそめ、音を出さないよう気を遣いながら、わたしは空間におさまった。

あとは両脚が入れば完了だ。

それにしてもあんまりだ――実在する正真正銘の隠れ場所を見つけたとたんに捕まるとは。

ただの隠れ穴ではなくて抜け道なのは、うす暗くてもわかる。出口らしきところが明るい。

ダレルの気配にまったく気づかなかった。懐中電灯の明るい光がわたしの顔をじかに照らしたかと思うと、好奇心旺盛な子どものような声で言った。「あっちの丘の人だ」

わたしは無意識のうちに身構えたが、ダレルはこちらの足を引っ張るでもなく、「あっちの丘の人だ」と繰り返した。ものほしそうな口調へと変わっていく。

懐中電灯の光が急に顔から外れると、ダレルが大きな足音を立てながら、廊下を走ってキッチンに戻った。彼の動きに合わせて光がゆらゆらと揺れる。砂場でお気に入りのおもちゃが自分のものだと言いはる幼子のように、彼は声を張り上げた。「みつけた！」

わたしは必死に両脚を隠しスペースの中に引き入れると、手探りでハンドルを探した。隠し扉を閉じるハンドルがあるはずだ。

廊下に移動したアーチーが「何を見つけたんだ、ダレル？」と訊く声が聞こえた。

わたしはいないぞ！　そのとき、短くて太い縄が手に触れた。引っ張ると本棚が元どおりに閉じた。ちょうど懐中電灯の光が角を曲がって近づいてきたところだった。

見つかったのはわかっていたし、これ以上どこにも逃げられないけれども、息を殺し、何があっても音を出さずにいた。

本棚を閉じるときに音がしなかったので、ちゃんと閉まったかどうかわからない。わたしは両手で縄にしがみつき、耳を貸してくれる神様に向けて片っ端から祈りを送った。

足音が廊下を進み、本棚のすぐそばで止まった。

「あっちの丘の人」ダレルがまた同じことを言うと、本棚の木枠を揺すった。中に入ろうとしている。

「家の中を一周したら戻ってこい、おれはこっちに行く」本棚がまた揺れ、ショーンの声がした。この隠し扉の開け方をダレルが見つけないようにと祈った。

そのとき、自分の首に医療用アラームのコードをかけていたのを思い出すと、すぐさまボタンを押した。

よし、今は様子を見よう。ここでじっと待ち、隠しスペースへの入り方をあいつらに知られずに済むよう祈ろう。

「出てこい！　出てこいよ！　どこに逃げたって、みつけてやる！」本棚の向こう側で、ダレルは興奮した声を上げながら、木枠をまた引っ張った。これでは遊んでいるのも同然だ。

血に飢えたゾイル家の三兄弟には、子守歌を歌って聞かせる奇特な人がぜったい必要だ。ダレルの低くうなるような声がしたかと思うと、本棚の木枠が崩壊しそうなほどきしみだした。あいつ、本気で引っ張っている。少しの間でいい、ドアが開かないようにと、こちらも全力を出し切ってロープを引っ張った。

すると、すぐそばでごそごそと何かを探すような音が聞こえ、下側の側面からアーチーの声がした。「隠し扉なんかないぞ」やられた。アーチーは床下にいる。

ブラック・アルビーも言っていたじゃないか、ゾイル家は昔から〝切れ者ぞろい〟だと。こちらも前もって確認しておくべきだった。隠し通路の要点はこれなのだ。

通路には必ず〝入り口〟と〝出口〟がある。出入り口は複数ある。ダレルと争っている扉、そして、弟たちが探している第二の扉がどこかにある。

「ちょっとどけ、ダレル」ショーンの声が聞こえた。

「ぼくがみつけたよ、ショーン。ぼく、言ったよね、ショーン。『みつけた！』って言ったよね。鬼さん交代だよ！」ダレルは本棚を引っ張りながら、なかば訴えるような声で言った。

「ああ、今度はおまえが鬼だ、ダレル」ショーンはなだめるように言う。「だが、ここを開けるほうが先だ。だから、どけ」

「レッドタイム」ダレルはうれしそうにそう言うと、歯の隙間からずずっと音を立てて息を吸った。

〝レッドタイム〟がどういうことなのか、こっちは知りたくもない。

廊下で足を引きずるような音とともに、あたりが急に静かになった。

あいつらがあきらめて出て行ったと、一瞬ほっとしたところで、かすかに本棚をたたく音がする。また聞こえる。トントン、トントン。たたく場所がその都度ちがっている。

「ほら、ダレル、聞いてみろ、みんな同じ音がする」ショーンが落ち着いた歯切れのいい声で言った。

彼は本棚をたたき、ダレルに根気よく、隠し扉の場所を教えようとしている。

ショーンはわたしに聞こえるよう、わざとやっている。たたいて他とちがう音がすれば、そこが隠し扉なのだ。

そのときだった。携帯電話がつんざくような発信音を上げた。医療用アラームのことをすっかり忘れていた。

この音で、ショーンは本棚をたたくのをやめた。

わたしはほくそ笑んだ。びっくりしただろう。

電話はかなり長い間鳴り続け、わたしにはその音以外、まったく聞こえなかった。

待ちかねていたこの瞬間がようやくやってきた。

電話の着信音がようやくやむと、大声でしゃべる声が聞こえた。「こんばんは、ベルさん、いらっしゃいますか？　緊急事態ですか？　ベルさん？　今すぐ救急サービスを派遣します。救助にうかがいます」ビープ音が鳴って電話が切れた。

わたしたち車いす利用者は、スピーカーホン設定をよく利用する。スピーカーホンにしておけば、電話をひざの上に置いたまま両手で車いすを動かせるからだ。

物音が一切しなくなったのが気になる。

本棚をたたく音も、足音も、何かを引きずるような音も、会話も、何もかも。

不自然なほど静かなので、やつらはどこかにひそんでいるのだろう。

隠し扉が開いたらすぐ、その場で捕まえる気だろう。

どれぐらい隠れていただろう。ずいぶん長い間ここにいるなと思っていると、車が外に停まり、玄関ドアを勢いよくたたく音が聞こえた。

「救急サービスです！　ベルさん！　ベルさん、聞こえますか！」先ほどの電話の主とはちがう声が叫んでいる。

こちらも大声を出そうとしたが、まだ油断は禁物だと思った——ゾイル家の三兄弟が、何か企《たくら》んでいるかもしれない。

だが、わたしを呼ぶふたり目の声は女性で、聞き覚えがあった。パトリシアだ。「フィン、中にいるの？　フィン！」

そこでわたしはギュッと握り締めていた縄から手を離し、助けを呼んだ。「ここに――」そこまで言ったとたん、埃を吸いこんだせいで咳きこんでしまった。

「もう大丈夫だ、こちらから助けに行く！」男性の声が聞こえたかと思うと、玄関ドアを蹴破って彼らが慌ただしく入ってきた。

縄を留めてある場所を探していると、釘《くぎ》があった。釘を抜いて扉が開き、どさりと床に転がり落ちたタイミングで、パトリシアともうひとりの救急隊員が廊下に入ってきた。

「やあ、パトリシア」わたしは床に転がったまま、声の震えを悟られないよう、落ち着いた口調で声をかけたが、下から仰ぎ見たパトリシアはふだん以上に背が高く見えた。救急隊員の制服姿でもやっぱりかわいいと思った。

「かっこいいね」自分の不謹慎な考えがうっかり口をついて出たせいで、わたしたちの間に気まずい沈黙が流れた。

そんなわけで、わたしはいきなり壁から転がり落ちてきて、埃だらけで、しかもパジャマ姿で床に寝そべり、くだらないおしゃべりをする変な男となりはてた。

パトリシアの困り顔を見て、こうなった事情をきちんと説明すべきだと思った。

＊

同じ話を三回したのに、わたしはどうも説明が下手だ。

最初はパトリシアと彼女の相棒の救急隊員に。彼女はボランティアとして、地元救急サービスの夜勤シフトに入ることがときどきあるらしい——わたしの健康状態は問題ないとの診断もくだした。続いて警察。こちらは今も指紋採取のため粉をはたき、家じゅうの写真を撮っている。

そして、タイとプルーイット・ベイリー。ふたりはほぼ同時に駆けつけ、連絡を受けてからの対応は迅速だったが、それでも夜はもうすぐ明けようとしていた。

くたくたに疲れていたので、もう、どんな噂が広まろうがどうでもよかった——とは言え話をしたのは、この晩駆けつけてくれた人たちだけだが。それにしても、一年まえでは信じられないほどの変化だ。

黙ったままわたしの話を聞いていたタイは、納得したようにうなずいてから「よし、もうそこまでにしとけよ。おれが荷造りやってやるから」と言うと、車いすでベッドルームに向かった。

やめろと言おうとしたわたしの肩にプルーイットが手を置いて制した。

「やらせてやりなさい、フィン。人助けをしようという申し出はありがたく受けるものだ」プルーイットの穏やかな声にかぶさるように、わたしの部屋にいたタイが声を張り上げた。

「今日は取材でいらしたのですか?」

プルーイットは気もそぞろにいすに腰かけ、コートのポケットを手ではたいている。話をするまえにタバコを探しておきたかったのだろう。

「ちがう、フィン、だがわたしは、一連の出来事はすべて関連があるとしか考えられない。今夜はきみの無事をたしかめるために来たんだ」プルーイットは返事をすると、困ったような声で先を続けた。「そしたら無事どころの騒ぎではなかった。わたしが楽観的すぎた。またトラブルに巻きこまれたじゃないか。猫たちがやられ、今夜はこんな騒ぎだ。だからきちんと聞いておきたい。何を見つけたんだ、フィン？」

「えっ？」

「よく考えてくれ、フィン。彼らは何かを探しにここに来た。彼らがこの家に侵入したのは今回で二度目だ。彼らが以前もここに来たかどうか、きみはそれすらも知らない。きみに目をつけたんだよ。とんでもないことに気づいた。彼らがきみに知られたくないことを。そうでなければ、物だ。何を見つけた？」

「わ……わかりません、プルーイット。ただ、あなたの助言が参考になりました。前回お会いしてから、ゾイル家のことを一切考えないようにしました。それからわかったことは何もありません。ゾイル家のことで悩むのもやめました。先週、わたしはほぼ四日間、ここにいませんでしたし」

実生活の立て直しで、事実、ほんとうに忙しかった。

「フィン、それは大事なことだよ。打ちこめることを見つけなさい。きみに見せてやりたかったよ。ゾイル家のやつらはあのとおり、昔からずっと冷静だった、家族が逮捕されたときも。わたしが取材を試みようとしてもね。ショーンは当時十代だったが、論理に破綻《はたん》はなく、発言に一か所の矛盾もなかった。家族の証言には食いちがったところもなければ、不審な点もなかった。一族全員が、自分たちに落ち度はないと確信していた。どんな質問をしても動揺しなかった。ところが十年以上経ち、今になってきみがやってきた。ここに住んでまだ数か月で、事件のことも、彼らと事件との関係についても知らなかった。あいつらが脅威と感じたのは、きみが何かに気づいたからだ」

「しかし、わたし自身、どこまで知っているかわからないんです」そう言いながら、懸命に考えていた。「すべてあなたからうかがったことですし、あなたのほうがご存じですよね、プルーイット」

プルーイットは指先で口ヒゲを掻《か》きながら眉をひそめて考えごとをしていたが、やがて口を開いた。「ならばやつらは、きみに何か知られたと思いこんでいるのだろう。最近、きみは何をして、だれと話した？」

そこで、ここに引っ越してからのことを振り返ったが、思い当たる節《ふし》は見つからなかった。結局わたしが事件について話した相手はプルーイット本人よりも少なく、しかも事件を知ったのは三十年近く経ってからだっだ。そもそも最大の情報源が、プルーイットその人なのは認めざるを得ない。

とはいえ、彼の言うとおりだ。

今回も後日刑事が参りますからと言い残して制服警官が去り、タイ、プルーイット、わたしの三人は早朝の日の光を浴びながら、わが家のポーチに停めた車のそばにたたずんでいた。

タイと一緒にコーヒーを口にし、プルーイットがタバコを一服吸っていたとき、ふとひらめいた。「わたしが知っていることじゃなく、わたしが目撃したものじゃないかな」

ふたりとも興味津々な目をこちらに向けたので、わたしはすかさず話を続けた。「つまりやつらは、わたしが自分たちに都合の悪いものを見つけたにちがいないと、頭から決めてかかっている。なぜなら、やつらはわたしを探しにここに来たんじゃない。もしそうだったら、あいつらはまずわたしの部屋に来て、だれもいなければベッドの下を調べるはずだ。警察にも話したとおり、やつらがキッチンの食器棚やリビングルームの机の引き出しを漁《あさ》る音を、たしかに聞いている。しかもわたしはしばらく家を留守にしていた。真夜中に帰宅するなんて、常識ではまず考えられないだろう。たぶんやつらは、この家にだれもいないとわかった上で、あえて来た。わたしを探していたのではない。何かを探していた。わたしが持っているだろうと彼らが踏んだ物をね」

「だったら、証拠だ」プルーイットが言った。

「証拠？」わたしは尋ねた。

「そうだ。そもそもきみが言ったことじゃないか。自分が何かを知っているなら、彼らは直接自分に訊きに来ると。だが彼らはきみが留守なのを承知の上で、勝手に家の中に入って何かを探していた。つまり、大事なのは情報を知ることではなく、手に入れたいものがあった、というわけだ。彼らはきみの手からそれを奪いに来た。彼らの身を危険にさらすもの、つまり何かを証明するもの。それは証拠じゃないかね？」

「ひとつ難があるなら、わたしは、その証拠を持っていないことですね。わたしの知識はすべて、過去の新聞記事と人から聞いた情報です。物的証拠はひとつもありません」わたしは、物的証拠があるとしたら、それはここだと、家を指した。

「いや、それは――」プルーイットが話しだしたところで彼の携帯電話が鳴り、会話は中断した。

「ベイリーです」電話に出た彼はポーチを離れた。

「どう思う、タイ?」どうも納得が行かない様子で電話の相手に何やら訴えながら歩き回っているプルーイットをながめながら、タイに尋ねた。

タイはしばらく黙っていたが、わたしの問いかけに答えた。「ここは呪われている、フィン。ここでは多くの悲劇が生まれ、多くの血が流れた。だからおまえをうちに誘ったんだ。それに、この問題にもう首を突っこむのはやめたほうがいい。プルーイットのことも考えてやってくれ。彼はまだ、あの事件に悩まされている。あんなひどい目に遭って、エミリーだけじゃなく、彼の人生まで変わってしまった。あの事件は彼の一家全員に影を投げかけた。この事件に入れこみすぎたせいで、プルーイットが最初の奥さんを亡くしたことを知ってたか? 新聞も廃刊寸前まで追いこまれた。おまえ、本気でプルーイットをまた、あの事件に引きこむつもりか?」

どう答えたらいいのかわからず、ただ肩をすくめた。わたしには、他人を思いやる気持ちがまだ欠けている。だが、セラピーやここ二か月の生活環境の変化で、身勝手な自分と向き合う機会が増えてきたと感じる。

そんなことをして、どこがどう変わるか、ちっともわからないが。わたしが自分の人生を、ましてやゾイル家の人生を語れるわけがない。不愉快な質問ばかり投げかけられる。

「実はな、あまりよくない知らせがある」ポーチに戻ってきたプルーイットがそう言いながら、携帯電話をポケットに入れ、うんざりとした様子で腰を下ろした。

「うちの若手記者、ネヴィルからだ。警察がゾイル家の農場に行ったが、逮捕にはいたらなかったらしい。彼の話だと、鑑識からの結果を待つが、現場検証で指紋や確証となるものが見つからなかったら、そこで捜査を打ち切りにするとのことだ」

「でも、そんなことってあるんですか？　わたしは彼らをこの目で見たし、彼らの気配をこの耳で聞いたんですよ、ここで！」そんなことがあってたまるか。怒りが高じて声のボリュームが上がった。

「わかった、フィン、落ち着きなさい。それが法というものだ。この時点での決め手は、向こうの三人と、きみひとりの証言だけだ。現在のところ、彼らがこの家にいたという物的証拠はない。しかも彼らには裏づけの取れたアリバイがある」プルーイットは言った。

「アリバイ！　ということは、ゾイル家に荷担して偽証した人物がいるってことですか⁈」と言いながら、怒りのボルテージが上がっていくのを自分でも感じていた。まず、うちの猫たちをあんな目に遭わせ、今度は家宅侵入までやらかして、無事に逃げおおせるというのか？　ジェイムズとエミリーはつらい思いをどれほど重ねてきたのだろう。そして、つらいのはプルーイットも同じだと遅まきながら気づいた。何しろ彼はこの悲劇をもう一度反芻《はんすう》することになったのだから。

それなのに彼は、わたしをなだめる側にまわっている。

そこで大きく深呼吸してから、冷静な口調でプルーイットに尋ねた。「だれがアリバイを証明したんです？」

「マイヒ家だ」プルーイットはそう言いながら、視線をわたしからタイに移した。

「うそだろ！」タイ《テカ》はまるで呪いのように吐き捨てると、下を向いて首を横に振った。

「マイヒ家とは？」わたしは尋ねた。

「彼らは何というか、あまりいい評判は聞かない。あの一族は新聞沙汰になる事件をいくつも起こしている。事件といっても軽いもんだ。こそどろ、ドメスティックバイオレンス、マリファナ栽培、その手のやつだ。マイヒ家の数名が口裏を合わせ、昨夜はゾイル家の農場に遊びに行き、今朝の明け方までギャンブルをしていたと証言しているんだ」プルーイットがあとを引き継いだ。

「では、もしゾイル家の三兄弟がわざわざアリバイを用意したのなら、彼らが指紋を一切残していない自信があるとみていいということですね」悪事はこんなに簡単に行われるのに、その悪事を立証するのはなぜ、こんなに難しいのだろう。

「犬は？　警察犬は出動しないんですか？　ここら辺からにおいをかぎつけるでしょうに」わたしはさらに尋ねたが、もうあきらめの境地に入っていた。

「いや、犬では場所の特定が精一杯で、時間まではつきとめられない。あとは不法侵入罪で訴えるぐらいだが、近隣住民ではそれもどうだろうか。きみの家は立ち入り禁止の看板を立てていないし、きみ自身、彼らの地所に入ったと自己申告しているからね。つけいる隙はもうないんだよ、フィン」というプルーイットの声は、わたしの気持ちを受けた諦観《ていかん》の念がにじみ出ていた。

三人がそれぞれ考えこんでいると、タイが急にマオリ語でしゃべり出し、沈黙を破った。考えることに夢中になっていて、タイが電話で話しているのに気づくまで少しかかった。彼は疲れているはずなのに、妙に元気がいい。

どんな言語でも、語り口でその人の気持ちがわかるのは興味深いことだ。

電話を切ったタイは満足げにうなずくと、うれしそうにニヤニヤしながら、わたしたちのほうに目を向けた。大柄なタイのこと、座っていても人を見下ろす形になる。

「ふたりとも、物事を悲観的にばかり考えてただろ。そのせいで大切なことに目が向いていなかったんだ」

「どういうことだ？」タイが反省会を仕切るのだろうかと、わたしは先をうながした。

「あとでおれに感謝しろよ」タイはわたしに言った。

「だから何だ？」

「わかったんだよ、おまえに必要なものが。パトリシアだ。ちょっと手間取ったが、デートの約束を取りつけた」と言って、タイはわたしにウインクした。

デートだと？　今？　デートになんか行ける気分じゃない。それともあのとき、マーダーボールのトーナメントの余韻《よいん》で頭に多少は血が上っていたかもしれないが、救急隊員の制服に身を包んだ彼女は、だれが見ても魅力的だった。

だがわたしはこれまで挫折を繰り返し、車いすを使い、ゾイル家とも揉《も》めているという意識はある。

性機能への支障についても確認できていない。

「おい、どうなんだよ？」タイはわたしの脇をつついて、内なる葛藤《かっとう》を邪魔してくる。

結論がとうに決まっていることぐらい、自分でもわかっていた。

「ありがとう、タイ」やれやれとばかりに礼を言った。

「礼にはおよばないぜ」タイはうれしそうに答えた。

第二十二章

三か月前、三月十二日

目が覚めると、ゾイル家の農場にある、奥行きが長くて錆《さ》びた小屋の中で倒れていた。中は暗かったが、寝転がったわたしの頭上には巨大な食肉用フックがあった。そこには、皮をはいだ家畜の肉がかけてあった。床は不快なほど生暖かく、べたべたして気持ち悪いのに、わたしは身動きが取れずにいた。ダレル・ゾイルが胸元に乗っていたからだ。彼は自分の顔をわたしのそれに近づけ、適当な数字をつぶやいていた。悪い企みの手がかりを伝えるかのように。ダレルの口元からよだれが垂れて太い筋となって落ち、いまやわたしの顔全体に広がっている。悪夢でよかった。悪夢と現実とが入り混じった寝ぼけ頭がはっきりしてくると、胸元に乗っているのがミヒだとわかった。

ミヒ・ランギは二歳、タイと妻のベックスとの間に生まれた五人の娘の末っ子だ。体重百三十九キログラム、気立てがよく、たくましい筋肉に恵まれたタイに息子がひとりも生まれない事実を、地元の学校やラグビークラブはもちろん、ほかのスポーツ愛好家たちも、やきもきしながら見守っている。

タイの家にやっかいになって四日目の朝。誕生の瞬間に男の子とまちがわれたほどやんちゃなミヒは、わたしが大のお気にいりのようだ。

ミヒは寝ているわたしの体によじ上り、どっかり腰を落ち着け、こちらが目覚めるのを待っている。別に今日、はじめてやられたというわけではない。

興味津々のミヒに向かって、わたしはこの日も〝ハイ〟と挨拶するお約束を守った。ミヒはじっくりと考えながら、何の下心もない素直な幼子らしい目でまじまじとわたしを見ると、こちらの顔を両手で丹念になで、彼女なりの結論に達する。そして彼女はわたしの顔から手を離すと、大真面目な声で〝ハイ〟と挨拶する。これがわたしたちの〝儀式〟だ。

儀式が終わると、ミヒはわたしが寝ているカウチから下り、よちよち歩きでリビングルームを出る。まだ夜も明けきらぬ早朝に二歳児が済ませておくべきこと、すなわち、おトイレに行きたいと、だれかに伝えることだ。

タイによると、〝ハイ〟はミヒがはじめて覚えたことばで、しかもそのころから意味をちゃんとわかっていたらしい。

タイ一家との同居生活は、わたしの日常とは正反対のことばかりだ。

この家はどこもかしこも明るくてにぎやかで活気に満ち、ランギ家のメンバーが相手を変えては歌い、遊び、笑い、噂話や議論に興じて、ほぼ一日中、リズミカルなシンフォニーを奏でている。さまざまな世代の遠縁が朝から夜中までこの家に顔を出し、にぎやかな雰囲気を盛り上げていく。

この家は人であふれているだけではない。ランギ家は家族というより、ひとつの塊《かたまり》が元気いっぱいに突き進むような存在なので、こちらもただ〝やっかいになっている〟わけにはいかないのだ。最初の二日ほどは、いやおうなく彼らの生活リズムに流されていたというのが近い。

ほんとうの自分をふたたび取り戻そうと前進しているという意識はあるが、ランギ家の人たちと寝起きをともにすると、自分はまだまだだという思いにとらわれてしまう。

なぜなら、わたしがまだ見たことのないタイの一面を目のあたりにしたからだ。

彼は家族や親戚、遠縁の中心となり、彼らの面倒を見て、あれこれと支援している。一族にあったことはすべて頭にたたきこみ、的確な質問を必ず投げ、腹の底から笑う。彼自身も親族と一緒に時を過ごすことで、ほんものの幸せを手に入れているのだろう。毎日、いろいろな場所で会う人たちすべてから。

わたしが彼の真似をしようとしたって、一日も持たないだろう。別にタイの生き方をそっくりそのまま真似なくてもいいわけだが。

わたしとタイが、いい友人関係を結べないこともわかっている。わたしはただの陰気なろくでなしで、タイのように心底いいやつと、たまたま友だちになれただけなのだ。この町に来てからのいい体験はみな、彼のサポートのおかげだ。

タイがわたしにゾイル家から手を引かせようとした理由、パトリシアとのデートの段取りをつけた理由が、ようやくわかった。

あいつは、わたしに自分と同じような生き方をしてほしかったのだ。

生まれてからこのかた、ずっと幸せだった人間とはそんなものだ。

だから、町の中にいる不幸な人々が気になってしかたがないのだろう。

町の異端児をとにかく自分たち善人の仲間にしたい。タイにそんな意識があるのかすら、わたしにはわからない。

アンナもそうだった。彼女が自分の喜びをすべてわたしと分かち合おうとしたのは、それが当然だと思ったからだ。彼女がそう思うことに、何の問題もないわけだが。

こちらもアンナに対して誠実であり続けるどころか、自分の本音を見せないせいで、妻を失望させたと自己嫌悪に陥《おちい》っていた。

昔のことだ。わたしはもう、あのときとはちがうと思いたい。

今すぐではないにせよ、近いうちにきっと、わたしもタイのように行動し、タイのような人間になろうとつとめ、実践するようになるだろう。

タイみたいに大勢の家族に恵まれなくても、穏やかで人間味のある生活が送れるだろう。ここ数年で積み重ねてきたくだらないことが少しずつ解決し、幸せになることの手ごたえを感じつつあった。

わたしが描く幸せの設計図の中に、パトリシアがいるかどうかはわからない。だがタイが前の晩、わたしに言ったような未来もあり得るのだ。「なあ、おまえが今、どん底の気分なのはわかるさ――それはおまえがおかしいからじゃない、まともだからだ。おまえの人生にいいことが起こらなかったんじゃなく、おまえの心にぽっかりと穴が開いているからなんだ。おまえはひどい目に遭った。女房は逃げてった。友だちときたらおれしかいない。仲間もいなけりゃ、恋人も、家族もいない。おまえはおかしくなんかなってないぞ、フィン、幸せになろうという意志があること自体、良識がまだあるという何よりの証拠だ。幸せになるには、自分ひとりであがいててもだめだ」

だから今回のデートは見送ることにした。パトリシアには自分から電話で断り、筋を通すつもりでいた。

さて、電話をしようというそのとき、手の中で電話が鳴った。

「フィン。プルーイットだ。ちょっといいかな?」

「もちろんです」ゾイル家の災いに巻きこまれたくない、幸せになりたいもうひとりの自分がいるのを意識しながら、わたしは答えた。

「会ってもらいたい人がいる、ロバート・レスといって、以前は刑事をしていた。アリス失踪事件の際、本庁が彼をこの町に派遣した。切れ者の刑事《デカ》だった、聖職者になるまではね」

「どうしてその人と会っておいたほうがいいんですか?」

「ゆうべはずっと過去の資料を調べていたのだが、ゾイル家の三兄弟が、なぜ、きみの存在を脅威に感じるのか、その理由がどうしてもわからなかった。だがボブは、この事件を彼独自に捜査し、推理していた。ボブと話をすれば、わたしたちも打開策が見つかるかもしれない」

プルーイットに〝わたしたち〟と言われ、じわじわと罪悪感が広がってきた。おそらくタイの言うとおりで、わたしはプルーイットを救いのない世界へと引き戻してしまったのかもしれない。過去は時間とともに、その形を変えていく。失ったものから手を引くべきだとプルーイットに言いたくても、ことばが見つからない。何の関係もない自分がまだこだわっているというのに。

「で、彼は今どこに?」代わりにこう尋ねた。

「ダニーデンのファースト教会だ。さっきも言ったが、彼は聖職者になった。警察を辞め、神父になった。今すぐ出発すれば、ダニーデンを日帰りで往復できる」

「一時間半後に新聞社で待ち合わせ、でどうです?」もうためらっている場合ではなかった。

「わかった、では新聞社で」プルーイットはそう言うと、すぐに電話を切った。

さて、新たな道が拓《ひら》けた。わたしは自分に言い聞かせた。道ができれば歩みつづければいい。だれが歩いたっていい。道が途切れれば、そこで終わりだ。わたしは自分の人生を歩めばいい。なぜならほかに道はないからだ。わたしは別に執着してはいない。ただの通りすがりだ。

ああ、そのとおりだとも。

第二十三章

三か月前、三月十二日

この日はうんざりするような雨嵐で、強風にあおられた車は蛇行《だこう》を繰り返し、ひとしきりの大雨に打たれながら、ダニーデンまで四時間かけて走った。

プルーイットとはあまり話をしなかった。最近どんなことに忙殺されているかなど、あたりさわりのない無駄話程度のことぐらいはした。

ところがもうすぐ教会に着くころ、というより、教会でボブ・レス、いや、レス神父と会う直前になって、プルーイットはガソリンスタンドに立ち寄った。

「花を買おう。ボビーは花が好きだから」車から降りるとき、プルーイットは弁解がましく言った。

それ相応の花束を用意すると、わたしたちはダニーデン・ファースト教会に向かった。見ればわかるとプルーイットは言っていたが、まさにそのとおりだった。

強風にたたられても、ゴシック様式の尖塔と鋸《のこぎり》の歯に似た意匠を施した教会は、別世界の奇妙な前哨基地のごとく、町の風景の中で異彩を放っていた。ガーゴイルや吸血鬼がひそんでいるようなイメージに、不気味さをひとさじ加えたかのような場所だった。

プルーイットの愛車、フォード・コーティナ旧モデルから車いすを出すのにひと苦労したため、教会の分厚い木の扉をノックするころには、ふたりともびしょ濡れになっていた。

レス神父は日頃の鍛錬の成果か、体に余分なぜい肉がなく、人なつっこい表情とやさしい目をした、小柄な男性だった。彼のために用意した花束に顔を寄せ、うれしそうにその香りを嗅ぐ様子は、犯罪プロファイリングのプロというより、募金集めのために焼いたパンの出来を審査するおじさんだろうか。

「ああ、百合にポインセチア、わたしの好きな花です。覚えていてくれたんだね、プルーイット。さあ、中におはいりなさい。司祭館にお連れしましょう。暖炉で部屋を暖めておきましたから」レス神父は歌うように柔らかな口調で、わたしたちに寒い思いをさせないようにと、司祭館へと案内した。

わたしたちが暖炉で体を乾かしている間、レス神父はお茶を淹《い》れたり、こちらに声をかけたりと世話を焼いてくれた。

「ところで、われわれの教会はいかがです、ベルさん？　堅苦しくありませんか？」神父は肩を揺らして笑いながらこちらを向き、わたしに尋ねた。

「ええ、じつに荘厳《そうごん》な場所ですね」わたしは鉛で縁取《ふちど》った重厚な石造りの窓に目をやった。

「そうです、建築家の興が少しばかり乗りすぎたのではないかとわたしも思います。十九世紀初頭、枢機卿《すうききょう》と揉めたようです。どうやら彼らの望んだ出来ではなかったようですね。当時、神の審美眼にそぐわない派手やかさだとされて」と言いながら、レス神父はわたしたちに目配せをした。

「ところが、その派手やかさが今ではいいほうに転じましてね。名所旧跡を好む観光客が引きも切らず、たまに無垢《むく》な一般人を、知らぬ間《ま》に改宗させたりもするんですよ。

話題を変えましょう、おふたりはコッター家の事件のことでいらしたのですか？」神父は愛想よく訊いてきた。「クランペットはいかがです？」と、小ぶりのパンケーキみたいなものを載せた皿を差し出しながら。

ポインセチアから殺人事件まで、声のトーンを一切変えずにしゃべるレス神父が、わたしの目には一種異様に見えた。ありとあらゆる修羅場《しゅらば》を乗り越えてきた、というわけか。

「事件に進展があったんです、ボブ」プルーイットはこれまであったことをレス神父に説明し、途中でわたしが補足した。プルーイットは、わたしたちがゾイル家を疑っていることも隠さなかった。

レス神父は事件の進展と最新の状況についての説明を注意深く聞き、途中で質問は一切はさまなかった。

「というわけで、あなたの意見を聞きに来たのです」と、プルーイットは話を終えた。

「なるほど、よくわかりました。では、よろしいですか。まず、いつもの免責事項から申し上げます。まず、わたしがこれから申し上げることは、ほぼ真実であると同時に、真実ではないことも含まれます。必ずしもすべてが事実ではないのを、あらかじめご了承ください。よろしいですかな？」わたしたちがうなずくと、レス神父はほほえんだ。

「捜査は行き詰まりました。唯一の証拠は子宮の組織が付着した恥骨《ちこつ》、内側に豚の精液が発見されました」と、事実だけを述べたあと、神父はクランペットを紅茶に浸した。

なるほど、かつては強面《こわもて》の刑事だったという威厳を示したかったというわけか。

「集まった証拠、証拠が見つかったタイミングをもとに、当時の段階で犯人と目《もく》される人物像のプロファイリングを行いました。高学歴、標準以上の知性を持つ、若い男性です。こざっぱりとした外見、温和な性格。悪い仲間とはつきあわず、ユーモアのセンスのある、自我親和性の高い人物であるとも断定しました」レス神父は自説に納得したかのようにうなずくと、当惑して眉をひそめているわたしを見て、補足説明をはじめた。

「自我親和的とは、本人の行動や価値観、印象が自我の要求や目標と一致していることを意味します――つまり犯人はアリスへの犯行を楽しみ、罪悪感や良心の呵責《かしゃく》を覚えることはありません。事件から二、三週間経つと、彼はふだんより多幸感を得て、ストレスが大幅に減ったと自覚したはずです。このタイプの人間はかなり自尊心が高く、人心掌握術《しょうあくじゅつ》に長《た》け、人を言いくるめて自分の意見にしたがわせたり、自分のために時間を使わせたりする能力があります。

学生時代は学業・スポーツともに優秀でした。子ども時代はリーダー的存在で、少年時代は、かなりの人気者だったでしょう。ところが思春期を過ぎると、彼は自発的に社交的な場から遠ざかり、技術職を選択するようになります。おもにひとりで作業し、対人ではなく、機械を相手にする仕事に就きます。安定した人間関係を築けるのは五人未満、その大半が数年単位で入れ替わり、家族や幼なじみとの交流へと落ち着きます。さまざまな形の精神疾患を呈する近親者がおり、その多くが精神障害か気分障害で、この傾向は数世代にわたって見られます。外見は魅力的で、並外れた容姿に恵まれることも珍しくはなく、あくまでも、生まれた地域の文化や社会が認めれば、の話ですが、アリスに犯行をふるった時点で、性的交渉を結ぶ相手が複数いたと思われます。セックスの相手にはことかかない一方、長続きしない傾向もあります」

自分の先入観のせいだろうか。レス神父のプロファイリングは恐ろしいほどショーン・ゾイルの人物像に近いと感じた。恥骨が見つかったという事実だけで、レス神父はここまで推理ができたのだろうか？

「彼はルーティン・ワークを好み、本質的に繰り返して行う仕事や趣味を積極的に求め――状況が許せば――できるだけ長い時間、同じ場所で同じ作業に従事するでしょう。同じ家、同じ車、同じ部屋ということにこだわります。幼少期から十代にかけて、彼は第三者を服従させる行為に関与した、あるいは関与しそうになったはずです。動物か、年少の子どもを自分の意のままにする行為に。やがて彼は、人間ではない生き物を支配する機会を得ます。思春期以降、彼は長い時間ひとりで過ごすのを好み、人前から姿を消せないだろうかと、住所を偽ったり、断じて教えなかったりするでしょう。サディストではありませんが、加虐的な傾向が多少あります――ごく自然で健全な攻撃本能や性的嗜好が精神的な異常行動を誘発した場合にかぎられます。ただし、限定的なものです。したがって、犯人はアリスを誘拐して監禁し、傷つけることで性的快感を得ます。一方で、アリスに共感し、情動的なつながりを持とうとする傾向も顕著に見せます。彼の目的は、人を傷つけることではなくアリスを傷つけることにあるのです。

彼は、自分にとってきわめて個人的で、親密な関係をアリスとの間に築きます。そのため、彼女を傷つけることをより重視するわけです。アリスが示す苦痛はほかとは異なり、彼女が特別な存在だとわかります。アリスが誘拐され、最初の物的証拠が見つかるまで、犯人との間に、こうした共感が六週間も続いたわけです。サディストは通常、対象への好奇心が数時間で失せ、性的刺激を維持しようとして、虐待行為を一気にエスカレートしたため、アリスは短期間で死にいたったと思うのですが」レス神父の口調は、不適切と感じるほど弾んでいた。

「あとひとつ、アリスは最初の犠牲者ではありません。タイミングや凶器の調達手段といった基本的なことを考えても、第一に、だれの目にも触れずにアリスを誘拐して運んだこと、第二に、あれほどの長期間、発覚することなく彼女を監禁したことから、彼は周到な計画を立て、あらかじめ段取りを考えていたとわかります」彼の話はさらに続いた。

「彼の異常性は性的な部分に限定されています。この性衝動は正常な人々と同様、思春期につちかわれたものです。わたしたちと同じように、ごく自然な形で。衝動が生まれ、実験的行為におよび、続いて空想し、夢想し、それからパートナーを探して実行に移します。思ったとおりに進まなければ、どの段階でも性衝動は減退します。ごくふつうに性的発育を遂げた人でもそうでしょう、最初はキスだけでも、とても興奮するものです。キスを体験したら、その先もやってみたくなる。こうして人は性衝動の基盤を徐々に広げ、やがて初体験を迎えます。そのあとも、人は新しい達成感を得るたびに新しいゴールを設けます。彼の性的発育もこうした手順を踏んでいたはずです。もうだれの目にもあきらかなことですが、彼は最初の性衝動から長い過程を経て、豚の精液で満たされた子宮と同等の奥義に達したというわけです。アリス・コッター殺害犯の場合、発達を遂げた、成熟した性衝動とみなされます」

プルーイットもわたしも、紅茶に触れることすらできなかった。

「さて、飼い猫を殺された事件と自宅に押し入られた事件の犯人が、アリス殺しの犯人と同一人物だと考えた場合、これは私見ですが、プロファイリング上、動機は現状のところ、性衝動とは関係ないでしょう。この場合、犯罪行動そのものからは快感を得ないでしょうし、過去の犯罪と比較しても微罪です。ただし、動機から性衝動という要素は排除できません。授業中にメモを渡したり、手をつないだりする行為と同じです。3Pや乱交になじんだ人物も、こうした淡い恋心にときめくものですから」と、ここでレス神父は穏やかにほほえんだ。

「以上の見解により、以下のような考え方ができます。第一に、おふたりが示唆《しさ》されたとおり、純粋な自己防衛本能によるもの。犯人は、なぜかこうした行動は不可欠なもの、あえて言うなら、雑用に近いものととらえています。こんなことはやりたくないが、やっておかねばならないと自覚しているわけです。本来やるべきことを守る上には必要不可欠なのだと自分を納得させるために。つまり、彼はとても意味のあることだ、やる価値のあることだと考え、特定の目的を続けるためには、我慢し、一切の感情を交えず、やりたくないことをやったということですね」

お見事。ショーンには真っ当な労働意欲があるとわかっただけでも来た甲斐があった。

「第二の考え方は、限定的な証拠があるなら除外するわけにはいきません。心理学上での儀式、いや、署名的行動と言ってもいいでしょう。ご存じのとおり、性的な動機による殺人は、性衝動が動機であるため、何度も同じことを繰り返します。犯罪者でなくても同じでしょう。性的な行為で快感を得れば、もう一度同じ快感を得ようとします。性衝動には進行する側面、つまり、先ほど申し上げたとおり、さまざまな方向へと衝動が進んでいく側面もあれば、執着という側面もあります。

性的発育期には、ひとつの属性に執着したり、重視したりすることがありますが、それをきっかけに生涯同じ属性に執着する人もいます。巨乳やブロンドに固執する男性、セックスよりも口技を好む人など、ですね。ユーモアのセンスがある人だけに性的魅力を覚える女性もいます。執着する対象は人それぞれで、物理的に存在しないものに執着するケースもあります。ただいずれも、人が執着する対象にはいくつかの共通点があり、基本的には興味を持つ要素が複数存在します。執着にいたるプロセスは無意識であり、コントロールが利きません。執着する対象は選べませんし、この犯人もそうだったのでしょう。人間は執着する対象と出会い、魅了されたら、同じタイプを求め続けるのです。ここまで、同意いただけますか？」レス神父はわたしたちに尋ねた。

わたしもプルーイットも、無言でうなずいた。

「自分が執着する対象を手に入れるため、人は時間をかけ、対策を考えます。報われない行動には出ません。たとえば女の子の髪の毛を引っ張って気を惹こうとするとか。その代わりに、報われることに力を注ぎます。女の子を『かわいいね』とほめる、そういうことです。人はみな、こうしたテクニックを身につけていきます。これが儀式です。儀式のありようは人それぞれです。執着する対象とセックスがしたい。だから意識的、あるいは無意識のうちに取る行動です。好きな相手とふざけあっている間に前戯がはじまる、その過程のどこかだと考えてください。

ただし、健全な性衝動を持つ人々と、この犯人との差がここに現れます。人はふつう、儀式は自分ひとりのものではなく、常に相手を伴います。あなたと、将来あなたのパートナーになる人との間で、儀式を一緒に作り上げていきます。ふたりの関係はつねに同じとはかぎらず、うまく行くときと、行かないときがあるのがわかります——ここで大事なのは、双方がセックスをしたいという動機です。ふたりそろってセックスがしたいときもあれば、双方の意見が食いちがうときもあります。

一方、犯人の考える儀式は、これから話すふたつの点において異なります。まず、双方の同意なく、犯人の一方的なものであること。相手をレイプし、殺し、食べるとしても、照れながらパートナー候補をお茶に誘うなど、段階を踏もうとはしません。自分の儀式を作り上げるのです。ですから過去の成功事例、たとえば女性の頭を殴りつけてからバンの後席に投げ入れるといった行為がそのまま、儀式のプロセスとして繰り返されます。なぜなら自分がセックスをしたいから、です。次に、神経化学的な観点から考えると、犯人の性衝動と攻撃的行動は深く結びついています。彼らは脳の複数の部位を同時に働かせているわけです。

人は通常、自分の性衝動を抑制し、攻撃的行動に対してはもっと強く抑制するものです。コンピューターにあらかじめインストールされたソフトウェアのように、人間の脳には、本能と自動的反応が生まれつき組みこまれています。本能と自動的反応は脳にしっかりと根づき、明確で、かつ容易には変えられないため、本人の意志ではどうにもなりません。不意に驚かされたり、熱いストーブにうっかり触れた手をひっこめたりすると、思わず声が出る、あれと同じです。本能と自動的反応は、犯人の儀式にも影響します。犯人は自分で勝手に儀式を作り上げるだけではなく、変えようという気にならないのは、相手の意志を尊重しないからです。彼の儀式は、脳内でも容易に変更できない部位に構築されてもいます。

このしくみにより、性犯罪者は自分たちのこだわりに応じた、厳然たる儀式を作っていることが多々あります。彼らは自分の欲望に最適なパートナーを追い求め、自分が考えた独自の段取りで犯罪におよぶという、強い衝動から生じ、終始一貫した行動に出ます。ここでの段取りは、過去に成功した事例、そして彼がずっと好んできたことを基準として、ほぼ完璧な形で定義されています。このようにして、性犯罪者はさまざまな犯罪を繰り返してきたというわけです。ジェフリー・ダーマーは若い男性を好み、自分のアパートでポルノを観《み》ないか？　と誘って、睡眠薬を飲ませてから絞殺し、死体と性交渉を持ちました。彼は通常、犯行の数週間前、数か月前から相手を物色し、必ず同じ場所で探し、同じ質問をするという儀式を守り続けました。

エイドリアン・リムは女性ふたりを使って見知らぬ子どもを家に連れてこさせ、犯行におよびました。彼女らは子どもに睡眠薬を飲ませ、リムが強姦したあと、三人で殺していました。この段取りは毎回同じでした。儀式そのものは数時間未満で終わるのが大前提でした。

ジョン・ゲイシーは必ず顔見知りの中から獲物を選んでいました。彼の儀式は数か月から数年におよんだとする説もあります。彼は獲物をいつも同じ様式で縛り、拷問したのち犯して殺します。殺した直後に遺体を自宅の床下に埋めていました」ひとしきり語り終えたレス神父は、視線をあえてわたしのほうへと向けた。

そうあってほしくはなかったが、彼の論点は理解できた。わたしは口を開いた。

「要するに、彼の行動はすべて発覚を恐れたためだ。もしそうなら、目的を遂げるまで、彼はこうした行為を執拗《しつよう》に、かつ繰り返し行うだろう。または、彼の行動はすべて儀式であり、わたしは彼の餌食《えじき》である。もしそうなら、いとしいデート相手の記憶として刻まれるまで、執拗に、かつ繰り返し行うだろう——ということですか」

久しぶりに酒が飲みたくてたまらなくなった。

「実は、仮説はもうひとつあるのです。根拠が薄いですが、どの可能性も度外視するわけにはいきません。アリスの体を傷つけた証拠は、意図的にでっち上げたのではないかという仮説です。豚の精液にまみれた恥骨と子宮は、性的殺人の儀式や犠牲者のタイプには当てはまりません——こんなことをしても、だれも性的快感を得ませんから。この物的証拠は、儀式的な性衝動による殺人事件と見せかけるため、わざとアリスの誘拐につけ加えられた。真の動機を隠蔽《いんぺい》するためだけに用意された証拠ではないか。性犯罪でなければ、金か権力にまつわる犯罪と相場は決まっています」と、レス神父は言った。

プルーイットが口をはさんだ。「それではなぜ、ひとおもいに殺さなかったのでしょう——六週間後に証拠を示すリスクなど冒さずに済んだのに。ゾイル家は疑われることもなく、アリスは行方不明者として捜索された。あんな骨を残したから、事件はさらに複雑になった」

「先ほど、証拠不足だからといって度外視できないと申し上げたはずです。そうだと断言はしていません。まさにご指摘のとおり、プルーイット、動機や犯人の身元を攪乱《かくらん》させるのが目的なら、筋が通りません。またここひと月でフィンに起こったことを考えると、さらに腑《ふ》に落ちません。アリスの失踪は未解決事件です。もうみんな忘れています。かつての犯罪の動機をあいまいにしたいのなら、蒸し返されたくないのなら、何もしないでいるのが一番でしょう。いや、こう申し上げればよかった。わたしの見立てでは、残念ながら、最初のふたつの可能性のどちらかではないかと思うのです」と、レス神父は言った。

心の中で神父に感謝した。今後もまた災難がある可能性をほのめかさず、〝フィンに起こった〟と、過去形で話してくれたことに。

「では神父、あなたは刑事時代と同様に、犯人は今もゾイル家のだれかだとお考えですか？」

プルーイットが尋ねた。今まで聞いたことのない、もどかしげな感情が声にかすかに現れていた。

レス神父は紅茶をひと口飲むと、カップをそっとソーサーの上に起き、悲しげな笑みを浮かべて答えた。「ええ、プルーイット、残念ながらそのとおりです」

そして神父はこちらを向いて話を続けた。「いいですか、フィン、今わかっている証拠では、ゾイル家が犯人だとは決して断言できません。それだけの証拠はまったくそろっていないのです」

「でも、あなたは現役時代に彼らの供述を聞いたはずです。取り調べはご自分でされたのでしょう？」

「いや、わたしは彼らが無実だとは言っていません、フィン、ただわたしは、彼らが有罪だと断定できなかったのです。ゾイル家の兄弟三人と現在別の場所に住むゾイル家の年長者たちは、この事件で地域に甚大な危機をもたらしたのです」神父は答えた。

「わたしは一週間以上かけ、何時間も彼らを取り調べました。そのとき、ショーンに、サイコパスとは対極に位置する如才のなさを感じました。あの一族の過去を掘り下げれば掘り下げるほど、警察の疑念は増していったのです。しかし、そんな疑念は何の役にも立たなかった。なぜなら、わたしたちには証拠がなかった――今もです」と言って、神父は首を横に振った。

「今朝、プルーイットから連絡をもらってから、わたしはおこがましくも警察時代の仲間数名に接触し、捜査の状況を確認しました」レス神父は話を続けた。「新事実が手に入る、そんな予感がしたのです。残念ですが、警察からはこれ以上の情報は得られないでしょう。今も昔も、同じところで行き詰まっています。犯人はわかっても立証できない。真相がもう少し究明されなければ、今後も行き詰まったままでしょう」

真相をもう少し究明するとは、警察が当時骨を見つけたといったことだろうか。

「だから警察を辞めたのか、ボビー?」プルーイットに訊かれ、レス神父はまた笑みを浮かべた。

「ボビーと呼ばれたのはずいぶん久しぶりだ。それも理由だが、それだけじゃない。辞めるまでずっと南島勤務だった。わたしは四十二件の未解決事件を残して刑事を辞めた。目を覆うような事件ばかりだった。ほとんどが犯人を特定できていたのに、立証できずに手放した。辞めてから数年経っても、亡くなった被害者の顔が頭に浮かんでつらいとこぼす刑事は多いが、わたしはちがう——わたしの胸をえぐるのは、町角で、店の中で、子どもたちを迎えに来た学校で目にする、存命の犯人たちの笑顔だ。だからわたしは、真実がわかっても立証せずに済む人生を選ぶことにしたのだろう」と言ってから、神父は、はは、と、短く笑った。

「映画や本の結末はまったくの絵空事だ。犯罪は簡単に起こるが、犯人を捕まえるという仕事は過酷なんだ。市民に不安を与えないよう、メディアも政治家も核心には触れないが、本音を言うと、警察が切れ者の犯罪者を捕まえてしまうことは、まずない。わたしたちは肉食動物と同じだ。群れの中でも弱くて動きが鈍いやつを捕まえるのがやっと、賢くて強いやつには追いつけない——やつらは逃げ切る。警察が押さえられるのは全体の一部だけ、しかも連中はほぼ毎回、難なく捕まえられる。

そういう連中は心が弱いか、ドラッグでハイになっているか、そうじゃなければ、自分から捕まりに来るような、頭のネジが外れた思い上がりか。そしてなんとかひとり逮捕すると、警察が名刑事のお手柄とばかりに声高に主張するのは、市民が納めた税金から、自分たちの功績を示さなければならないからだ。頭の切れる犯罪者は、決め手となる証拠を残さない。いったい何人が関与したのか、警察が途方に暮れるような犯罪行為をやってのける。彼らは経験豊富な上にねばり強く、ヘマもしなければ、向こう見ずなリスクも背負わない。分別があり、地に足がついた働き者で、裕福なまま長寿をまっとうできるなら、幸せが手に入るなら、どんなことでもやるという点ではわれわれとほぼ同じだ」

わたしは神父に尋ねた。「あなたは犯人をまともな人間のようにおっしゃいましたが、その考え方は、犯罪者を擁護《ようご》しているように聞こえますね」

「ああ、気に障る言い方だったかもしれないが、連中の大半がそうなんだよ。サイコパスや猟奇殺人者、児童への性加害者なんて、一般人を装った怪物だ、人の道に外れた怪物だと考えようとするけれども、実際はちがう。犯罪者の圧倒的多数がふつうの生活を営んでいる。結婚し、子煩悩《こぼんのう》で、住宅ローンを抱え、ジョークを聞いたらみんなと一緒に笑う。仔犬をかわいいと思う。彼らの犯行動機は、だれもが考えそうなこと——自分たちの意義を見いだし、存在意義を知り、それぞれが望む形で満足したかった」レス神父は腕を組んだまま、眉を上げて肩をすくめた。

これもまた、ボビー・レス刑事がレス神父となった理由のひとつなのだろう。人間の酸《す》いも甘いも知り尽くした結果、神の力を借りなければ正気が保《たも》てないと思ったのかもしれない。

第二十四章

六月四日、現在

自我親和性。レス神父がアリスの事件を語ったときに聞いたことばが頭をよぎった――好ましいと感じる行動をいつまでも続けたいと願う気持ち。今のわたしは百八十度別のところにいる――つらくてたまらない行動から、一刻も早く逃げ出したいと願っている。

いつもそうじゃないか。

だが、今日はちがう。

苦痛や恐怖は別にしても、今日ここまでやってきたことには満足しているし、次の一手については、よくぞ考えたと自分をほめてやりたい。まさに自我親和性を体現している。

あいつらに捕まって、日付が変わらないうちに殺されるという可能性はもちろん除外しての話だ。

体の動きもずっとよくなっている。

この喜びはきっと、砂浜のすぐそばまで達して、周囲を見回すのにいちいち匍匐《ほふく》前進をやめずに済むからだ。

おかげで苦痛が〝話にならない〟から、〝激しい〟程度にまで落ち着いたことも謹《つつし》んで報告したい。

だが、ゾイル家の弟たちが戻ってきた声を耳にしてから、不安が一気に喜びを凌駕《りようが》してしまった。

わたしはこれまでの恩返しをする機会すら手に入らないのか。喉の奥に、決して消えないしこりができたような気分になった。

残された時間はもうない。今まで人に迷惑をかけた分、何かで恩返しをするチャンスを失った。

この世に神はいないのか。

アリスとジェイムズの無念を晴らすことすらできずに死ぬのか。

だからといって、このままひとり、砂浜に取り残されるのもいやだ。そこで泣き言をすべて飲みこみ、今やるべきことに専念する。

目標として設定した場所に着いたようだ――ゾイル家の母屋と離れの脇に、草に覆われた、かなり平坦な土地があり、あと四百ペース（約六百メートル）ほど体を動かせば横切ることができる。

わたしの車はまだ見えないが、そう離れてはいない。

這って進むのは比較的簡単だが、問題はもうそこではない。

ゾイル家の連中をどうするかだ。

運に見放されたわたしを、あいつらが見逃すはずがない。

車はもう見つけているだろう。あいつらは銃を手に、わたしを探しているはずだ。

ダレルの遺体を見つけ、そしてわたしが残した血の跡を見つけ、まもなくここにやってくる。

しかもゾイル家の弟たちは知恵がまわる。

彼らは用心深く、落ち着いて行動するだろう。ダレルが撃たれたこと、こちらが銃を持っていることにも気づくだろう。そうなると、彼らはわたしが逃げると思われるルートを避けて動くにちがいない。

ゾイル家の弟たちがわたしの前方からやってきて、撃ち合うことになると、お互いの得にはならない。あいつらはむしろ、わたしを生け捕りにするつもりだ。予測もつかないところから近づいてきて、まずわたしの手から銃を奪おうとする。なぜならわたしを死なせず、苦しめたいからだ。

それはわかっているのだが、あいにく自分の体調や置かれた状況を考えると、できることはそう多くない。

少し考えたが、ほかに選択肢が見つからないので、わたしは草地をゆっくりと、大きく円を描くようにして這うことにした。

決して安全な進み方ではない。隠れるところのない草地でゾイルたちに見つかれば一巻の終わりだ。

だがあいつらなら十分に考え、ゆっくりと時間をかけてわたしを探すだろうし、こちらはこちらで逃げる時間が稼げる。

大した名案でもなく、むしろ突飛《とっぴ》なやり方だ。

南アフリカで過ごした少年時代、現地の人々はまだ徒歩でライオンを狩っていた。

ライオンを一発で仕留めれば上出来だ。

だが傷つけてしまうと、やっかいになる。そのまま逃げ切り、低木の茂みで息絶えるライオンもいる。すでに死んでいるのではないか、生きていたら生きていたで、とどめの一発を撃てばいいのではと、ハンターたちは手負いのライオンが残した形跡をたどることもある。これには問題がある。ライオンは大きな円を描くようにして折り返し、ハンターの背後に忍び寄っているかもしれないのだ。

わたしはライオンの知恵を拝借し、逃げる途中で血の筋をわざとつけた。少なくとも今のわたしは、彼らを迎え撃つ準備は整っている。草地を越え、茂みに戻るのだ。

我ながら冴えている。車に乗ろうとした途中で彼らがやってきた気配に気づいて、丘の脇にある茂みに戻って隠れたと思わせることができる。

わたしは血の道筋を残しながら茂みの中にもぐり、そこから左に出て、自分がつけた痕跡と平行に進もうとしている。木の間にうまく身を隠せれば、あいつらに見つからずに済むだろう。

もし、こちらの予測を裏切り、意外な経路から追いつこうとしても、わたしが向こうの予測を上回るようなルートをたどればいいのだ。

ひたすら血を流すだけでいい場所に身を落ち着け、やつらが来たら、この大型の銃にこめた弾をすべて、ゾイルだろうが、なかろうが、そいつらにブチこんでやる。

第二十五章

三か月前、三月十六日

タイ・ランギ宅のシャワーは、いとこたちが彼の体を考慮して改良したものだが、下肢が動かなくなった者たちには夢のような使い心地だ。同時にふたつのシャワーヘッドから温水が出るしくみで、しかも作りつけのベンチに座ったまま使えるので、転倒の危険がない。上位機種の車いすはあきらめよう。その資金をシャワー工事費に充《あ》て、わが家にも導入したい。

脚が動かなくて感じる不便さは、人それぞれちがうらしい。わたしの一番の悩みは、介助者なしではバスタブに入れないことだ。脚を使わずに湯船を出入りするのはとても手間がかかる。だから、何も考えずに温かさを満喫するのは、実に数か月ぶりだった。

なぜかは知らないが、リヴァトンは、酒が飲みたいと思い悩まずにいられる珍しい場所だ。

飲みたい欲求に悩まされることなく、実に愉快に過ごせるのだ。

だが七人家族と同居する現在、バスルームを使う時間は厳しく管理され、使用権を巡って口論になる。だから短時間でシャワーを切り上げている。それに、この日は用事があった。デートの段取りをつけたのだ。

大事な用事だ。

一大事と言ってもいい。あらゆる意味で大事《おおごと》だ。

異性とちゃんと向き合ってデートするのが事故以来はじめてだったからではなく、酒の力を借りずに女性ときちんと向き合うのが、ほんとうに久しぶりだった。

あともう少しでデートだという段になって、自分が希望を持って人と接したことがずっとなかったのに気づいた。

デートのときは、できるだけいい印象を与えるための足場を踏み固めたいと考えるのが正直なところだが、声を大にして言いたい。わたしの足では踏み固めること自体が不可能なのだ。

パトリシアとデートしようと思った動機は、いちいち挙げるまでもない。彼女は陽気で若く、愉快でかわいらしく、しかも話しやすい。おまけにどれだけ歩いても音《ね》を上げない健脚の持ち主だ。

パトリシアがセクシーだからという理由を挙げるまえに無難なほめことばを並べたのは、セクシーの領域に踏みこむのはまだ早いと、少し臆病になっていたからかもしれない。

それより何より、シャレにならないが、まさに動かしがたい疑問がある。彼女はなぜ、わたしとデートする気になったのだろう。

タイを問い詰めたところ、パトリシアはお情けでデートの誘いに乗ったわけではないと断言した。彼女はこれまで町の男たちを、それこそ車いすに乗っていようがいなかろうが、夢中にしてきたが、相手を傷つけることなく断り続けてきたそうだ。ところが、バツイチの三十代後半、脚が不自由でアルコール依存症の治療中、現在は友人のカウチで寝泊まりしながらカウンセリングを受けており、連続殺人事件についてあれこれほじくり出している無職の男とデートをするというのだ。

どこが気に入られたのか、さっぱりわからない。

車いすに乗ってリビングルームに戻ると、ランギ家の全員がテレビを取り囲み、ポップコーンが吹き飛ぶ勢いで、声を荒らげて議論していた。テレビで全国に生放送される毎年恒例のニュージーランド羊の毛刈り取り選手権で、審査員が一位に選んだ羊の毛刈り職人の評価が不当だと文句を言っている。

これがニュージーランドの一般家庭でよく見られる季節の風物詩だ。

番組がコマーシャルに入ると、母親のベックスから二歳児のミヒまで、女性陣がそろってわたしに矛先《ほこさき》を向け、わたしの見た目を〝まともにする〟作戦に取りかかった。

そんなこんなで、ヒゲを剃《そ》り、髪の毛の分け目を変え、シャツを着替え、新しい靴をおろし、彼女たちから〝OK〟と〝悲惨には見えない〟とのお墨つきをもらった。

わたしという人間を受け入れ、もっといい人生を歩ませようと心を砕いてくれている人たちの励ましとも取れる正直な感想として、十代になったランギ家の上の娘たちが出した結論は、〝パトリシアは、あなたにはもったいないぐらいの人だよ、フィン、でもね、パパがママをゲットしたみたいに、ひょっとしたら、ひょっとするかも〟だそうだ。

こちらもすこぶる美しいベックスは、娘たちのことばを聞き、めかしこんだわたしを上から下までざっとチェックすると、冷ややかにこう言った。「ふーん、まあ、いいんじゃない」ベックスからのお墨つきは、ミヒのひと声でさらに説得力を増した。彼女は根気強くわたしのひざまで這い上ってから目と目を合わせ、〝ハイ〟と言った。わたしは好意的に解釈した。

「よお、かっこよくなったなぁ」と言いながら、車いすに乗ったタイがわたしの隣に並んだ。

「で、今日のデートのプランは?」

「〈パビリオン〉に行こうと思ってる」

「おお、そうか、あの店は品がいいな」と言って、彼はひと呼吸置いてから「いいか、パトリシアはおれのいとこだぞ?」と言った。わたしはうなずいた。この町の人たちは、なんらかの形で親類縁者ばかりだ。

「そして、南島の南の果てに住むおれたち一族の絆は深い、ちがうか?」彼にうながされ、わたしはまたうなずいて肯定した。

「だったらおれの言いたいことはわかるな、おまえ、男とセックスしたことはあるか?」

「えっ? まさか、ないよ!」

「合格」の声とともに、彼は大きな手をわたしの肩に乗せ、真剣なまなざしで言った。

「パトリシアとうまくやれば、男とやりたいなんて一生思わずに済むぞ」

タイは険しい目を崩すと、大笑いしてわたしの背中をどやしつけた。

「いや、うまく行くに決まってる。おまえらがつきあうのは大賛成だ」

わたしはパトリシアの家のまえに車を停め、緊張がほぐれるまでじっとしてから、クラクションを鳴らして彼女が出てくるのを待った。無礼だとは思わない。事前に電話はしているし、雨がまた本降りになってきたので、車いすを出して組み立てるのは二度手間だし、ならば彼女がわたしの車に乗ってくるほうがいいという話がついていたのだ。

彼女の姿が玄関ドアの灯りに照らされる演出は予想外の展開だった。きれいな人だとは思っていたが、黒いドレスをまとったパトリシアは、世間が美しいと認める要素をすべて包みこみ、ひとつにまとめたかのようだった。

彼女が車に飛び乗り、わたしを見て、あんな風にほほえまれたら、臆病風はたちまち吹っ飛んだ。彼女がわたしほどには入れこんでいないのは火を見るよりあきらかだが、それもやがて変わるだろう、別に気にするものか。

「どうも、フィン」パトリシアは、わたしが髪を切りに行ったときと変わらぬ気さくな調子で言った。

「やあ、パット」と返事はしたものの、夜、雨がウインドウをたたきつける中、車の中で彼女とふたりきり。息苦しいほど距離感が縮まっている。

「緊張してる?」こちらの表情を読み取ったのか、パトリシアが笑いかけてくる。

「緊張？　まさか」と答えた自分の声は、意外なほど落ち着いていた。「きみが玄関のドアを開け、そのドレスを着て出てきたのを見て、緊張が吹っ飛んだよ。落ち着かないのを通り越して、ちょっとこわいぐらいだ。こんなにきれいな人が、わたしのような、つまらない負け犬を毎日傷つけているかと思うと」

パトリシアは相変わらず気さくに笑って返した。

「キスしようか」彼女が淡々とした声で言った。「キスしちゃえばリラックスできるし、お互いの本音がわかるでしょ。どう？」

わたしもそう思うが、とっさに声が出ず、まぬけ面《づら》でうなずいた。そして、キスした。シンプルで素直なキスだったが、胸が痛むほどの思いにかられ、わたしは時の経つのを忘れていた。

唇が離れた瞬間、キスとはこれほど偽りのない心をさらけ出す行為だったのかと驚いた。セックスでもないのに、すべてをさらけ出していた。ありのままの自分を見せること。アンナとはどうだっただろうかと考えずにはいられなかった。

人を愛するようになると、キスは無意識のうちに相手と築く信頼の証《あかし》となる。だが、相手が信じられなくなると、キスはそれ以上否定できないうそを積み重ねる行為にもなる。

しばらく経って、わたしから体を離した彼女は、かすれた声でささやいた。「ね、うまく行ったでしょ」そして助手席からわたしを見た。

「うん、かなりリラックスした」今度もうなずきながら答えたので、パトリシアにまた笑われた。

「どれぐらいキスしてなかったの？」パトリシアが笑いながら訊く。

「いつからだろう？　記憶があるのは三十七年まえからだけど」と言って、また彼女に顔を近づけたが、パトリシアは唇を噛んでからため息をつき、わたしを押し戻した。どうして拒むのか尋ねたら、話がこじれそうな予感がした。

「だめ、これで終わりよ。体はもう満足したでしょ。今度は精神面の相性をたしかめる番よ」と言いながら、パトリシアは背中を向けてシートベルトを締めた。

その場は反省しつつも、わたしは心をときめかせながら、車を目的地へと走らせた。

それでもパトリシアとはヘアサロンでの初対面のときと同じく話が弾んだ。ふだんは無口なほうなので、きっと彼女のおかげだろう。

ディナーの間も会話は肩ひじ張ることなく続いたが、難を言えば、わたしたちのテーブルの脇を通る人がパトリシアにいちいち挨拶してくることぐらいだった。彼女は町じゅうの人と顔見知りだが、わたしはその大半を知らないのを思い知らされた。

「ごめんなさいね、仕事柄、しかたがないのよ」別の女性がわたしたちのテーブルに来て、挨拶してから自分の席に戻ったところで、パトリシアはすまなそうに言った。

「あのサロンは開いて長いの？」

「今年で三年ぐらい。キエランも落ち着いてきたので、やっと自分の店を持てるようになったの」

「キエラン?」と訊くと、彼女はこちらを見てから、大事なことを話そうと決意したように、ナイフとフォークを置いた。

「知らないの? というか、タイから聞いてない? キエランはあたしの息子よ、フィン。今年八歳。彼の父親は服役中。もう離婚しているわ。ごめんなさい、すっかり知っているものかと。今夜はただのデートだけど、フィン、でも、どんなことも包み隠さず話したいの——あたしが子持ちだと困る?」ベティは穏やかだが真剣な声でわたしに訊いた。

このときわたしは、どうしようもない男だった過去を改め、惚れた女性には誠実に接することにした。

「キエランのことは知らなかった。きみの言うとおり、とても大事なことだ」と言って、わたしは彼女の手を取り、目と目を合わせた。「まず、きみが訊くってことは、これからもデートをする意志があると受け取った。それはこちらも大歓迎だ。そしてわたしもこれからはきみにすべて話すよ、パット。自分のことも、暮らしも、今はまだ落ち着いてはいない。わたしは人生をやり直すつもりで、自分の気持ちにも折り合いをつけるつもりで、この町に来た。今夜はわたしたちにとって、まだ最初のデートだ。こっちはうまくやろうと努力しているけれども、わたしは過去にしくじった経験がある男だし、またしくじる可能性もある。他人をこれ以上巻き添えにしたくはない、とくに自分に選択権のない子どもは」

心浮き立つ初デートの話題にしては重すぎる。

「じゃあ、どうすればいいの?」パトリシアが訊いた。

「お試し期間を設けないか。わたしを受け入れる覚悟がきみにあるなら、これからもデートを重ねて様子を見よう。それでもやっぱりつきあってもいいときみが思い、こちらもアルコールへの依存を克服したと、自信を持って言えるようになったら、キエランと会う機は熟したと考えるべきじゃないかな。どうだろう?」

「そうね、あなたも本音でぶつかってくれてるし……。わかった、それならやっていけそう。了解」パトリシアは笑顔を見せた。そこでわたしは言った。

「では、次の議題は、もっとキスをしたいという、こちらの差し迫った問題に移ってもいいかな?」

第二十六章

六月四日、現在

茂みに隠れ、わたしはそれなりの距離を進んだ。たわんだ枝を戻し、目立つ血の跡に土をかぶせて見えなくするぐらいの余裕はあったが、精神のバランスはいつ崩れてもおかしくない。

あいつらが見えるということは、向こうにもこちらが見えているはずだと、ずっと気にしていた。

だがこちらは血の跡からかなり離れ、茂みに隠れて様子を見ている。あいつらが忍び寄る気配はすぐにわかる。わかる、と、思う。

わたしは腹ばいになり、土と枯れ葉に埋もれ、両ひじをついて銃を構える。

憤怒《ふんぬ》に燃える自分とはちがう、臆病で小心者の自分が、銃を持ってきてよかったと安堵《あんど》のため息をつく。ただ銃があると、死の訪れが早まるだけなのだが。

息をひそめようとすると、かえって呼吸が荒くなる。

周囲の様子が少しずつまともな音として聞こえてきた。背後で浜辺に波が穏やかに押し寄せ、茂みから鳥や虫のさまざまな啼《な》き声がするが、人が立てる音はしない。ゾイル家の弟たちが忍び寄ってくるのを聞き取ろうと、わたしは全方位に注意を向ける。

いつ死んでもおかしくないという状況に置かれた今、これだけ時間が経ったのにあいつらの気配がないのは、もういなくなったのだと楽観視した。救急サービスから折り返し電話があった晩も、こうだったじゃないか。わたしがここにいるのがわからないのか？　わたしが行き先を告げずにここに来たことも知らないのか？

ひょっとしたら、わたしが賢いと買いかぶっているのか？

ゾイル家の屋敷の脇で動く気配を感じると、とにかく身を隠すという勇ましい作戦は無駄だったと思いつつ、背後に目をやる。

助かった。わたしの車じゃないか。

屋敷裏からそろそろと静かに出たあと、離れの中の一軒に近づいていく。

車の運転席側のドアを開けて人が出てくる気配があれば、ふつうなら撃つところだが、この距離だと狙いを外すリスクがある。

そこで、成り行きをしっかり見守ることにした――それにしても彼らはなぜ、わざわざわたしの車を隠そうとするのだろう。わたしがここにいるのを知られたくないからか。もし捜索願いが出たら警察がここまで探しに来るのがわかっているからか。警察の手は当然、ゾイル家の周辺まで伸びるはずなのに。

だが、わたしの行き先はだれも知らない。アリスとジェイムズのときのように。

くやしいが認めざるを得ない、ここで消息を絶ったのはわたしが最初ではないからだ。

離れの脇から見えた車が視界から少しずつ外れていくと、今度はショーン・ゾイルが、今や残骸と化したわたしの車いすを持って、わたしと同じ道筋を通って歩いてきた。とっさに身を低くする。今度はショーンを見失わないよう、ショーンに見つからないよう気をつけながら。

車いすのことをすっかり忘れていた。

ダレルの体に落下したわたしに続いて落ちてきた車いすは、幸いわたしを直撃せず、岩場に落ちて跳ね返り、どこかにふっ飛んで行った。

あの車いすを見つけたのなら、ダレルの遺体も、わたしの血の跡も見ているはずだ。だったらわたしが何をしたかも、今の大体の居場所もわかっているだろう。

早晩、ショーンに見つかる。

わたしに動き回れる脚さえあれば、どうにかなったのに。

こんなことなら最後にみんなと会っておけばよかった。アンナ、パトリシア、タイ、ベティ、町の人たちに。別れのことばなんてまったく思いつかないが、せめて少しぐらいは話しておきたかった。謝罪と感謝、そして親愛の情をひとことで言い表せることばがあるはずだ。

そのとき、ショーンが離れの裏から歩いて戻ってきた。片手にはライフル、銃の台尻をさりげなく腰に当てながら。

彼がその場に立ち止まると、わたしと向かい合う。

「フィン・ベル！ 借りを返してもらおうか！」

てっきりこちらが見えていると思ったのに、彼の視線はすぐ別の方向を向いた。意外だった。ありがたいことに、ショーンはわたしがいる場所の少しまえで止まったが、こちらが見えていないのか、視線はやっぱり定まらない。

賢そうに見えてもこの程度か。それなら一対一の撃ち合いに持ちこめそうだ。

もしショーンがもう少し、ほんの少し近くに来てくれれば。

すると彼は左まわりで振り返り、口笛を低く吹いて合図をした。この日はずっと運に恵まれていなかったが、これでますます分が悪くなった。

口笛を合図に、一番離れた小屋の奥からアーチーが出てきたのだ。

アーチーはリードでつないだ二匹の犬を連れ、ここから見てもニヤニヤしているのがよくわかった。

犬か。

犬を飼っていてもおかしくはない。

牛や羊の番犬として。

猟犬として。

ゾイル家の連中が見つけたいものを探す役として。

わたしの大作戦もこれで終わりだ。

ショーンが動いたので視線を戻すと、彼が左手に持っていたものの正体がやっとわかった。

この距離からでもわかる。わたしが車のバックシートに置いてきたセーターだ。犬たちににおいを覚えさせるためだろう。わたしが見つからないから犬を使うのではなく、ショーンは犬を使って捕まえたいのだ。

犬たちの脅威はここから見ているだけでも伝わってくる。

アーチーとの距離はまだ十分にあるが、犬たちはけたたましく吠《ほ》え、力強くリードを引きながら、茂みの中にいるわたしのほうへと一直線に近づいてくる。犬はどちらも牧羊犬だが、ろくに食わせてもらっていないのか、ひどく痩せている。

犬を連れたアーチーがここから一番近い離れのそばを抜け、さらにショーンへと近づいた、そのときだった。

聞こえてきた音よりもずしんと深くて大きな振動を全身で感じた。まず歯に、目に、骨に伝わり、最後に轟音《ごうおん》が耳をつんざいた。

真っ白な光とうなるような爆音とほぼ同時に、離れの裏側全体が吹っ飛び、金属と木の破片が雨のように、いつ止むともなく降りしきった。

爆風で木や草はうしろに押し流されたため、爆発で生じた熱気はわたしのところまで届いた。あまりに突然のことで、わたしは身動きも取れず、目をそらすこともできなかった。

煙はさほど多くはなく、風の流れがまた内側に引き戻されるのを感じると、ぼんやりとした景色の中にアーチーの姿を見つけた。

彼は先ほどとはちがう場所にいた。

しかも奇跡的に無事で、かろうじて自分の力で立っている。

こんな状況に居合わせるのは生まれてはじめてなので、こんな表現が適切かどうかもわからないが、アーチーの体から煙が立ち上っている。衣類からではない。というのも、彼はシャツなしでそこに立っていたからだ。

また、ここから見たかぎりでも、アーチーはこの日のわたし以上にひどい目に遭っていた。爆風に面した側全体がやられている。

左手のひじから下は黒焦げの物体と化し、腕を顔のまえまで上げると、鮮やかな赤い血がリズミカルにほとばしる。胸元を深い傷が二、三本横切り、赤い塊となった左脚からは煙が上がる。筋肉の大半が失われたからか、不自然なほど細かった。

アーチーが顔の向きを変えると、毛髪の大半が焼け落ちていた。

信じられないことに、アーチーはまだリードを握っていて、リードの先にいる一匹の犬は、彼の脇に横たわっている。見たところやけどは負っていない――左右どちらも。

だが、前脚のすぐ裏側、胸のあたりを何かが貫通している。もう一匹の犬の姿は見えない。

「ショーン」アーチーはびっくりするほど落ち着いた、明瞭な声で弟の名を呼び、ゆっくりとひざをついた。

横向きに倒れこみそうになり、アーチーは発作的に手をついて体を支えようとするが、その腕はすでになく、わたしは恐怖のあまり身をすくませた。ひじから先がまず土の中へと沈みこむと、やがてアーチーはうつ伏せに倒れた。

ついさっきまで三兄弟を殺そうと考えていたのに、わたしはただ、恐ろしさに震えるだけだった。むごい、むごすぎる。

見てはいけないと思っても、どうしても目が行ってしまう。ショーンがゆっくりとアーチーのそばへと歩み寄り、かたわらにひざまずくと、そっと手を伸ばし、アーチーの顔が自分のほうを向くように抱きかかえて、頭を自分のひざに乗せた。

話をしているように見えるが、どうだろう。だがアーチーは生きていた。全身の震えは、わたしがいた場所からでも、しっかりとわかった。

アーチーは自分の血だまりに浸かり、生きているのが不思議なほどだった。

歌声が聞こえてきた。おかしなことばかり起こったこの日でなければ、その異常性に気づいたはずなのに。わたしは思考力というものを使い果たし、あらゆる感情を失っていた。

歌っているのはショーンだ。朗々とした声で、ところどころアーチーが一緒に歌っているようにも聞こえる。

歌詞は英語ではなかった。どこのことばかはわからない。だがメロディーは甘く悲しくて素朴で、歌詞の一部が風に乗り、ところどころ聞こえてくる。

「ヌミ、ヌミ、クターティ……アバ・ハラチ・ラヴォーダ……」アーチーの震えはやみつつあり、残った手でショーンの頬をなでている。

わたしはふたたび戦慄《せんりつ》を覚えた。ショーンは静かに歌いながら身を乗り出したかと思うと、突然アーチーの全身を強く引いた。アーチーの動きは止まった。

ショーンがアーチーの首を折って、楽にさせたのだ。

ショーンは立ち上がるとライフルを手に取り、すぐ撃てるよう動作確認をしてから肩に背負った。こちらを一度も振り返ることなく、離れの脇へと歩いて行った。

次はどうする気だ？

ショーンの行動がまったく読めない。

このままだと失血死するのは確実だったので、わたしもこれ以上留まるわけにはいかない。

ショーンがどうするのかわからなければ、動くこともままならない。

あの爆発はどこで起こったのだろう？

ショーンが仕組んだのか？

それとも外にだれかいるのか？

いったい何が起こっているんだ？

好奇心とは気持ちを上向きにさせますね、ベティ。こんな疑問は持ちたくないし、果たして答えは出るのだろうか。

せっかく数えた歩数を忘れたし、これ以上の衝撃と恐怖にはもう耐えられず、手にした銃を取り落としてもしかたがない、と、そのとき、耳元でささやく声がした。「ベルさん、どうも」

急に声をかけられ、大慌てで銃を拾っている間《あいだ》は気が動転し、どんなことを言われたのか覚えていない。ようやく銃を手にすると、タトゥーで覆われ痩せこけた腕がわたしを制した。

トゥイだ。親切な〝温水のトゥイ〟。

「落ち着いて、ベルさん、落ち着きましょう」トゥイが小声で言った。

「トゥイ……どうして?!」と尋ねたが、すぐまたトゥイに止められた。

「静かにしたほうがいいです、ベルさん。あいつがどこに行ったかわからない間は」トゥイはわたしの脇にしゃがみこむと、手にしたライフルのスコープ越しに草地をくまなくチェックしている。

「あんたか、あの爆発はあんたがやったのか」わたしも草地を見渡しながら小声で訊いた。

「そうです、まったくなんてことをしたのか。まさか爆発するなんて」トゥイの目に涙がたまり、声が割れた。

「あそこの道路で電線を点検していたら、ゾイルさん家《ち》の脇に、ベルさんの車が停まっているじゃありませんか。タイから事情を聞いてたので、こりゃ大変だと思ったわけです。ゾイル家と面倒なことになったらたまらんと、バンに積んでたポッサム（オーストラリアやニュージーランドに生息する有袋類の動物）駆除用のライフルを持って、海辺まで歩いてきました。ベルさんが無事かをたしかめるだけだ、ゾイルの息子たちに見つかっても、ポッサム退治だとしらばっくれればいい、ってね。崖道を上ってたら、まず血だ。そしてダレルの遺体、次はベルさんの車いすを見つけたんですよ、てっきりあんたも亡くなられたかと。で、引き返しながら考えたんです。あの血はひょっとしたら、ゾイル家のやつらがベルさんを殺して引きずった跡じゃないかと。それで血の跡をたどったんですわ、ゆっくりとね。あいつらに見つかったら大変だ。そしたらベルさんが倒れてて、まだ息がある。近づこうとしたらゾイル家のだれかが、思い知らせてやるとか叫びだして。連中は犬を連れてましたし、どうすればいいかわからなくなっちまったんです、ベルさん。あたしはただ、一発ぶっ放してあいつらを脅《おど》かそうと思っただけです。いや正直、アーチーを狙ったわけじゃありませんし。そしたらあんな一大事になっちまった。もう、どうすりゃいいんだ」今度はわたしがトゥイを黙らせる側になった。だがトゥイは言いたいことをすべて吐き出したところで、現実に引き戻されたようだ。トゥイの体の震えは止まらず、かすかににおう。トゥイが小便をもらしたのだ。

自分には良心のかけらもないのだろうか。わたしは気がとがめた。いいか、フィン？　偶然人を殺したら、まともな人はこんな反応を見せるんだぞ。おまえは自分の意志で人を殺した。それなのに、ダレルに対して何の感情もわかないのか。

「どうすりゃいいんでしょうね、ベルさん？」ささやくような声から、彼の動揺がうかがわれる。

「わたしもわからない、トゥイ、だが場合が場合だ、フィンと呼んでいいよ」たしかに身勝手だが、そばにいてくれる人がひとりいるだけで気分がずいぶん楽になった。トゥイの身はわたし同様に危うくとも、彼がここにいるのはわたしのせいだとわかっていても。自慢できた話じゃないが、形容しがたい安堵感がどうしても表情に出てしまう。

そのとき、離れの別のほうからエンジンがかかる轟音が聞こえると、錆びついたディーゼル油タンクをうしろに積んだ旧式のトラックが、屋敷の向こう側から重々しくカーブを描きながら草地の縁《へり》をなめるようにして丘のさらに上へと走って行った。またしてもいやな予感がする。警戒しても、その場しのぎで取り繕《つくろ》えるような状態ではない。もうすべて手遅れだ。

「トゥイ、あいつら、あんたが来たのを知ってるのか?」わたしは小声で尋ねた。

「その辺は大丈夫です」

「でも、携帯電話は持っていないよな?」

「持ってませんが、バンに戻れば無線が使えます」

頼りになりそうなことを言うけれども、トゥイのほうを向いたわたしは、むなしい現実を改めてかみしめた。トゥイは親切で勇敢だが六十代、小柄で痩せこけ、ところどころ骨が浮き出ている。彼を見たとたん、意気揚々たるわたしの闘志はぺたんこにへこんでしまった。

「トゥイ、よく聞いてくれ。わたしのことはいいから、助けを呼んできてくれないか」

「ですけどベルさん――」トゥイは反論したそうだが、わたしは早口でまくし立てて、それを制した。

「だめだ、トゥイ、あんたじゃわたしを背負って逃げられない。ショーンを探したって、あいつはわたしたちをふたりとも殺す。おまけにあいつはあんたがここにいるのを知らない。あのディーゼルトラックを見ただろう？　ショーンはこのあたりの茂み一帯を焼き払い、わたしを殺すつもりだ。あんたがここにいると巻き添えを食らう上、何の役にも立たない」切羽詰《せっぱつ》まったわたしはトゥイの説得に入った。

「トゥイ、ゾイル家は人を殺している。わたしは骨を見つけた、もう証拠はある。だからここから脱出して伝える役目が必要なんだ。あんたが行ってくれ。わたしは隠れているから、バンで町まで戻り、救助を求めてほしい、いいか？」トゥイはけげんそうな顔をしている。

「頼むよ、トゥイ！　これしか道はないんだ。あんたが助けてくれなければ、だれにも知られないまま、あいつらの好きなようにさせておくことになる。この町の子どもを誘拐し、この町の人を殺す。頼む。すぐ行ってくれ、行くんだ！」わたしはそう言って彼の体を押した。トゥイが激しく首を横に振っているので、ここに留まろうとしているのかとふと思った。だが、彼は自分の手を差し出すと、こちらの手をつかみ、しっかりと握った。

「必ず戻ってきますから、ベルさん、必ず。不正はきっとただします。このあたしが」トゥイは熱のこもった声で、涙をボロボロ流しながら言った。そして彼は手を離すと、すぐさま丘を下り、その姿はたちまち茂みに紛《まぎ》れて消えた。

わたしは深呼吸をして落ち着こうとした。

どうしてこんなことになったのか？

わたしはただ、真実を知りたかっただけだ。

信じられないほどの苦難に見舞われたのに、こうやって生き延びたことに心から満足している。

この町に来るまでにしでかした過ちを振り返ると、あまりにも不用意な自分を今でも悔いているのに。

トラックが出す音が少し変わった。ショーンが燃料ポンプを起動させたのだ。ここからでも、トラックのうしろから、黒く、どろりとしたディーゼル油が噴き出しているのが見える。ショーンは運転席に乗りこむと、ドアを大きく開けたまま発進し、スピードをかなり落としてこちらに向かってきた。

わたしがいるのに気づいたのだな。

今隠れている茂みは海岸に沿って半月のような形をしており、左右は極端に細くなり、そこからゾイル農場の牧草地がはじまる。牧草地の両側は沿岸の岩地と接し、奥行きは六百ペース(四百五十メートルほど)前後ある。この見通しのよい牧草地に出る以外に選択肢はない。

ショーンはこの茂み一帯にディーゼル油を噴射し、火をつけるつもりだ。

ここで焼死するか、それとも脱出して牧草地に這い出るか、わたしは決断を迫られている。

炎に焼かれて死ぬか、ショーンに殺されるか。

どちらも選びたくない。

ショーンが通りがかったところでトラックごと狙い撃ちしようかととっさに考えたが、トラックは大型で、運転席はこちらから見えない。今できるのは、自分のいる場所をさっさと見極めることぐらいだ。

だが、そんなことをしたらかえってショーンの思う壺だ。

あいつはわたしが這い出てくるのを待っている。火ではなく、彼は自分の手で、わたしの命を絶とうとしているのだ。

世間を震撼《しんかん》させる悪事にもういちど手を染めることができる。忌まわしく邪悪な喜びで腹を満たしたショーン・ゾイルはまたしても、猟奇の極みの快感をひそやかに味わうのだ。

そうはさせるか、ショーン・ゾイル。

わたしはおまえの快楽の道具ではない。

おまえの兄はふたりとも死に、トゥイは警察に向かっている。やがておまえは、満たされぬまま、怒りを鎮《しず》めることもないまま、死を迎える。

この土地で心中するのはおまえだけじゃない、ショーン、わたしはここで腹を決めた。どの程度かは知らないが、わたしもやけどを負うことになる。わたしは多くの過ちを犯した。少し早いが、その罪に報いよう。

第二十七章

三か月前、三月十六日

この夜パトリシアと交わした二度目のキスで、眠っていた見知らぬ自分が目覚め、ありのままの自分をさらけ出すことの気持ちよさを久しぶりに感じた。さらけ出すといっても、わたしたちは服を脱いだわけではなく、着衣のまま、ハウエルズ・ポイント付近に車を停め、バックシートでもう一度キスしたのだ。ラジオから聞こえるロックのサウンドを打ち消すほどの豪雨の中、わたしたちはゾンビに支配された終末の世を生きる、十代のカップルのように抱き合った。

いや、さらけ出したのは自分の弱さと、素直な自分だ。

人を好きになったときの思いは、みな大差はないと思う。好きな人のまえではじめて服を脱ぎ、ふたりが身も心もむき出しにすることで至福の喜びを味わう。

あのときめきはどこへと消えるのだろう？ わたしはなぜ、アンナといても、ときめかなくなったのだろう？ 人はなぜ愛を見失うのだろう？ おたがいずっとそばにいたのに、人はなぜ、愛する人と少しずつ距離を置くようになるのだろう？

今になってアンナのことを考えてしまうのは、望みを絶たれ、思いもよらず住みついたこの町で、思いがけずに甘美な恋をまた味わった今、これまで一度も感じたことのない、それでいてとても懐かしい思いにかられたからだ。

わたしとパトリシアがようやく体を離し、おたがいわれに返ったそのとき、ラジオからブッシュの名曲〈グリセリン〉が流れてきた。

「フィン？　あたしたちがあなたの家に向かった夜……あれからあなた、タイの家に移ったのよね。何があったの？」パトリシアがわたしに訊いた。自分を殺すかもしれない頭のおかしな家族のくだらない問題とちゃんと向き合わずに、パトリシアとの関係を深めたことはよくなかった。

いつまでもうやむやにしていても意味はない。この町にいれば遅かれ早かれ、噂はパトリシアの耳に入るわけだし、当事者であるわたしがいつ打ち明けてもいいのだ。それどころか、プルーイットという味方がついているじゃないか。

というわけで、わたしはパトリシアにすべて話した。ゾイル家の農場で彼らとはじめて会った日から、レス神父による、真に迫った犯人像を聞いたことまで。彼女は話の飲みこみがとてもよかった。

「なるほど、じゃ、話を整理するわね。あなたはゾイル家の人たちから狙われていて、彼らは自分たちの猟奇的な秘密、ううん、彼らの一族がずっとまえから猟奇的だったという秘密を守るためなら、あなたを殺してもおかしくないってこと？」パトリシアは淡々とした口調で語った。

「えーと、要点をかいつまんで言うとそうなる」わたしは彼女の表情をうかがいながら言った。

「だったらきちんと片をつけちゃいましょう、いい?」パトリシアはびっくりするほど冷静な声で応じると、今度はわたしの目を見て話を続けた。「ごめんなさい、フィン。別にどうでもいいってわけじゃないから。でもあたしの元夫は前科がいくつもあって、息子は二歳で聴覚を失った――だから、不安や恐怖なんて、とっくの昔になくなってる。この世に未練があるとしたら、自分の命と、〈セックス・アンド・ザ・シティ〉の再放送が打ち切られることぐらいかな」彼女は穏やかな表情で笑った。

自分のやってることは、まるで親しい仲間たちをシリアルキラーの餌食候補に並べているようなものじゃないか。

「でもね、あたしたちはこの問題を事実として受け止めるべきだとも思うの。別れた夫とケリをつけたときも、そうだった。この問題をあたしの家庭に持ちこまないで。あたしは何よりもまず、キエランの母親だから、あなたと安心して暮らせるまで、あたしの人生に深入りしないでほしいし、息子やあたしを危ない目に遭わせないでほしいの。それから、あたし、あなたにとって都合のいいセックスフレンドになる気もないからね。だからこの問題に決着をつけ、それでも一緒にいたかったら、その後の成り行きを考えましょう」

さあ、命を絶つのをやめる理由がまたひとつ増えたぞ。

第二十八章

六月四日、現在

こんな体験は、そうそうできることではない。

茂みから出ないまでも、砂浜からは少しでも離れようと、わたしは地面に這いつくばる。炎の第一陣から逃れるため、茂みの中でも一番奥行きがあるところまで移動した。

ディーゼル油が直接かかるのはごめんだが、ショーンが茂みに火をつければすぐ燃え広がるので、結果はどのみち同じだ。それでも頭から油を浴びたくはなかった。そこで茂みの中でも砂浜に近いほうへとまた移ることにしたが、トラックがエンジンをアイドリングさせながら動きだし、茂み全体がディーゼル油にまみれた今となっては、もう、どこにいても同じだった。

今は直接体に浴びていなくても、ディーゼル油がどこからしたたり落ちてくるかもわからない。岩や葉はぬらぬらと輝き、悪臭が重く立ちこめている。

わたしだって知っている。ディーゼル油はエンジン内で圧縮させることで爆発にいたるのだが、油そのものの可燃性は高い。炎が出るまで時間はかかっても、一度火がつけば消すのは容易ではなく、おまけに油分を含んだ黒くて濃い煙で人間は窒息する。

一族の秘密など、ショーンはもうどうでもよくなったのだろう。ディーゼル油の煙は数キロ先でも見えるし、煙が上がれば消防署や警察が調べに来るはずだ。そんなことをショーンが気づかないはずがない。トゥイが助けを呼びに行ったのがわからなくても、火をつければすべてがあきらかになる。

そして、ことの全貌もあきらかになるのだ。

ゾイル農場が長年隠してきた忌まわしい秘密が、すべてあきらかになる。

そうなったらショーンは逃げる。逃げ道はもう決めてあるはずだ。なら、あとはどうなったっていい。わたしを殺すことだけで頭がいっぱいなのかもしれない。それを光栄に思っていいのだろうか。

茂みの反対側に到達してディーゼル油の噴出が止まると、トラックが百八十度向きを変えた。最初、ショーンが引き返そうとしているのかと思ったが、そのときエンジン音が突然大きくなり、続いてトラックがゆっくりと茂みに分け入って、こちらへまっすぐ進んでいるのに気づいた。

逃げるのが遅すぎた。

ショーンはトラックで丘を下って、茂みに突入する気だ。

まっすぐこちらに向かってくるのは、わたしがここにいるとわかったからだろう。トラックは木や草をものともせず、突っ走る。

わたしは必死になって体の向きを変え、トラックから逃れようとした。脚が動かない以上、引き返すことはできない。すると、トラックがいきなり目のまえで横転した。前車軸がマヌカの若木に乗り上げ、大きな車輪が弾む金属音がした。エンジンが異音を出しながら回転数を落としていく。

頭を両腕で覆ったまま顔を上げると、不気味なほど静かだった。鳥や虫の啼く声もしない。視線を上に転じ、自分が巨大なトラックの陰になる場所にいるのがわかった。

あえてこれ以上動くのをやめた。

てっきりショーンはトラックに乗っているものと思いこんでいたが、何も起こらず、動く気配もなく、あいつが乗っていないのがわかった。ショーンが自分の身を危険にさらすはずがない。

彼はきっとエンジンをかけ、車が動いてから飛び降りて逃げたのだ。

こちらが茂みにいるのはだいたいわかっても、正確な場所までは突き止めていないようだ。わたしの読みを見越して、茂みの一番奥の、葉が一番生い茂った場所に隠れると考えたのだろう。

相手はショーン・ゾイルだ、そこまで考えないはずがない。

ならばこちらも、当初の作戦を変更しよう。

ディーゼル油は加圧し、熱を加えると爆発する。茂みをじっくりと燃やせば、大きなタンクは加熱して圧がかかる。

もう一度移動しようとしたそのとき、じわじわと押し寄せてきた怒りのせいで、理性のタガがはずれ、もう少しで笑い出しそうになった。わたしはこの日二度目の生命の危機に直面していた。

星の巡り合わせが悪いのだろうかと不運を嘆く。トラックが止まったのはありがたいが、その車輪が、感覚を失った両脚の上に乗り上げていたとは。

いや、ちがう。よくよく見ると、トラックになぎ倒された大枝がからみ合い、腰がその下敷きになっていただけだ。

からまった大枝から自力で逃れ、トラックのうしろからも出て体が完全に自由になった。これからどうするか考えあぐねていたところに、パチパチという音とともに、低くうなる音が聞こえてきた。

もうだめか、時間切れだ、ショーンが火を放ったのかと観念した。

打つ手はない。ほんものの恐怖にはっと息を呑む。いずれはこうなるとは覚悟していた。

嗅覚がまずとらえ、轟音が一定間隔で広がっていくのを聴覚がとらえた。

速い、速すぎる。

記憶が途切れ途切れになった最後の一瞬、突拍子もないことが頭をよぎった。だがこれは、理屈抜きの紛れもない真実だった。まっさらな状態でこの世に生まれ、人生の意味などちっともわからぬまま、阿呆《あほう》のまま死んでいくのだ。

どう考えても、残念だということばしか浮かんでこない。残念でならない。すべてをドブに捨てるような人生だった。

第二十九章

三か月前、三月三十日

「どうしてきみは意固地になってるんだ、フィン?」プルーイットがわたしに尋ねる。

自分でもずっと不思議に思っていたので、こう答えた。「こんな生き方しかできないからですよ。あいつらから逃げたくない。それにあそこはわたしの家です」

タイ夫妻と娘たち家族と同居して三週間、この日の朝、コテージに戻ると宣言したところ、みんなが反対した。

まずはタイ、次はプルーイット。今日はベティとのセラピーがあるので、あちらでもこってり絞られることになるだろう。小さな町の宿命と言ってもいい。

「タイ、ここの暮らしは快適だが、自分の生活をあの場所で立て直したいんだ」わたしはもう一度タイにかけあった。

「どんな生活だよ。あっちじゃろくなことなんてなかったじゃないか。もう猫もいないんだぞ。問題はゾイル家の連中だ、なおさら帰すわけにはいかない」と、タイは返した。

「その件についてはわたしもタイに賛成だ、フィン。問題がすべて解決しないかぎり、戻ることには同意できないな。ボビーから聞いた話を忘れたのか？　きみが安全でいられるとは思えない」プルーイットが言った。

「ゾイル家の好きにはさせませんよ、プルーイット。銃は持っているし、鍵は交換しました。警報も設置したし、監視カメラや防犯設備だって整えました。わたしも慎重に行動しますから」と、説得を試みたが、あまり効果はなかった。

「あそこを売って、市街地に土地を手に入れればいい」タイが代案を考えた。あんなことがあったあとだし、むしろ理にかなった提案なのはわかっているけれども、わたしはそもそも理屈で動くタイプではない。むしろ、理屈に流されたくないと意地を張っているのかもしれない。やられたらやり返す。やられた相手がゾイル家のような連中なら、なおのことそうだろう。

「市街地にいたいのはやまやまだが、今夜は自宅に戻る。心配してくれるのはありがたいが、わたしの気持ちは変わらない」と言って、ドアへと向かった。

ところがドアを出たところで、家のまえの道路に一台のパトカーが停まっているのに気づいた。この半月ほど、警察とは何度か会っているけれども、レス神父とプルーイットの予想どおり、問題は解決せず、うんざりするだけで終わっていた。

わが家からは第三者の指紋や物的証拠は見つからず、あの晩は明け方まで一緒にギャンブルに興じていたと、マイヒ家のやつらがゾイル家に都合のいいうその証言をし、真相はまだ藪《やぶ》の中だ。

たとえ警察がこちらに同情の目を向け、ゾイル家やマイヒ家に疑惑の目を向けようとも、警察としては、わたしには正論をぶつしかできないのだから、マイヒ家の証言が〝正しい〟か〝正しくない〟か、立証できるのは、わたし以外にだれもいない。

だが、玄関ドアに向かって歩いてくる警官は、なじみの連中とはちがっていた。はじめて見る顔で、どう見てもこの町の住民とは思えなかった。

わたしを過去へと引き戻すようなふたり。

アフリカにいたころの記憶が懐かしく蘇る。

彼らはふたりとも長身で細身、三十代にさしかかったばかりといった年頃で、アフリカ出身らしく、黒味の濃い肌の持ち主だった。こちらに近づきながら、ふたりでうなずいてニッコリと笑った。ふたりともまったく同じタイミングで。

それもそのはず、彼らは一卵性双生児だった。

「こんにちは。ベルさん、ですよね？」片方が、フランス語かと思うほどなまりのきつい英語でわたしに声をかけた。

「はい」わたしはほほえみ、彼らのアフリカなまりに、遠い故郷を思い出していた。

「ベナンから移民されたのですね」当てずっぽうで尋ねてみた。

それを聞いた双子は顔を見合わせてニッコリすると、先ほどとは別の警官が答えた。

「ええ、わたしたちはベナンから来ました。ご明察です。言い当てられるほど強いなまりは消えたと思っていたのですが」

「なまりはごくわずかにありますが、それよりも双子という点が決め手です。昔、わたしもアフリカにおりました。ナイジェリアからコートジボワールまで移動し、ベナンの首都、ポルト・ノボには数週間滞在しました。そのときに、別の服を着たそっくり同じ顔の人を、いろいろなところで何度も目にしました。てっきり自分がおかしくなったのかと思ったのですが、地元の人からベナンの話を聞いて、彼らはみんな双子だとわかりました。どの程度の確率で双子が生まれるんでしたっけ？」

「ああ、ベナンでは百人に五人の割合で双子が生まれていますよ、ベルさん。双子の出生率は世界でもトップクラスです。ポルト・ノボにいらしたならもうご存じでしょうが、あの町はもっと確率が高く、双子の出生率は四人にひとりぐらいかもしれません」双子の片割れはうなずきながら言った。

「ベナンは双子が多いことで有名ですが、世界でも有数のサッカー王国でもあるんですよ」もう一方が笑みをたたえて補足した。

「わたしはルーカス・ファソ刑事、こちらは弟のジョンです。ウェリントンから、あなたにうかがいたいことがあって参りました、ベルさん」

「わたしも話の輪に加わっていいかな？」うしろで見ていたプルーイットが尋ねた。

「ええ、いい知らせが聞けるかもしれませんし」わたしは言った。このふたりの登場で、事態が急展開を見せてくれるといいのだが。

「そうすると、あなたがプルーイット・ベイリーさんですか？　よかった、次はあなたに会うつもりで予定を組んでいました。わたしたちだけで話せる場所はありますでしょうか？」ジョンか、ルーカスのどちらかが声のボリュームを上げると、ランギ家の中からドタバタと大きな足音が聞こえ、子どもたちが口々に歓声を上げながら飛び出してきた。続いて娘たちをしかりつけながら母親がやってきて、まもなく全員が一家の主《あるじ》を大声で呼ぶ。呼ばれたタイは、「じゃ、またな」と背後にいるわたしたちに挨拶して、家の中へと戻った。

「ええ、この道を少し歩けば新聞社のオフィスがありますので、そこなら落ち着いて話せるでしょう」プルーイットの提案に従い、わたしたちはそろって道路に出た。

「ニュージーランドにいらしてどれぐらいになりますか?」自分のことはさておき、好奇心にかられてわたしは刑事たちに訊いた。

ニュージーランドは、わたしを含めた外国人が永住権を取得する、いわば人種のるつぼだが、ベナンのように、アフリカ西部のあまり知られぬ国から移住するケースは、きわめて珍しい。

「もう数年になります、ベルさん。アフガニスタンからの再定住を提示されて来ました。わたしたちはバグラムでニュージーランド軍の随行通訳をしていました。その後、アルカイダのアフリカ侵攻がはじまり、難民申請が通ったのです」ルーカスが言った。

「アフガニスタンにはどうして?」

「わたしたち兄弟は数か国語が話せます、ベルさん。両親はともに教師で、母国語のフランス語以外に英語も教えていたため、ナイジェリアでアメリカ人観光客の通訳として職を得ました。石油採掘のためアフリカに来るロシア人が増えたため、ロシア語も学んで彼らの通訳をつとめました。そのクライアントが中東に拠点を移し、ロシア語、英語、アフガニスタンの公用語であるパシュトー語が話せる通訳が必要になりました。三言語のうち二言語は習得済みなので、パシュトー語をマスターしてからアフガニスタンに飛びました。そこでニュージーランド軍のお世話になって、この美しい国とのご縁が生まれたというわけです」ルーカスは朗《ほが》らかに、皮肉や当てこすりをまったく感じさせずに語った。

感動の物語はさておき、アフリカからの移住者がこの国での生活を心からありがたがる気持ちは、ニュージーランドで生まれた人にはとうてい理解できないだろうとわたしは思った。

＊

四人がオフィスに着き、全員がコーヒーを手にしたところで、わたしたちは本論に入った。プルーイットが双子刑事たちに訊いた。「レス神父とは話をしたかね？」

「お話はほかにもいろいろな方々からうかがっております、ベイリーさん。まえもって申し上げておきますが、これからの会話の内容はぜひご内密に願います。ことを荒立てるリスクは負いたくありませんし、わたしたちには捜査の進展を報道機関に話す権限もなく、あなたには関係者として参加していただいています」ジョンが言った。

〝関係者〟とひとくくりにできないのではないかと思うのだが。

「ご心配なく、公言しませんよ。記事にもしないから」プルーイットは断言した。

「お願いします、ベイリーさん。われわれは本庁から派遣され、レス神父とは昨夜お目にかかってから車でこちらに参りました」ジョンが答えた。

「なぜ今になって？」プルーイットが尋ねる。

「レス神父は本件に対して今も強い関心をお持ちでして、ベイリーさん、われわれに事件の内容をかみ砕いて説明してくださいました。警察が捜査を再開すれば、なんらかの進展が得られるかもしれないと、本庁の上層部が判断したわけです」ルーカスが話を継いだ。

「だれかが行方不明になってからでは遅いということですか？」我慢できずにわたしは口をはさんだ。

「いいえ、ベルさん、だれかが死んでからでは遅いのです」ジョンが答えた。「本件に伴うリスクについて、わたしたちと改めて考えていただけませんか」

続きはルーカスが答えた。「今回われわれは、本庁が今回の状況を大変重大に受け止めていることをお伝えに来ました。本件の事情やこれまでのいきさつは、こちらも把握しています。ここ一か月に発生した事件についてもゾイル家が関与しているとの情報も警察は確認しており、今後さらなる事件へと発展する可能性があるとも認識しています。本日中にゾイル家の三兄弟とマイヒ家から直接話を聞きますが、彼らを重要参考人として捜査を継続しつつ、新たな真相が得られるとも考えているのです」

「それだけですか？」プルーイットが訊く。

「いいえ。何よりみなさんご自身の安全を考慮し、警察からお願いがあります。本件から手を引いていただけないでしょうか。新たな事実を知った、または回答が必要な疑問点がありましたら、警察にお任せください。こちらで対処いたします。どうぞ、ご自身で解決しようとは考えないでいただきたいのです。また、ベルさん、事件はすべてあのコテージで発生していることから、転居をお考えください。これまでの経緯《けいい》から、あの家は安全な場所ではありません。各所から集めた情報を検討しましたが、あなたがあの場所に住む差し迫った理由もないようです。生命が脅《おびや》かされる事件が発生する可能性がきわめて高いので、ベルさんにはご自身の身を守る対策を講じる権利があります。警察からも転居をお勧めします。ベルさんはリヴァトンに引っ越してこられたばかりで、当地に血縁もおらず、無職だとうかがっています。それならば、リヴァトンから離れることを真剣にご検討いただきたいのです、ご自分のためにも」ルーカスは一貫して誠意ある口調で話した。わたしは思った。なるほど、今週の課題は転居か。

わたしをリヴァトンから追い出す作戦が失敗に終わったとわかると、ベナンから来た愛想のいい双子たちは別の話題を持ち出すでもなく、すぐさま暇《いとま》を告げてオフィスをあとにし、プルーイットとふたりだけになった。わたしはまた、やり場のないいら立ちを覚えた。

「そうか、双子だったのか」考えごとをしながらコーヒーを飲んでいたプルーイットが口を開いた。

「彼らが来るのはご存じでしたか?」

「今朝タイの家に行ったのは、きみにそれを伝えるためだったんだよ。ゆうべボビーから電話があってね。ファソ兄弟が担当することになったのを、ボビーはとても喜んでいた。警察も一連の事件を重く見ているようだね。あの双子は警官になって日が浅いが、刑事部のエリート部隊に抜擢《ばってき》されている。巡査時代から、いくつもの事件を解決し、ベテラン刑事も舌を巻くほどだった。彼らはキャリアは浅いが、正規の刑事に昇進させるのは当然の成り行きだったというわけだ。これもボビーから聞いたのだが、あの双子刑事たちは、担当する案件を自分たちで決めているそうだ。新旧あらゆる事件の中でも、凶悪なものばかりを選ぶという。検挙率は本庁でもトップだ。だから、彼らの愛想のいい笑みの下には、別の顔があるのかもしれないな」

わたしは反論した。「でも、わざわざこんなところまで会いに来たにしては、地元の警察と同じようなことばかり言ってましたね。〝あなたは危険だ、ベルさん、でも警察は何もできません。リヴァトンを去ることを真剣に検討してください〟。なんだか要領を得ませんね」

「彼らはそんなあたりまえのことをしに来たとは思えないな。ボビーは今じゃすっかり神父然としているが、現役の刑事時代の彼をきみに会わせたかったよ。狡猾《こうかつ》だが緻密な刑事だった。彼は殺人犯を捕まえることだけを考えていた。目的のためなら他人を危険にさらしても平気だった。あの刑事たちもボビーと同じだろう。わたしたちには言えない何かがあるのかもしれない」

「ずいぶん記者っぽい言い方ですね」

「記者っぽいというより、ジャーナリストのひねくれた根性が半分、青くさい希望的観測が半分、ってところか。長年記者をしていると、人を必ず疑ってしまうくせがある。だが、あの刑事たちなら、この事件を解決に導いてくれそうだとも考えているんだ。本音はちがうがね。真相を知る者はだれもいない。事件からもう二十年以上経つ。それなのに進展はひとつもない」

と言って、プルーイットはタバコを取り出して火をつけた。

プルーイットとは似たところが多々ある――わたしたちは世の理不尽と向き合うと、どうしても悲観的になってしまうのだ。

「わたしにはわかりません、プルーイット。事件はこれからも続くと思います。ゾイル家の三兄弟はわが家に侵入し、何やら探していたけれども、目的の物は見つからなかった。きっと彼らはまた来ますよ」

プルーイットは深く息をつくと、頭を横に振りながら窓の外に視線を投げた。

「いや、やつらはきっと見つけるだろう、フィン。あの家に戻る意志が固そうなので、これ以上きみを説得したりはしないが、頼むから気をつけてくれ。彼らがきみにまで手をかけることになったら、わたしはジャーナリストとしての矜持《きょうじ》を捨て、この事件に自分から飛びこんでいくしかないだろう」プルーイットはそう言って、タバコを揉み消した。

第三十章

三か月前、三月三十日

車を降りて車いすに乗り換え、ベティの家に入ると、今回も入ったとたんに答えが浮かんだ。何かに夢中になっていると、ふと別のことを考えてしまうのが人間のおかしなところだ。

ベティのデスクのまえに車いすを停め、さて、どう説明しようかと頭の中を整理していると、彼女のほうからせかしてきた。

「さあ、考えがまとまっているならさっさとおっしゃい」

「蜂の世話をしたときのことです。やっとわかりました。蜂はわたしが何を考えていても群がってきたのに、あなたの心が読めるかのように、近づいたり離れたりを繰り返した。あなたが悲しいことを考えると蜂が群がり、楽しいことを考えると遠ざかった。ただの蜂の群れです。知性などなく、反応しているだけだ。蜂がもし人間の感情に反応するなら、わたしはずっと同じことを考えていたことになる。楽しいことを考えて蜂の行動を変えることができなかった。楽しいことを考えても、蜂はやっぱり群がってきた。なぜでしょうか？」

「話を続けて。そこから何がわかったの？」ベティが尋ねた。

「つまり……自分では楽しいことを考えているつもりでも、実はちがっていた、とか？」とは言ったが、正解かどうか自信はなかった。

「そうね、答えが出るまで時間はかかったけど、大筋では合ってます。みんな同じ蜂だったわね？　じゃ、今度はこちらを考えてみて。あの日、蜂はなぜ、わたしとあなたで反応を変えたか。説明できる？」

「あなたは自分が楽しいと感じながら楽しいことを考えたけれども、わたしはちがった、ぜんぜん楽しくなかった」わたしは答えた。これが正解だ。

「わかった、その答えを踏まえた上で、これを見て」と、ベティは自分のデスクの引き出しを開き、濃いブラウンの小さなガラス瓶を取り出し、わたしたちの真ん中になるよう、デスクの上に置いた。

「わたしが二十五歳のとき、夫が死んだ。肝臓がんだった。あまりに突然のことで、具合が悪いと言い出してから亡くなるまで二か月もなかった。悪いことは重なる。次女が生まれたばかりで、長女のおむつも取れていなかった。家を手に入れてすぐ夫に死なれ、住宅ローンはたっぷり残っていたし、わたしは一年以上働いていなかった。わたしの人生はそれまで順風満帆だった。自分が恵まれているなんて思ったこともなかったし、人生なんてこんなもんだと思っていた。

これほどの悲劇を受け止める心の余裕は、わたしにはなかった。あふれるほどの喜びを与えてくれた人生が、押しつぶされそうな苦痛を連れてくるなんて想像もつかなかった。もう痛みしか感じられないとも思った。そんなある夜のこと、死のうなんて思ってなかったけど、とにかく海の深いほうへと歩いて行った。その場に居合わせた漁師たちが助けてくれなかったら、溺《おぼ》れ死んでいたかもしれない」ベティは穏やかな声で言った。

話を聞いてから改めてベティを見やった。目のまえにいる、しっかり者で意志の強い彼女に、脆《もろ》くて傷つきやすい一面があるとは思えなかった。

「当時、心の治療は今とはちがったのよ。まず、神父や家族が支えになってくれたけど、結局彼らはオークランドの精神科医のところにわたしを連れてって、その医者のお見立てでもらったのが、これ」ベティは目のまえのガラス瓶を指先で数回つついた。「この薬がわたしの人生を変えた」

彼女は瓶をつまみ上げ、わたしに手渡した。よくよく見ると、中身はほぼいっぱいだった。封印もはがされていない。

なるほど、このカウンセリングは毎回、予想もつかないことが提示されるのだな。ベティが今回わたしに伝えたかったのはこれか。蜂や鏡のときにも、メッセージが隠されていた。この薬にこめられたメッセージを知りたい。

「どうしてこの薬を飲まなかったんですか?」

「それを訊くのがわたしの仕事よ。じゃあ、あなたはなぜ飲むの?」ベティが返した。

「どういう意味かわかりません」

「わたしたちは人生の落伍者《デッドレモンズ》について話し合ったわね、そのときのことを思い出して。落伍者はいつまでも落伍者のまま。それは彼らが自分から学ぼうとしないから。学ぼうとしないのは、苦痛に耐えられないから。まえにも話し合ったわよね、学びは苦痛を伴う。苦痛から逃れれば学べないし、人は学ばなければ自分を変えられない。だから落伍者のままなの。そうなると、あなたはいつまでも昔と変わらないってことになるわね。自分のこともわからず、自分が今置かれている立場もわからないまま。行動も感性も昔のまま。同じことの繰り返し。越えられない壁は永遠に立ちふさがっている。今日耐えられない痛みは明日も耐えられない。学びに伴う苦痛を避けているかぎり、変わることも、人として成長することもない。

わたしは夫に死なれ、家を失い、子育てもままならないほど経済的に困った――いくつもの苦痛が一気に押し寄せた。どうしたらいいかわからなくて、とことんまで落ちこんだわ。医者たちはわたしに抗うつ剤をくれた。苦痛から逃げるために。

さて、人は苦痛に直面したら四つの行動を取る。この話は覚えている？」

「まず、その苦痛を解決しようとする。苦痛から逃げようとする。苦痛を受け入れようとするか、自分の命を絶とうとする」わたしは答えた。セッションの一回目から頭に残ったフレーズだったので、するりと口をついて出た。

「では、この四つの行動のうち、学びと自分を変えることにつながるものは？」

「苦痛を解決しようとし、苦痛を受け入れることが必要です」今にして思えば簡単なことじゃないか。

「その理由は？」

「残りのふたつ、逃避と自ら命を絶つという行為はどちらも苦痛から逃げていて、これでは学びは得られないからです」と、ベティの考え方にならって答えた。

「それじゃ、ここ数年の自分を顧みて、あなたは何をやってきた？」

「逃げてました」

「あの銃を買ったときは？」

「自分の命を絶とうと思いました」

「よろしい。もうあなたに抗うつ薬を処方する必要はなくなったわね、フィン。あなたもほかの大勢の人たちのように、自分の苦痛を自分で解決できるようになったから。あなたは自分を苦痛から解放する手段を見つけたのよ。これまでのあなたは酒に逃げ、あげく、銃を手に入れて自分の命を絶とうとした。苦痛を避けるため過食に走る人もいれば、セックスや宗教や金や、そういった愚かしいことに手を出す人もいる。だけど逃避的行動って、その本質も、結果も、みんな同じ。苦痛から逃れるために同じことを繰り返し、そうしている間は現状に留まったまま、学ぶこともなく、苦痛の原因を究明するという、本質的なこともできない。だけどそれって、別に意外なことでもないの。みんなこんなもんだろうってわかっているから。不快なことから逃げようとして道を誤る人は、その行為に溺れれば溺れるほど苦痛が増すから、さらに苦痛から逃げようとしてやめられなくなる。自分がその域に達したと自覚している人もいる。では、わたしたちはなぜ、こんな話をしているのかしら?」

ベティのカウンセリングを受けるようになってはじめて、彼女の質問の本質がわかり、話の展開について行けるようになった。時間をかけたおかげか、それともカウンセリングのやり方に慣れただけかはわからないが、とにかく理解できるようになったのだ。

「蜂のカウンセリングのときと同じだからです。考えていることがまったく変わっていないからです。自分に語りかけていたこと。わたしは悲観的なことを自分につぶやいていました。わたしにはその自覚があったし、蜂にも見すかされていた。わたしは自分が信じられなくて、最低なことばかりしてきた。他人を裏切り、自分も裏切ってきました。自分で決めたことすら信じられなかった。こうしようと自分で決めたことと、実際にやっていることが食いちがっていました」今やアルコールがきれいさっぱり抜けたわたしは、酒浸りだったころの自分が離婚までの数か月間、アンナにつらく当たっていたのを思い返しながら答えた。

わたしはアンナになんてひどいことをしてきたのだろう。なんて情けない臆病者だったのだろう。

「それはあなたの決めたことでしょ。自分で言うのもなんだけど、〝決める〟って、いい表現ね」ベティはゆっくりうなずきながら話を続けた。「人間は自分が決めたことに応じて苦痛と向き合うのだから。さっき言った四つの行動でね。何より先に、この行動は基本的に自分が決めたことなんだから。人は選択し、道を選ぶ。よそから、つまり、他人から見れば、どちらを選ぶかすぐわかる。その選択肢は自分たちのふだんの行い、自分たちの行動を常に反映しているから。その人がいい決断を下したかどうかはすぐわかる。よくなるか、悪くなるか、しばらく様子を見ていればいいの。結局、大事なのは時間が経つということだから。

でも、中にはわからない人もいてね」ベティはそう言うと身を乗り出し、わたしの手から瓶をつまんで自分の手に戻した。

「あのね、自分の心がまったく理解できない人って、けっこうな数いるのよ。そういう人たちはたいていトラブルに巻きこまれる。だからね、そういう決断をする人は……自分からトラブルに飛びこむタイプと、無意識のうちに巻きこまれるタイプがいる。おかどちがいなことをしているのに、自分がやるべきことはこれだと信じて疑わない。自分でも知らないうちに、勝手に決めてたりもするわ。本来やるべきことと正反対の決断だったりもする。ただ苦痛から逃げたいだけなのに、自分は苦痛を克服していると思いこむときとか。何かを受け入れたと思っていても、実は自分の命を絶とうとしているときとか。人はそんな決断をいつも下しているの」

第三十一章

二か月前、四月五日

午前三時。

午前三時がこんな感じだと、一日中ずっと午前三時だったように感じる。

午前三時は、自分が世界でただひとつの出来損ないだと思い知る、むなしい瞬間だ。ほかの時間はすべて、午前三時の前奏曲のようなものだ。

コテージに戻って七日になるが、毎晩、うんざりするほど午前三時ぴったりに目が覚める。ほかにやることもないのでベッドに座って、自分の人生をかみしめたり、考えにふけったり、思い悩んだり、神経をすり減らしたりしていると、つまらないことばかり頭に浮かんでくる。そんなことをしたって何も変わらないのに。

ひょっとしてわたしは、何かが起こるのを期待しているのだろうか。

ゾイル家、パトリシア、ベナンから来た双子刑事たちと、何かあるのだろうか。ベティから指摘された残念な現実を思い知った今、自分に起こる何か。それとも別の何か。

これから何が起こるのか、自分でもさっぱりわからないのだ。

それなのに、この漠然とした何かは、わたしの人生に大きな影を投げかけている。もう一方の事件がまず解決しなければ、わたしの心のもやもやはいっこうにおさまらない。

できることといったら、ゾイル家の連中が実行に移すのを待つだけだ。コテージに戻ってからずっと、平穏な日々が続いている。銃は常に手の届くところにしまってあるし、監視カメラつき警報システムを取りつけ、セキュリティは万全だ。しかしプルーイットのオフィスを訪ねたあの日、次に打つ手がなかったのも、また事実だった。話を聞ける人はもうおらず、手がかりもない。

ベティとのカウンセリングやセラピーそのものは興味深いのだが、今のところ、役立っているとは思えない。

まあ、ベティはこちらの問題点をわたしにわかるよう導いてくれたし、そのことについては感謝しているが、だからといって本質はまったく変わっていない。

なぜならわたしは今も変わらず、同じことを繰り返しているからだ——毎日午前三時になると、酒がほしくて目が覚める。

変わったことがあるとすれば、自分はどうしようもないクズだったし、今もまだクズだという自覚を持ったことか。だがそのせいでまた酒が飲みたくなり、安眠が妨《さまた》げられてもいる。ゾイル家の問題が解決するまで、ほかのことが考えられなくなってもいる。

仕事のことも、今後の人生設計も、人を愛することも、幸せも。

生きることも考えられない。

そして必ず同じ疑問に突き当たる。

これからどうすればいいんだ?

自分の過去の過ちを反省し、生き方を改めたとして、これからどう生きればいいんだ?

酒をやめ、自分やまわりの人たちにうそをつくのをやめ、つらい過去から逃げようとするのをやめたら、そのあとに何をすればいいんだ?

悪い習慣を改めても、望ましい習慣がごく自然に身につくとはかぎらないのだ。

何が悪いかがわかったからといって、正しいものを見つける手がかりなどまったくない。

以前のようなどん底の暮らしを味わいたくない、だから生き方を変えようとしているわけだが、肝心の正しいことがまだ見えていない以上、何もできずにいる、それが今のわたしだ。

わたしは実際の暮らしの中にできた、わけもわからない隙間のような存在なのだ。

そこで、今まで何度も繰り返した、おなじみのありきたりなチェック項目を確認してみる。

悪い習慣はわたしを不快にさせる。チェック。

よい習慣はわたしを幸せにする。チェック。

だから悪い習慣は改めていこう。チェック。

そして、よい習慣を身につけよう。うーん……。

マーダーボールはともかく、わたしはよい習慣を身につけているのだろうか?

別に難しい問題でもないのだが、簡単に説明するのはけっこう難しい。

意志の力と希望を頼りに眠くなるのを待っていると、眠れぬ夜は決まって以前より長くて暗く感じる。

ほかの人もこうなのだろうか。

悪い習慣を改めても、改めた先へと進めない人はどうするんだ？

出るはずのない答えを待つうち、苦痛が耐えがたくなり、このつらさからとにかく逃れたいがために、悪い習慣へと戻ってしまったらどうする？

車いすに座ったまま眠りこんだせいで冷え、体がこわばり、腰と首が痛くて目が覚めた。穏やかでなめらかな明け方の日差しが差し込み、あたりをイエローがかったピンクに染めているが、わたしの目には不愉快なモノトーンに映る。

眠れないくせに、どうして夜明けとともに目覚めるのだろう。

こんなときは、ゆっくりシャワーを浴びよう。

バスルームに入ってシャワーのぬくもりに心を癒《い》やされ、ぼんやりしていると、いら立ちはやっとおさまった。そのときだ、あることが不意に頭に浮かび、脳内の小さなチャイムがチリンと鳴った。

そう言えば、本棚の裏にあった秘密の通路はどこに続いているのだろう？

どうして今まで忘れていたのだろう？　この家に戻って七日も経ったのに。

あの通路はどこに続くのか。通路はほかにもあるのか。

たしかめるべきじゃないのか？

というわけで、温水が出なくなるまでシャワーの下に腰かけたあと——元依存症、今は下肢が麻痺《まひ》した不眠症のわたしだって、安らぎの時間を持ってもいいはずだ——汚れてもいいような古着に着替えた。

懐中電灯とうずくような好奇心に勇気づけられ、わたしは廊下の本棚へと車いすを走らせた。「よーし、アリス」わたしは声に出して言った。「ウサギの穴に飛びこもう」

どこを押せば開くかわかっているつもりだったが、正確な場所と力加減がわかるまでしばらく難儀した末、本棚が音を立てて開いた。

本棚の向こう側にある空間は、日光の下では狭く感じられた。こないだはいったいどうやって中に入ったのだろう。人がひとり、やっと立てるぐらいの幅しかなさそうだ。大柄な人なら窮屈に感じるだろう。

中に入ったら入ったで、脇へと続く通路を進んだほうが楽だ。

車いす利用者にやさしい環境ではない。

だが、事前に決めていたとおり、わたしは車いすから下り、床に身を落ち着けると、なぜか懐かしい気分になった。

床から自力で車いすに乗り降りするのは、リハビリテーションの大きな節目とされている。だれもがみなできることではない。リハビリではできても、日常生活では自分ひとりで、しかも——ここが重要だ——文句を言いながらでも、車いすに乗れないわたしを抱き上げ、車いすに乗せてくれる介助者に頼ることなく、ありとあらゆる雑事をこなさなければいけないのだ。

横たわると、床にできたすり傷やクモの巣の残骸など、前回入ったときに見つけたものが見えてきた。

リヴァトンに来てから面白いことばかり続いているなと、わたしは自分に言い聞かせた。運のよしあしは、試してみなければわからない。すべては結末次第だ。

頭から入って行くのは大変だとすぐにわかった。中に入って一メートル弱ほどのところに梁《はり》が通っている。前回ここに来て、本棚を閉めたとき背中に当たったのが、あの梁だ。ぎゅっと身を縮めて抜け切った。

頭と肩がようやくまわせるところまで出ると、通路は角を曲がってから上に延びている。隠しスペースの構造がなんとなくわかってきた。

この通路はベッドルームとバスルームに沿って延びていて、この二部屋と廊下との間に、ごく狭い第三の空間として存在している。

奥に進めば進むほど埃やクモの巣が増えてくるが、動くものの気配はない。生き物はいないようだ。動くのは埃と時間だけだ。

その中に入ってみて、わたしはただひたすら進むしかないと悟った。

かなり狭苦しい上、この体勢になればすぐ、脚が動かせなければ体を反転できないし、体の向きを変えられるような空間的余裕もないことにだれでも気づく。

その辺をもう少しよく考えてから入るべきだった。

どうかここで行き止まりではなく、どこかに続いていていてほしい。息絶えたわたしの遺骸を納める棺桶になっては困る。

だが、ようやく角にたどり着き、懐中電灯をまわしながら照らすと、ありがたい、上方にいびつな四角形の穴が開いていて、そこからかすかな光が漏れている。

すっかり埃まみれになり、背中に建材が当たって痛みを感じながらも、動かせるところを無理やり動かし、角を曲がって別の空間へと進んだ。

やっとのことでたどり着いた通路のこちら側は、先ほどよりも距離があり、さらに——助かった——ほんの少し幅が広くなっている。

ちょうどそのタイミングだった。ポケットに入れた携帯電話がけたたましい音を立て、心臓が口から飛び出しそうになった。

「もしもし」何ごともなかったように声をうまく作ってから、電話に出た。

「よお、おれだ。大丈夫か?」タイだ。

「別に、何もしていない」わたしは答えた。ひとりで寝起きして馬鹿をしでかしたが、うそも方便ですよね、ベティ。

「やっぱりうちに戻ってこないか、それともおれがそっちに迎えに行こうか? 娘たちが心配してるぞ」

そう言えば、タイの家族と一緒にブラフのワイルドフード・フェスティバルに行く約束をしていたのを思い出した。

こちらに戻ってくるまえに約束していたのに、今日がその日だというのをすっかり忘れていた。正確には今日の午前中だ。睡眠が足りないと物忘れが増える。腕時計を見ると午前九時過ぎ、ほんとうならばタイの家にもういなければいけない時間だった。

「ああ、済まない、タイ、ちょっと遅れそうなんだ。おまえん家《ち》に直接行くから、それでいいよな？」それよりここから出るほうが先だ。

「わかった、でもいいか、バックれるなよ、ぜったい来いよ。何かに取り憑《つ》かれたみたいに、あのコテージのまわりをいつまでもほっつき歩くのはやめろ。外に出て、おれたちと面白いもんを食おう」と言って、タイは電話を切った。

さて、出かける時間だ。わたしは前方に進んだ。

前方のかすかな光にばかり目が向き、周囲はあまり注意を払ってはいなかったが、顔のすぐ脇に何かがあるのに気づいた。

古くて色あせてはいるが、色合いはまだわかる。気持ちが和《なご》むピンクとイエロー、グリーンのパステルカラーを使った花の絵が、わたしのすぐ真横に描かれていた。

懐中電灯で照らすと、このあたり一帯が花の絵で埋め尽くされていた。

仔ウサギや仔猫の絵もあるが、おもに花と太陽が描かれている。

絵は通路の両脇にあり、床に接したところから途中まで続いている。

子どもが描いた絵だが、イエローのチョークで描いた恐竜を見て、だれが描いたかわかった。

なるほど、これで合点がいく。

アリスは冒険好きな少女と見てまちがいない。探検して珍しいものを見つけるのが大好きだった。自宅に秘密の通路があれば、調べてみたくなるのも当然だろう。

指先で色や線をたどるうち、世の無常に胸が潰れそうになった。アリス・コッターのように無垢《むく》な子どもが、わたしの邪悪な想像力をはるかに超える無残な手口で、恐怖におびえながら死なねばならなかった。ゾイル家のような人でなしも、わたしでさえも、困ったことがあれば、親切な救いの手が差しのべられるというのに。

すでに大遅刻なのは承知の上で、わたしはしかたなく隠しスペースを先へと進んだ。通路の角度から考えると、バスルームのあたりに出ると見当をつけたが、自分はいったいどこにいるのかわからなかった。

バスルームには作りつけの家具はないので、壁沿いに貼った羽目板のどこかに続いているのだろう。隠し扉のたぐいはこれまで見たことがない。

一番奥まで来ると、見覚えのある釘《くぎ》とロープの仕掛けがあったが、羽目板はビクともしなかった。塗料か何かで塗り固められているのだろう。

今来た道を引き返せない以上、なんとかしてここから出なければならない。コテージに来て助けてくれなどと、はた迷惑な電話をもう二度としたくはない。

そこで、埃が盛大に舞い散るほど羽目板を強くたたき、内側から押し続けた。ヤケになったわたしは懐中電灯の底で、光が差しこむ場所を力のかぎりにたたいた。裂け目は最初の一撃で見事に大きく割れた。

予想どおり、ドアの裏側に面した壁の羽目板が出口になっていた。よく考えたものだ。家全体の寸法を把握してから各部屋の寸法を計り、隠しスペースの存在を割り出したということか。まさに〈最果ての密漁小屋〉だ。

体を引き離したそのとき、ひんやりとした何かがひじに当たった。錆《さ》びた釘に引っかからないよう、細心の注意をはらって前方を懐中電灯で照らして確認したので、さっきまでなかったのはわかっている。

羽目板をはずそうと、わたしが力まかせにたたいたからだ。出口の脇にある梁の間から、何かが落ちた気配は感じていた。

秘密の通路にある隠し場所か。たしかに必要だ。

落ちてきたのはクッキーの缶だった。

古くてたくさんの傷がつき、少しくぼんでいるが錆《さび》はひとつもなく、厚く積もった埃をぬぐうと、思いもよらないことばがふたに書いてあった。

ニューディックのパラシュート・サンタ。クリスマス・クッキーセット。一九五一年

筆記体で缶の縁《ふち》に沿って書いてある文言のとおり、プレゼントの入った大きな袋を手に、笑顔のサンタクロースがパラシュートで降下するイラストが描いてある。この年はトナカイが引くソリにトラブルでもあったのだろう。

ていねいに時間をかけて埃まみれの体を引きずって隠しスペースから出ると、バスルームの照明の下で、宝探しでもするように、そっと親指を差しこんでふたを開いた。

どういうことだ、まず目に入ってきたのは金《きん》だ。

金。

確信を持って金だと言えるのは、アフリカ在住時に金山で金鉱石を、川べりで小さな砂金の粒を見たことがあるからだ。重さと色から、これは金だとすぐにわかった。

形は不揃いで小さく、商品価値のないものばかりだが、だれかが磨《みが》いた形跡のあるものがいくつかあった。

ならば、川べりで採取された金の小さな粒だろうと推察した。

金は小さなガラス瓶に入れられ、コルクで栓をしてあったが、わたしが抜いた拍子にコルクは粉々になった。

手のひらに出すと、たしかに金だった。全部で三十粒ほどあり、大きさは米粒ほどだった。

アリスがこれを持っていた理由がわからない。

これがアリスの持ち物だとわかったのは、クッキー缶の内側に〝アリスのたからばこ〟と、素直な文字でていねいに、きれいに彫りつけてあったからだ。

缶の中には大理石数個、木製のふた一枚、色とりどりのボタン、小さな岩と骨の組み合わせとおぼしきものがあった。化石集めが趣味だったアリスのことだ、別に意外なものではなかった。

缶の一番下にはカードがあった。

両親からのバースデーカードが二通、十一歳と十二歳の誕生日を祝ったものだ。

もう一枚、何も書いていないクリスマスカード、そして最後のカードを見て、胸が痛んだ。

表面は、このコテージを絵の具で描いた絵。カードを開くと、色をいくつも変えて書いたメッセージがあった。

ママとパパへ。メリークリスマス。あたしが見つけました。大切なたからものなので、ママとパパにプレゼントします。いいことがありますように。アリス

きっと、あの砂金の粒のことだ。

アリスが砂金の粒を拾った経緯《けいい》は容易に想像がついた。

この地域は、かつて金の採掘が盛んだった。まず親切な不動産業者のベンから、続いてブラック・アルビーからリヴァトンの歴史を聞いたときにも話題に上った。当時の住民は金鉱を運営し、川下のこのあたりは栄えた。採掘は今もささやかに続けられ、観光客が川べりで砂金取りに出て採取したりもしている。

アリスが化石集めに出かけたときに見つけた砂金の粒は、両親へのクリスマスプレゼントになるはずだった。ところがゾイル家がアリスをさらっていった。

クッキー缶の中には、かなわなかった愛情のしるしだけが残されていた。

第三十二章

二か月前、四月五日

親子の愛情がこもった悲しい思い出の品に未練を残しながら、ワイルドフード・フェスティバルへと向かった。

約束の時間を一時間近く過ぎていたが、ちょっとした冒険のおかげで埃まみれになったので、もう一度シャワーを浴びなければならない。

クッキー缶をもとの場所に戻し、羽目板を閉じてから、出かけるしたくに入った。

持ち出すのはよくないと思ったからだ。

だが少しして、エミリーかプルーイットに渡すべきかもしれないとも思った。彼らはアリスの親族なのだから。アリスはあのふたりにとって最後の希望だと思いいたった。

エミリーにはほかに子どもはおらず、子どもがいないプルーイットにとって、アリスは娘も同然だ。

あのふたりに家族が増えることは、もうない。

もうすぐブラフに着くところで、電話がまた鳴った。電話に出るまえからタイからだと決めてかかっていたので「タイ、すまない、もうすぐ会場だ。駐車場に車を停めたところだから」と答えた。

「大丈夫、どこかで渋滞《じゅうたい》に巻きこまれたんだろうって言ってたんだ。おまえの分のフフ・グラブ（カミキリムシの幼虫。マオリ族が常食にしている）は取ってあるからな。ペールエールのテントで待ってる、いいな?」

タイは電話を切った。

フフ・グラブ。食べるのか。まあ、いい。

ワイルドフード・フェスティバルとは、変わり者たちが一風変わったものを食べて大騒ぎするイベントだとすぐにわかった。

見てすぐに、これは人間の食べるものではないとわかるものもある。さまざまな昆虫をうまく加工し、ふつうの食事のように調理されているものもある。みんなが興味津々でニコニコしているのは、わたしがひと口食べたあと、材料を知って苦い顔をするのを見たいからとしか思えない。

ランギ家の娘たちは勇ましくも口いっぱいに頬張《ほおば》っている。ただし末っ子のミヒの場合、ボウルに入れて出されたものなら「ハイ」と返事をし、なんでも口に入れているだけだが。

フェスティバルではシラスのフリッターやウナギのスモークのほか、〝ミート・サプライズ・ホット・ポケット〟という、うさんくさい名前がつけられた代物とか、シカとチェリーのコンフィや、山羊《やぎ》肉で作った料理が並んでいる。

条件は唯一、自然界のもの、ただし、食べたらすぐ死ぬような食材は使わないことだけのようだ。

フフ・グラブはピーナツバターのような味がした。

ミルクと一緒に胃の中へ流しこんでしまおうか。うわの空で、大勢詰めかけた人の流れを見るともなく見ていると、彼らがいた。

いや、わたしを見ている彼らを見つけたのだ。

ゾイル家の三兄弟。幸せそうな一般人に紛《まぎ》れているのはどうかという、あの三人がいた。いや、レス神父も言っていたじゃないか、あいつらはまだ自由の身だ。無罪じゃないかもしれないが、有罪だと確定してもいない。

行き交う人の波の隙間から、ショーンとアーチーがこちらをじっと見ながら話している。彼らのうしろで、ダレルが漁で使う網籠《あみかご》を積み重ねている。

あいつらにはわたしのこと以上に大事な物があったのだろうが、このときのわたしは、あいつらが自宅に押しかけてきて、あの隠しドアをはさんで、引っ張り合いの騒動を起こしたことで頭がいっぱいだった。あいつらはうちの猫の頭を釘で打ちつけ、木のドアに吊るした。車いすを転がしてあいつらに詰め寄ろうとも考えたが、そんなことをしたら自分の怒りが制御できないどころか、怒りにまかせて見境《みさかい》がつかなくなりそうだ。

もう、どうなったっていい、あいつらにおびえ、何かされるかと案じるなんてうんざりだ。

車いすのホイールに手をかけ、まえへと進もうとしたとたん、三兄弟がくるりと背中を向けた。彼らは籠を抱えると、こちらを一度も見ることなく歩き去った。

そのときだ。なまりの強い穏やかな声がわたしのすぐそばで聞こえた。「ご機嫌いかがですか、ベルさん?」

最後まで聞くまでもなく、例のベナン出身の双子、ルーカス・ファソとジョン・ファソだとわかった。彼らはわたしの左右に立って、やはりゾイル家の三兄弟を見張っていたのだ。フェスティバルの見物客の中、ビジネススーツ姿の彼らはひときわ目立っていた。

「やあ、ジョン、ルーカス、きみたち、まだ南島にいたんだね」と言ってから向き直ると、ゾイル家の三兄弟はもういなかった。

「リヴァトンの人々との交流を深めているんです、ベルさん。このあたりはすてきなところばかりです、フェスティバルも、珍しい食材も」ルーカスは笑いながら、手にしたボウルに入った、何やらわからない食材に視線を落とした。

「それにしても妙だ」ゾイル家の三兄弟が去った方向を見ながら、タイが脇から車いすを転がしてやってきた。

「あいつら、おれのいとこのヘミからロブスターを買ったんだぜ」

「ロブスター漁船を持ってるあいつらが、どうしてロブスターを買うんだ？」

「いや、このあたりじゃ珍しくはないんだ。ロブスター漁は、漁師ごとに漁獲割当量が決まっているが、海の機嫌はそれこそ風まかせ、獲れすぎたり、逆にまったく獲れなかったときは、漁師同士で融通し合って帳尻を合わせる。違法行為だが、介入できる問題じゃない。だが、漁師同士のやりくりは漁の当日、波止場でやるもんだ。おまけにやつらはロブスターを値切ったりせず、通常価格よりはるかに高額で買っていた。ヘミはあいつらに売る気はなかったようだが、あいつらはヘミが応じるまで値をつり上げたそうだ。ヘミはもう店じまいだとよ」

「なるほど、妙な話だ」

「どっかの高級レストランとの契約にこぎ着けたんだろうよ」

「そうだな」

「もういい、あいつらのことはほっとけ。さあ、食うぞ。ところでそこのおふたりさん、フフ・グラブは体験済みか?」タイは双子の刑事たちに訊いた。

＊

その後、フェスティバルではたくさんの料理が供された。空きテーブルをひとつ見つけたわたしたちは、楽しげに行き交う人の流れの中に身を落ち着けた。プルーイットも食事の輪に加わった。

「こんにちは、ベイリーさん」プルーイットが来ると、ルーカスは立ち上がって彼に席を譲った。

「どうもありがとう、刑事さん、だがあいにくわたしは、しばらくまえからプラスチックのいすが耐えられる重量の上限を超えてしまいましてね」と言って、プルーイットは突き出た腹をたたいた。

「ところで、われわれのささやかな祭をお楽しみいただけてますかな?」彼は双子刑事らに訊いた。

「それはもう。この地域は実に食材に恵まれています。このボウルに入っているのはなんだかわかりませんが」ルーカスはフフ・グラブを指して言った。「子どものころ、ベナンで食べたのと同じ味がします」

「野生動物の肉を食べたことは?」わたしが訊いた。

「もちろん。夏になると、わたしたちは父がワナを仕掛ける手伝いをしました。パタスザルやカラカル、マングースもワナにかかりました。ほとんどはヨーロッパの動物園に売りましたけど。父と一緒に数日間ジャングルにこもりました。父はみなさんと同じように、〝土地のものを食べる〟ことを教えてくれました。このように恵まれた豊かな食材をね」ジョンがにこやかに語った。

「サルもワナにかけて捕るのか？」タイが尋ねた。

「じゃあ、ワナでサルを捕まえるときの秘伝をふたつご紹介しましょうか」タイの本意を先まわりして、ルーカスが笑いながら言った。

「第一の秘伝は巨大なカボチャです」ジョンが温和な表情で会話に加わった。

「カボチャの脇に小さな穴を開けます。サルの手がやっと入るぐらいの大きさの穴です。そして、待つ」続きをルーカスが受け持った。この逸話をふたりとも暗記しているようだ。

「カボチャに近づいてきたサルは穴を見つけ、種のにおいをかいで穴の中に手をつっこみ、握れるだけの種を握ります」ジョンが続きを言った。

「こうなればサルを生け捕りにできます。サルは握れるだけの種を握ったせいで、穴から手を出せなくなっていますから。それなのに、サルは種を離そうとはしない。だから捕まるんです」と、ルーカスが締めくくった。

「そんなにうまく行くもんだろうか？　サルはそんなに馬鹿じゃないだろう」わたしが訊いた。

「いや、それがうまく行くんですよ、ベルさん、面白いぐらい捕まります」ルーカスが答えた。

「なあ、フィン、ルーカスが言ってたのを忘れたか、サルのワナにまつわる秘伝はふたつあるって」テーブルをはさんで座っていたプルーイットが話に加わった。

「そうなんです。しかもこのカボチャのワナは、第二の秘訣を知らなければいけません」ジョンが言う。

「だったら第二の秘訣を教えてくれよ」タイが言った。

「うーん、残念ながら教えられませんね。これがベナン流交渉術です」ジョンがウインクすると、その場にいる全員が大笑いした。

話題が別の方向に向かうと、わたしはまた人の流れに目をやった。そして、群を抜いて魅力あふれるひとりの女性に目が奪われた。華やいだ赤のドレスを着て、たくさんの風船を手にしたパトリシアは、男ならだれもが憧れるほどの美しさだった。

ただひたすら、ほれぼれと見とれていると、パトリシアはわたしがいるのに気づいて笑みを返すと、風船売りの屋台に向かった。

彼女に会えたうれしさとともに、また会うことで胸がちくりと痛む。まだ答えが出せていない問題を思い出したからだ。ゾイル家と、そして彼女とどう向き合っていけばいいのか。この間のデートはもちろん楽しめたのだが、あれからどちらも進展していない。

隠しスペースで見つけたクッキー缶のことも思い出した。プルーイットには話すつもりだったが、仲間たちととても楽しそうに笑っている彼に、今言う勇気がなかった。わたしは頃合いを見てから声をかけることにした。

おまけにパトリシアが隣に座ると、わたしは頭の中が真っ白になり、同じテーブルにいる仲間たちも、フェスティバルそのものも消えてなくなったかのように思えた。

「どうも」パトリシアはわたしを見てうっすらと笑みを浮かべた。

「どうも」と返事をしたものの、こんなにいい女がどうして自分とデートしようと思ったのか、どうしても解《げ》せなかった。

「こんな風にみんなで会うのが無難じゃないかと思ったの。だからって変なこと考えちゃだめよ」パトリシアは笑顔で言った。

「了解」わたしは彼女から視線をそらさず答えた。「最近どう？」

「まあまあね。フェスティバルの週はかき入れ時で、晴れの日のためにおしゃれする女性がたくさん来てくれるわ」ついついパトリシアの唇に目が行ってしまう。あの感触は今も忘れられない。

「キエランがフェスティバルを楽しみにしてるの。おいしいもの、におい、色、手ざわり。聞こえない子にとっては一大イベントなのよね」彼女は笑みを絶やさない。

「都会からここまで離れると、キエランもいろいろ大変じゃないのか？」

「もちろん課題はあるわ。大都市のほうがずっと住みやすいし。難聴者向け特別プログラムはクライストチャーチやウェリントンにならある。でもあの子には家族と一緒に育ってほしいの。リヴァトンにいれば息子は特別扱いされないし、どんなことにも参加できる。もう少し大きくなったら検討するつもり」

「なるほど」

不意にふたつの思いにかられ、わたしは彼女にうなずいてから、テーブルの陽気な会話の輪に加わった。

第一の思い。パトリシアと別れたくない。タイも、町のほかの人たちとも。こんな風にみんなとテーブルを囲んで楽しく過ごしたいと心から思う。

こんなにたくさんのいい人たちと、人生のページを刻んでいきたい。

そして、第二の思い。リヴァトンの住民として自分の生活をスタートさせたい。わたしは仲間がほしい、この町の人たちと一緒に暮らしたい。こんな風に、みんなとうまくやって行きたい。

だれかと一緒に過ごしたいという気持ち、もう一度人を認め、人からも認められたいという思いを、わたしは久しぶりに抱いた。

この夜、わたしは赤ん坊のようにぐっすりと眠った。途中で目覚めなかったのは数週間ぶりだった。

第三十三章

二か月前、四月八日

プルーイットの指先が震えている。三度目でようやくタバコに火がついた。わたしたちはバスルームにいたが、「タバコを吸ってもいいか」とこちらに訊く余裕もないほど、彼は動揺している。

この日の朝、わたしは彼をコテージに呼び出し、羽目板の隠し扉とアリスのクッキー缶を見せた。

缶を見たプルーイットは便座に座り、ふたを取ったクッキー缶をひざの上に載せ、黙ったままタバコをふかしていた。

この人に打ち明けないほうがよかったんだろうかと、急に心配になった。彼にとって、あまりに長く、あまりに重い記憶だったはずだ。いつ解決するかもわからない問題にかかわって数か月のわたしですら、もうこれで終わりにしたくてたまらないのに。

プルーイットはコッター家と長年苦楽をともにしていた。

すると彼はいきなり缶のふたを乱暴に閉め、隠しスペースに歩み入ると、無言で缶をその中にしまった。

羽目板をもとに戻してから、プルーイットはようやくこちらを向くと、力なく笑った。

「五十歳を過ぎるとね、老人ホームに行く機会が増えてくるんだよ。生まれてからずっと小さな町で生きてくると、なおのことそうなる。年長者が老いていくのを否《いや》が応でも見続けることになるんだ。たくさんの人たちが、わたしよりも先に記憶を失っていく。認知症やアルツハイマー病、パーキンソン病などで。だが、記憶を失う過程で混乱が生じる。幼児退行を起こす人もいる。今のエミリーのようにね。介護士によると、幼児退行の患者は気分の浮き沈みが激しいそうだ。エミリーは、ふだんは穏やかに暮らしているんだ。ところがあの事件を思い出すと、姉は決まってふさぎこむ。

今回見つかった忌まわしい秘密は、わたしたちだけが見たことにして、もう封印してしまうというのはどうだろうか?」プルーイットは笑顔を見せながらも、その声は今にも泣き出しそうにかすれていた。彼は一度も振り返ることなく去っていった。

まず玄関ドアが閉まり、車のドアが閉まったが、わたしはあとを追わず、バスルームに座りこんでいた。

電話の呼び出し音で我に返った。タイからだった。

「やあ、タイ」プルーイットのことが気になり、うわの空で電話に出た。

「おい、おまえ、今何してる?」

「別に何も」わたしはあまり話す気になれないでいた。

「様子がおかしいんだ。今、警察と一緒にプリザーベーション海峡にいる。ブラック・アルビーの家があるところだ。ここまで来られるか？」

「ああ、わかった、今から行く」何があったのか訊こうとしたが、タイはもう電話を切っていた。

というわけで、打ちひしがれた気持ちをバスルームに残し、ブラック・アルビーのところへと向かった。

大方の予想はついていたけれども、わたしはもう、なんでもかんでもゾイル家に結びつけようとするのはやめることにしたのだ。

予想どおり、ブラック・アルビーの家のまわりは、テレビで観た犯行現場そのものだった。周囲は警察車両と鑑識の車で埋め尽くされ、家のまわりに非常線を張り、立ち入りが一切禁じられている、そんな風景を。だから現場にあるのがタイのバンとセダンが一台、しかもそのセダンが警察の一般車両だとわかったときには、ちょっと拍子抜けした。

車から降り、車いすに乗る準備をしていると、家から出てきたジョンとルーカスがこちらにやってきた。あの双子刑事たちが先乗りしていてもおかしくはない。

「おはようございます、ベルさん」ルーカスが言った。

「おはようございます、ルーカス、ジョン。どうしました？」

「ランギさん、正式にはアルバート・ハホラ・ランギ氏、みなさんがブラック・アルビーと呼んでらっしゃる方のことで来ました。とても残念なことをお伝えしなければなりません。彼は亡くなられました」と、ルーカスが言った。

「死因は？」

「首を吊って。現段階では自殺と思われますが、捜査は継続します。ワイルドフード・フェスティバルにも顔を出さず、彼らしくないと心配になった親族が昨夜電話すると、だれも出なかったため、不審に思って自宅を訪ねたところ、遺体が発見されました」ジョンが答えた。

「でも、なぜわたしが呼ばれたんですか？」

「死亡推定時刻と親族の証言から勘案して、彼と生前最後に会ったのがあなただったんです、ベルさん」ジョンにそう言われ、ただでさえ寒い日だったというのに、わたしの背中を冷や汗が伝った。

「そんなのおかしいじゃないですか。わたしがここに来たのはもう何週間もまえ、ひと月は経ってます」反論はしたものの、正確な日付はすぐには頭に浮かばなかった。

ジョンが続けた。「実際には二か月まえですね。ランギ氏の通話記録はこちらも確認済みです。鑑識や事情聴取の結果は追って届きます。ただし現段階で、亡くなられたのは七週間から八週間前と思われます」

わたしは息を呑んだ。変わり者だが人のよさそうな彼が二か月もまえに首を吊り、だれからも発見されずにいたとは。

「どうして発見が今日まで遅れたんです？」

「ランギ氏は親族とは疎遠で、ふだんからひとりでいたようです。数週間連絡がないのは珍しくないと聞いています。彼はフィヨルドランドによくひとりで狩りに出かけ、そのまま長期間滞在していたそうです」ジョンが答えた。

「しかし、消息を絶ってから二か月、その上ブラック・アルビーはワイルドフード・フェスティバルにも顔を出さなかったのに、だれも様子を見に来なかったのですか」警察側の話を踏まえてこう尋ねたとき、タイがひと足先に家を出て、玄関ポーチにいるのが見えた。彼はわたしに向かってうなずくと、視線をそらした。そうだ、アルビーはタイのおじだった。

「そういうことです、ベルさん」ジョンはうなずきながら答えた。

「だったらなぜわたしを呼んだのでしょう」と言ってから少し考え、こう続けた。「もし自殺なら、なぜ地元警察ではなく、本庁のあなたがたが捜査しているんですか？　つまりわたしを疑っているのですか、それともゾイル家ですか？」

「自殺か他殺かを断言するには証拠がそろっていませんから、ベルさん。わたしたちは、今のところ捜査の援軍として動いているだけです。わたしたちが参加したことで、ご自分と関係があるのではとあなたを混乱させた、もしくは誤解を招いたとしたならお詫び申し上げます。断じてそのようなことはありません。わたしたちは規定の捜査基準に従って動いているだけなのです」とジョンは言うが、それは何より、わたしが疑われているとしか聞こえないじゃないか。

「警察はランギ氏が亡くなる数日前の足取りを整理しているところです。彼と最後に会った方《かた》方《がた》からお話を聞くのもその一環です。ランギ氏の死とあなたの周辺で起こっていることの関連性を示唆《しさ》するものはありません、ベルさん」ルーカスが話に加わった。

「わかりました、では、何を調べているんです？」わたしは尋ねた。

「ランギ氏とあなたとのご関係をもう少し掘り下げてうかがいます。出会ったきっかけは？　最後にどんな話をされましたか？　そのときのランギ氏の様子は？　落ちこんでいたようでしたか？　問題を抱えているようなことを話していましたか？」ジョンはわたしの質問に答えるのではなく、逆にわたしを質問攻めにした。

脳みそを振り絞ってはみたが、決め手になりそうな心あたりがひとつもなかった。

「わたしだってびっくりですよ。様子がおかしいとは思いませんでした。それに、わたしたちは一度しか会っていません。リヴァトンの町の成り立ちについて学びたかったので、それなら郷土史家であるブラック・アル——ランギ氏に会うといいと、彼を紹介されました。そこで、わたしからランギ氏のところへ出向き、二月八日にはじめて会ったんです」話の途中で、双子刑事がそろってこちらをじっと見ているのに気づいた。

「お宅にお邪魔して、一時間半か二時間ほど話しました。豊富な知識に感銘を受けました」

「その際、ランギ氏はどんな様子でしたか、動揺したり、不安げに見えたりはしませんでしたか？」ジョンがわたしに訊いた。

「記憶に残るほど、そんな印象はありませんでしたね、元気そうでした。この町の歴史について話し、お茶を飲み、彼のコレクションを見せてもらいました。気になるところはまったくありませんでした」

「お話の内容をもう少し詳しくうかがえますか？　思い出せるところだけでかまいませんの

で」ルーカスが言った。

それから一時間ほど、わたしはブラック・アルビーと会った日の記憶をたぐり寄せて話した。双子刑事たちは、こちらが面食らうほど細かいことまで聞き出そうとした——実際にリビングルームにまで行き、わたしとブラック・アルビーとの会話を再現させたり、そのとき見せてもらったものを具体的に指し示したりもした。あの地図、この文献、といったように。こうしてあの日を振り返っても、ブラック・アルビーが自ら命を絶つことにした理由と思われるものは特定できなかった。

ことばに窮《きゅう》するばかりでまともな答えもできぬまま、双子刑事らが署に戻る時刻になり、彼らはわたしに礼を言って去っていった。気がつくとわたしはポーチに出て、タイと一緒にふたりを見送っていた。

「ちょっと来い」ジョンとルーカスを乗せた車が見えなくなったところで、タイは家の中に戻るようわたしに言った。

「タイ、残念なことになったな。ブラック・アルビーとは親しかったのか?」彼のあとを追いながら、わたしは尋ねた。

「だからこんなにつらいんだろうが。アルビーおじきとおれは、そうだよ、ずっと親しくしてきた。たしかに変わり者だったけど、おれにはやさしかったんだ。彼の蒐集癖《しゅうしゅうへき》をよく思わない連中も一族にはいたけど、アルビーは面倒見がよかった、彼はとにかく自分のやり方を通したかっただけだ。人の力を借りず、ひとりで全部やってしまうタチだった。それだけで変わり者の人嫌いと決めつけるのはおかしい」タイはキッチンで車いすを停めた。タイとアルビーは、タイのほうからアルビーを慕い、親密さが増したのだろう。彼はわたしに対してもそんな風に接してくれたから。

タイのすぐ横に車いすを移動させると、彼がじっと見つめていたところへ目が釘づけになった。

その場所は警察の立ち入り禁止テープで囲まれ、注意書きを記したピンクの小さなシールが貼ってあり、むき出しの梁にはロープが垂れ下がり、ブラック・アルビーの体重がかかった形跡が、ありありと残っていた。

その真下の床に張ったリノリウムが大きく切り取られていた。検証のためか、証拠にしたのか、あるいは別に理由があって警察が持ち帰ったのだろう。それに、そう、テーブルのそばにいすが三脚しかない。いすも一脚、証拠物件として持っていたのだ。

思い出したくないのに記憶のほうが勝手に蘇ってくる。ブラック・アルビーがリヴァトンの歴史を語るときの活き活きとした口調、うんざりするほど聞いた、〝むむむむ〟。あの人が自分と別れてすぐ、キッチンのいすを蹴り、梁に垂らしたロープで首を吊ったとは。

「わたしたちはここで何をしてるんだろう、タイ?」長い沈黙のあと、タイが車いすを停め、家の中に視線を巡らしていた。

「たくさんの人が自分で自分の命を絶った。うちの一族にもいた。人前で話すことはなくても、家族が受けたショックは大きいと思うんだ。だれそれが自殺したと聞くと、みな一様にショックを受け、その理由を尋ね歩く。だがみんな、子どもや連れ合いに死なれた人の心を、これ以上傷つけてはいけないと思いやる心を持っている。だからおれたちはあまり大げさには驚かない。知らせを聞いたら、やっぱりそうだったか、で終わる。けれども、そういう思いやりの心を持てないやつらも一部にいる、ちがうか？」

ああ、そんなどうしようもないクズはどこにでもいると思ったが、口には出さなかった。

「おじきとは月に一度会う程度だった。それほど近い間柄じゃないと思われるかもしれないが、おじき自身が人づきあいを嫌っていたから。それが彼の信条だった」と言いながら、タイは寂しそうに笑った。

「おれも若いころはおじきの人嫌いがちょっと気になってさ、本人に聞いてみたんだよ。そしたらなんて言ったと思う？　町の人たちが好きすぎるから会わないことにしたって」それほどおかしかったのか、タイは笑いながら言った。

「おじきにとってはおれたちみんなが特別な存在だから、毎日会ったら好きだという気持ちが薄れてしまう、毎日会うのがあたりまえになり、親類を大切だと思えなくなるのが申し訳なかったんだと。落ちこんだ気分を晴らすため、おじきは大酒を飲んだ。おれの親父のように。

こんな話をいまだに覚えているのは、おじきから、おれたちは正反対だと言われたからさ。おれとおじきが。一族みんなが同じ性格のはずがないとも言っていたな。おじきは自分がずっと孤独でいれば一族からの愛情を実感し、逆におれは、毎日一緒にいることで家族との愛情を、身をもって感じるんだそうだ」

タイは、梁に残ったロープの跡をじっと見つめていた。

「これ、おじきがやったと思うか？」タイはロープの跡から目をそらさずに言った。

「わからない、タイ。すまん、彼とは一度しか会っていない、ほんとうにわからない」わたしは首を横に振った。

「おじきが自分から死を選ぶとは思えない。おまえなら知ってるだろう、ああ、あいつなら自殺という手段を選ぶだろうという人たちを。おじきはたしかにああいう人だったが、自分で自分の命を絶つなんて考えなかったはずだ。一族からは変人扱いされてても、おじきの生き方には哲学があった。あの人の人生は幸せで、充実していた。この世で自分らしく生きようとつとめ、その夢を実現させた。万人に通用する生き方じゃないし、おれだってうさんくさいと思ってたけど、おじきは幸せそうだった。そんな人が自殺するだろうか」

わたしたちはしばらく、何もしゃべらずにいた。タイが先に口を開いた。

「納得できないことばかりだ。おじきは家の中にこもるのが嫌いだった。一日の半分も家にいなかった。大自然の中で狩りやハイキングを楽しみ、たとえ体調を崩しても、ここで時間をつぶすのは珍しかった。この家で過ごすのは遺物の整理をするときだけだった。一度出かければ、数日、いや、数週間は帰ってこないのがあたりまえで、大地とともに生きる人だったんだよ。トラックで野宿し、自宅を持とうとはしなかった。

この家はそもそも、おじきの父親のものだった。大おじが亡くなってから相続したんだ。それを聞いたおれたちは驚いた。何しろ仲の悪い親子だったからな。うちの一族はみんな、大おじは息子に何も遺《のこ》さないと思っていたから。おじきはひとり息子だった。大おばは、おじきを産んですぐに亡くなった。父子《おやこ》の確執は、おじきが生まれたころからスタートしてたってわけだ。で、ビッグ・アルビー、つまり、アルバート・シニアのことだが、まさかあの人が自死のような死に方を選ぶとはおれも思わなかった。気性の荒い人で、怒っているか酒を飲んでるか、その両方かって人だった。

大おじは肝臓がんで亡くなった。死ぬまで酒を飲みつづけるっていうのは自殺にカウントされないかもしれないが。ひょっとしたら、おじきが人嫌いになったのも、大好きな人たちと一緒にいるのがあたりまえだと思いたくなかったのも、大おじの影響だったのかもしれない。きっとアルバート・シニアのようになると思ったんだろう。

アルバート・シニアはこの家で死んだ。おれがガキのころだった。当時、おじきはこの家に寄りつこうともしなかった。この場所を忌み嫌ってた。そんなおじきがここで命を絶つわけがない」

タイは自分自身と対峙《たいじ》しているかのように話しつづける。「なぜ首を吊った？　銃なら山ほど持ってたくせに。どうして自分で自分を撃たなかった？」

この週で最大の問題になりつつあったが、タイの疑問に答えることはできなかった。

「おまえにこんなこと訊いちゃいけないのはわかってる、わかってるけど、フィン、これにはゾイル家が一枚噛んでるんだろうか？」タイはわたしと目を合わせずに訊いた。

「正直に言う、タイ、ここに着いてからずっと、おまえと同じことを考えていた。でも本気で、わからないんだ。おまえにはうそをつきたくないから言う。わたしも、あいつらが裏で手を引いてると思いたいよ。アルビーが自殺するよりはましな結末だからね。でも、わたしは自殺じゃないと思う。動機が読めないんだ。ブラック・アルビーは世間のしがらみを嫌い、孤独に生きていた。だれの手も煩《わずら》わさず、だれとも交わらず。自分が作り上げた世界の外には関心を持たなかった。だからゾイル家との関連性がつかめずにいる」と言ってから、ブラック・アルビーの死とゾイル家を切り離すべきだという考えは、あいつらをリヴァトンの暗部から引きずり出したいという自分自身のやるかたない気持ちには反すると思った。

「ああ、警察も親族も、みんなおまえと同じことを言った。おれだってあいつらが一枚嚙んでるとは思わない。ただ、おれが知ってるアルビーらしくない死に方ってことはまちがいないんだ。あの人がおれの知らない一面を持っているのを認めたくないのかもしれないが」タイはキッチンを出てラウンジへと移動した。

彼を追って、本を積み上げ、ファイルがあちこちに散らばっているラウンジに向かいがてら、ふと考えた。アルビーはどれだけの秘密を墓まで持って行くつもりだったのだろう。この世を去るまでに伝えられなかった秘密や秘話は、いくつあったのだろう。

わたしの心を読んだかのように、タイは言った。「あのさ、おじきは本を書こうとしていた。ありとあらゆる逸話や歴史上の事実を年代順にまとめて。ほんとにたくさんの情報が失われてしまった。アルビーの記憶にある情報、おじきしか知らない逸話が、全部なくなってしまった」

「これからどうする?」

「おれは自宅に戻る。おじきの一件はもう広まっているだろうし、おれが一族をまとめなきゃいけない。おまえもタンギに出るか？」マオリ族の習俗はよく知らないが、タンギが彼らの葬儀を意味するぐらいはわかる。タンギは数日にわたって行われ、そこに呼んでもらえるのかと思うと、わたしはありがたくて胸が熱くなった。

「行くよ」

第三十四章

二か月前、四月十二日

ブラック・アルビーの〝タンギ〟は三日間、途切れることなく参列者が訪れ、その間《かん》ずっとお悔やみのことばが行き交い、宴会が続いた。社交的ではないアルビーのような人物の葬儀への参列者はまばらだろうと思っていただけに、集まった人の多さに感銘を受けた。

タンギの儀式はもっぱらマオリ語で行われたが、お決まりの弔辞《ちょうじ》ではなく、ブラック・アルビーにふだんと同じように話しかけ、わたしたち参列者がそれを見守るという形式であることをすぐに察した。語りかけるような人も、けんか腰の人もいた。親しい人に対して怒りと悲しみの感情がわくのは珍しいことではないが、参列者の多くが、アルビーが自ら命を絶ったことをやるかたなく感じているという思いが次第に強くなった。

なんだかんだ言っても、町の人たちはアルビーのことを心配していたのだ。

わたしは家の外に出て、駐車場にできた人の輪に加わった。彼が亡くなった現場を片づけた当事者たちがほとんどで、その中にいたパトリシアと目が合うと、すぐに車いすを動かして彼女のほうへと向かった。

「やあ」進みながらパトリシアに声をかけた。

「どうも、フィン」そしてパトリシアは言った。「ここから出ない？」

理性をつかさどる脳の成熟した部位が反論する間《ま》もなく、わたしの口が無意識に動いた。

「ああ、出よう」

こうしてわたしの車にパトリシアを乗せ、海岸沿いを走ることになった。わたしが先に沈黙を破った。「どこに行く？」

「とにかく走って」と彼女が言うので、そのとおりにした。

葬儀にぴったりな曇天《どんてん》の寒い日で、わたしたちはスピードを上げ、車があまりないハイウェイを走った。パトリシアは落ち着いた表情で窓の外をながめている。わたしはカーオーディオのスイッチを入れ、ロックミュージックをかけた。ふたりとも黙ったまま、ただ車の動きに身をまかせていた。カウンティング・クロウズのアルバムを聴き終え、フィヨルドランド・ナショナルパークの入り口、マナポウリ湖にさしかかったところで車を停めた。

エンジンを止めると、日没間際の日差しが湖の広大な灰色の水面をきらめかせ、水平線に沿ってそびえ立つカセドラル山脈を照らしている。ことばでは言い尽くせないほどの美しさだ。

「ここ、『ロード・オブ・ザ・リング』のロケ地に選ばれたのは知ってるよね。『ホビット』の撮影も一部はここでやったの」パトリシアは雄大な景色をながめながら言った。顔をのぞきこむと、彼女は泣いていた。

「毎日の暮らしが映画のようだったらいいと思わない、フィン？ 映画の世界に生きるってこと。世の中が映画みたいにうまく行けば、どんなにいいか。悪人と善人がすぐにわかる世界。すべての死に、ちゃんと理由がある世界。すべて理屈が通っていて、必ずハッピーエンドが待っている世界」と言って、パトリシアは体の向きを変えると、シートレバーを引っ張った。わたしは思いがけなく押し倒される。またがった彼女の自重で、わたしのシートは平らになる。

彼女にキスされ、むしゃぶりつくように体を押しつけられると、ロマンチックとバイオレンスの区別がつかなくなった。突然、息がつまりそうになるほど、パトリシアに体をすべて支配された。彼女の口が、両の手脚が、髪が、息がわたしに絡《から》みつき、やがて身動きが取れなくなり、ふたりの体はぴったりと密着する。逃れられない。息もできない。いつからはじまったのだろう、途中から熱を帯び、うずくような渇望感が鋭い痛みとなり、彼女の中でゆっくりと、深く、うるんだ律動へと変わった。セックス、愛を交わす、同衾《どうきん》するという行為がすべてひとつの構造の中にあり、落下するにつれ、ひとつになった体に裂け目が生じ、引き裂かれてもとのふたりに戻る、そんな体験だった。

外がもう真っ暗になったころ、わたしたちは息も絶え絶えに重なり合ってくずおれた。無の境地に達したわたしは、パトリシアを味わい尽くし、至福の酔いに満たされていた。

「まだできる?」彼女は耳元でささやくと、手を下へと伸ばしてペニスの根元をつかみ、柔らかくなったそれを自分の中へと深々と押しこんで、体重をわたしの下半身に乗せてから、頭をわたしの体の脇に落ち着けた。

「だめかと思ったけど、できそうだ」わたしは答えた。

「ごめんなさい。ここまで関係を進めないって決めたはずなのに、アルビーは死んじゃったし、葬式だし、集まった人たちはみんな、いたたまれない気持ちになってる。あたしは形のある何かを感じたかったの」

「アルビーとは親しかった?」

「親しいっていうより、放っておけなかった。変わり者だったけど、彼はたくさんの人から大事にされてたの。でも、こういう親戚って、どこにでもいると思う、どうでもいいことだけど、どうなっているかはみんな、噂話で知っているような人。どう呼べばいいのかな?」

「家族、じゃないかな」

「フィン?」しばらく経ってからパトリシアが言った。

「ん?」

「まさか、久しぶりだった?　事故に遭ってからはじめて?」

「ああ」わたしは答えた。いろいろな意味ではじめてだと思うが。

「うわ、どうしよう、ますます気まずいじゃない」パトリシアがそう言いながらクスクス笑うので、ついこちらもつられて笑ってしまった。「有無を言わせずこっちから飛びついたら、あなたにとっては事故以来、はじめてのセックスだったなんて」

「まあ、たしかにきみは上手に口説いてくれとせがんだと思えば、ぜったいに口説くなと拒絶したりもするよな」と返すと、クスクス笑っていたパトリシアが一気に大笑いした。彼女が体を揺らして笑ったおかげでふたたび火がつき、わたしたちはすぐさままた抱き合った。

車を道路に出すと不意に心配性がぶり返し、わたしはパトリシアに訊いた。

「じゃあ、どうして？」

「えっ？」

「さっきのことだ。相手は別にわたしじゃなくてもよかったんだろう？」

パトリシアはわたしの手に自分の手を重ねて言った。「ええ、フィン、あなたでなくてもよかった」

あきれるほどあたりまえで動かしがたい真実だが、抱き合ったって何も変わらないのだと改めて思った。わたしはわたしで、ゾイル家の一件を含む問題を相変わらず抱えている。パトリシアもひとり親で、わたしのように危なっかしい男性を選ぶ余裕はない。

ブラック・アルビーが死んだという知らせを聞いてからここまでで、わたしはもうひとつ、あることに気づいた。

両者のタイミングが合っていると仮定すると、わが家の玄関に猫が釘で打ちつけられたのと同じ日、または翌日、ブラック・アルビーはキッチンで首を吊った。両者に関連性はないものと考えていたけれども、もし同一人物が関与していたら、どうする？　想像以上に深刻な背景があるのかもしれない。

ゾイル家の三兄弟がわが家で何を探していたのかも気になる。

これらはすべて、何かとつながった行動なのか。わたしの周辺で都合の悪いことが起こっているのだろうか。

どれもこれも、わからずじまいで振り出しに戻ってばかりだ。

パトリシアときちんと向き合いたいと思ったのは、それが理由じゃないだろう？

それなのに、お互いの意志に反して交際がはじまってしまったと勘ちがいしたなんて。

「結論を出すのは二、三日あとにしない？」というパトリシアを、まだ車がたくさん停まっている駐車場で降ろした。

自分の車に向かって歩きだした彼女は振り返って笑いかけた。答えが出るのにそれほど時間はかからないだろうと感じた。

だが世間というものは、愛情が芽生えると必ずその代償を求めるものと相場が決まっている。幸せになるために課された魔力は強く、おいそれと解けるものではない。

わたしの場合、その代償は不眠という形で現れると思った。というのも、実に久しぶりに、ベッドにひとりで寝るのはこんなにむなしいものかと感じたからだ。

観念して起き上がり、暖炉のまえに座りこんだのが午前二時、頭に浮かぶのは、パトリシアと車で過ごしたときのことばかりだ。

いつしかわたしは、ベティから教わったことをひとつひとつ、頭に浮かべていた。人には苦痛が必要な理由。人が苦痛から学びを得る理由。人は苦痛から逃げてばかりいると変われない理由。そして、人はどうやって苦痛と向き合うのか。まず、苦痛の理由を探ることにした。解決しないまま苦痛が増せば、苦痛から逃避する。それでもだめなら最後の手段、苦痛を受け入れるか、自分の命を絶つ。苦痛から逃げれば逃げるほど、事態は泥沼化する。

睡眠不足でもうろうとした頭で考えをまとめようとしていると、この思考の流れは、幸福についても成り立つのではないかと気づいた。レス神父も言っていたじゃないか。わたしたちはみな同じ——ふつうの人もシリアルキラーも、その境目にある人も——みんな自分が望む形で満足したいのだと。

苦痛と幸せとを、うまく同居させることはできないだろうか？　ベティがいつも言っているように、苦痛と幸せは人ならだれもが体験する。わたしのような人生の落伍者《デッドレモンズ》が考えそうなことだ。自分は幸せを追いかけているのだと言いつつ、実は、苦痛から逃れようとしているだけなのだ。幸せになれないと、とにかく逃げようと気ばかり焦るが、この段階で自分は幸せに向かっているのか、苦痛から逃げているのかわからなくなる。過去を振り切るか、それとも未来へと向かうかという判断は即決できない。ただ、車の中で主導権を相手にゆだね、終始圧倒されるような体験をすると、突然自分の立ち位置が見え、自分の苦痛の原点もきれいに見えてくるのだ。

第三十五章

二か月前、四月十九日

「裏のベッドルームにもまだたっぷりある。正直なところ、そのうち半分は、いったい何なのかさっぱりわからない」わたしはひざの上に遺物らしきものが入った箱をもうひとつ載せ、ランジに戻ってきた。

「そいつは歴史的価値がある品だ、おじきが集めていた」と言いながら、タイは目のまえにある年代物の巻紙式地図を広げた。

葬儀から六日経った四月十八日、タイから電話があった。ブラック・アルビーが家屋と自分の蒐集物をすべて彼に相続させるとの遺言を残していたというのだ。ベックスからミヒまで、ランギ家の女性陣を全員引き連れ、わたしたちは夜明けを待って出発し、アルビーの家に着いた。

家に到着した時点で——遺品処理をする人ならみんなやることだが——わたしたちは無言の取り決めを結んでいた。せーの！　で、そろって隅から隅まで顔をつっこみ、とにかくお宝探しに集中すること。

アルビーの家は、どんなに好奇心旺盛で穿鑿《せんさく》好きな連中が束になってかかっても降参するほどのお宝屋敷だった。そんなわけで、小さな子どもたちは手あたり次第に探すという作業に飽きて外で遊びだし、ベックスはまだ使えそうなキッチン用品をバンに積みこむ作業に取りかかったので、肝心の遺品整理は残りのメンバーが担当することになった。

遺品の大半はタイが言うとおり、歴史的遺物だった。

「おまえのおじさんが、この家を住居として使ってなかったのはまちがいないな、タイ。ここでまともな生活を送るのは無理だ。部屋はもちろん、廊下も、バスルームまで遺物でいっぱいだ。書類と段ボール箱の山、山、また山。彼はこの家を歴史保管庫として使っていたようだ」

「いや、まったくだ」タイも同意した。「紛失したり、場所が移動した物があったりしたら連絡をくれと警察が言ってたけど、これじゃ何がどうなったのかさっぱりわからない、だろ?」と、彼は両腕を広げ、このガラクタの山がいかに大きいかを身振りで示した。

「いえいえ、驚くのはまだ早いですよ……」テレビショッピングの進行役が使うお決まりのセリフを言いながら、ベックスが玄関から入ってきた。

「タイ、お姉ちゃんたちがミヒをクジラの骨格標本の中に閉じこめちゃったの。物置の裏にあったのを見つけたみたい。なんとかしてあげて」と言ってから、ベックスはタイの頭のてっぺんにキスし、キッチンへと歩いていった。

「どうして〝おれの娘たち〟は、ああも突拍子もないことをやるんだか」タイは大げさに困った素振りを見せた。

「あの子たちがお利口さんなのはわたしに似たからよ。クジラの骨格標本に末っ子を入れたのは、〝クジラがどうやってうんちするのか試したい〟からで、妹をうんち役にするところがあなたゆずりね」キッチンからベックスの声が聞こえる。

「しょうがないな、フィン、ちょっと見てくるか」と言ってタイが笑い、わたしたちは玄関に向かった。わたしには子どもがいないので、親の立場からものは言えないけれども、タイとベックスのような子沢山《こだくさん》の夫妻は、子育ての初心者よりずっとおおらかに構えていられるようだ。子どもというものは意外とタフで立ち直りが早く、きょうだい同士であきれるほど馬鹿馬鹿しいくだらないいたずらをしでかしながら、二度と立ち直れないほどへこませることはまずなく、ある種手加減のようなものがある。

物置の裏で、姉たちからクジラのものとおぼしき巨大な肋骨《ろっこつ》の中に無理やり押しこめられて、借りてきた猫みたいにおとなしくなったミヒがいた。クジラの肋骨は丈夫な金属製の鎖で巨大な頭蓋骨と連結されている。一方姉たちは、いたずらをしたことへの責任の感じ方に温度差があるのだろうか、ミヒを出そうと必死になっている子もいれば、自分の携帯電話で撮影し、SNSにアップしようと企んでいる子もいた。

タイとわたしが鎖の両端を引っ張って肋骨をもとの形に戻している間、娘たちが隙間からミヒを引っ張り出して、ことなきを得た。子どもたちは大声で笑いながら去っていった。

「でかいな……さすがはクジラの肋骨だ」巨大な頭蓋骨の隣で湾曲した肋骨が列を成す骨格標本を見て、わたしは言った。

「まったくだ」とタイが言い、わたしたちは視線を上から下へと移し、その長さを驚きの目で見つめた。

「裏庭にあったやつだ」

「連れてきたのが犬でなくてよかった……」タイは首を横に振りながら、自分が言った冗談に本気で受けて笑っている。

「そんなことより、こっちに何が入っているかを確認しようぜ」タイは古びた物置に取りつけられた、鉄でできた巨大な波板の引き戸に目を向けた。

暗がりに目が慣れてくると、中の様子が見え、その全貌があきらかになった。母屋には必要最小限の遺物を保管し、残りはすべて物置にしまい込んでいたようだ。

「これだけの代物をどうするつもりなんだ?」どことなくテニスのラケットに見える骨董品に目をやりながら、タイに尋ねた。

「それは自家製の雪靴《スノーシューズ》だ」しげしげとながめていたわたしに気づいたのか、タイが教えてくれた。

「売ってしまうのもおじきに申し訳なくて。捨てる気にもなれない。それにしても物がありすぎる。博物館が引き取ってくれるだろうか?」自分で言いながら、タイ本人も自信がなさそうだ。

そのままではドアから出せないほど高く積み上げられたいくつもの品々を見ながら、わたしは言った。「というより、おまえが博物館を作ったらどうだろう」

「なるほど、たしかに悪くない考えだ」タイは自己完結したような顔で答えた。「博物館はおじきの名をつけてもいいな、一族を総動員して遺物を整理しよう。選択の幅も広がる」考えを口にするうちにタイもやる気が出てきた。

「それが一番の選択肢じゃないかな」わたしは車いすの向きを百八十度変え、タイの肩越しに見える未舗装の道に沿った景色に目をやった。

「見まちがえじゃなければ、トラック一台分の荷物がこちらに向かってるぞ」

「荷物がどうしたって?」タイも車いすの向きを変えると、一台のトラックがエンジンをアイドリングさせてから母屋のまえで止まった。ドアには〝テ・パパ国立博物館、ウェリントン〟と書いてある。

その後まもなく、この荷物はテ・パパ国立博物館から返送されてきたもので、1から134まで番号を振ったリストにサインをしてほしいという。

「そりゃ残念だ」わたしたちが故人とどんな関係にあり、この日この場所にいた理由を説明してから、荷物のことは何も知らないと言うと、トラックの運転手はお悔やみのことばを述べた。

「だったら博物館に持ち帰ろうか?」運転手がわたしたちに尋ねた。

「ちなみに何だ、これ?」タイが訊いた。

「骨董品だよ」運転手は肩をすくめた。「見るかい?」

運転手がトラックの積荷部分を開くと、おおむね彼の見立てどおりだった。

トラックの運転手が博物館に電話で問い合わせ、学芸員が折り返しかけてきた電話によると、この荷物はアルバート・ランギの所有物でまちがいなく、国立博物館に貸与されていた二十五年の契約期間が満了したものだった。アルビーのほうから直々《じきじき》に返却を頼んだようだった。そこで検討と話し合いを重ね、運転手は多少戸惑いながら積荷をトラックから下ろしたが、歴史的遺物は母屋や物置には収まらず、表の庭の大半を埋め尽くした。

「タイ、ねえ」書類に目を通していたベックスが夫を呼んだ。

「何だ」タイが顔を上げた。

「書類にはね、荷物は三回に分けて送られ、これはそのひとつって書いてある」とベックスが言い、わたしたちは一斉に手を止め、すでに荷下ろしした品物とトラックの大きさとを見比べた。

「まずは選別作業だ」タイはニヤリとした。「とんだ博物館になりそうだな」

「博物館？」ベックスが訊いた。

「フィンの思いつきだ」と、ぶっきらぼうに言うと、タイは木箱の中身を取り出す作業に戻り、両手で動かせるタイプの、時代がかった大型のふいごに見えるものを取り出した。

「これを見てみろよ」取っ手を数回動かしたあと、タイは上下をひっくり返して吹き出し口から息を吹きこんだ。

「タイ、やめて、どういう代物かまだわからないから、余計なことしないで」ベックスは軽くたしなめた。「親戚を呼びましょうよ、みんな喜んで手伝いに来てくれるから」

三回に分けて送られる荷物のひとつを荷ほどきしただけでもこれだけあるのに、全部が届いたら、たまったものではない。
中身はふだん使いのものから一風変わったものまでとりどりで、クレーンつきトラックが残りの木箱をいささか乱暴に物置の脇へ下ろすと、最後に得体の知れない大きな道具のようなものを吊り上げた。

「ねえ、見て、フィン」タイとわたしがああでもない、こうでもないと箱の中身を見ている間ずっと、積荷に添付されていた書類を冷静にチェックしていたベックスが声を上げた。「アルビーおじさんと最後に話したのは、どうやらあなたじゃないみたいよ、フィン。積荷の書類に注釈が書いてあるのよ。おじさんは二月十日、荷物がいつ来るのかって業者に確認してる。あなたがここに来た二日後に」

第三十六章

二か月前、四月二十三日

コテージの木造部分に空洞がないか、壁やら床やらをスプーンであちこちたたいて調べた。だが、最後の部屋まで終えたわたしは、軽い失意を覚えながら、手にしたスプーンを置いた。わざわざこの日の晩まで待って、照明をつけたり消したり、懐中電灯で床を照らしては扉のような亀裂が見えないかと探したが、無駄な努力に終わってしまった。

この家に隠し通路や隠しスペースがまだあるか、ずっと探していた。アルビーの自宅を見てまわったおかげで〝見つけたい〟という思いに火がついたからか、それともアリスのクッキー缶を発見してからずっと、好奇心の炎が消えなかったからか。あれから事件らしい事件が起こらなくて、わたしは退屈しているのかもしれない。だからコテージ全体を調べることにした、というわけだ。

ようやく気が済んだ。これ以上隠しスペースはなく、秘密も隠されてはいない。

タイ、パトリシア、その他大勢の親族は、アルビー宅の整理にあっぱれなほど前向きに取り組んでいる。博物館を作ろうとタイが言い出したとき、資金、人材、専門知識、法規制などなど、実社会の雑事が積み重なり、構想は立ち消えになるものと思ったのだが、どうやらわたしの見こみちがいのようだった。問題にぶつかると、タイは「ベックスが正しい。だからリストに書いといて」とだけ言って、もう一度やり直す。彼の役目は、すべてうまく行くとみんなを安心させることだ。タイがアルビーと馬が合ったのも、彼のこういう気だてのよさのおかげだろう。

この数日間、内々の間で〝アルビー博物館〟で通じるようになった代物が、ちゃんと博物館として形を成すよう、わたしは急ごしらえの設立委員会の仕事に打ちこんだ。

タイの熱意あふれる名采配《さいはい》によって、母屋の壁を取り払う工事はすでにはじまり、物置までの通路はもう博物館らしく見えてきている。

残りの木箱は工事が終わるまで送るのを待ってもらおうと、ベックスと一緒に提案しなければ、タイはその両方まで一手に引き受けそうな勢いだった。

こちらが手伝えることは片がつき、あとは健常者のみなさんに動いてもらえばいいことばかりになったので、わたしはコテージに戻り、自分が抱える未解決の問題にじっくり取り組むことにした。むしろここ数日、パトリシアのことで頭がいっぱいだった。

前日の晩、彼女から電話があった。わたしは電話ではなく、早く会いたくてたまらなかったが、このまえ決めたとおり、それぞれが大事なことを最後までやり終えるまで、会うのはよそうということになった。わたしの場合、未解決の問題をすべて片づけなければ彼女に会えない。

葬儀の晩、パトリシアと気持ちが通じ合ったからといって、ふたりの仲が進展したわけではない。正直なところ、わたしはもう人生に一ミリも期待していない。女性から情けを得ようなんて、おこがましいことは言えない人生を送ってきたのだから。だから今は、好きな人がいるという幸せから距離を置き、数週間まえまで自分が住んでいた場所に戻ることにした。

ただし、温水だけは惜しみなく使いたい。

もう、毎夜のように怒りを覚える気力を失いつつあった。

ゾイル家との関係も悪いほうへ、悪いほうへと進んでいる。例の行方不明事件のせいで、わたしの人生再起動計画は難航している。

〝温水のトゥイ〟やタイの忠告を聞き、ようやくガスボイラーとガスレンジの導入に踏み切った。これでもう電力不足で不愉快な思いをせずに済む。

そもそもの発案者でもあるトゥイはガス給湯機の導入に大満足で、この日の朝、わが家に立ち寄ったときにも、この話題になった。

「ガスに切り替えちまいましょうっていう提案は大正解でしたね」わが家のポーチで一緒にお茶を飲みながらの雑談の席で、トゥイはこう切り出した。

「このとおり、ガスにしちまえば、思う存分お湯が楽しめますから」トゥイは自分のお茶に息を吹きかけ、冷ましながら言った。

「やっぱりおかしな話ですよね。いったいあいつら、真夜中にどうしてあんなに電力を使っているのやら」とトゥイ。

「やっぱりおかしな話なのか？」畜産をよく知らないわたしは彼に訊いた。

「あのですね、畜産はたいてい夕方までには作業が終わるんです。ひな鳥の暖房と換気のため、夜間に電力を大量に使うような大規模養鶏場なら話は別ですが。実際、あいつらがどんな動物を飼っているかすらわかりません。羊か牛、そうじゃなければ豚でしょうね。そうであっても、暗くなってから電力を使う理由にはなりません。じゃあ漁師かってわけでもありませんし。ロブスターをたんまり獲ってきたという話も聞きませんねえ。いやまったく、ゾイル家は妙な噂ばかり聞きますよ。あそこに行くのはぞっとしませんね」と、トゥイはしばし眉をひそめたが、不意に顔を輝かせてわたしに言った。「でも、これで温水の問題は解決しますよね？　ガスは滞《とどこお》りなく通じるでしょうから、こりゃあいい」

自分でも不思議に思うのだが、なぜわたしはトゥイのように振る舞えないのだろう？　トゥイは困ったことがあっても次善の策に目を向け、方向転換できる。わたしときたら、くよくよ悩んでも、次善の策が頭に浮かばないのだ。

それに彼の言うとおりだ。時間を気にせず温水がふんだんに使えると、悩みのほぼすべてが帳消しになる。こんなささいな幸せで気が晴れるような薄っぺらい人間でよかった。

だが昼になり、このうす暗いコテージでひとり、朝方トゥイと交わした会話を思い返していると、ゾイル家の不審な点がいくつも頭に浮かぶ。これでは彼らを疑うのも当然だと感じた。

動物を飼っていない畜産業者。

漁に出ない漁師。

ほかにもある。タイから聞いた、土地所有権を巡ってゾイル家とマオリ族が争った話。ゾイル家はリヴァトンが町として成立するまえから、この地に住んでいたという話。ブラック・アルビーから聞いた、ゾイル家の先祖は英語が話せなかったという話。彼らは地元民だが、だれよりも早く、どこかのタイミングで入植したとも言えるのではないか。

ゾイル家以外に誰も知らない事実が増えるばかりだ。

暖炉のまえで、こんなとりとめのないことを考えていると、そういえばプルーイットからしばらく連絡がないのに気づいた。そろそろ挨拶に行くべきか。だが、自分はそもそも、彼の忌まわしい過去をえぐり出した張本人ではなかったのだろうか。

明日、セラピーの帰りにプルーイットのところに寄ったほうがいいかもしれない。

週に一度、ベティのカウンセリングを受けるようになったとは、わたしもずいぶん変わったものだ。最初はカウンセリングに違和感を覚え、プライベートに土足で踏み入られるような不快感もあって、自分のふがいなさに腹が立ってしかたがないこともあったのに、今ではカウンセリングが生活の一部になっている。

カウンセリングはこれからどうなるのか、効果があるのか、わたしは変わったのか、自分ではさっぱりわからない。事故以来酒は飲んでいないし、あれから銃を購入した理由を考えるヒマもなかったが、それでよかったのかもしれない。ベティと一緒に自分の問題点を掘り下げる過程で、わたしは自分の胸に空いた空間をきちんと埋めることができなかった。それにはもう少し時間がかかるだろう。それともこれは、セラピーの効能の範囲外なのだろうか？

この夜もまた暖炉のまえでうとうとしていたのだが、夜更けに寒くて目が覚め、ハッと顔を上げた。眠気はすっかり覚めたが、とりあえずベッドに横たわることにした。

今さら車いすに乗って何かをはじめる気にもなれず、わたしはベッドに横になったまま、ぼんやり天井を見ていた。

つまり、このときのわたしはちゃんと目が覚めていたし、ゾイル家の連中に襲われたときの備えも万全だった。

コテージの脇にある人感センサーが作動して、屋外のスポットライトが点灯すると、慌ただしくわが家の敷地に駆けこんでくる物音がはっきり聞こえた。

ベッドのヘッドボードに重心を預け、窓の外を見ると、水を勢いよく撒《ま》くような音が聞こえた。低くかがんだ人影が家の角を曲がって逃げていった。

屋外のスポットライトが照らしだした物を見て、音の正体がわかった。水ではなく、わが家に立てかけた真っ赤なタンクからガソリンが流れ落ちる音だった。

ゾイル家の連中はわが家を燃やすつもりか。家ごとわたしを燃やすつもりか。ほう、そう来たか。

ゾイル家がらみのトラブル対応に慣れてきたからか、ただ偶然が続いただけなのか、いずれにせよ、このときの自分はいつになく冷静で、やるべきことをテキパキとこなした。思いついたことはすべてやった。

まず、ひざの上に銃を置き、導入したばかりの緊急通報ボタンを片方の手で押し、もう一方の手で携帯電話の短縮ボタンを押して、警察を呼び出した。

警察のオペレーターが出たらすぐ、緊急事態を落ち着いて正確に伝えた。とくに住所ははっきりと二度繰り返して伝えてから、今度は車いすに移動した。

車いすに身を落ち着け、電話をひざの上、銃を手に持ち替えたところで、家の周囲で何かがぶつかるような音が響きわたり、直後にガソリン臭と煙が立ちこめた。

光がゆらめきながら広がっていくのを見たわたしは、わが家が火に包まれたと確信した。

ゾイル家の連中は、わたしと一緒に家も焼き払うつもりだ。

アドレナリンの激しい流れに乗って、極度の興奮と怒りがふつふつとわき上がる。わたしは声をかぎりに叫んだ。「やれるものならやってみろ！」

こんな形で人生の幕を引く気はさらさらなかったので、恐怖はまったく感じなかった。

こんなところでみすみす焼け死に、あの悪人どもの好きなようには二度とさせない。させるものか。

怒りの感情で神経がとぎすまされたのか、驚くほど冷静でいられた。財布、鍵、パスポートを取りまとめ、携帯電話と一緒に、車いすと脚の隙間に押しこむ。電話は警察とつながったままで、〝大丈夫ですか?〟と問いかけるオペレーターのくぐもった声が聞こえる。

ベッドの一番上にかけておいた毛布を引きはがそうとしたところで、煙感知アラームの第一弾が鳴り響いた。気温は低く、湿度は高かったにもかかわらず、すでにかなりの範囲まで燃え広がっている。勢いのいい炎が窓の外で舞う。

火のまわりが速い。予想以上に速い。

分単位、秒単位で危険が押し寄せてくる。

通報してから一分も経っていないはずだ。救護はいつ来るのだろう。五分か、十五分か、すべて通報を受けた最寄りのパトカーや救急車が、今どこにいるかで変わる。あとどれぐらいで炎に巻きこまれるかわからないが、床も、壁も、ドアも木造の古いコテージが、それほど長く火に耐えられるとは思えない。

毛布を肩にかけてバスルームに向かうと、屋内の気温がすでに上昇し、あちこちで木材がきしんで、ミシミシいう音がする。

火災現場から逃げる基本の備えは整った、時間は十分にある――自分に言い聞かせながら、わたしは毛布を濡らした。

警察に救出されるまで生きていればいい。わたしが今生き延びれば、ゾイル家のやつらはまたわたしに何かを仕掛けてくる。彼らはいろいろな手を使ってくるが、手口は単刀直入だ。あいつらがこの家を全焼させるというのなら、わたしにもこの夜のうちに死んでほしいと願っているのだ。

ゾイル家の三兄弟は、まちがいなくそれを念頭に置いて動いている。

警察が到着するおおよその時刻を割り出した上で、わたしが焼け死んだ場合と、わたしが脱出したところを殺す場合の両方を最初から想定している。

行き着く先はひとつ、わたしにとどめを刺すということだ。

生き延びる唯一の可能性は、彼らが考えていたよりもコテージが長く持ちこたえ、わたしが通報したタイミングが彼らの予測より早いこと。わたしがしつこい睡眠障害に悩まされていたのは、やつらも計算に入れていないだろう。

洗面ボウルで毛布をしっかりと濡らしてから、ふたつある蛇口《じゃぐち》を全開にした。三度目の挑戦で、毛布をバスルームのドアの内側に投げつけ、その勢いでドアを閉めることができた。それから毛布の縁を押しこみ、ドアの左右と下にできた隙間を埋めた。煙を完全に遮断できたわけではないが、これである程度は防げるはずだ。

続いてシャワーヘッドを床の上に置き、こちらも蛇口を全開に開いた。水圧の勢いを借り、シャワーヘッドが水をあちこちに撒き散らす様子は、まるで首を切られたヘビのようだ。洗面ボウルからも水があふれてきた。

　次はトイレのタンクのふたを取ってプラスチックの部位を適当にはがし、水が流れたままになるよう細工した。トイレのタンクと便器とをつなぐパイプはプラスチック製のナットで固定してあったが、怒りに駆られ、力を入れたらすぐに緩んだ。どんどん水かさが増すバスルームに、これでもうひとつ水源ができた。残りの工程はあとふたつだ。

　そして手際よく、財布、鍵、パスポートを浴槽の脇に積み上げた。

　自分が浴槽に入るのに多少手間取ったが、短時間で済んだ。自分に続いて車いすも浴槽に入れるほうがずっと手間だった。こうして車いすをたぐり寄せ、位置を整えたところで、たたんだ車いすを広げるには浴槽が狭すぎることに気づいたが、なんとかするしかない。

　ひっかき傷がいくつもできて集中力が削《そ》がれたけれども、車いすの座席にようやく身を落ち着け、引きずるようにおずおずと車輪を転がして浴槽の蛇口に近づいた。両脚を広げて手を伸ばし、ぎりぎりで届くところにある浴槽の栓を押しこむ。頭を勢いよくうしろに倒しながら、両方の蛇口を開くと、目の前を星が飛んだ。

　時計を見る。ここまでで三分経過。

　ということは、通報からは四分が過ぎている。

　水がバスルームの隅々まで行き渡る。よくできたと自分をほめてやった。やがて床全体が水に覆われるだろう。

　外のやつらも懸命に放火活動を続けていた。燃えさかる炎の音が聞こえ、かなり熱くなってきた。だが、バスルームにはまだあまり煙が入ってきてはいない。

タオル掛けからタオルを数枚つかむと、こちらも濡らし、まず自分の体にまとわせた。残りのタオルは、もし浴槽の上にある窓から外に出るしかないほど脱出に手間取ったとき、火から体を守るために使う。

差し迫ってきたので、また銃と電話と貴重品一式を集めた。今度は数秒で、寝間着として着ていたスウェットパンツの左右のポケットに入れた。銃と電話以外の小物をすべて密封できたので、ジッパーつきのスウェットパンツでよかったと思った。

電話を手にしたのは、今となっては耳障りな緊急通報担当オペレーターと回線がつながっているからで、もし窓から脱出すればゾイル家のやつらが外で待ち構えているかもしれないため、銃はすぐ撃てるようにしておいた。

「今、バスルームにいると救援隊に伝えてください」わたしはオペレーターに伝えた。煙に巻かれてすでに咳きこんでもいたし、炎が出す轟音《ごうおん》がかぶさって、怒鳴り声でなければ相手に聞こえない状態だった。「背の高い大木がある側にいます。窓のすぐ下のバスタブの中にいます！」と怒鳴ったが、耳元に当てた電話から聞こえる返答の声さえ聞こえないほどの轟音に包まれていた。

炎の勢いがあっという間《ま》に増した。

呼吸が困難になり、燃えかすが降り注ぐ中、わたしは濡れタオルをかぶって身を縮めていた。

コテージはあと数分ではなく、数秒で崩れ落ちる、ぜったいに崩れる。

出しっぱなしの水のおかげで持ちこたえているものの、それももう長くはない。

コテージが徐々に焼けて崩壊する途中でガラスが割れ、風が立てる音、家がミシミシときしむ音が絶え間なく聞こえてくる。町のかなたの、さらにかなたで生きながらえてきた〈最果ての密漁小屋〉が終焉《しゅうえん》を迎えたのをひしひしと感じた。

煙の向こう、わたしがいる隣の壁板の上隅が数枚反《そ》り返り、そこから黄色い炎が舐《な》めるように忍びこみ、天井一面を覆い尽くした。

そのときだ。頭上の窓ガラスが数枚吹き飛び、わたしは真っ赤に焼けたガラス片を全身に浴びた。そのうちの小さなかけらがひとつ手の甲《こう》に落ちたかと思う間もなく溶けた。その痛みに我を忘れ、頭が真っ白になり、綿密な脱出作戦はきれいに吹っ飛んだ。

子どものころに防火訓練で教わったことをおぼろげに思い出した。炎をかいくぐって逃げるときは、息を止めること。だがわたしは耐えきれずに大きくあえぐと、両手にタオルを巻き、窓を拳で割ろうとした。窓はびくともしなかったが、考える余裕すらなく、とにかくガラスを割らなければならない。

ここから出なければ。

外に出なければ。

すぐそばに炎が。

手も、顔も、焼けている。

もう目が開かない。

熱いのか痛いのかすらわからなくなってきた。痛みは鋭い一本の針から無数の針へと、その激しさを増し、苦痛へと変わり、わたしは窓から外へ、煙に覆い尽くされた真っ暗な草地へとたたきつけられた。

そのあと、何があって、どこへ連れて行かれて、何をされたのか、一切の記憶がない。ただ、心拍数が急に上がったことだけは覚えている。

次に意識が戻ると、ただ穏やかで、どこか時間を超越したようなところにいた。火からは遠ざかったが、自分が息をしているのかも、わからない。

苦しさから解き放たれ、ふと見上げると凍った木のてっぺんが見えたが、ここがどこで、なぜここにいるのか。でも、そんなことはどうでもよかった。

自分がこの世から、この至福の時から連れ去られるのを感じる。行きたくないけど、どうすれば行かずに済むのかわからないまま、また闇がわたしを包んだ。

次に意識を取り戻すと、頭上で慌ただしく動いている人々の姿があった。パトリシアと警官が、酸素マスクを外そうともがくわたしの両手を押さえつけていた。ここに来たことがある、あのとき、もうこんなことはするなと言われた。

だれかが「これ以上無理です」と言ったあと、心地よく、幸せに満ちあふれた穏やかな気持ちに満たされ、ストレッチャーの上を浮かんでいるような気分になったことだけは覚えている。

パトリシアはベッドに横たわるわたしに視線を落として「ねえ、フィン、お願いだからじっとしてて」と言いながら、懸命に笑顔を作ろうとしているが、涙が頬を伝って落ちてくる。泣き顔が意外と幼いと思った。

泣いたり笑ったりすると、人はどうして幼く見えるのだろう？　感情がそのまま表情に映し出されるからかもしれない。

第三十七章

二か月前、四月二十七日

「よく生きていられましたね」

病院で意識が戻り、医師がカルテをはさんだクリップボードを見ながら、あきれたように首を振りながら言うのを聞くのは、これで二度目だ。

おかげで当の本人も、まったくそのとおりだと思いはじめている。

熱傷の痛みを緩和させるための薬と外科手術を数回受けた数日間、幻覚のようなものは二、三回見ただけで済んだ。死と隣り合わせの体験をした割に回復が早かったのは認める。

意識が戻るたび、たくさんの見知った顔がベッドを取り囲んでいて、少し照れくさかった。鎮静剤が効きすぎてどんな話をしたのか覚えていないが、見舞いに来てくれるのはやっぱりありがたい。

タイ、パトリシア、プルーイット、マーダーボールのチームメイトのほか、〝温水のトゥイ〟

まで顔を見せた。トゥイはきちんとプレスしたシャツ姿で、落ち着かない様子だった。彼らは自発的に見舞いに来てくれたのだ、自分は人から心配されるような立場になったのだと、好意的に受け取ることにした。

スタッフが代わるたびに説明がちがう。四日目の朝に立ち寄ってくれた双子刑事のファソ兄弟から聞いたところによると、わたしはなんと入院初日から、脈絡《みゃくらく》のあることをしゃべっていたらしい。

「難局を切り抜けることができてホッとしました、ベルさん」ベッドに寝ているわたしを見下ろすような形で、ジョンがにこやかに言った。

「自分でもそう思います」

「消防署の第一次検証で放火と確認されました。オクタン価の高いガソリンを使って、火のまわりを速くしたようです。警察も捜査に乗り出しました」と、ルーカスがつけ加えた。

「ゾイル家は？」

「彼らにはすでに話を聞いていますが、現段階で逮捕者は出ていません」ルーカスはわたしの意を汲《く》んで答えた。

「そうか」と言いながら、怒りがぶり返してくるのを覚えた。

「落ち着いてください、ベルさん。犯人は彼らだと特定されたわけではありません」ジョンがなだめるような口調で言った。

「現在海洋レーダーの記録や目撃証言を検証していますが、彼らは火災発生時には漁に出ており、スチュアート島沖を航海中でした。リヴァトンから三十キロメートル以上離れた場所です。強風がおさまるまで、三人がポート・ペガサスに停泊していたのを見た人が複数います。事件当日、ポート・ペガサスでの目撃証言のほか、天候が安定した翌朝、漁船を出したのを見た人もいます」ジョンが言った。

もう理性のたがが外れつつあったので、刑事たちの話を聞いても、ああそうですかとあっさり信じてしまえるはずがなかった。怒りを口にしてもしかたがないので、この人たちは自分を助けようとしているのだと言い聞かせた。そこでひと呼吸ついてから訊いた。「で、捜査の現状は？」

「警察にお任せください。ベルさん、あなたは治療に専念してください。まだ結論は出ていませんし、もっと証拠が必要です。犯人がだれであっても、あなたを殺そうという企みは失敗したわけですから」ジョンがにこやかに答えた。

「犯人は放火という手段を講じてでも、あなたを殺そうとしたと考えるのが妥当でしょう。しかし、現にあなたは一命をとりとめ、しかも病院でぴんぴんしている。殺人未遂は重大案件です、ベルさん。さらにアリスと父親のジェイムズ・コッターが行方不明になった未解決事件との関連性があるなら、警察にとって最優先課題となるわけです。かなりの時間と労力が投入されています。あなたの身は警察が守りますし、被疑者の特定も、あらゆる手を尽くして取り組みます」ルーカスは妙に自信ありげに語った。

双子刑事たちはいつ病室を出て行ったのだろう。わたしは話の途中で眠ったようで、目を覚ますと、今度はプルーイットがベッド脇のいすに腰かけ、大いびきをかいて寝ていた。見舞いの品として買ってきたのか、ひざに載せていた箱入りのチョコレートが滑り落ちて床に転がった拍子に、彼はハッと目覚めた。

「なんだ、起きてたのか」見られているのに気づくと、彼は言った。

「チョコレートを持ってきたんだ」プルーイットはいすから立って箱を拾った。「病室では禁煙と申し渡されたから、ミントチョコはわたしがもう食べたけどな」

「こちらは残りでぜんぜんかまいませんから。会えてよかった、プルーイット。クッキー缶を見せたことを気にしていたんです」

「きみが気に病むことはない」プルーイットはニヤリとしながら言った。「思いもよらないことだったので、ちょっと驚いただけだ。それより、あれから事態は進展したと思わないか？」

「ですね。で、その後はどんな様子ですか？」

「実はいろいろあってね。警察が箝口令《かんこうれい》を敷いているからメディアには流れていない。報道機関には、老朽化が進んだコテージで火災がありました、死者はいませんと伝えておけばいいのだから。それに、全国紙に載るようなネタではない。ウエスタンスター紙は最終ページに小さな記事を載せ、放火の疑いがあるとほのめかしてはおいたが、古びた家に火がついた程度の記事を、だれが本気で疑うものか」

プルーイットはいったん話をやめ、コートのポケットの中身をたしかめるようにたたいてから、続きを話しだした。「ちょっと待ってくれ、今日は画像を見せようと思って来たんだ。そうだ、ネヴィルが翌朝撮ったんだが、紙面には載せなかった。写真を載せると下手に関心を集めるからな。これだ」と、彼はポケットからデジタルカメラを取り出し、背面のスクリーンに画像を数枚表示させた。

黒焦げになったコテージの木の柱と残骸とともに、煙突が無傷のままで残っているのがはっきりとわかった。廊下の壁が一部焼け残り、どうしたわけか手つかずのまま放置されている。煤《すす》にまみれた白い壁があるのもわかる。

「ずいぶん小さく見えますね」

「残りは焼失したからな。家の裏半分とベッドルーム、それにバスルームは、ほぼ焼け残った。キッチン、リビングルーム、予備のベッドルームは爆発でほとんど吹っ飛んでしまった。すべて灰になった。何も残っていない」プルーイットは混乱気味のわたしに気づくと、話すのをやめた。

「まだ聞いていなかったのか？」

「聞いたかもしれませんが、窓から脱出したあとの記憶が一切残っていないんです」わたしは答えた。覚えているのはパトリシアの表情と涙声。思い出すとまた怒りがこみ上げてくる。

「窓から脱出したきみは、腕の力だけで草地を横切って安全な場所まで行った。コテージはその後に崩壊したんだ。出るときに頭を打ったせいで強い脳しんとうを起こしたから、記憶が途切れるのも無理はない。警察はきみをそこで見つけたのだが、運がよかったよ。何しろ火災現場からそう離れていないところで、銃を手にして気絶していたのだからね。警官がきみを安全な場所まで移動させたところで、消防車と救急車が到着した。パトリシアはあいにくその日が夜勤でな、きみの身元がすぐわかったのも、彼女がいたおかげだ。だれの日にも、きみが瀕死《ひんし》の重傷に映ったそうだ。あんな大爆発が起こったのは、きみを救急車に乗せて病院へ運ぶ途中だった。消防隊員が放水を開始し、もうすぐ消火できそうだというところで、プロパンガスのボンベが爆発した。大音響とともに、コテージの前半分がほぼすべて吹っ飛んだ。爆発のあおりを受けて消防車が損傷し、消防士数名の眉毛が焦げた。幸い大事にはいたらなかったが」

プロパンガスのボンベ。ガスボイラーとガスレンジ用のか。ボンベのことをすっかり忘れていた。自分を火から守ることと、とにかく迅速に動くことだけに気を取られていた。ガスボンベを設置したことすら忘れていたとは！

「その後にわかったのだが、きみは先週ガスを引き、書類は送ったが登録はまだだった。だから消防士は電源を落とせば済むと思ったんだ。実際に爆発があるまで、キッチンのそばにガスボンベが据えつけられていたことには彼らも気づかなかった。ガスは満タンだったそうだ」プルーイットは話しながら、わたしの見舞いに持ってきたはずのチョコレートを勝手に口に運んでいる。「ガスは恐ろしく大きな火の玉と化した。爆発の勢いは相当強く、周囲の酸素を使い切って火が消えるほどだった。消防士が言ってたぞ、ボンベはいつ爆発してもおかしくなく、よくあんなに持ったものだと。いやはや、フィン、よく生きていたな」

それを一番実感しているのはわたしだ。

第三十八章

一か月前、五月四日

わたしはまだ入院していた。

病院は人生の縮図だ。

同じ病院で生まれ、同じ病院で死ぬことは、決してめずらしくはない。病院で過ごした長い、実に長い一週間、わたしのベッドのまわりでは、実に多彩な人間模様が繰り広げられていた。この世に生を受けたものあれば、この世に別れを告げるものあり。人生には目標があり、人生設計を立て、目標を達成させるわけだが、その過程で優先順位というものが生じる。なかにはわたしのように、とにかく毎日を予定で埋め、あちこち調べてまわっているようなやつもいるが。

この町が人生のはじまりの場でもなければ終わりの場でもない、わたしのようなよそ者にとって、入院生活とは、カーレースでピットインして生じたロスタイムのようなものだ。病院では面識もない人たちと〝ところでどうして入院されたんですか?〟といった会話を延々、ぎりぎり我慢できるまで交わすだけだ。家に帰りたい。だがそう考えるたび、自分の家はもうないことを思い出す。

あのコテージは灰の塊《かたまり》と化し、驚くや、ゾイル家のやつらは、いまだ自由の身だ。双子刑事がどう思おうが、わたしはやつらが犯人だと確信している。

あいつらが農場で好き勝手に暮らしているのに、わたしは何回も手術を受けるのか。その被害妄想は日を追うごとに強くなったのは事実だし、その事実を繰り返しかみしめていた。

両腕にけっこうひどいやけどを負ったが、濡れた毛布が熱の大半を吸収したおかげで、赤黒い小さなやけどがいくつか散っている程度で済んだ。医師らは状態の悪い部位を切開し、周囲の皮膚を引っ張って縫い縮める治療を選択した——医療の専門用語が山ほど飛び交ったが、端的に言えば、そういうことだ。

やけどはとくに右側が重かった。医師らによると、燃えたガラス片が刺さった部分に痕が残るほどのやけどがあり、薬指と小指の機能が戻るよう、皮膚が収縮するまえに理学療法をたっぷりこなさなければならないらしい。ここでリハビリをサボると指がこわばったまま、動かせなくなる。リハビリもまた楽しからずや、だ。

自動車事故のときに腰へボルトやピンを埋めこんだし、ケガらしいケガはもう、これで打ち止めだろう。

やけど以外のすり傷や脳しんとうは知らないうちに治るようで、眉毛もいずれ生えてくる。

あいにくわたしは、そんな楽観的な人間ではない。

しばらく入院生活が続くと思うだけで、落ちこんでいる。

それでも見舞客がいるときは元気そうに振る舞う。あたり散らしてもしょうがないからだ。退院してしまえば、それもいい思い出になる。

五月三日、パトリシアがまた見舞いに来てくれた。

わたしはここに担ぎこまれてから数日間意識を失っていたが、彼女はいったい、リヴァトンからダニーデンまでの片道三時間を、車で何度往復したのだろう。わたしたちはもう、知人から一歩進んでいる。

昨夜、入院してはじめて彼女と顔を合わせたが、鎮静剤がまだ効いていたため、話をするどころか、パトリシアが来たことすら気づかぬまま、わたしはまた眠ってしまった。ところがようやく話ができるのに、わたしたちは黙ったままだった。

病室に入るなり、パトリシアはベッドまわりのカーテンを引くと、布団の中にもぐりこんで泣いた。

「馬鹿。こんな救助はもうたくさんだからね」と言ったきり、彼女は泣いていた。

日が暮れるとともに、病室は静かに暗くなっていく。いささか日焼けが過ぎたわたしの顔がヒリヒリするまで、わたしたちはキスを続け、パトリシアが無言で布団から出たところで、看護師が薬を持って病室にやってきた。

こうしてわたしはまたひとり、病室で取り残された。リヴァトンの町は、休止状態のわたしにお構いなく動いているというのに。

「ちょっといいですか？」ぼんやりしていたら、思考の間を割りこむように声が聞こえた。

見上げると、ダニーデン・ファースト教会のレス神父がベッド脇のいすに座っていた。

「すみません、神父、ちょっと考えごとをしていて」

「どんなことです？」神父はやさしげな笑みを浮かべてわたしに訊いた。

「実は、恋愛について考えていました」

「ほう、難解な問題ですね」と言いながら、神父は深くうなずいた。「残念ながら、わたしではお役に立てそうもありません」

「聖職者は色恋について語ってはいけないのでしょうか？」レス神父と話せたのがうれしくて、わたしはつい訊いてしまった。

「わたしはカソリックです。ご希望なら、神を裏切ってでもセックスがしたいという、欲望の高まりについて話してもかまいませんが」神父が冗談めかしてそう言ったので、思わず吹き出してしまった。

「前職に立ち返るとするなら、精神病理学の話でもしましょうか」神父がにこやかに言ったが、わたしは真顔に戻った。

「しかし恋愛はちがいます。あなたもきっとそうお考えでしょう。宗教も、哲学も、心理学も……恋愛という問題を解明する手がかりにはなりません。難解なことばで、うわべをつくろうだけのこと」

彼は、ある事件を踏まえて語っているような気がした。

「たとえば恋愛について考えても、愛がなぜ芽生えるか、そのプロセスはわかりません、ちがいますか?」レス神父はほんの少し困ったような顔で言った。

「これは愛だと感じる人もいれば、感じない人もいるのはなぜでしょう。愛はどうやって芽生えるのでしょう。愛はどうやって終わるのでしょう。愛の芽生えも終わりも、人にはわからないものなのです。愛がいつまで続くかもわからない。愛してほしいと強く願うときにかぎって愛してもらえず、関係を終わりにしたいのに終えることができない。愛は感情でもなければ能力でも、行動でもなく、わたしたちが本能で理解するものなのです。

いいですか、フィン、いずれにせよ、遅かれ早かれ、愛する対象が恋人でも、わが子でも、物でも、人はみな愛に飼われた犬になるのです。名犬にも駄犬にもなれますが、飼う側にはなれない、わかりますか?」

話を聞きながら、いつかレス神父の説教を聞きに行きたいと心から思った。宗教に目覚めたのではなく、神父のように至言が語れるようになれば、世の中がもっと深く理解できるのではないかと感じたからだ。

「ところで、なぜ今日は病院にいらしたのですか、神父? 病院にとらわれた患者たちに説教をするためですか?」包帯を巻いた両手を上げながら、わたしは訊いた。

「教会から近いと聞きましたから。教会に通う信徒はかなり多い関係上、この病院に立ち寄る理由はいくつかあるわけです。そんなとき、ファソ刑事たちから事件のことを耳にし、ちょっと見舞いに行こうかと思いましてね」

「双子のファソ刑事、ジョンとルーカスは、じつに有能なコンビですね」ベナンから来たにこやかな双子刑事の顔が頭に浮かぶ。

「まったくです、新世代の刑事の典型例ですね。警察もすっかり変わりました。情報の入手手段も、捜査のやり方も変わりました。ここだけの話ですが、捜査にコンピューターを導入するやり方は、どうも性に合わないのです。あと、きわめて重大な犯罪では、ビッグデータで意志決定を木構造で示したり、予測演算モデルや統計解析を使ったりなど、わたしにはなじみのない技術が導入されましたが、逮捕率が上がったというわけでもありません。とはいえファソ刑事たちは優秀です。彼らが使っている手法はまったく理解できませんが、効果が出ているのはたしかですから」と、レス神父は自分を納得させるような口ぶりで言った。

レス神父の考えには賛同するものの、わが家に放火したのはゾイル家ではあり得ないとし、その根拠を示したジョンとルーカスを思い返すと、最新鋭の捜査技術も馬鹿にならないと感じていた。

「では、今回の事件をどう思われますか？」

「プルーイットからも同じ質問を受けました。彼はもう少し手厳しかったですけど」レス神父はため息をつきながら言った。

「では、彼に話したわたしの推理をあなたにも話しましょう。ええ、これまでの状況と経緯から考えると、今回の放火はあなたを殺害する目的で行われ、過去の事件と同一犯によるものという可能性はきわめて高いと思います」と言ってから、彼はわたしの表情を見るなり、こう続けた。「ただ、ゾイル家の三兄弟と本件、あるいは過去の事件とが結びつく、確固たる証拠はいまだに見つかっていません。これでは、犯行があったとみなされないのです、フィン」神父はすまなそうに言った。

「こんな事件が起こっても、逮捕者がひとりも出ないというのは理不尽じゃないでしょうか。だれも罪を償《つぐな》っていない。正義が守られていない」両腕に巻かれた包帯に目を落としながらわたしは言った。面会時に取り乱したエミリー、疲れ切った様子でコテージから歩み去るプルーイット、そして、昨夜泣きじゃくったパトリシアの姿が頭に浮かんだ。

「フィン、理不尽かどうかは関係ありません。事件があったからこそ、わたしたちはこうして出会ったのですから」レス神父は答えた。

「ならばわたしはどうすればいいんです?」わたしは訊いた。

レス神父はしばらく黙っていたが、やがて口を開いた。

「正直に申し上げましょう、フィン、あなたはここから去るべきです。今すぐにでも」神父は心からわたしを心配しているのが口調からわかった。

「ここから去るとはどういうことです?」

「文字どおりの意味です。まず、できるだけ離れた病院に転院してください。退院が可能になったら、ニュージーランドを去るべきです。アフリカやヨーロッパに戻り、名前を変えてやり直してください。ここには決して戻ってこないように。リヴァトンの住人と連絡を取り合うのもやめるべきです」

わたしは返事をしなかった。内なる自分は、そんなことに屈するものかと思っていた。

「理由を申しましょう」レス神父がふたたび語りだした。「あなたがおっしゃるとおり、理不尽です。理不尽なことはこれからも続きます。今まであったことをすべて、よく考えてごらんなさい。アリスの失踪から、猫の件、不審者の侵入、そして放火。何十年にもわたり、まさに多数の専門家を動員し、コンピューターを駆使しても、手がかりひとつ見つからなかった。手がかりも証拠もなければ、逮捕もされない。これらの犯罪にかかわった者たちは脅《おど》すだけでは満足していない。わたしたちを、あなたを翻弄《ほんろう》している。そんなことをする必要もないのに、恥骨《ちこつ》を公開し、猫を処刑する。わたしたちがいかに無能か、いかに劣っているかを見せつけ、自分の完全な支配下にあることを思い知らせるような行為を働く。彼らの思う壺《つぼ》です。すべてが理不尽なのですから。

これから何が起こるか、その動機も、すべて彼らが主導権を握っています。初動は必ず彼らからで、時間も、場所も、規模も、目的も彼らが決め、わたしたちは犯人の意のままに動くだけ。その上証拠はあるか、法にかなっているかという問題が立ちはだかります。理不尽です。彼らに都合のいい、ゲームのコマとして加わったも同然です。

そしてあなたはわけもわからぬうちに、この陰謀の輪に加わった。当初、彼らはあなたを痛い目に遭わせれば済むと考えていた。猫にあんなことをし、家を荒らした。わたしは最初、犯人は、あなたを怖い目に遭わせれば気が済むと考えていました。ところが今度は放火です。犯人は、自分たちが支配するゲームのコマであるあなたを殺そうとしましたが、わたしたちも、彼ら結局は同じくコマです。手の出しようがありません。かりにあなたを殺してしまっても、彼らは以前と同様、うまく証拠を隠滅するでしょう。あなたにできることはただひとつ、このゲームから降りることです。心からお願いします、フィン。この国から去り、決して戻ってこないでください」

わたしは首を強く横に振りながら答えた。「ご厚意で忠告してくださっているのはわかります、神父。しかしわたしは断じてご忠告を呑むわけにはいかないのです」

「人の心は必ず変わると、わたしは希望を持っていますので」レス神父は悲しげな笑みを見せた。「あなたも変わってくれると信じています」

「では、わたしがここを去る気がないとおわかりになったところで、どんな忠告をいただけますか？」

「そうだとしたら、あなたとはじめて会ったときと気持ちは変わりません。犯人があなたをターゲットにした理由をあきらかにするのです。動機は犯人の性的嗜好によるものか、それとも邪魔者を処分したいだけか。どうか後者であってくれますように」

「どうしてです？　わたしが犯人の好むタイプでも、人を殺すことで犯人が性的に興奮するからでも、口封じのためでも、殺人は殺人ではありませんか？　どこがちがうんです？」

「困りましたね、自分が狙われるのをわかっていて、あえて行動するのなら、話はまったくちがってきます。いいですか、犯人が自分の性的快楽を満たすための儀式としてあなたを殺そうとしているのなら、その儀式の全貌を予測できなければ、わたしたちは手の出しようがありません。あなたにできるのは、一日一日を自分らしく送り、命を狙われるようなことがあっても毎回生き抜くこと。性的快楽を満たすためなら、犯人は一度ならず、何度でもあなたを狙うでしょうから。それは犯人がミスをする、つまり、彼がこれまでやったことのないような失敗をしないかぎり、あなたが助かる見こみはないも同然です。

犯人がもしあなたが邪魔で殺すのなら、自分たちの身を守り、目標を貫徹するために殺すのなら、あなたには彼らが脅威に思うような切り札となるものがあるからです。彼らに都合の悪いことを知っているか、持っているか。圧倒的に有利とは言えないまでも、逆転のチャンスにはなるはずです。それでも犯人はあなたを殺そうとするでしょうが、もう彼らの思うとおりには進みません」レス神父はそう言うと、わたしの発言をうながすようなまなざしを向けた。

「その切り札がわかれば、やつらに突きつけてやりましょう。わたしを殺そうとするまえに見つかれば、そこでゲームオーバーです」

「犯人の動機が邪魔者を消すこと、彼らの野望を砕く何かをあなたが知っていること、そして、それが何かわかるまで、あなたが生きながらえること。わたしはあなたのために祈りましょう」レス神父は言った。

つまり、希望につながる事実が必要だ、ということだな。

第三十九章

一か月前、五月十日

「ありがたい話だが、わたしにつとまるだろうか」アルビーの博物館設立について、地元議会からすでに後援を得ているとタイから聞かされた。これからけっこう大変なことになりそうだ。ウェリントンのテ・パパ国立博物館から届くはずだった二回目の荷物が予定の期日に届かないばかりか、ガラクタを持参し、後世のために保存するべきだと主張する地元住民をていねいにもてなしてからお引き取りいただくという仕事まで増えてしまった。

博物館設立プロジェクトは、短期間で壮大な構想と化してしまったのだ。

「もちろん頼むよ。リストと遺物を整理し、来客の応対だけだ。簡単な仕事さ。どっちにしろおまえ、今、ヒマだろ」タイは言った。

彼はわたしを博物館で働かせるつもりでいる。

入院生活がこれほど長くなると、退屈で、何かしたくてたまらなくなる。

受けるべき手術はすべて終わったのだが、いまだ退院という話にはならず、ほぼ毎日のように薬物による治療や検査などを受けている。右手は完治したも同然なのに、車いすの操作はまだおぼつかない。完治したからといって、わたしには戻る家がない。

こんな成り行きで、だれかの世話になるのはごめんだ。

「わたしは博物館や、この町の歴史のことなんかまったく知らないんだぞ、いいのか?」

「大丈夫だ、おじきが残したメモや歴史に関する資料は全部そろってるし、大学から専門家に来てもらう話はついている。遺物はかなりの数、分類が終わっている。所蔵品をうまく並べるのを手伝ってくれる人がほしいんだよ。捕鯨《ほげい》関連はこっち、アザラシ漁関連はあっち、砂金の選鉱関連は向こう、とかさ。こんな仕事だぜ。おれは改築のほうで手一杯だ。おまえならやれるって。なんならベッドに寝ていてもできる仕事だ」タイはあくまでわたしに逃げ道を与えない気らしい。

「それにさ、おまえも見ただろ、あれよりひどいことにはならないから大丈夫」タイはおおらかに笑いながら言った。アルビーの自宅や物置、庭を埋め尽くすように山と積まれた雑多な所蔵品を思い出すと、たしかに彼の言うとおりだと思った。

ゾイル家の連中に殺されずに生きていくつもりなら、ついでに人の役に立つことをしてもいいかもしれない。わたしは腹を決めた。

「わかった、うん、やるよ。やるとなったら全力を尽くす。成果が出なければおまえのせいだからな」とタイに言うと、彼はうれしそうにうなずいた。

「いつから参加すればいい?」

「今日からに決まってるだろ。そのために、ベックスがノートパソコンと資料の第一弾を持って、今、車で待機している」と、タイが言ったこのときから、わたしたちは一気に博物館設立プロジェクトの本筋へと飛びこんでいった。見舞客の中でタイだけは火事のことにもゾイル家のことにも一切触れず、それがとても意外だった。退院後はおれの家でゆっくりすればいいとも言ってくれたのにも驚いた。驚いたことはほかにもある。危なっかしいと怒るでもなく、大変だったなと同情するわけでもなく、それ以前に何も触れないのだ。いつもの陽気なタイだ。

わたしには理解できない。

タイは自分が案じていることをわたしに悟られないよう気を遣っているのではないかと、彼に訊いてみることにした。

「タイ、火事とゾイル家との一件で、わたしに何か言いたいことがあるんじゃないのか？」

「いいや。おじきと一緒だよ。おまえにはやりたいことがあるのに、邪魔をしちゃいけない。だっておれたちは仲間じゃないか」と言うと、彼は仕事の段取りを勝手に説明しだした。

現実を受け入れるとは、かくもたやすいことなのか。

そして、タイはわたしよりも背負っているものが多いことにも改めて気づいた。タイとベックスが帰ると、わたしはアルビー博物館の企画に没入した。まずはベックスからもらった電話番号リストの確認だ。四時間かけて南島全域の学芸員、歴史家、観光案内所の所長に電話で挨拶を終えると、アルビー博物館が最低限組織として体《たい》を成すための企画草案を練った。

最後に電話をしたのがオタゴ大学で、わたしが今いるダニーデンの病院から少し歩けば着くという便利な場所にある。話をした相手はやる気満々の女性で、名前をブラムヒルダといい、アクセントからドイツ系と考えてまちがいなさそうだ。

ブラムヒルダはベルリンから来たばかりの交換留学生で、海運史の博士号取得に向けて研究を進めている。博物館設立に参画するのは、彼女にとって願ってもないことだった。

「はい《ャー》、わたし、ランギ氏のお宅にお邪魔したことがありますし、所蔵の工芸品の目録作りを進めています。よろしかったら電子版のファイルをお送りしましょうか？」ブラムヒルダは言った。

「電子版のファイル？」

「画像です、フィンさん。目録を作成し、資料として残す目的で、ランギ氏の遺物を一個ずつ撮影しました。データをメールでお送りしますので、展示物のレイアウトの参考にしてください。いかがでしょう《ャー》？」

「ヤー、いや、ありがとう。とても助かるよ」

「デートもご希望ですか？」と、ブラムヒルダがわたしに訊いた。

「えーと」わたしは口ごもりながら、ブラムヒルダの説明を待った。

「デーティング、つまり遺物の年代を測定したデータです。博士論文に業績として載せたいので、使っていただけると助かります」

「なるほど、ではそちらも頼む」ブラムヒルダに返事をしながら、頭の中では、アルビー宅と物置の全体像をつかむ作業も必要だと考えていた。タイ一族が担当している所蔵品の追加分についても頭に入れておかねばならない。そこで、遺物の寸法をすべて計測して、展示物のバランスも考えようというアイデアが浮かんだ。

そうだ、テ・パパ国立博物館から届く最後の荷物のことも考えよう。こちらの寸法も把握しておかなければ。ピースがいくつあるか、パズルの寸法すらわからぬまま、ジグソーパズルを完成させるようなことになりそうだ。

作業に取りかかって数時間が過ぎ、数日が過ぎるころ、わたしは勇猛果敢で血なまぐさい南島の驚くべき歴史の全貌に飲みこまれていった。ちまちまとした手書き文字できちんと記されたアルビーのノートや、得体の知れない所蔵物に貼りつけられたラベルから、また、実際の使い道を知る人々からの電話にも助けられ、この地の歴史絵図が一枚の絵のように浮かび上がった。およそ三百年まえ、外国人によるニュージーランド北島への入植がはじまり、彼らの一部が南島へと移動した。捕鯨、アザラシ漁、ゴールドラッシュにシルバーラッシュ、新奇な動植物の発見、南島も北島も野生動物最後の楽園として、また全世界で唯一、人間の手がおよばない未知の領域が残されている場所として、ニュージーランドでは三百年の歴史の中で幾度か入植ブームがあった。

およそ百年の間、名声や冒険、富を求め、あるいは知らない場所に行ってみたいという好奇心だけでこの地を訪れた人々はみな、当時はニュージーランドですらなかったニュージーランド南島南端の、凍てつく海を目のまえにして、どう生き抜こうかと考えることになる。アメリカ、アフリカ、ヨーロッパ、アジアと、さまざまな地域から人が集まった。大部分が新たな冒険の機会を求めて去っていく中、定住する者がいた。とはいえ、この地に滞在中、彼らはみな、自分たちの子孫を残そうと懸命につとめた。

じつに懸命に、だ。

ニュージーランドに住む端整な顔立ちのマオリ族が海洋探検家として各地を掌握《しょうあく》したという資料があるが、彼らのルーツはスペイン人の征服者《コンキスタドール》であり、彼らの父祖が南米のインカ帝国を制圧したときと同じようなことをニュージーランドでもやっている。ニュージーランドに入植したフィジー系とウクライナ系の婚姻によって、ふたつの文化が融合した一族もいる。初期には南アフリカ系入植者と華僑《かきょう》にルーツを持つ一族も誕生している。南アフリカはわたしの祖国であり、当時は国が成立したばかりでもあるため、オランダ・フランス・イギリス・中国がルーツの人々がいても不思議ではなかった。昔のニュージーランドは、こうした人種のミックスが進んでいたのだ。

こうした事情を勘案すると、現代ニュージーランド文化の本質が理解できる。というのも、同じく移民であるわたしの率直な印象だが、ニュージーランド人は、いい意味で興味深く世界をとらえていると思う。ゾイル家の目に、世界はどんな風に映っているのだろうか。彼らはいつからあのような暮らしをするようになったのか。彼らはどこから、どうしてニュージーランドに渡ってきたのか。ゾイル家も他国にルーツを持つのだろうか。ふるさとと呼べる土地、父祖と呼べる人々がいるのだろうか。

博物館プロジェクトについて考えを巡らせていたところに、プルーイットが見舞いに来た。彼が持ってきた書類の山は、博物館とは別のものだった。

「ああ、プルーイット、わざわざ来ていただいてすみません。これで全部ですか？」

「そうだね、わたしが持っていた資料すべてと言ってもいいだろうな。昔取ったメモや、警察が捜査の連絡先をリストにしたものも入っているし、写真も、何もかもすべてそろっている」

レス神父と話したあと、今、自分ができるのは、せいぜいゾイル家に一矢《いっし》報いるだけの証拠を手に入れたいと思うことぐらいだ、その証拠をつきとめるには、どんなことでもやってやる、と、腹を決めた。何も車いすに座ったまま、やつらに命を取られるのを、手をこまねいて見ているわけではない――あくまでもたとえ話であり、本気でそうするつもりはない。

というわけで、昨夜プルーイットへ電話して、ゾイル家がかかわった記事のデータをすべて見せてほしいと頼んだ。もう一度全部見直し、抜けがないか調べようと思ったのだ。

効率的とはとうてい言えないが、それ以外に思いつかなかった。

それに、博物館設立を手伝うことになっても、わたしはまだ病院のベッドでひとり、怒りを持て余すだけの時間的余裕があった。

「今朝、ここに来るまえに神父と会ってきたが、きみに話したことを聞いたよ。わたしからも忠告する、フィン、彼の言うとおりにしなさい。この国を出ることを真剣に考えたほうがいいと思う」彼はベッド脇のいすに巨体を落ちつかせると言った。

「わたしがそんなことをするわけがないのはご存じでしょう、プルーイット。第一、もう遅すぎる。みすみすしっぽを巻いて逃げろってことですか？」

「フィン、彼らに立ち向かい、勇敢に戦いたいという、きみの誇り高き精神は認めるが、神父の言うとおりだ。現状では彼らに分がある。きみは一度しくじれば命を失う。相手は一度うまくやりさえすれば、それで終わりだ」

彼の意見に異存はなかった。

「それにきみは、ほかの人たちへのトラブルまでちゃんと考えているかね？　きみに何かあれば、わたしらにも危険がおよぶかもしれないと思わないか？　タイやパトリシア、ベティ、〝温水のトゥイ〟や、マーダーボールの仲間たちのことはどうだ？　さまざまな事情を顧《かえり》みることなく、うまくやれると思っているのか？　彼らが巻きこまれたらどうする？　きみを含め、われわれは良識ある一般人だ。ゾイル家とはちがう。妻もいれば子もいる、一族がいる。わたしたちにだって、決して失いたくない人たちがいるんだ。大切な人がいるからこそ臆病になる。われわれはゾイル家に立ち向かえるほど強くないんだよ」プルーイットの主張が正しいのはもちろんわかっている。

「身近なだれかの子が行方不明になったらどうする、フィン？」プルーイットがたたみかけるように言う。

「わたしがそこまで考えてないっておっしゃるんですか？」冷静になろうとしたが、逆に感情が抑えきれなくなった。「じゃあ、引き際はどこなんです、プルーイット？　どこで線を引くんです？　ゾイル家の好きなようにさせ、こちらは譲歩する。すると、あいつらはさらに増長し、こちらはさらに譲歩する。だが警察も……わたしたちを助けることはできない。でもおっしゃるとおりです。わたしたちが手をこまねいて見ている間に、子どもが行方不明になったら？」

「それは——」プルーイットが話を遮《さえぎ》ろうとしたが、こちらも負けずに話を続けた。

「子どもたちにどんな言い訳をするんです？　逃げるしかなくなったら、子どもたちにどう説明するんです？　『善人は屈するものなんだよ』とでも言うんですか？　そうじゃないでしょう。はっきりさせましょうよ、プルーイット。あいつらがおかしい、それが真実だと。もうこれ以上あいつらの好きなようにはさせたくないんです！」気づかぬうちに声が大きくなっていた。

「では、われわれは無駄を承知で戦うべきなのか？」プルーイットは冷静に返した。彼が本気で怒っているのがわかった。

「わたしだってきみと同じことを考えていたよ。わたしは家族の半分を失ったんだよ、フィン。ジェイムズが失踪した夜、わたしは銃を持ってゾイル家まで行ったんだ。ゾイル家の屋敷が見渡せる場所の茂みにもぐってひと晩中、朝が来るまで隠れていた。警察が帰るのを見計らって、丘を下り、あの一族をひとり残らず殺すつもりだった。なぜそうしなかったか、きみはわかるか？」プルーイットは震える声でわたしに訊いた。

わたしは首を横に振った。彼にかけることばが見つからず、無言のままで。

「敷地まで駆けこんで本懐を遂げたら——いいか、わたしはあいつらを全員殺すつもりだった。今もそうだ——エミリーはひとりぼっちになってしまう。悲しい思い出とともに生きていかなければならない。それは今も変わらないんだ、フィン。きみは物事に白黒をつけるのが第一だと主張し、理屈では、たしかにそうだ。でも、自分の大事な人たちはどうなる？　自分を必要としている人たちはどうなる？　きみだってそうだ。きみとパトリシアの仲をだれも知らないと思ってるんじゃないだろうね？　あの子はきみに惚れている、フィン。自分が招いた結末を背負って生きていくのは、結局、自分を愛してくれる人たちなんだよ。やはりきみは、屈するのは臆病だと思うのかい？　せめて一年は落ち着いて考えなさい。それでもやるというのならやればいい」

「すいません、プルーイット、あなたを傷つけることになるとは」わたしはプルーイットに謝った。何年も行動を起こさず、静かに耐えるには意志の力と忍耐力が求められる。ただ、今のわたしには、そんな覚悟はなかった。プルーイットがこれまでずっと耐え続けてきたのは想像に難《かた》くない。わたしにはとうていできないことだ。彼が過食に走り、酒をあおり、チェーンスモーカーなのは、その苦痛を紛らわせるためなのかもしれない。

「いやいいんだ、フィン。きみを説得できなかったとボビーが言っていたから、わたしがなんとかしなければと思ってね」プルーイットは首を横に振りながら言った。「正直なところ、わたしもどうしたらいいかわからないんだ」

プルーイットはハンカチを取り出し、額《ひたい》の汗をぬぐってから話を続けた。「わたしは自分の信念ではなく愛を選び、こんな結果を招いてしまった。せめてもの慰《なぐさ》めは、屈することを選んだおかげで愛する人を傷つけることなく、自分ひとりがその代償を背負ったことだ」

真《まこと》の悪とは、胸の悪くなるような悪行を犯すとは、こういうことなのだと、わたしはようやく知った。あいつらが手を染めた時点で、すでに常識の範囲を超えているのだ。どんな手段を選ぼうとも、奇跡は起こらず、筋の通った解決もあり得ない。どうだっていい。いずれにせよ、わたしはすでに起こった悲劇に手を出したのだから。

悪に屈するのだけは、ごめんだ。

第四十章

三週間前、五月十五日

生活のリズムが整ってきて、かなり長時間作業ができるようになった。

一日の生活時間は、博物館の仕事に費やす時間、ゾイル家について考える時間、そして、あり得ないほどの痛みを伴う手の理学療法に費やす時間の三つに均等に割り振られている。だがどれも、はかばかしい進展が見られない。

しかも三度の食事のあと、小さなカップに入ったゼリーのデザートを半強制的に食べさせられる。

感染症の心配がなくなれば、あと二週間ほどで退院できると病院側は言う。

その日が一日でも早くなってほしいのだが、退院後の生活基盤がまだ整っていない。仮の住処としての新居を探す事務的な問題もそうだが、病院は全方位に手厚い安全策を講じている。

今はその恩恵に浴しているというわけだ。

ダニーデンはリヴァトンから車で三時間離れているし、この病院は照明が二十四時間体制で明るく院内を照らし、人の行き来がつねにあり、双子刑事のジョンとルーカスによると、警察との常時接続が確立した監視カメラも設置されているという。

そしてこの刑事たち、わたしへの見舞いはひとりずつ来るが、病院にはこまめに、ふたりそろって顔を見せている。

だから病院内にいるかぎり、ゾイル家の三兄弟に襲撃される危険はまずない。

だが、リヴァトンに戻れば話は別だ。わたしの帰るところはあそこしかない。レス神父やプルーイットの忠告には耳も貸さず、わたしはゾイル家についての資料に片っ端から目を通していた。頭に入れておくべき情報は逃さず見つけるつもりで。

わたしには援軍がいる。プルーイットがあの翌日、追加分の資料を持って見舞いに来たのだ。

彼の協力をうれしく思う一方で、彼をふたたびこの事件に引きずりこんだのが申し訳なく、手放しで喜ぶことはできなかった。プルーイットとふたり、目をこらして過去を振り返る。それは決して簡単なことではなかった。事件発生時を知る存命者と連絡を取り、無限に思えるほどのメモに目を通すうち、有力な情報がひとつもないのを思い知らされた。

アリスが消息を絶った当時は証拠も資料も少なく、通り一遍のものばかりだったのに対し、ジェイムズの失踪に関する情報量の多さには圧倒されてしまいそうだった。

ジェイムズが姿を消したころになると、町の人々の間でアリス失踪の情報が共有され、みながゾイル家に疑いの目を向けたからだろう。

ゾイル家が証拠を隠滅できたとは思えない。彼らにそんな時間はなかったはずだ。メモの記載によると、アリスが行方不明になって、警察が重い腰を上げたのは当日の夜から翌日の朝にかけてだった。一方ジェイムズが失踪したとき、警察は電話を受けてから一時間も経たずに、ゾイル家の農場を訪れている。

夕刻になり、いつもなら帰るはずの時間にジェイムズが帰ってこなかったため、エミリーは取り乱してプルーイットに電話した。姉からの電話を受けた彼は、義兄が事件に巻きこまれたと判断し、地元の警察署長に連絡した。逮捕はしなかったが、警察は〝取り調べ〟を行い、ゾイル家の農場周辺に警官を張りこませた。同日夜、警察はボートを出して、海上での遺体の捜索も開始している。

「これは警察の奥の手だよ」プルーイットが教えてくれた。「令状が出ない、証拠がない、逮捕する権限がまだないが、事件性があると判断すれば取り調べができる。なんらかの理由をでっち上げて敷地内に潜入さえすれば、進行中の取り調べに役立つ捜索もできる」

「警察なら当然でしょう。どこが奥の手なんです？」

「取り調べ期間は警察が自由に延長できるという奥の手だよ。警察は疑いを持った人物を特定すると、疑わしいものが出てくるまで、そいつの家をずっと張りこむ。張りこみは数時間から数日におよび、シフトを組むこともある。こうした捜査は総じてうまく行く。警察に取り囲まれれば、向こうも証拠を隠滅することも逃亡を図ることも、現場に戻ることもできなくなるからだ。新たな犯罪に手を染めることも、やり残したことを始末することもできない。警察の側も、こんなことになったのはあんたたちが無能だからだという、嫌がらせ的な苦情を受ける程度のリスクは承知の上でやっている。警察をゾイル家周辺に展開させたのは、刑事時代のボビーだったと思う。その後署長から聞いた話だが、ボビーは、次にコッター家で何かあったら――すでに仮定ではなかった――ゾイル家の農場に直行し、部下には自分が現場に到着するまで待機していろと命じたそうだ」

「ということは、アリス失踪後、警察は次の犯行を予測していた……？」確信が持てず、声が尻つぼみになった。

「大丈夫だ、フィン、わたしもすっかり図太くなった。農場周辺をじっくり捜索すれば、今度こそ遺体が見つかると警察は踏んでいたんだ。ゾイル家側も、犯行の隠蔽《いんぺい》や、遺体を遺棄する時間はもうなかった」

「なるほど。アリスの一件以来、住民は子どもの誘拐を警戒するようになった。平穏な町ですから、なおのことでしょう。すると今度はジェイムズが姿を消し、町の人たちの間に動揺が走った。その後、エミリーが住民に話した内容から、ゾイル家は自分たちが事件の第一参考人になると察した」

プルーイットが答えた。「ジェイムズが失踪したころは物理的な制約もあったんだ。一九八九年当時、遺体の遺棄は今とは比べものにならないほど困難だった。ゾイル家への警告は一切なかったか、あっても微々たるものだっただろう。いいかね、ゾイル家は、ジェイムズがまさかあんなタイミングで突然訪ねてくるとは思っていなかった。やつらにとって都合の悪いものを見てしまったため、ジェイムズは殺されたんだ。殺せばジェイムズの遺体を遺棄しなければならない。土に埋めるか、海に放り投げるか。警察が当然取り調べに来るはずだから、どちらを選んでもリスクを伴う。遺体を形なきものにしようと考えるかもしれないな、焼くとか、アルカリ液で溶かすとか。だが、こうした手口は時間がかかるし、遺体が部分的に残る懸念もある。そこで遺体をどこかに隠し、遺棄するタイミングを見計らったのかもしれない。始末するものは遺体だけではない。指紋、血痕、繊維片などあらゆるものがある。

警察だって馬鹿ではない。すぐさまゾイル家の農場に向かい、一家の車両をすべて点検したが、どの車もエンジンは冷えていた。数時間まえに動かした形跡のあるものは一台もなかった。警察が訪ねた際、ゾイル家は全員屋敷にいた。漁船はひと晩中、入り江に係留されていた。不審な形跡はなかった。警察犬が敷地内をかぎまわり、鑑識が写真を撮り、証拠物件を採取した」プルーイットはファイルにあったポラロイド写真を数枚見せた。

鑑識はかなりていねいに写真を撮っていた。居室はあらゆる角度から撮影し、物置や離れ、車両にいたるまで写真に収められている。証拠として役に立つかどうかは別として、ゾッとするような画像ばかりだった。ゾイル家の屋敷には骨董品の山に交じって、最近手に入れたような品がある。全体の調和も考えず、各世代が自分のほしい品を買いそろえてきたようだ。どんな様子かというと、黒い鋳鉄《ちゅうてつ》と木造りのガスレンジの上に、ぴかぴかの新しい電子レンジが載っているキッチン、鮮やかなオレンジ色のレイジーボーイ・リクライナーの隣に、使い古した木のロッキングチェアがあるラウンジ、と言えばわかるだろうか。洗濯室《ランドリー》には十年に一度買い足したと思われる冷凍庫が四台、古いものから一列に並んでいる。壁という壁に、ゾイル家の写真が新旧取り混ぜて飾られている。ひとりで写ったものはまれで、大半が男性のみ、ふたりから数名で一緒に写っている。

生活感のまったくない家。調度品はどれもありきたりなものなのに、こうやって一か所に置くと、どこかしっくりこないという印象を覚えた。

「これを見てくれ」もう次のファイルに目を通していたプルーイットに声をかけられ、われに返った。「忘れていたことがある。ボビーのお手柄だ。警察が恥骨を発見した直後、ボビーはゾイル家の農場で飼育していた豚からDNAサンプルを採取してくれと上にかけあっていたんだ」

当然だろう。恥骨に豚の精液が付着していたのだから。恥骨を剝《は》がれた人物が見つからなければ、まず豚を探すだろうに。しかもゾイル家は養豚業も営んでいる。

「だが、確認作業は次第に縮小されていった。豚は近親交配に耐えられる動物で、養豚業者はふつう、大柄な仔豚が確実に生まれるよう、雌豚に大柄な雄豚を交配させるものだ。利益を出すためだからしかたがない。人には、手に入るものはできるだけ手に入れたいという欲がある。結果、雄豚を数頭調達してさえおけば、あとは百頭、千頭単位で雌豚を飼えばいいという計算になる。それが数十年続けば、豚たちはみな縁続きになり、遺伝子上の区別がつかなくなるため、ＤＮＡ検査そのものが価値を失う。雄豚が国内産であることは立証されるだろうが、それも千頭単位の豚を検査してからのことだ。豚が一卵性双生児か、探している豚が存命かという件については検討すらしていない。もっと言うなら、かりにお目当ての豚が見つかっても、そいつはゾイル家以外のだれかが盗んだ豚かもしれないし、ゾイル家が気づかぬ間に精液を抜き取られ、別のだれかが使ったのかもしれない。健康な精液は保存して人工授精に使うことがあるからな。要するにだ、ゾイル家の農場で飼っている豚全頭のＤＮＡ検査を行ったが、該当する豚は見つからなかったんだ」

というわけで、疑問という疑問がどれも解決を見ぬままで、これまで埋もれていたデータをプルーイットと二度見直したのだが、新たな発見は得られなかった。

アリスは消えた。ジェイムズも消えた。遺体も痕跡もない。何もない。

ジェイムズが失踪後、警察は迅速かつ綿密に捜査活動を展開し、プルーイットの証言どおりなら、有力な証拠がどこかで飛び出してもおかしくはなかった。

ゾイル家はジェイムズがいなくなってからまるまるひと月、農場から出ることはなく、犯行がばれるような失言もなかったため、農場に出入りした人や物まで、逐一精査された。農場全域に何度となく捜査陣が入った。地中探査機器まで動員し、地下の隠しスペースがないか調べたけれども、怪しいものはなかった。さらに警察の徹底的な捜査が数週間かけて、再度行われた。前回の捜査で見落としたところがないかを確認するのではなく、ろくなエサを与えていないことから、豚に栄養失調が見られ、家畜への虐待を調べるためだった。虐待の程度が当局から指導を受けるほど悪質ではなかったという理由で、罰金は科されなかった。こちらも事件とは関係がなかった。

プルーイットとわたしはまたしても、いら立ちを感じながらファイルをデスクに置いた。あの農場には決め手となる証拠は何もなく、この資料にも役立つ情報は何もない。

それでもわたしには〝なぜ今になって？〟という疑問が残っている。

なぜわたしを狙う？　なぜ今になって？　記憶が風化した今になって、彼らはなぜ行動を起こしたのか。わたしが決め手となる証拠を持っていたなら、当の本人が気づかぬうちに家もろとも焼けて灰になったはずだ。それより、あのコテージに証拠があるなら、なぜ今まで放置していたのか。プルーイットが言っていたとおり、自分たちに都合の悪いことをわたしに知られ、脅そうと思ってやったようでもなさそうだ。

ショーンは、快楽のためだけにわたしを殺そうとしたのだろうか。動機らしきものはいくつも浮かぶが、どれも決定打に欠ける。

自分の人生を変えてまで守りたい、厳然たる動機とは考えられないのだ。

プルーイットやわたしは、あとどれだけこの問題にかかわるのだろうか。プルーイットの疲労の色は日を追うごとに増している。不眠に悩まされているのはわたしだけではないことがわかる。

ストレスの原因が運動不足にあるので、ちょっとでも体を動かすことにした。最初は車いすの操作に手こずったが、いざ乗ってしまうと楽に動けた。自分のことをだれも知らないところに身を置くのはなんて気が楽なのだろうと考えながら、わたしはすぐに廊下に出た。

廊下を何度か往復している間に、病室にはベティが来ていた。彼女はいすに腰かけ、老眼鏡を鼻先に載せて、分厚いノートに何やら書きこんでいる。

「ベティ?」わたしは声をかけた。まさか彼女が見舞いに来るとは。

「おはよう、フィン。元気そうね」ベティが言った。

「ええ、経過は良好です」

「セッションが中断してしまったわね。まあ、自宅は全焼したし、鎮静剤をずっと打ってたわけだし、中断は大目に見るとして、あなたもそろそろ元気になったみたいね。様子を見るために来てみたんだけど、再開してもよさそうだわ」わたしは車いすを押して彼女の脇に行った。ベティにさからってもしかたがない。それに、こちらもカウンセリングをお願いしたいと思っていたところだった。

わたしが一方的にしゃべり、ベティが聞き役にまわるのは、このカウンセリングらしきセッションでは初の快挙だった。

とことんまで聞いてあげようじゃないのと言う彼女を相手に、ゾイル家の企み《たくら》への恐れ、タイ、プルーイット、パトリシアのこと、ここに定住することなどを思いつくままにしゃべりまくっていた。頭の中が空っぽになるほど話して、さっぱりしたわたしは最後にこう言った。

「こういうことです、これが質問です。自分がどれだけ馬鹿なことをやってきたかがわかって、馬鹿なことはもうやめると決めました。では、わたしはこれからどうすればいいんでしょう?

馬鹿なことをやめたからといって、無意識のうちに立派なことができるようになるわけじゃない。立派なことってなんです、ベティ？」

話をずっと聞いていたベティはうっすらと笑みを浮かべると、バッグから大きくて分厚い、表紙が紫色の本を苦労しながら取り出した。

「そろそろあなたからその質問がくるだろうと思って、こんな重い本をわざわざリヴァトンから持ってきたのよ」と、彼女はその重い本を自分のひざに載せた。

「『DSM-5　精神疾患の診断・統計マニュアル』っていう本。ありがたそうな名前じゃない？　専門用語ばかりが千ページ並んでる――字も小さいわね」と言いながら、彼女はこの本をこちらに手渡した。ずっしりとした重さが手に感じられた。

「この本では、人間の精神状態を現代の科学で究明しているの」と、彼女は言った。ベティがこの表現を気に入っていないのは口ぶりでわかった。

「この本は基本、人間の脳が機能不全に陥《おちい》る要因をこと細かに列挙している。狂気、悲劇、異常性格、疾病《しっぺい》など、わたしたちに起こり得る症状を長い表にして書いてあるの。それぞれの解説の最後に治療法も載せている。わたしたちはみな、この本を頼りにしている。カウンセラーも、ソーシャルワーカーも、医者も、精神科医も、ほかにもたくさんの人が。

カウンセリングが終わったら、この本からクライアントの症状を言い表す病名を探し、そこに書いてある指針どおりに治療するのが、わたしたちの仕事。治療が成功すればカウンセリングは終わる」

ベティの人となりが多少わかってきたので、そろそろ耳の痛いお小言を頂戴するころだ。わたしはお小言に備えて身構えた。手にした本に目を落とすと、今の自分は精神的にまだ良好だと気づいた。この本を開かずに済みそうだ。格段の進歩だ。

「この本は、人が精神のバランスを崩すメカニズムを網羅《もうら》的に説明することだけを目的に作られたもの。自分を取り戻し、新しい生活をはじめるためのマニュアルじゃないわ。だったら、精神医学の治療で勧めているのはどんなことか知ってる?」ベティがわたしに訊いたが、その答えはすでにわかっていた。

「薬ですね」と言うと、彼女はうなずいた。

「人を苦痛から解放する薬、そう」彼女はうなずきながら言った。「で、苦痛を訴えなくなると、たとえば不眠とか、抑うつ症状とか、幻聴とか、なんでもいいけど、とにかく悩みから解放されると、わたしたちは患者に治癒《ちゆ》したと宣告する」

自分の苦痛を長年アルコールで解消してきた身として、こうしたメカニズムを理解しているわたしは、次のプロセスがどんなものかはわかっていた。

「薬を飲んでさえいれば大丈夫、ということですか? 薬は苦痛を取り除きますが、服用をやめれば苦痛に逆戻りです」わたしは言った。

「じゃあ、薬をやめても苦痛がなかったら?」と、ベティに訊かれたそのとき、自分に出された宿題の答えが論理立てた形で見えてきた。

「苦痛がなければその原因を自覚せず、自覚がなければ変わらない。変わらなければ、苦痛のそもそもの原因となった問題は決して解決されない」

そういうことだったのか。

「御説には賛同します。しかし、わたしとどんな関係があるのでしょうか?」わたしは食い下がった。

「わたしはできるだけのことをした、ってこと、フィン。あなたはようやく、もう一度薬のお世話にならずに苦痛の原因をつきとめたじゃない」ベティはにっこり笑った。

「人は毎回、やっぱりそこかというところでつまらないミスをする。まぬけよね。人は苦痛に直面すると四つの行動を取る。意志が強ければ苦痛を解決するか受け入れようとするし、そうじゃなければ苦痛から逃げ、最後には自ら命を絶つ。人はさまざまな形で苦痛から逃げ、自ら命を絶とうとするけど、本質はみな同じ。苦痛に直面できないか、苦痛を受け入れようとしないわけ。

その理由はわたしにも、あなた自身にもわからないけど、とにかくあなたは苦痛から逃げるのをやめ、苦痛と向き合い、これまで認めようとしなかった、自分の浅はかで嘆かわしい愚行の数々をていねいに考えて受け入れただけではなく、苦痛を和らげ、精神が安定した状態を維持する生き方を見つけた。そこまで行き着く人は珍しいわ。でもね、今度は次の質問の答えを自分で見つけなければいけないわね。

自分の悪い習慣とは何かをつきとめ、やめるように導くのがセラピーと呼ばれるもので、わたしたちのセラピーは、ここでおしまい。道を誤ることなく人生をやり直す方法を記したマニユアルはない。自分で考えるのよ」ベティは言った。

おっしゃるとおり、自分で考えるしかない。

「しかし、以前話題に上った、自分の心をまったく理解できない人がいるのはなぜか、という問題はどうなるんです？　苦痛からとにかく逃げようとしているのに、自分は苦痛を解決しているのだと考えている人がいる理由。自ら命を絶って苦痛から逃れようとするのは、自分は苦痛を受け入れたんだと思いこむからじゃないですか？　まさにわたしがそうだったからです。わたしはでたらめな人間です。自分が思ったこと、決めたことに自信がまったく持てない。自信があるかどうかもわからない」ベティにこう言いながら、この人に自分の欠点を話すのはどうしてこんなに楽なんだろうと考えていた。

「そうね、たしかにわかりやすいわね。まあ、自分が信じられるようになったのに、苦痛から逃れることを考える人もあたりまえのようにいるから。ごく少数だけどね。

せっかく自分のおろかさを自覚し、改めようとしてるのに、じゃあどうすればいいか、考えることに疲れてしまう。そうなると気が重くなり、結局、自分を変えようとしても、あきらめてしまうの。

自信を持つのは簡単だけど、だれにでもできることではない。自分を偽ろうとすることも、自分の気持ちに正直になれないこともある。それは自分をちゃんと理解し、行動の裏にある本音が見えているから。自分を偽ろうとしても、まちがっているのか、正しいのかは自分がよくわかっている。希望や不安を与えるのも、また自分なの。魂、良心、精神、自分の好きなことばで呼べばいいわ。

というわけで、まちがったことをすればするほど自分を偽ることが増え、自分がますます信じられなくなる。希望がなくなり、不安ばかりが募る。まちがったことばかりやってると、自分を偽っているのを自覚するようになる。薬をいくら飲もうが、ドラッグでいくらハイになろうが、いくらお金を儲《もう》けようが、自分を偽っているという意識は少しずつ積み重なる。自分が信じられない、自分で決めたことが信用できないという意識が芽生えると、人は着実に希望を失い、不安が募る。

だけど、ちょっとしたことで立ち直れるの――簡単には行かないときもあるけどね。あなたは長い間、下手すると数年はまちがったことをやってきた。だから自分を取り戻すのに時間がかかった。決断力も鈍《にぶ》り、取り戻すのにやはり時間がかかった。

自信を持ち、不安よりも希望を持ちたいなら、これまでの生き方の逆をやればいいの。まちがったことを改め、一日、また一日と長く続ける。それができれば、自信も生まれるし、しっかり決断できるようになる。忍耐強く続けて。これはあなたが幸せを見つけるための秘訣ではないけど、自分のだめなところばかりに目が行くのをやめるための秘訣であるのはまちがいないわ」と、ベティは言った。

その日の晩、ベティが帰ってからしばらく経った午前三時、わたしはまた目が覚めた。ふだんとはちがう、はじめて迎える午前三時だった。

夜中に目が覚めたって、罪悪感を持たなくてもいいんだと、ようやく悟ったからだ。

この晩にかぎらず、この年にかぎらず、もう罪悪感を持たなくてもいい。ベティが言ったように、答えはまだ半分しか出ていない。どうすれば幸せが見つかるか、まだわからないが、自分のだめなところに目を向けるのをやめた。だから罪悪感を持たなくなった。

これを続ければ、自分の長所がどんどん見えてくる。

要は続けること、わたしはしつこいぐらい、続ける努力を重ねるだろう。

ひと晩、ひと晩、おろかな自分を改めていくのだ。

第四十一章

前日、六月三日

〈やったね！　男の子が来たよ！〉

男の子かどうだかわからないが、タイ宅のリビングルームの壁にはこんなメッセージが斜めに貼ってあり、まわりをたくさんの風船やリボンが取り囲んでいる。ランギ家の四姉妹が作ったもので、わたしがリヴァトンに戻ってきたこと、しばらく彼らのカウチを借りることを祝ってくれている。

はしゃぐネタを探していたら、格好の標的がやってきたというわけだ。

あの家の娘たちのこんなところは、タイに似たのだと思う。

末っ子のミヒも、よちよちとわたしのひざに上ると、気遣うような口調で「ハイ」と言ったのには驚いた。かわいい指先でわたしの顔をあちこち押し、しげしげと見やったあと、さらりとこう言ってのけた。

「うんち」

それを聞いたタイがうれしそうに笑った。「でかした！　今週はずっとこいつに『うんち』を教えてたんだ。これでいくつ目だ、五つは単語を覚えたぞ」ミヒが振り返り、パパの顔を指さして「うんち」と言うと、タイはまた笑った。

「また自分の手柄にしてる」ベックスがニコリともせずにつけ加えた。

たしかに、ランギ家ではベックスだけがいつも冷静だ。

あの火事から六週間が過ぎ、わたしはほぼ全快した。包帯は一週間まえにすべて取れた。あとは週に一度、通院で治療を受ける程度にまで回復している。この日は退院してリヴァトンに戻ってきた初日、この町に戻ってこられてよかったと心から言える。

ここ二週間、アルビー博物館の設立作業は順調に進み、わたしは自分のことのように喜んでいた。こんないい仕事を自分にまかせてくれるなんて。ブラムヒルダがこまごまと送ってくれる写真やメモのおかげで、興味深い未知なる歴史の断片が物語る、さまざまな事実がわかった。ブラムヒルダはアルビーのアルバムから参考になりそうな写真を見つけると、デジカメで撮って送ってくれたりもした。彼女が厳選した画像はわたしの好奇心をさらに掻《か》き立てた。その大半が不鮮明な白黒写真で、中には百年以上まえのものもあるが、その時代を生きた人たちの顔を克明にとらえている。ドアのすぐ外で数名が並んで撮ったものが多い。なぜだろう、写真を見ていると、この地のあらゆるものとの絆が深まるように思える。住民はみな、大きな集合体の一部であるように見えるのだ。時代が進むにつれ、今より若いが見知った顔が見つかる。エミリーとプルーイットが腕を組んでほほえんでいる姿は、一九七〇年代の一般視聴者が参加するオーディション番組の一シーンを切り取ったようだ。まだ若く、下肢が不自由になるまえのタイが、三十歳未満のラグビーチームの仲間たちと一緒に人なつっこく笑っている写真。彼はやはり群を抜いて長身だ。ボーイスカウトのような制服姿のアウトドアスポーツのメンバーがきちんと一列に並んだ中に、まだタトゥーを入れるまえの〝温水のトゥイ〟が、はつらつと輝かしい顔を見せている写真まであった。過去を切り取った写真に知人たちの姿を見ると、近い将来、こんな写真の中に自分も加わりたいと心から願った。だがどうして、ゾイル家の写真が一枚もないのだろう?

「これなら今すぐオープンできそうだ。こんなに速く準備が整うなんて思わなかった」わたしは言った。

「いや、オープンは七月の初旬、まだ数週間あるぞ。一族全員を動員して、勤務シフトを組んだりしなきゃな。政府から助成金がおりれば、正規の職員を採用する。博物館と呼ぶにはまだいろいろやることがあるが、きっとうまく行く。これまでも順調だったからな」タイが答えた。

「建物は完成したのか？」

「塗装と、展示物の位置決めがまだ少し残っている。おまえの腕の見せどころだ」タイは言った。そのあたりは入院中、彼に見せたはずなのだが。コッター家の事件についてはプルーイットともう一度洗い出してはみたが、これといった成果は挙げられなかった。だが、アルビー博物館についてはそれなりの仕事ができたと自負している。アルビーが遺したメモを参考に展示物の候補を検討したが、何よりリヴァトンの過去をとらえた写真が印象に残った。この町がたどった道筋がわかったような気がする。

「スケジュールは厳しいが、オープンに間《ま》に合わせることは可能だし、今あそこにあるものを順序立てて並べることもできるよ。あとは、テ・パパ国立博物館からどんなものが返却されるかだな。成り行きを見てから考えよう」国立博物館から実際にどの程度、どんな遺物が送られてくるかは、わたしもブラムヒルダも見当がつかないでいる。

「いや、そっちはもう連絡がついてな、発送は終わっているんだと。ざっとチェックして、よさそうなものを箱から出したら、残りはどこかにしまっておこう。ただでさえ物があふれて困ってるんだ。トラックは明日来る。

だがな、あんまり作業に熱中するなよ。今夜はほかの予定が待っているんだから」と、タイが目を見開いて真剣な表情で言うので、ミヒと遊んでいたわたしは手を止めた。ミヒは熱心に紙コップを積み重ねてタワーを作っていた。一個重ねたら小さな手をこちらに差し出し、コップをもっとくれと要求する。

タイはパトリシアが企画した歓迎会のことを言いたいのだとようやく気づいた。ありがたいのと申し訳ない気持ちが半々だった。タイがいやな顔ひとつせず、あれこれ引き受けているのに改めて驚かされた。彼はわたしが何を知ったかすべてわかっているからこそ、それに伴うリスクがあることも意識している。いや、タイのほうがわたしよりもずっと町の人を大事に思っているから、リスクについてはわたし以上に警戒しているだろう。怒りも見せず、不安も表に出さず、過度に警戒もしない。タイは淡々と対峙《たいじ》している。

「おまえの気持ちはわかる」タイはこちらの気持ちを読んだような言い方をした。「ほかの連中が何をしようと気にするな。自分がこれだと信じることをやっていればいいんだ。限界までな。それ以外は気にするな」

タイのように考えられればいいのに。

「それにな、おまえには仲間がついている」タイはつけ加えた。だが残念ながら、わたしはタイのようには考えられない。そう言われると気分がよくなるどころか、逆に滅入ってしまうのだ。

第四十二章

そして、六月四日……。

朝と呼ぶには早すぎる時刻、寝起きのゾンビ状態に活を入れるために淹《い》れた朝一番のコーヒーを飲んでいる途中で、もはや恒例行事となったミヒの〝おはよう攻撃〟にあたふたしていると、かたわらの携帯電話がけたたましい音を鳴らした。電話の主は興奮冷めやらぬ様子のブラムヒルダで、こんな早い時間に電話だなんて相手に失礼ではないかという配慮はあきらかに欠けており、この喜びを一刻も早く伝えたいという感情のほうが先走っていた。

「そう《ヤー》」というあいづちと驚きの声を交互にはさみ、ブラムヒルダはアルビー博物館で数千年まえの珍しい遺物を見つけたと語った。そんな彼女をうっとうしく感じたが口には出さず、今日中に博物館に寄ると約束した。プルーイットが博物館オープンに関する記事を一面に載せる準備を進めているので、とにかく朝の十時に彼と会わなければならないのだ。そこでブラムヒルダに言った。「数千年もまえの遺物なら、ランチが終わってからでも待ってくれるだろう」

まず、コテージがあった場所に戻ろう。

学校に通っているランギ家の娘たちが言い争いをはじめ、家じゅうがハリケーン級の大騒ぎになるまでに、わたしはなんとか洗顔と食事を済ませた。

空気は冷ややかだが晴天で、夜明け前の町はどこもかしこも静まりかえっている。眠りからまだ覚めない町を車で家路に向かうころ、この日最初の日差しが木のてっぺんを照らした。

なぜここに来たかったのかわからないが、とにかく来た。見ておきたかった。

目的地に着くと、コテージの残骸ではなく門のそばに車を停め、車いすの支度を済ませてから、その場にじっとしていた。

これ以上近づきたくなかったのだ。離れたところから、小さく見えるわが家をながめるほうが冷静でいられた。あの夜の火事については頭の中でうまく整理されていないが、恐怖や不安という感情は消え、心境の変化は考えられないほど早く訪れた。怒りを増すようなネガティブなことはあとまわしにできるし、しかも考えすぎないようになった。あの日起こったことはすべて、味覚として口に広がった。辛味《からみ》と酸味にも似た味がした。そして、ゾイル家のことが頭をよぎった。パトリシアとこっそりわたしの車で葬儀を抜け出した、あの夜もそうだった。悲しみが胸いっぱいに広がり、喜びを押しつぶし、怒りだけが残った。

パトリシアの頬を涙が伝うと、彼女は顔をそむけ、わたしはことばを失った。覚悟して向き合わなければ、人を慰《なぐさ》めることなどできない。

そんなパトリシアに話しかけようとしてようやく、プルーイットが正しかったと悟った。彼女はわたしを愛している。

人はみな、自分が望む形で満足したいという、レス神父のことばどおりに。愛は前触れもなく訪れ、無視したくてもできるものではない。それが愛というもので、愛は人から自由を奪う。

だが、たいていは自由の代わりに安らかな気持ちを得る。人は愛によって生まれる束縛《そくばく》を喜んで受け入れる。

結果、わたしのような男と一緒になっては、喜んで受け入れるべき束縛とは言えないかもしれない。

愛とはけっこう、こんなものではないだろうか。いい女は馬鹿な男に惚《ほ》れ、離れられなくなる。

わたしたちが愛し合っていても、いつか幸せになれると強く願っても、わたしがリスクに自分から飛びこんでいく性格なのは、ふたりともわかっている。

わたしはすぐ勝手に人を恨み、中途半端な怒りをくすぶらせている。

彼女がどう思おうと、わたしが暴走するのは、ふたりともわかっている。

わたしと出会うずっとまえに、パトリシアもやはり人生をしくじっていた。

ひょっとすると、あのとき彼女が突拍子もないことを言い出したのは、ダメな男たちにいいようにされた、暗い過去のせいかもしれない。

「フィン、もしゾイル家の三兄弟を全員殺して逃げ切ることができるなら、やる?」

うそならいつだってつけるが、まだそこまで機は熟していない。ずっと黙っていたせいで、自分の本意を悟られてしまった。

「お願い、フィン」パトリシアは窓の外に目をやりながら、首を横に振った。そして言った。

「家まで送って」

家に着くと、彼女は一度もこちらを振り返らず、中に入ってからドアを閉め、ポーチの照明をつけた。照明はその後も点《とも》ったままだった。

＊

この日の朝、コテージに向かったのは、自分のこうした欠点をとくに改めず、そのままでいるべきか、見極めたかったからかもしれない。

ところがいざ来てみると、何の感慨もない。ただ疲れただけだった。

心は復讐に燃えても、次にどう動けばいいかがわからない。憎しみも愛と一緒で、視野を狭くするだけだ。

足元に、猫を埋めた場所に作った盛り土《ど》があった。土の上にはもう草が生えてきた。この悲しみも、やがて風化していくのだろう。

この場所にいい思い出など、ひとつもない。タイが言っていたとおりだ。この土地には邪悪なものが憑《つ》いている。土も、水も、大気も。健全なものはひとつもここに根づくことはない。猫たちも、コテージも、アリスも、ジェイムズも、そして、エミリーも。

すべて命をすり減らすように消え、ゾイル家だけが残った。

車の向きを変える途中、わが家の門柱に警察がわたし宛のメッセージをテープで貼っていたのに気づいた。鎮火後に現場で見つかった貴重品を預かっているので、取りに来てくれという内容だった。

メモはそのままにして、わたしは車いすを押して家の残骸に近づいた。

やっぱり時間の無駄だった。

濡れた灰と炭化した木材ばかりで、もはや家として使えたものではなかった。

家の内側はもう何もなく、間取りすらわからない状態だった。引っ越したときも、身のまわり品だけ持ってきた。残りはすべてウェリントンの旧宅に置いてきた。物も、人の縁も捨ててきた。必要最低限のものだけを持って、この町に来た。家の周辺をぐるりとまわって確認を終えると、車に戻り、その場をあとにした。

コテージがあった場所で生活を続けるという選択肢は、もうない。

時間にまだ余裕があったので、警察に貴重品を引き取りに行った。

町なかに着くともう日は高く、気温は低いが晴天に恵まれそうだと感じながら、車いすにふたたび身を落ち着けた。車から視線をそらせたところで、海上に彼らの姿が見えた。

ゾイル家の三兄弟が漁船に乗っている。ごくふつうの漁師面《づら》をして、ほかのロブスター漁船と一緒にエンジン音を響かせながら波止場をあとにするところだった。彼らの防水ジャケットが光をとらえて輝いている。船がスピードを落として通り過ぎる際、ショーン・ゾイルが舵輪《だりん》を握っている姿まで見て取れた。

向こうはわたしがいるのに気づかないが、こちらの目は彼らに釘《くぎ》付けになっていた。

彼らが視界から消え、ようやく息ができるようになると、寒い日だというのに体じゅうに汗をかいていた。

それにしても、いつまでこんな風にビクビクしながら生きていかなければならないんだ？

そのときだ。肩に手を置かれて反射的におののき、胸が締めつけられるような感覚を覚えた。

「ベルさん、ほんとうに大丈夫ですか、ベルさん？」ジョンが低く落ち着いた声で繰り返した。

「ああ、すみません、考えごとをしていただけです。不意を突かれて驚いただけです」大きく息をつき、口ごもりながらジョンに返した。

「調子がよくなさそうですね。署にいらっしゃいませんか？　お茶でもどうです？」ジョンのうしろにいたルーカスが進み出て言った。

「ご心配ありがとう、でもほんとうに大丈夫だから。ゆうべよく眠れなくてね。まあこちらも警察に行く途中だったから」指の震えを気づかれないよう注意しながら答えた。そして、肩の力を抜こうと意識しながら、こう続けた。「さっきコテージで警察が残したメモを見つけたんだ。貴重品を預かってもらっているらしい」

こうしてわたしたちは、警察の入り口を通った。双子刑事らが先導し、担当者はだれかとわたしが訊くまでもなく、こまごまとした手続きを代わってやってくれた。すぐに空いている部屋に通され、ていねいにことわったにもかかわらず、ジョンが砂糖入りの熱いお茶を手渡してくれた。ありがたくお茶をいただくことにした。

所轄の警官が部屋に入ってきて、「あなたの貴重品です」と言いながら透明のビニール袋を渡されるころになると、少しは動揺がおさまったように感じた。

貴重品といっても、そうたくさんはなかった。

携帯電話と財布、パスポートと鍵がいくつか。どれも家に火を放たれたとき、とっさに近場にあったものを持って出たものだ。

貴重品を持ち出したことは覚えていない。そこには銃もあった。

それほどのダメージは受けていないようだ。ただ、警察が銃弾を抜き取り、抜いた弾はクリップと一緒にテープでまとめ、銃とは別の袋に入れてあった。貴重品よりもわたしの目を惹いたのは、傷ついて多少ゆがんではいたが、火災現場から持ってきた割には無傷に近い、アリスのクッキー缶だった。

パラシュートをつけたサンタが、やはり笑顔をこちらに向けている。

「残念ながら、お宅から持ち出せた品はこれだけでした、ベルさん」貴重品袋を持ってきた警官が言った。

「奇跡としか言えません。あなたがバスルームを満たした水は結局家の下にある隠しスペースに溜まり、ガスボンベが爆発した勢いで、この缶が水と一緒に家の外にと飛び出したのではないかと考えられます。おかげで燃えずに済んだのでしょう。消防署の話によると、火はたまに不思議な挙動を示し、意外なものが燃え残ったりするんだそうです」警官はさらに話を続けた。

「では、ここと、それからここにサインをいただけますか」引き取りに必要な事務処理は機械的に済ませた。双子刑事と三人になり、ひざの上に置いた貴重品の重みを感じたとたん、わたしはようやく現実に引き戻された。

「実は、あなたにお目にかかりたくてうかがうところでした、ベルさん」ジョンがそう切り出すと、ルーカスがうなずき、ふたりはいつもの人なつっこくて誠意のある笑顔を見せた。

「退院されたばかりなのは存じてますが、だからこそお会いしておきたかったのです」ルーカスが続けて言った。

「新しい情報が手に入ったんですか?」そんなはずはないのはわかった上で、あえて訊いた。

「残念ながら、よいお知らせではありません。放火の捜査は進行中です。ゾイル家の三兄弟を数回取り調べることができましたし、複数の目撃証言を得たのですが、現段階では彼らの関与は否定できないものの、直接かかわったと示唆《しさ》するような証拠は見つかっていません」ルーカスが言った。

「事件当日の晩、荒天に見舞われ、スチュアート島のポート・ペガサスに避難していたようです」ジョンがつけ加えた。

「そうですか」わたしは感情を表に出さないよう気をつけながら言った。そんなことだろうと思った。レス神父も言ってたじゃないか。彼らはもう数十年も捕まらずに済んでいるんだ。それが今さら覆《くつがえ》るわけがない。

「そこでお願いがあります、ベルさん。本件に対するご自身の見解はひとまず棚上げにし、司法におまかせいただけないでしょうか。ベイリーさんにも同様のお願いをしております。性急にことを進める時期ではありません、どうかお願いします」

「ええ、もちろん、おっしゃるとおりです」わたしは心にもないことを口にし、こう続けた。

「何かあったのですか?」

彼らがこんな風に頼んでくるのはおかしいが、理由をはっきりさせてほしかったのだ。

ふたりに署の出入り口まで見送られ、わたしが会釈《えしゃく》をするとルーカスが言った。

「お願いです、ベルさん、本件で危険な目に遭うのはご自分だけだと思わないでください」双子刑事たちと目を合わせることができないまま、わたしは署をあとにした。

プライバシーがある程度守られた車に戻って気づいた。タイの家で使っている一部の洗面用具は別として、よくも悪くも、わたしの所持品はすべてこの車の中にあるのだ。

ふたたびあのクッキー缶に手を伸ばし、用心しながら、蝶番《ちょうつがい》のついたふたを開けた。なぜ中を見たくなったのか、自分でもわからない。

あのコテージに戻ったような気分だった。

中にあった紙類はすべて焼け落ちて一個の粘土玉のような塊《かたまり》と化し、ボタンや石、大理石があちこちにくっついていた。水と熱のせいでこうなったのだろう。アリスが両親に書いたカードもなくなっていた。

瓶は溶けかけていたが、砂金の粒は無事だった。几帳面《きちょうめん》な警官がていねいにテープで瓶に封をしたようだ。

その瓶を取り出し、光にかざしたときだった。

かちり。

前回と同じものを見ているはずなのに、わたしの目にはまったくちがうものとして映った。

砂金の粒ではない、砂金ではない。

どうしてわからなかったのだろう？

わたしも、プルーイットも。不覚だ。

そして銃に弾をこめたが、両手が震えることはなかった。双子刑事らに相談すべきだが、無意識のうちに車を出した。いてもたってもいられなかった。こういうときは体を動かしたほうがいい。理性を保って会話ができる状態ではなかった。こういうときは体を動かしたほうがいい。わたしは道路に出た。スピードがわたしを前進させてくれるような気がした。

＊

アルビー宅に着くと、開梱《かいこん》するまえの箱数個と、積み上げられたビニールの梱包《こんぽう》材料の間で何やら言い争っている声がしており、わたしは漠然とした恐怖から現実に引き戻された。口論しているのはプルーイットと、博物館から荷物を運んできた運転手なのは、離れていてもわかった。ブラムヒルダはどちらの味方にもつかず、ふたりと距離を置いている。

「だからお客さんには権限がないって言ってるんですよ！　そもそもここに送るはずじゃなかった荷物だったのに、今日になって指示書が届いたんです。受取り証にも書いてあります。送り主が先に電話しとくもんでしょうが！」運転手が大声でプルーイットに抗議している。わたしはふたりのほうへと近づいていった。

「いったい何の騒ぎです？」堂々巡りとなった話に割って入ると、意外にも、プルーイットが激昂《げっこう》している。たかが古い生活用具のことなのに。

「博物館から来たこいつが言うには、最後の荷物は別のところに送るはずだったのに、なんかのミスで、ここに届いてしまったんだそうだ」プルーイットはあからさまに相手を見下している。「もう一度積み直して、ゾイル家の農場に届けるんだと」

えっ？

「ほんとうにそうなのか？」わたしはプルーイットのうしろにいるトラックの運転手に訊いた。

運転手はため息をつくと、手にしたクリップボードをこちらに寄こして言った。「いいですか、こっちはそこに書いてある指示どおりにやってるんです。上司に電話しますんで、クレームは上司に言ってください」運転手が自分の電話を取り出す間、わたしは書類を親指でめくった。最後に届いたこの荷物は、品目はそれほどなく、すべてに〈大型金属製品〉と記され、1から9までの連番数字が振ってある。当初の送り先はここだったのだが、その後ゾイル家の住所に書き換えられ、備考欄に〈添付の運送保険請求書を参照のこと〉とある。

書類の一番下にあった運送保険請求書まで親指でめくったときだった。

かちり。

各品の返却を細かく指示した手書きのメモがホチキス留めしてある。メモには、送付品の所有権をショーン・ゾイルに譲渡するとも書いてあるが、そんなはずはない。

なぜなら、このメモはアルビーが書いたものだからだ。

ここ数週間というもの、わたしは彼が書いた地域史のメモを山ほど読んできたので、彼の筆跡を見誤るわけがない。運送保険請求書の日付は二月十一日。彼はこれを書いてから死んだのか。この品をゾイル家に送り返してくれと。語弊《ごへい》があるが、アルビーが自ら命を絶ったのではなく、あいつらに殺されたのがわかっただけでもありがたかった。

トラックの運転手やブラムヒルダの声に耳を貸さず、視線を上げたときだった。

かちり。

どうして気づかなかったのだろう。ここ数か月、今の今まで毎日過ごしてきて、どうして。証拠はちゃんと今、この手にあるじゃないか！　事件が起きてから今までにあったことに紛《まぎ》れ、隠れていた穴に、わたしはまったく気づいていなかった。あいつらがアルビーを殺した理由。彼はどのみち殺される運命にあったのだ。ジェイムズが姿を消し、プルーイットが朝に夕に丘に座り、ゾイル家を見張っていた一九八九年から。ジェイムズは失踪したのではなかった。この仮説が正しければ、つまり……。

かちり。

ありがたいことに、入院中に目を通したゾイル家関連の書類はすべて、プルーイットの車のうしろに積んであった。わたしは必死になって書類を探した。

あの品を見ている。

ここにあるはずだ。

書類を見つけたわたしは日付を確認し、すべてここに書いてあるのを確認した。

やっぱりそうだ。

プルーイットからもらった警察の事件ファイルのコピーには、アルビーの名前も載っていた。

これだ、これが動かぬ証拠だ。

書類から顔を上げると、プルーイットとトラックの運転手が言い争う声がぱったりとやみ、代わりに自分の鼓動が耳のなかでこだまする。

プルーイットがその品物に近づくのを見て、わたしは息を呑んだ。

彼はその品へと震える手を伸ばし、触れる寸前で手を引っこめると、振り返ってわたしの目を見た。

長年の苦難から救われた喜びにあふれた彼の頬を、うれし涙が流れている。プルーイットはこちらにうなずいてみせた。

彼もわかったのか。

わたしもだ。

ふたりとも真相を知った。

長年にわたる悲劇が、ようやく終わりを迎えた。

真相がついにあきらかになる。

わたしたちはおまえらの尻尾をつかんだ。

車いすを押し、まえに進もうとしたそのとき、プルーイットが突然背中を丸め、苦しみだした。目に見えない槍で刺されたように全身がけいれんしたかと思うと、彼はどさりと地面に倒れた。あまりに突然で、どうすればいいかもわからず、わたしはわれを忘れ、行き場を失ったアドレナリンに頼りながら、プルーイットのすぐそばの地面に身を投げ出し、ブラムヒルダとふたりで、懸命に心肺蘇生術を施していた。

プルーイットはもはや別人のように生気を失い、顔は青ざめて大汗をかき、目のまわりに濃い青、いや、紫色のくまが現れて、呼吸が止まった。脈も取れなくなった。「プルーイット！　だめだ、今倒れたらだめだ。プルーイット、がんばれ！　目を覚ましてくれ！」わたしは叫び、ブラムヒルダが背後で何やらわたしに声をかけている。

プルーイットが死んだのか、死が目前にあるのかわからない。だが、まわりの人たちが彼からわたしを引き離そうとするのがわかった。彼のそばから離れられない。できるものか。

心肺蘇生術をどれぐらいやっただろうか。プルーイットの衣類をはだけ、裸の胸を押していると、彼の皮膚からぬくもりが消えていくのがわかった。そのときようやく救急車が到着し、救急隊員があとを引き継いだ。

目を開けてくれとプルーイットに訴えたが、一度も開かなかった。

救急車は彼を乗せて去って行った。わたしは車いすの脇、土の上であおむけに寝転がったまま、精も根も尽き果てていた。ブラムヒルダがタイと電話で話している。救急車がすでに向かっていることから、タイは引き返してリヴァトン病院で落ち合うことになった。

わたしの思考は停止し、頭の中からことばを掻き出すように、途切れ途切れにしゃべることしかできない。

ブラムヒルダがわたしの隣でどっかりと腰を下ろした。「もう、おじさんも災難ですよね。お気の毒に。それにしても信じられないのはあの運転手、わたしたちを病院に連れて行かないで、荷物のほうを運ぶなんて。病院へはわたしが運転しましょうか？」

わたしはひじを使って身を起こすと、例の品が運ばれたのを確認した。運転手はもういないし、予定どおりにことは進んでいる。彼は命じられたとおりに荷物を積んで、ゾイル農場にそろそろ到着するころだろう。

いや、たしかゾイル家の三兄弟は今朝、ロブスター漁に出たはずだ。フィヨルドランド沿岸まで行くのだろう。天候に問題がないかぎり、連中が戻ってくるのは数日後だ。ロブスター漁は通常四日ほどかけて行う。やつらがいない隙を狙えば今日中にケリをつけられる。農場の出入りは一時間もあればできるし、家宅侵入罪や窃盗罪で逮捕されてもかまわない。とにかく決着をつけたいのだ。

「いや、いい、先に行ってくれ。わたしは自分の車であとを追うから。病院で会おう」と、ブラムヒルダに伝える自分の声が遠くで聞こえる。

彼女が車のドアに鍵をかけ、道路に出たところを見計らって、車のエンジンをかけた。そもそも銃を買った動機は〝万が一を考えて〟ということだったが、結果的には、その〝万が一〟の機会が訪れたということになる。

今日、わたしはふたたびゾイル家の農場に行く。

かちり。

第四十三章

六月四日、当日

かちり。

すべてのつじつまが合った。疲労と、アドレナリンと、自説が立証されたという多幸感と、狂おしいまでの怒りをブレンドした酒に酔ったかのように、わたしは車のスピードを上げ、ゾイル農場へと向かう。

すべてのピースがそろった。

見えてなかっただけだった。

証拠を見つけ出す。誓ってもいい、今日が終わるまでに必ず真相をつきとめる。

決め手はただひとつ。二度目、つまりジェイムズ殺害の際、ゾイル家には時間的な余裕がなかった。彼らがジェイムズを殺せば警察は必ず、すぐ家宅捜索に来る。遺体を遺棄する時間がない。隠す以外に手段はなく、それが一番だと彼らは考えた。使えるものはなんでも使おうとした。アルビーがわたしに語ったとおり、ゾイル家は昔から〝切れ者ぞろい〟だ。

彼らは慎重で忍耐強いとも思う。今の今まで待ち続けるとは――この日が来るのをずっと待っていたのか。あと少しだったのに。ところが直前でアルビーを殺したせいで、すべてが白日《はくじつ》のもとにさらされた。

一方わたしときたら、どれもこれも、すっかり見当違いの方向に目を向けていた。真実から目をそむけるかのように。

警察が残した事件ファイル。ゾイル家の三兄弟との出会い。プルーイットやレス神父との会話。そのどれからも真相を見つけ出せなかった。一九八九年から現在まで、アルビーの秘密は封印されていた。わが家の猫たちのこと、わが家を荒らしたこと、わが家に火を放ったこと――ゾイル家の悪事はすべてアルビーとつながっていた。アルビーのライフワークと。

スピードはかなり出ていたが、閉ざされたゾイル農場の門にさしかかったところで、わたしはもう一段加速した。スピードはそのまま、なかば強引に彼らの私道へと入った。私道の起伏が激しくなってきたので、はやる気持ちを落ち着けようとつとめる。ほとばしるアドレナリンを抑えたくても、両手が震える。柔らかな土の道に、おろしたばかりの大型タイヤの轍《わだち》が続いている。博物館から荷物を運んだ、あのトラックが納品して帰ったときの轍であってくれ。

かなり落ち着いてきた。写真では見ているが、屋敷を実際に見るのははじめてだ。わたしはそこで車を停めた。思ったとおり、屋敷にはだれもおらず、博物館から届いたはずの大きな梱包物はどこにもなかった。車いすに移り、屋敷ではなく、一番大きな納屋へとまっすぐ進んだ。あの運転手が荷下ろしをした場所だ。車いすに乗ったまま、波形のトタンを貼った大きな開き戸を開けるのは大変だったが、やっとのことで扉を全開にした。

納屋の中は独特なにおいがした。うんざりするほど甘ったるく、どこか懐かしく感じたのだが、どこがどう懐かしいのかがわからない。

明るい日差しが背後から納屋に差しこむ中、探していた品が、そこにあった。

古びた道具や木箱の手前に、大きな新品の段ボール箱がいくつか積み重なっている。一番大きな箱のてっぺんを破ると、予想どおりのものがすぐ見つかった。

長い年月で色あせたとしても、どこかおかしい。内側をのぞきこむと、探していた品ではあるが、やっぱりちがう。大きさはちょうどいいのだが。

かちり。

彼らの手口がわかった。どうやって隠したのか、これでわかった。彼らにはとにかく時間がなかった。遠い昔、わたしはアフリカで似たような経験をしたことがある。ゾイル家をはじめて訪ねた日、豚の解体中だと言ったショーンと向き合ったとき、自分がアフリカにいたころの記憶が鮮やかに蘇ったのだ。

その仕事はいつからやってるんだ？　まいった。

タイの言うとおり、この土地には邪悪なものが憑《つ》いている。とてつもなく邪悪なものが、途方もないほど長い間、生きながらえてきた。どうやっても消せない、圧倒されるような嫌悪感をまとうものがある。さっさと地ならしして、だれも戻ってこられないようにするべきだ。

でもわたしは見届けたい。真相をあきらかにしたい。

工具の中でまず目に留まったのが、巨大なハンマーだった。渾身《こんしん》の力をこめて数回荷物をたたいたが、耳鳴りがするのはさておき、もう少し効率のいい手段を見つけるべきだと思った。そこで、適当に並べた秩序のない農機具や箱の中をもう一度よく見ることにした。車いすで後退するにつれ、あの、甘くて懐かしいにおいが強くなる。においは鋭さと酸味を増し、においの発する源《みなもと》をつきとめた。

あそこだ。

わたしの意識は一点に集中した。棚ではなく、納屋の奥まったところに鎖でぶら下がっている。たぐり寄せると、天井の中央を走るレールに直接取りつけられた滑車装置の索輪《プーリー》で、わたしはホッとした。十分しっかりした作りだ。箱が楽に引っ張り上げられそうだ。ロープを見つけて縛るという作業は健常者ではないわたしには決して簡単ではなかったが、数分で縛り終えた。

これでうまく行くはずだ。

一回一回全力をこめ、体重をかけながら、少しずつ鎖を引っ張る。かなり重いので少しずつしか動かない。鎖の反対側がきしむ音を立てながら徐々に上がり、ついに屋根のアーチ付近にまで達した。床のコンクリートから五メートルの高さはある。十分だ。十分であってくれ。

そこで鎖から勢いよく手を離した。吊り下がっていたものが一斉に、盛大な音を立てて落ちた。衝撃音が鳴り響き、わたしは耳をふさぎ、両目を閉じて衝撃をかわした。

動悸《どうき》は高まり、耳鳴りがし、埃まみれになりながらも、作戦が成功したのをこの目で見た。予想どおりのものがそこにあった。

ろくに掃除もしていないゾイル家の汚れた納屋の床に散らばったのは、褐色に色を変え、粉粉になった、哀れなジェイムズ・コッターの骨だった。

撒《ま》き散らしたままではあまりに忍びなく、骨に手を伸ばした。

ジェイムズ・コッターと向き合うには、わたしのちっぽけな親近感ではとうてい足りない。骨は最初、もっともろくて砕けやすいかと思ったが、見た目はしっかりとしている。多少のへこみがあるのは覚悟していたので、実際そうなっていても、ちっとも驚かなかった。

もう少し骨を拾いたかったが、やめることにした。

倒れないよう気をつけながら、車いすを傾けて骨をいくつか拾うと、残りはこぼれたままにしておいた。

ジェイムズがこのような死を迎えたのは悲劇だが、彼の骨は犯罪の証拠でもあるからだ。ゾイル家が責めを負うべき犯罪の証拠だ。

何年の刑が下ろうとも、長すぎることはない。

やつらが暴れたり、逃げたりしたら、撃ち殺してもいいと思っているぐらいだ。まったくだ。すぐにでも全員の命を奪いたい。人でなしが。

残酷な手口でも、手間のかかるやり方でなくていい。もう、わたしが考える復讐ではない。ただ、あの三人には生きていてほしくない、たとえ一秒だって、人として生きていてほしくないのだ。

それでわたしが悪人になろうと、どうだっていい。

こんな連中が一般市民に紛れて歩きまわっていたなんて、考えられない。

こんな悪事を働き、平気な顔をして生きているのが許せないのだ。

車いすを押して納屋を出て、日の当たる場所に出て、警察に連絡しようとしたそのとき、ふと横を見ると、ダレル・ゾイルの姿があった。

彼との距離はわずか二、三メートルほど、大きな両手が宙をつかみ、黙ったままこちらを向くと、いつものあの、ものほしそうな目でわたしを見た。なぜだ。

第四十四章

あれから……


あの日がはるか昔のことのように思える。

夜中に目が覚め、もう夜明けが近いころだろうと思いきや、じつは一時間ぐらいしか寝ていなかったような。そうか、夜はまだ明けていないのかと幸せな気分で、心温まる平穏な時間がいつまでも続く、眠りの世界へと戻っていく。

その後、ずっと経ってから夢を見る。見たくもない世界が執拗《しつよう》に押し寄せてくるような夢を。忌まわしい炎、熱、オレンジ色の世界、その中を舞う不快な黒いもの。油を含んだ煙が一帯を這いまわり、世の中の清く美しいものをむさぼるように食い尽くして、褐色と化した骨だけが残る。

おまけに天使がふたり、歌いながら天上から炭化した家の残骸へと舞い降り、ずたずたになったわたしの魂を持ち去りに来た。そしてわたしはついに〝無〟と化す。

夢と現実《うつつ》を漂いながら、思いはゆるやかに溶け、流れては少しずつ堆積《たいせき》し、年月を経ることによって内も外も一体化し、やがてひとつの真実が姿を見せると、そこに至る道筋が見えた。

わたしは事件の全貌を知ることになった。

＊

病室のベッド。

意識が戻ると病院にいたが、まだ目は開けられない。

じっとしていたほうがいい。

こうして頭が整理されてくると、事件の全体像がきれいに浮かび上がってくる。やっとのことで結びついた瞬間を、一本につながった推理のネットワークを、このまま記憶に留めておきたい。キーワードとロジックで真実を取り囲んで。そのためには、事実同士のつながりをもう一度ていねいに見ていけば、証拠が固まったと実感できるだろう。

見えてきた。

一連の事件の全体像が目のまえに広がる。

そして目を開けた。

「ねえ、少し水分を取って」パトリシアが紙コップをわたしの口にあてがったので、勢いよく飲んで喉の渇きを癒《い》やした。やつれてはいるが、うれしそうな表情を見せている。これまでも何度かあったが、今回もふたりで窮地《きゅうち》を乗り越えたのを実感した。

「ちゃんと体を休めてよね、いい？　体にひどいダメージ受けてるんだから」パトリシアはベッドに寝ているわたしを見下ろしながら笑った。

その隣には、タイのにやけた顔があった。そのうしろで、ベナンから来た長身の双子刑事たちが、ようやく目を覚ましたかといった顔で、ベッドをのぞきこんでいる。

窓の外にはリヴァトンの町並みが見える。朝を迎え、すべてが清々《すがすが》しく澄みきっている。

わたしはまた視線を双子刑事たちに向けた。ワイルドフード・フェスティバルのとき、このふたりと〝ベナン流交渉術〟について話をしたが、ここまで有能な刑事だとは気づかなかった。ただの世間話だと思っていたわたしは、なんて馬鹿だったのだろう。アリスとジェイムズ、わたしやプルーイットとゾイル家との関係をサルにたとえたのだと思いこんでいた。

「サルをワナにかける第二の秘訣、やっとわかったよ」わたしは彼らに言った。

ジョンとルーカスはふたりそろって、意味ありげな顔でうなずいた。

「サルをワナにかけるには、まず、サルの手がやっと入るけれども、握れるだけ種を握ったら出せないぐらいの大きさの穴を開けます」ジョンがその答えをうながすように言った。

「サルをワナにかける第二の秘訣は、穴を開けるところをサルがちゃんと見てるかを、たしかめること」途中で自分の顔がほころんでいくのを感じた。

「そのとおり、ベルさん。正解です」ルーカスが言った。

「賢い動物にしか使えないワナです。サルはとても賢い。ただ、賢い動物の唯一の欠点は、自分たちが一番賢いと勘ちがいするところです。賢い動物の最たるものが人間です。ですから人間がカボチャに穴を開けるのを見ていても、サルはやはり手をつっこみます。ワナにはかかるまいと見くびるのは、自分が人間よりも賢いと考えているからです。だからサルはやすやすとワナにかかる、というわけです」ジョンが結論を言った。

「ということは、きみたちにとって、わたしはカボチャの役だった」

「ええ、そうです、ベルさん」やっとわかってもらえたか、と言いたげな顔で、ルーカスはうなずきながら答えた。「正直なところ、レス神父からの要請で本件の担当を命じられたとき、これは打つ手がないとわたしもジョンも、途方に暮れました。証拠も、手がかりもない。みなさんと同様、わたしたちもゾイル家が怪しいとにらみましたが、決め手が見つかりません。ただ、彼らが策士だというのはわかっていました。そんなとき、あなたと出会ったのです。おっしゃるとおり、あなたは彼らのカボチャ役をつとめてくださいました。彼らがあなたに何を求め、あなたがどこまでわかっているのかはどうでもよかった。目的はそこではなかったので。わたしたちはベルさんを四六時中監視さえしていればよかった。あなたがわたしたちと一緒にいるところを、あの三兄弟の記憶に刻みつけるのが目的でした。わたしたちは数か月にわたって彼らから話を聞きました。こちらは証拠も手がかりもなく、あちらは警察が行き詰まっているとは知らなかった。取調室に呼び、時間をかけ、ありとあらゆることを訊きましたが、彼らは尻尾を出しません。ただ、取り調べを終えた彼らがあなたを見かけるよう仕向けました。警察とあなたが結びついているとゾイル家に思いこませるために。あの丘の上の住人、ゾイル家は警察などちっとも怖がっていません。頭のよさなら自分たちのほうがずっと上だと思っていますから」

「わたしは囮《おとり》だった？」

「ご自分で囮を買って出たようなものでしょう、ベルさん。わたしたちは警告したはずです、この件にはかかわるなと、リヴァトンから引っ越すようにとも再三申し上げました。初対面のころから。お忘れですか？」

そのとおり、双子刑事たちから何度も警告された。わたしに引っ越すよう忠告した人はほかにもいた。

「ベルさんがこの町に残りたいとおっしゃり、警察やご友人の説得も聞き入れられなかったことから、警察はできるかぎりのことをしました。サル、いや、ゾイル家に悟られないよう見張るのも容易なことではありませんでした」とジョンがつけ加えると、タイがつられて笑った。

「いつおわかりになりました？」ルーカスがわたしに訊いた。

「大枝の下敷きになったわたしを助けてくれたときだ。あれはきみたちだろう？　あんなにタイミングよく助かるわけがない。わたしみたいに運に見放された男はとくにね。あんな短時間で救出できるとは、事件が起こるとあらかじめ予想して、先手を打っていなければ無理だ」と言ってからようやく、ふたりが腕や手に包帯を巻いていることに気づいた。

「そうです、ベルさん。わたしたちでお助けしました。捜査がはじまってからずっと、わたしたちはあなたを尾行してきました。と言っても、二十四時間体制というわけにはいきません。常識の範囲を超えたことばかり起こりましたしね。わたしたちの警告を聞き入れ、あなたがこの町を出て行ってくれないかと思いましたが、だめでした。わたしたちがこの捜査戦略をお話ししなかったのは、こちらの手の内を明かせば、あなたは出て行くどころか、ますますここに残りたがると考えたからです。常にリスクを伴いました。さらに危険な事態を招きかねませんでした。本庁からわたしたちが派遣され、警察は総動員態勢で臨みました」ジョンが言った。

「ベイリーさんが倒れたのに、あなたが病院に来なかったと知り、おかしいとすぐに思いました」と、ルーカスが言ったあと、わたしはプルーイットのことをすっかり忘れていたことにショックを受けた。

「プルーイットは？　彼は……」今さら訊くのがためらわれた。

「大丈夫、プルーイットは無事だ」タイが話に割って入った。「二重バイパス手術になったが、持ち直した。おまえとブラムヒルダが救ったんだ。彼は上の階に入院中で、まだ意識ははっきりしないし、心拍数が正常に戻るまで鎮静剤で落ち着かせているけれども、すぐによくなると医者が言ってたぜ」この報告を聞いて安心するとともに、胸がいっぱいになった。

「あれからどれぐらい経った？」わたしは訊いた。

「二日間ぐらい意識を失ってたわ、フィン」答えたのはパトリシアで、もう少し意識を失っていてもいいなと思ったのは、そのとき彼女がずっと自分の手を握っていることに気づいたからだった。

「骨が数か所、折れたり、ひびが入ってたりしてる。皮膚には裂傷がある。それにまた、脳しんとうを起こして煙を吸入したんだから。それにあなたの体内の血液は、大半が町の人たちが輸血したものよ。でもお医者様はよくなるって言ってた。瀕死《ひんし》の重傷を負って倒れていたあなたを、間一髪のところでジョンとルーカスが助けたの」

「きみたちがわたしの命を救ってくれたんだね」わたしは双子刑事たちに言った。

「それが仕事ですから、ベルさん、礼にはおよびません。来るはずのあなたが病院に来ないとわかってから手間取りまして。パトカーをすぐにコテージの焼け跡と博物館に派遣し、わたしたちはインバカーギル空港からヘリコプターで直接ゾイル農場に飛びました。おかげで間《ま》に合いました。上空から火の手とショーン・ゾイルを特定しました。ショーンはわざわざ自分の居場所を教えるかのように、驚くほど狙いを定めてライフルを発砲したのです。それまで彼がどこにいるのかわかりませんでした。向こうから撃ってこなければ、場所の特定は無理でした。ショーンはヘリコプターの左右の窓を撃ち抜きました。パイロットは砂浜への緊急着陸を余儀なくされ、運がわたしたちに味方したのか、ヘリが砂浜に接近したところで、あなたが叫ぶ声が聞こえたのです。あなたの救出活動は円滑に進みました。ですからわたしたちのことはお気遣いなく」ルーカスはそう言うと、包帯を巻いた両手を掲げた。「わたしたちが負ったのはかすり傷ですから」

「ショーンは？」

「ショーン・ゾイルは亡くなりました、ベルさん」ジョンは即座に答えた。

一瞬息が止まり、大きく息をついた。

意識を取り戻すまで呼吸を停めていたのかと思うほど、大きく。

三兄弟は全員死んだということか。

「死因は？」

「わたしたちが緊急着陸を強行中、特殊部隊が急遽《きゅうきょ》招集され、直後に現地に到着し、北方向に防御線を展開して道路を封鎖しました。ゾイルはうっそうとした茂みを通って、徒歩でリヴァトンまで行こうとしていたので、道路が封鎖されるのは想定の範囲内だったはずです。そのとき、ゾイルとトゥイ・ランギさんが鉢合わせし、撃ち合った末、ランギさんがゾイルに致命傷を負わせたのです。即死でした」

「それで、トゥイは、彼は無事ですか？」

「ランギさんも撃ち合いで負傷しましたが、現在は安定した状態にあり、回復に向かっているとのことです。軽傷で済んだようです。彼もこの病院にいます」ジョンが補足説明をした。

「おまえもそうだが、トゥイもちょっとした地元のヒーローだ」タイがつけ加えた。

「トゥイの意識は？」

「手術を受けて、ここに入院してるわ、フィン、でも重体じゃない。脚を撃たれただけだから。

「病院によると、今夜中には意識を回復するだろうって。あなたの体力がもう少し戻ったら、あたし、トゥイとプルーイットの見舞いに行ってくる」パトリシアが答えた。

いいのか悪いのかわからないが、これで気が済んだ。

ゾイル家の災いは消えた。

終わった。

終わったはずだ。

「きみたちはこの二日間、ずっと病院に詰めてたのか?」わたしはタイとパトリシアを見ながら訊いた。

「タイとは交代だったけど、そうね。気にしないで、あのいす、見た目より座りやすいから」パトリシアはそう言ってほほえんだ。

「そろそろ目を覚ますんじゃないかと思ってたんだ。ベックスや子どもたち、それにベティもみんな来たぜ。そういえばおれ、おまえへの見舞いのチョコレートとビスケットを預かってるんだ。病室で見舞客の飲食が禁止されてるから」タイがにやけた顔でつけ加えた。

「骨はどうした?」

「残存していた骨は検査に出していますが、現時点で白人男性のものと確認されており、大きさ、年齢、死亡した時期を相対的に評価した初期調査では、一九八九年に捜索願いが出されたジェイムズ・コッターと一致しました。検死官が詳細記録と比較した予備調査結果は今日遅くにも提出されます」ルーカスが答えた。

そしてルーカスはさらに話を続けた。「この二日間の進展を見逃したのは残念でしたね、ベルさん。鑑識を動員してゾイル農場を調べたんです。何しろ科学は一九八九年から格段に進歩しましたし。たしかに……難航しました。メディアが路上を埋め尽くし、町じゅうが根拠のない噂で持ちきりでしたから。未解決事件の究明よりも、この事件にはさらに裏があると感じたようですね。農場には、ベルさんが見つけられた骨以外にも証拠物件がかなりありました。ベルさんならご存じのものばかりだと思います」

話をジョンが引き継いだ。「ご質問があった件については、警察で把握したかぎりすべてをお話ししましたが、あくまでも、捜査で判明した事実をつなぎ合わせただけの情報です。そろそろベルさんがお持ちの情報と、そこに至った経緯《けいい》とをお聞かせいただけませんでしょうか」

そう言われると胸がわずかに重くなった。怪我人が病室でする会話の域を脱していると思ったが、しかたがない。

わたしには、世間の記憶が風化するまえに真実を伝える義務がある。

警察も不快な話を聞く覚悟はできているだろうが、その実態はもっとひどかったのだ。

＊

「あの日まで気づかなかった。情報は断片的にわかっていたが、真相にはたどり着いていなかった。六月四日になって突然、断片的な情報が少しずつ組み上がってきた。事実が次々とあきらかになり、見立てちがいもたくさんあった」と言って、わたしは首を横に振った。「このべッドで目覚めてから気づいたこともある」

さて、本題に入ろう。

「アリスが失踪した一九八八年、ゾイル家は、あの場所で事件が起きれば自分たちがまず疑われると考えた。彼らがジェイムズを計画的に殺したとは考えられない。ジェイムズはゾイル農場にこっそり入りこんでいたのだろうが、あの日、彼はゾイル家にとって見られては困るものを目撃し、告発されるのを恐れた彼らはジェイムズを殺した。まったく計画性のない犯行だった。ジェイムズが、何の前触れもなくやってきたからだ。彼が消息を絶てば、警察がすぐに捜索に来るだろうと、ゾイル家の連中は、遺体を早く始末しなければと考えた」これから先をどう話そうか。わたしはひと呼吸置いた。

「そこで彼らは、ジェイムズの遺体を豚のエサにした。あまり知られてはいないが、豚は人間と同じ、雑食種だ。豚はほぼ、どんなものでも食べる。だからたくさんの豚を檻《おり》に閉じこめ、長期間エサをやらないでいると、豚はお互いをむさぼり食うという、目も覆うような惨状が繰り広げられる。アフリカではそういう悲劇がたまに起こる。干ばつや内戦、飢饉《ききん》が原因でね。しかも豚は、お互いに食指が動くまで時間がかかる。わたしはその現場を目撃したことがある。群れが脆弱《ぜいじゃく》な豚たちを標的にして、突如がむしゃらにむさぼり食いだすところを。何頭もがかじりつき、骨だけになるまでしゃぶり尽くす。肉も、皮も、内臓も、すべて食う。ほんの数秒で終わる。残るのは骨だけだ。

ゾイル家は骨の処分に困った。埋めたり焼いたり、重石《おもし》と一緒に海に捨てたりするような真似はできない。前年にアリスの捜索が徹底的に行われたのを彼らはちゃんと覚えていた。ジェイムズの骨が見つかっては困る。骨をすりつぶして粉にし、軟骨だけを残すにしても、骨にはまだ水分が残っていて、結果的に怪しい証拠を残すことになる。水酸化ナトリウム溶液のような薬物で溶かすのは時間がかかる。手間暇かけずに骨を隠す名案を思いついた彼らは、アルビーがずっとほしがっていた品を譲ることにした」わたしはここでいったん話を終えた。

「ほら、郷土史研究に熱を上げていたアルビーは、あちこちを訪ねて遺物を集めていただろう。彼はゾイル家にも足を運んでいたんだ。彼は何度か遺物を買い取りたいとの話を、ゾイル家に持ちかけていた。ゾイル家は大昔からあの農場を営んでいたからね。タイ、おまえとアルビーから聞いた話だが、ゾイル家はリヴァトンが町として成立するまえから、あの場所に住んでいたんだよな。そうなると数百年もまえだ。アルビーはその当時の遺物をほしがっていた。リヴァトンが町として栄えたきっかけ、捕鯨《ほげい》に関係する品をね」

「トライポットか」タイが言った。「たしかおれがガキのころ、おじきがゾイル家のトライポットをほしがってたな」

「そうだ。ゾイル家はトライポットの製造にかけてはこの辺でも有名だったとアルビーが教えてくれた」パトリシアや双子刑事たちがぽかんとした顔をしているのに気づくと、わたしはトライポットの説明を続けた。

「捕鯨家がクジラの脂肪を煮出して鯨油《げいゆ》を作る際に使う、鋳鉄製《ちゅうてつせい》の釜のことだ。トライポットはかなり大きい。人ひとりでは抱えきれないほどの大きさはある。ゾイル家のトライポットは上質だとアルビーから聞いた。作りがていねいで、考え抜かれた設計だと。アルビーはトライポットがふたつ写った古い写真をわたしに見せてくれた。その写真が、いや、あのアルバムごと消えていたのに気づいたのが、まさに六月四日だった。それまで博物館のオープン準備で所蔵品チェックに追われていたから、写真がなくなっていたのに気づくのが遅くなった。ゾイル家にとって、見られてはいけないものだった。あの家独自のトライポットがどんな形か、はっきりわかる写真だったからね。例の写真を見たことがあり、実際のトライポットを近くで見たら、どこかおかしいと気づくはずだ。トライポットをよく知っていればね。

あのトライポットは実によくできていた。積み重ねられるよう設計されている。食品保存容器とか紙コップみたいに、いくつも積み重ねて保管できるんだ」わたしは、ミヒが紙コップでタワーを作っていたときのことを思い出しながら言った。

「ゾイル家はジェイムズの骨をトライポットに入れ、その上にもうひとつ重ねてから溶接した。数分もあればできる。

ジェイムズを殺して豚のエサにし、トライポットに骨を隠して継ぎ目を溶接する。彼らはここまでを数分で終えた。作戦は成功だ。そのトライポットの写真は警察の事件ファイルにもあった。警察はゾイル家をくまなく捜索したが、骨らしきものを見つけられなかった。養豚場の周辺に警察犬を放っても、泥と小便と豚の糞が踏み固められた場所だ、犬も顔をしかめるほどの悪臭が立ちこめ、骨のにおいなどかぎ取れないだろう。トライポットのふたを開けてたとしても、見た目はカラだ」

わたしの説明に補足するような形でルーカスが言った。「警察のファイルには、動物虐待に対する警告を正式に行ったと注記してあります。狭い囲いに豚を過密に飼い、エサ不足が認められたからです。ゾイル農場で警察が警告したのは、この一点だけでした」そして彼は首を横に振った。

こればかりはしょうがない。「その注記はわたしも読んだ。この話の続きも注記にあった。捜査中、農場への物の出入りは厳しくチェックされていた。アルビーが来たのはまさにその翌日だった。隠蔽作業が終わったらすぐ、アルビーに引き取らせなければいけないから。警察はわざわざアルビーの名前を捜査ファイルに書き留め、引き取る品を詳しく調べた」

「だからおじきを殺したのか」タイは下を向いた。

「タイ、パトリシア、申し訳なかった」わたしはふたりに言った。

「秘密が漏れないためだ。ゾイル家側は慎重に、我慢強く待った。警察が監視を解くのを待ってからアルビー宅に行き、トライポットを盗んで骨を取り戻そうとした。盗難騒ぎが起こっても、収束するのを待つだけでよかった。時間が経てば、人里離れた変人の家に泥棒が入った奇妙な事件で終わり、ゾイル家はおろか、ジェイムズやアリスの失踪との関係など、だれも考えつくまい。

ところがその後、アルビーはゾイル家が思いもよらない行動に出た。彼はトライポットを含めた所蔵品の一部を二十五年契約で、テ・パパ国立博物館に貸与したんだ。今度はこちらがゾイル家の一大問題となった。ニュージーランドでも有数の来場者を誇る大規模な博物館から、だれの目にも触れずに所蔵品を持ち出せるわけがない。持ち出せたとしても、盗難事件は話題を呼び、犯人探しで世間が大騒ぎになるのは必至だ。だから彼らは二十五年後の契約満了まで待つことにした。アルビーに返却されたところで処分するつもりだったのだろう。トライポットはそれまで何事もなく、博物館で展示されている。使ってみようとか、わざわざ溶接を取って開くことなどあるまい。

ところがこの町にわたしが越してきて、あれこれと首をつっこんでは話を聞いてまわり、面倒なことになった。それを機に、アリスとジェイムズの事件がふたたび世間の耳目を集めるようになった。わたしがあれこれ尋ねまわったせいだ。そしてわたしはとうとう、アルビー本人と会ってしまった。ゾイル家は待ちくたびれたか、それともトライポットの返却期限が近づいたからか、わたしの行動に過剰反応したんだ。やるならアルビーもわたしも、一気に葬ってしまおうと考えたかもしれない。彼らはアルビー宅に行き、所蔵品の一部の所有権はゾイル家にあると一筆書かせてからアルビーを殺し、彼が自ら命を絶ったように偽装した」と言ってから、わたしはパトリシアの手をそっと握った。

「ううん、むしろそれでよかった」彼女は言った。「おじさんが自ら命を絶つより、ずっといい」

「おまえはよくやった、おじきによくしてくれた」タイはうなずくと、窓の外に目をやった。

わたしは言った。「真相はわからないが、ゾイル家の三兄弟はアルビー宅を隅々まで探したのだろう。ゾイル家とトライポットの関係がわかるメモや写真を残していないか。アルバムから例の写真を抜き取ったのは、そのためだ。テ・パパ国立博物館所蔵のトライポットの形状が、ちょっと変わったのに気づかれないように。

あいつらがわたしの家に侵入したのも証拠を隠滅するためだった。アルビー宅からトライポット関連の資料を預かっていないかをたしかめるためだった。わたしがあいつらの悪事に気づいたかどうかも知りたかったのだろう。

その後はすんなりと進んだ。六月四日の午前中、アルビー博物館に着くと、テ・パパ国立博物館から三個口の最後の荷物を運んできた運転手とプルーイットが口論していた。アルビーが死んだとされる二日後に、この荷物の到着日を確認していたという矛盾がすぐさま頭をよぎった。やけどで入院中だった五月の半ば、わたしはプルーイットに捜査資料をあるだけ病室に持ってきてほしいと頼み、ふたりで事件の詳細を調べ直している。だからわたしたちはすぐ、ゾイル家に配送される荷物が怪しいとにらんだ。捜査中のできごとがふたりともまだ鮮明に記憶に残っていたからね。

プルーイットはわたしよりも先に気づいたのだろう。そしてその衝撃は、わたしの比ではなかった。病室で一緒に資料を読みながら、彼はジェイムズが姿を消した夜、ゾイル家の農場を明け方まで見張っていたと話してくれた。彼はあの日、トライポットを乗せたトラックが出て行くのを目撃したとも考えられる。六月四日の朝、プルーイットは確信した。この荷物を取り戻したいがために、ゾイル家のやつらはアルビーを殺したのか――と。心臓発作を起こしたのもうなずける。

一方わたしは、アルビーに見せてもらった、ゾイル家とトライポットが一緒に写った写真を、あれから目にしていなかったことに気づいた。頭の中で時系列を整理すると、すべてつじつまが合った。そのときプルーイットが倒れた。心肺蘇生をしている間に、ドライバーは荷物を積んでゾイル家に向かっていた。わたしはトラックを追った。ゾイル家のやつらはその日の午前中、漁に出たのをこの目で見ているので、農場にはだれもいないはずだ。そしてわたしはトライポットを見つけた。ふたつの容器を積み重ね、継ぎ目が溶接してあった。孤軍奮闘の末、溶接を割って骨を見つけた。さて、警察に連絡を、というところで、ダレルに見つかった。その後はみんなも知ってのとおりだ」と言って、わたしはみんなを見まわした。

「ダレルがわたしを殺そうとしたので、あいつを撃った」こう言ったとき、わたしは罪の意識を一ミリも感じていなかった。

「あとはとにかく生き延びて真相を伝えるのに必死だった。このあたりの事情はわたしより、トゥイがもっと詳しいだろう」その場にいた全員がうなずいた。

「逃げ切ったところでどっと疲れが出て、ずいぶん眠ってしまったな。きみたちもちゃんと睡眠を取ってくれ」わたしはタイとパトリシアの姿を目で探すと、ぼやけた目でふたりを見た。

「安心してくれ、もうすっかり大丈夫だ。だから少し休んでくれないか。そろそろジョンとルーカスに事情を最初からすべて話す頃合いだ、付き添いは全員病室から出て行ってほしい」

席を外してほしいというわたしの気持ちが伝わったのだろう、パトリシアとタイはしぶしぶ部屋から出て行った。

身を乗り出したパトリシアからキスされると、ああ、もうこれで恐れるものは何もないという感慨が、新たにこみ上げてきた。彼女がこれでわたしを受け入れたと実感したからだ。愚かで頼もしいとは言えないけれども、わたしはとりあえず、彼女の恋人候補として認めてもらえたようだ。

タイとパトリシアがたしかに病室を出たところで、わたしは疲れた体をジョンとルーカスに向けた。「さあ、話はここからだ」

＊

「ほんとうはどこまで覚えてらっしゃるんです、ベルさん？」ジョンが訊いた。

「断片的だけどね。一部記憶が不鮮明なところもある。話をはじめるまえにお願いしたいことがある。ブラムヒルダをここに呼んでほしい。彼女の番号は、もうわかっていると思うのだが」

「ええ、わかります。しかしなぜ彼女を呼ぶんです？」自分の電話を取り出しながらルーカスが訊いた。

「これから話すことの学術的背景は、彼女がだれよりも詳しいので」

電話を終えると、ルーカスはわたしに向き直って言った。「事件の全貌はもうおわかりになったんですね？」

「そう思う。ところでこの二日間、ゾイル農場は大変なことになっていたんだろうな。警察の捜査も変わったと思うのだが、どうだろう？」質問に答える代わりに、わたしのほうから尋ねた。

「ええ、目を向けるべき点が明確になり、捜査は円滑に進んでいます。証拠は着々と集まっています。信じてもらえないかもしれませんが、ひとつの証拠に注目しすぎて、別の証拠が見えなくなってしまうことは、けっこうあるんです。正直なところわたしたちも、刑事時代のレス神父も、同じところでつまずいていたようです。過去に見落としていたところも多々ありましたし、現在は科学捜査も格段に進歩しましたしね。今なら、レス刑事の時代では不可能だった質問もできます」ルーカスが答えた。

「警察は現在、DNAサンプルの採取に着手しています。DNA鑑定は結果が出るまで時間がかかるのがふつうです。数か月を要するでしょう。とはいえ国際刑事警察機構《インターポール》のデータベースは成果を挙げつつあります。鑑定すべき項目が特定できましたから」ジョンがつけ加えた。

「それにしても、なぜわかったんです？」ルーカスがわたしをせっついた。

「一度にわかったわけじゃない。まさに一進一退だった。プルーイットと情報をいったん整理したからか、この病室で意識を取り戻したとたん、すべてのからくりがきれいにつながっていったんだ。

　きっかけはクッキー缶だった。覚えてるかい？　貴重品として警察署で引き取った、あの缶のことを。コテージの隠しスペースで見つけたアリス・コッターの遺品だ。その中に黄金の粒が入った小さな瓶があった。最初は川べりで拾った砂金だと、あまり真剣には見ていなかった。この町は金の採掘で栄えた歴史があると聞いていたので。アリスも川で砂金を見つけて拾ったのだろうと、その程度の認識だった。ところが六月四日の朝、この瓶を見たとたん、これは砂金ではないと気づいた。歯の詰め物だ。人間の歯から抜いた金の詰め物。ひとり分の詰め物にしては多すぎる――もっと大勢から取ったものだ、と。

そこからジェイムズの遺体を食ったのは、豚じゃないかと推理した。ゾイル家ではみな、豚がお互いをむさぼり食う習性があるのを知っている。ならば人間の遺体も食べるだろうと考えてもおかしくはない。だがジェイムズが農場に忍びこんだ日、豚がたまたま飢餓《きが》に近いところまで腹をすかせていたという推理は飛躍しすぎている。それに豚は賢く、人を食べることをいやがる。ゾイル家の連中は、ジェイムズの遺体に豚がすぐさま飛びつくだろうと思っただろうか。答えは〝ノー〟だ。豚たちは腹をすかせ、獲物を与えれば骨まで食い尽くしたかもしれない。だが、ジェイムズを始末するためだけに、わざわざそうしていたわけではなかった。ジェイムズが現れるかどうかもわからないのに、骨を確実に処分できるようにと準備していたのか。この答えも〝ノー〟。なぜなら人間の遺体をそうやって始末したのは、ジェイムズが最初ではなかったからだ。

ふたりで警察の事件ファイルを調べていたとき、ゾイル家の中を写した写真をプルーイットが見せてくれたことがあった。ランドリーに冷凍庫が四台並んでいた。そのときは何とも思わなかったが、納屋のにおいでひらめいた。似た記憶があったはずなのに、両者が結びつかなかった。

遺体を始末する彼らなりの事情があったのにも気づいた。遺体が出るたび豚に食べさせていたら、毎回骨が残る。その都度トライポットに貯めておくわけにもいかない。骨は始末するのが面倒だ。土に埋めるか、焼くか、粉々にするか、それとも海に投棄するか。ゾイル家は骨を始末するたび、いいやり方がないかと考えていた。一回の量はそれほどではないかもしれない。だが、ゾイル家でしょっちゅう遺体が出ていたならば、骨の発覚を未然に防ぐ対策を講じるはずだ。投棄する骨が大量にあったなら、なおのこと。

水酸化ナトリウムや強酸性の産業用薬品は入手に手間取る。骨を溶かす大量の薬品を手に入れても、その使い道を説明するのは冷や汗ものだ。それならどこに置いても目立たない、酸性の液体がいい。大量に購入しても怪しまれない液体。そうだ、食用酢を煮詰めて濃縮させれば酢酸《さくさん》になる。それなら骨も溶ける。しかも濃縮は簡単。わたしも理科の実験でやったことがある。あとは冷凍庫をたくさん置くスペースだけだ。洗濯室に冷凍庫が四台あったのは、こうした事情があったからだ。食用酢の酸成分と水とでは氷点がちがう。しかも酢は結晶を取りのぞく手間がかかる。それ以前に強酸を蓄える水槽が要《い》る。酸はカルシウムとも相性がいい。骨は数時間ですっかり溶ける。あとは丸ごと海の底に捨てればいい。

酢は処分も楽だ。農場に投棄する必要も、町まで運んで船で捨てる必要もない。リヴァトンが町として成立した経緯を思い出せば、もっとわかりやすい。この町はそもそも捕鯨基地だった。わたしはアルビーが遺したメモにくまなく目を通して、この町の歴史を知った。捕鯨が盛んだった時代、人々は鯨の脂肪を浜辺で溶かしていた。ゾイル家も自分の地所で作業をしていた。現在の農場は、もともと捕鯨基地だった場所だ。今では見る影もないが、ゾイル家があの場所を選んだのは、大型の捕鯨船を浜辺で座礁《ざしょう》させたり、岩場に乗り上げたりすることなく、陸地まで誘導できるからだ。おそらくわたしのコテージと、ゾイル家のちょうど真ん中ほどにある、あの細長くて錆《さ》びついた小屋の下あたりに、船を停泊させる場所があったのだろう。彼らがまだ捕鯨業を営《いとな》んでいた当時、あそこが鯨油の処理施設だったので、自宅はかなり離れたところに建てたと考えられる。煙と悪臭がひどくて、付近に家を建てたらひどい目に遭うからね。

これは推測だが、この停泊地は遺体を廃棄すると同時に、生きた人間を運び入れる場所でもあったんじゃないだろうか。ゾイル家がロブスター漁船を所有しながらロブスターの水揚げがほとんどないのはなぜか。彼らはロブスター漁が生業《なりわい》ではなく、別の収入源があった。フード・フェスティバルの日、やつらがロブスターを買い上げていたのを見ただろう、あれが証拠だ。ゾイル家の三兄弟がロブスターを買い取った数を調べるといい。あいつらが実際の水揚げ以上のロブスターを買っていたのがわかるだろう。彼らはそこまでして、漁師としての体面を取り繕《つくろ》いたかった、それだけだろうか？　やつらは三人兄弟では食べきれないほどの食料も買っている。ここ、南島の南端は一年中寒気に見舞われるからだ。とくにこの時期、毎晩南極からの寒風が吹きつける。あの大きくて錆びついた古い小屋は木と鉄板でできてはいるが、穴だらけだ。暖房がなければとてもじゃないが眠れない。彼らは食べ物と暖房器具で寒さをしのぎ、防寒着や毛布は使わない。布に付着した人体組織が証拠として残るし、古ぼけたおんぼろの小屋にしか見えない代物にたっぷり断熱材をつぎこんでも、結局疑われる。

それでだ、あのコテージに引っ越してからずっと、だいたい二、三日おきに、夜は電力不足を起こしていた。朝の冷えこみが厳しい日にかぎって電力が不足するので、こちらも困っていた。〝温水のトゥイ〟は、電力不足はゾイル家が毎晩大量の電力を消費するからだが、畜産で夜間にそれだけの電力を使う理由がわからないと言っていた。あるとすれば大規模養鶏場で、夜間に暖房が必要な場合だろうと。ゾイル家はこうした暖房が不可欠だが、養鶏が目的ではなかった。

環境を整えても、畜産と同じで、必ず一定数は逃げる。死ぬ場合もある。群れの弱者が」

ジョンとルーカスはわたしの話をうなずきながら、決して意外という風でもなく聞いていたので、彼らはすでに結末を知っているのだと察知した。

「わたしたちがつかんだ事実をここまで論理的にお話しいただけるとは、ベルさん。ご推察のとおりです。証拠物件の大半が、あの停泊地と古い小屋の中から見つかっています。ただ、ベルさんが発見された事実をもってしても、断定するには著しく論理が飛躍しているところがあります。ふたりの行方不明者が出た事件から、ここまでの推理を導いた根拠を教えていただけますか？」ジョンがわたしに訊いた。

答えようとしたそのとき、顔が見えないほど大きな花束を抱えたブラムヒルダがあたふたとその場に駆けこんできたため、会話はいったん中断した。

＊

ブラムヒルダを迎え入れてひと息つかせ、見た目ほど体調は悪くないからと安心させてから、わたしは話を続けた。「これはゾイル家の生業だと思う。あいつらは何世代も、これで生計を立ててきた。

何を言っているんだと思われそうだが、わたしが出した答えはこれだ。ゾイル家はどこか変だという認識は、今も昔も変わらない。ショーンやアーチー、ダレルが生まれるまえから、あの一族は別格だった。ゾイル家がリヴァトンという町が成立するまえからいたという話はタイとアルビーから聞いている。あいつらはあの場所で自給自足の生活を続けている。リヴァトンには二百年近い歴史があり、ニュージーランドでも古都として知られている。ゾイル家は何世代も町とは交流を断ち、あの地所にいる。以前は船乗りやクジラ捕りとして知られ、その残虐な仕事ぶりは当時から知られていた。地元とは一切交流しなかった半面、外国との交易には積極的だった。生活に必要なものは自分たちで調達し、器用だった。アルビーのことばを借りれば、ゾイル家は〝切れ者ぞろい〟、金属加工の腕前は見事だった。さらに、ここ二週間ほど読んでいたアルビー自筆のメモも参考になった。まず、彼らがニュージーランドに入植したのはイギリス人よりも早く、英語を話さない人種だった。

アルビーが遺したメモを読み、捕鯨ブームとゴールドラッシュの歴史、リヴァトンからニュージーランド各地に散った入植者たちの歴史を知った。資料をひもとくうちに、ニュージーランドの歴史は、まさに一族の歴史なのだと実感した。さかのぼっていけばいくほど一族の絆の深さが感じられた。今とはちがう。二世紀前は、どのルーツに属するかで人生の道筋が変わったぐらいだ。その人の生き方も、精神も、一族が支配していた。その代わりに一族が一切の面倒を見てくれた。あれこれと世話をし、教養を授け、結婚相手も決めてくれた。将来の進路も、信仰の対象にも一族が口を出した。一族のおかげで安心して暮らせる。一族が世の中のあらゆることを教え、一族が決めた社会に身を置く。一族から処世術を学び、善悪の基準を学ぶ。一族はその人にとって善にもなれば、悪にもなる。

ゾイル家があのように独自の生活をはじめたのは、具体的にはいつなのか、それはわからないが、かなり昔のことだと思う。もともとよそと交わらない一族だったのかもしれないし、孤立したのはニュージーランドに来てからかもしれないが、金《きん》と捕鯨のブームがほぼ同時に終わった十九世紀末ごろからだと、わたしは考えている。この時期を境に、リヴァトンの人々は困窮した。町の実質的な統治者はいなかった。支援もなかった。とくにここまで南下した地域には。そもそも生きていく糧《かて》を失った人々が一攫千金《いっかくせんきん》を求めてたどり着いたわけだから。欧米に戻る資金すらなかった。南島の南端は気温が低く、当時は今以上に寒さがこたえた。今とは時代がちがい、近代的な法体系や社会生活が成り立っていなかった。では、独立独歩の精神を尊び、結束の固い一族が存続の危機に直面したら？　金を掘り尽くし、捕鯨を断念せざるを得なくなったら？　生活の基盤を失った者たちの運命は？」

ジョンとルーカスが顔を見合わせている。このふたりならわかって当然だろう。彼らもわたしと同じ道をたどってきた。アフリカでは今もまかり通っていることだ。

「奴隷制度」ジョンが言った。

「そのとおり」わたしはうなずいた。「あの時代の世界情勢は、きみたちなら知っているはずだ。十九世紀、奴隷制度はアメリカとヨーロッパの一部、そして中東でも合法だった。奴隷商人は船を所有し、交易路を掌握《しょうあく》していた。彼らの商いを阻止する者はいなかった。生活の基盤を失った者たちは、ニュージーランドの南端に集められた。世間知らずで、孤独で、守ってくれる家族もいない人たちが。こんな暗黒の時代は数世紀にわたったんだよな、ブラムヒルダ？」海運史で博士号を取得しようという彼女なら知らないはずがない。

ここからはブラムヒルダが話を引き継いだ。「そうですね。数世紀にわたり、主要文化圏ならほぼ例外なく人身売買が横行していました。あきらかに人身売買が目的で捕らえられた人たちや、戦争や征服によって自由を剝奪された人たちが奴隷として取り引きされたのです。ヴァイキング、ヌビア人、エジプト人、ローマ帝国、中国の幾多の王朝、古代オリエント諸国の大半が奴隷貿易に関与していました。人身売買は人間を文明から隔離するとはかぎりません。奴隷貿易により、複数の文化圏がつながりました。地政学上の大転換期に、かなりの影響を与えたこともありました。

中世期のヨーロッパは、ほぼ全域が沈滞していました。貧困が拡大する一方、のちにフランスやドイツとして建国した地域の王族や上流階級は、東方の香料や宝石、芸術品に触手を伸ばしました。ヨーロッパから中国まで、女性や子どもたちを東方に奴隷として売り、引き替えに手に入れた高価な品々を輸送する交易路が確立しました。シルクロードの名で知られる交易路です」わたしたちが熱心に聞いているのに気づくと、ブラムヒルダは緊張したのか声をうわずらせていったん黙り、こちらを見た。

「すみません、いきなり突拍子《ヤー》もない話で、そうですよね？」

このあたりはアルビーのメモを読んで情報を仕入れており、察しがついたので、ここで助け船を出した。「シルクロードで地政学が一変したんだね？」

「そうです。東洋と西洋を結ぶシルクロードの中央に、ペルシアとアラビアがありました。その後十字軍の遠征がはじまり、エルサレムの覇権を巡り、西洋のキリスト教徒と東洋のイスラム教徒が戦い、シルクロードは分断されました」ブラムヒルダは答えた。彼女はまた黙りこむと、今度は困った顔でわたしを見た。わたしが言いたかったことに気づいたようだった。

「ご存じだったんですね、ベルさん。このことはまだお話ししていなかったのに。どうしてわかったんですか？」

「ああ、知っていた。彼らがニュージーランドに行き着いた経緯と、彼らのルーツはわかったんだが、彼らがどんな商売をし、どう呼ばれていたかは、まだわからない」

「ラダニテです。ラダニテと呼ばれていました、ベルさん」ブラムヒルダが答えた。

「キリスト教徒とイスラム教徒が反目する中、双方の文化はユダヤ教徒に着目しました。ユダヤ商人は東西の仲介役として力を持つようになります。ユダヤ商人は数世紀にわたって、もっぱら仲介貿易で利益を得て、世界じゅうで商いを繰り広げたのです。ユダヤ人は世界を股《また》にかけ、陸海両方で商人として、また探検家として名を馳《は》せました。勇猛果敢なユダヤ人は、マルコポーロがオリエントを発見した数世紀もまえに、西欧から定期的に極東を訪れていたのです。

こうしたユダヤ商人の中でも格段の成功を収めた一派がいました。彼らは、はるか遠くの未踏の地に赴《おもむ》き、おもに宝石や金塊、奴隷の買い付けを専門としました。ただ、彼らは秘密主義で、ほかの商人とほとんど交流を持たなかったため、資料がほとんど残っていません。彼らはおもに海上を移動し、造船技術や鋳鉄技術に長《た》けていたという記録が確認されています。彼らがラダニテと呼ばれる人々です」

「いやあ、ずいぶん歴史にお詳しいんですね」ジョンがブラムヒルダに言った。

「短い間に詰めこんだ知識ばかりです。テ・パパ国立博物館から届いた最初の遺物群がきっかけです。見たことのない遺物ばかりが入っていました。作製年代すらわかりません。最初は博物館が別の展示品を送ってきたのかと思いましたが、担当教授に相談し、教授がベルリンの母校でお世話になった歴史家に問い合わせたところ、そこからフランスに画像を送って、さらにイスラエルに照会するよう勧められ、最終的にエルサレムの博物館へと行き着きました。エルサレムの学芸員から、ラダニテの遺物が一部交じっていると教わったのです。その多くが、彼らが見てきた物より数百年新しいとのことです。ラダニテの遺物がニュージーランドに届いた経緯は不明ですが、歴史的な大発見なのはまちがいないそうです。あの日の朝、ベルさんに報告しに博物館に行ったのですが、ベイリーさんは倒れるし、その後はもう、大変なこと続きで」

「あなたはどうやって知ったのです、ベルさん？」ルーカスがわたしに訊いた。

「わたしは知らないよ。ブラムヒルダが説明したことはまったく。だが、これぐらいわかっていれば十分だと思うし、わたしも推測でものを言っている。真相は先ほど説明したとおりだ。

わたしが知り得た情報はさておき、ゾイル家はここに長年住んでいる。彼らの祖先は海上を移動する商人だった。自分たちの地所に閉じこもり、自分たちなりに生計を立てていた。ユダヤ人ではないかという予測もついていた。プルーイットが見せてくれた取材ファイルに古い写真があった。ジェイムズが行方不明になった一九八九年、警察がゾイル家を家宅捜索した際に撮影したもので、室内にはメノラー（ユダヤ教の典礼で使う七枝の燭台）がいくつか置いてあった。そして、アーチーが事切れたときにショーンが歌った子守歌。あのときは気が動転していて歌詞の内容はさっぱりわからなかったが、ショーンは繰り返し〝アバ〟と歌っていた。アバとはヘブライ語で父を意味することは知っていたんだ」

そしてわたしはブラムヒルダのほうを向いた。

「かつて、ラダニテに何があったんだ、ブラムヒルダ？」

「詳しいことはわかりません、ベルさん。ラダニテは小規模な一族や部族で構成されていました。ほかのユダヤ商人は大規模構成で、二十世紀まで精力的に活動していました。その多くが複数の一族の集合体で、現在もダイヤモンドの取り引きに関与しています。彼らの活躍により、ユダヤ教が世界じゅうに広まりました。今では世界各地にユダヤ人コミュニティーがあります。かつて精力的に交易を展開したユダヤ商人がルーツという人はたくさんいます」

「つまり、とあるユダヤ人の少数の一族がニュージーランドの南端に入植したということですね」ルーカスがわたしに訊いた。

「そうと断言できるところも、推察にすぎないところもある。人身売買はとても複雑だ。それに、相当大がかりな取り引きになる。あの場所で隠し通せるわけがない。一族総がかりで取り組むしかない。だが、一族全員が人身売買に賛成するとはかぎらない。現代社会で人身売買を正当化するのは無理だ。ただし、遠い昔からの生業であり、一族全員が疑問を抱かなければ話は変わってくる。一族の力が集結できる。ゾイル家は昔から独立独歩の道を歩んでいた。何代にもわたり、これは正しいことだと一族全員に教えこめばいい。これが自分たちの生業なのだと。それに、長年続けていればノウハウも蓄積する。わたしはそこに注目した。ゾイル家は手に負えないやつらだ。一部始終を知った今、すべて、彼らがよそ者だったことにつながるのだと思う。そして改めて、わたし自身も、この土地の人間ではないことを意識した。わたしは南アフリカ育ちだ――今では輝かしい新興国にも、恥ずべき過去がある。先住民を奴隷として働かせていた暗黒の時代がね。わたしが幼いころはアパルトヘイトと呼ばれていた。人を物として扱う集団がいつ生まれてもおかしくはない」

「遺憾《いかん》ながら、最近は奴隷ではなく、人身売買といいます、ベルさん。人身売買は違法行為であるにもかかわらず、残念ながら現在も横行しています。アジアやアフリカの乳幼児が西洋諸国に売られ、ロシアやウクライナ、バルカン諸国の若い女性や少女が東洋に売られるという事案があとを絶ちません。毎年世界で数百万人規模の人身売買ビジネスが展開されているという調査報告が、国連から発表されています」と、ルーカスが実情を述べた。

「人身売買のターゲットとなるのは、若い女性と子どもたちが圧倒的多数です。彼らは通常、きわめて劣悪な環境に閉じこめられ、闇から闇へと取り引きされています。体調を崩すことも、命を失うことも珍しくありません。ベルさんの見解と、わたしたち警察がゾイル農場を捜索した結果のほとんどが一致するようです。詳細はまもなくあきらかになるでしょう」ジョンが言った。

「さて、わたしはもう疲れた。ブラムヒルダ、来てくれてありがとう。こんな残酷な話を聞かせて申し訳なかった。プルーイットに付き添ってくれたことにも礼を言わなければならないね。きみは彼の命の恩人だ」と言ってブラムヒルダを見ると、彼女は病室に入ってきたときに持っていた花束をまだ手にしていた。

「そうです、ブラムヒルダさん、ご協力に感謝します」ジョンも礼を言った。

「あと、ここで話したことは口外なさいませんようお願いします。とくにメディアには気をつけてください。捜査は進行中であり、事実関係がすべて確認されるまで、一切の公表を控えておりますので」ルーカスはそう言ってブラムヒルダを廊下に連れて行った。

ブラムヒルダが帰って双子刑事たちと三人になり、あくびをかみ殺しながらベッドに身を預けると、わたしは言った。

「さて、未解決の事案はひとつだけになったな」

第四十五章

深い眠りから少しずつ目覚めていく。目覚めがやんわりと穏やかに進むので、手に力はまだ入らず、まぶたは重く、体が本格的に稼働していないのを感じる。

静寂と深い闇に包まれた夜だった。病院の廊下にあるほの暗い照明のおかげで、ドアの輪郭がかろうじてわかるぐらいだ。

こんな中、すんなりと目覚めたのには驚いた。一日中眠り続けていたのだろう。わたしのように眠りの浅い人間にとっては画期的な一大事だ。何しろ全身を負傷し、強い薬を大量に投与され、強引に眠らされているのだから。

だが、こうして横たわり、ゆっくりと深い呼吸を刻みながら暗がりを見つめていると、病室に人の気配がするのがわかった。

ドアのすぐそばにある影は、人の形には見えなかった。影はまったく動かず、わたしはまた悪い夢でも見ているのか、それともイライラしすぎて幻が見えるのかもしれない。

数分は経っただろうか、影が動いた。

音も立てず、じわじわと、影がベッドに近づいてくる。

何かを手にして。

あと数歩でベッドにやってくる。

悪い夢ではない。目覚めなければ。

恐怖の中、息を吐くようにして言った。

「そろそろ観念したか、トゥイ？」

そのときだった。照明がつき、驚くほどの速さでわたしとトゥイの間に銃を手にしたルーカスが割って入ると、大声で言った。「動くな！　そこにいろ！　警察だ！」

ルーカスとほぼ同時にジョンがトゥイの背後から姿を見せ、片手でトゥイの肩をつかむと、テーザー銃を背中の真ん中に押し当てた。

自称〝お人好しで親切な温水のトゥイ〟は、顔色ひとつ変えなかった。

年を重ね、背中が丸くなったトゥイは肩をすくめ、いつもどおりの人なつっこくて気さくな笑みを浮かべて、ゆっくりと左右を見ると、外科用メスを床に落とした。メスが床に触れるか触れないかのタイミングでドアが大きく開き、屈強な体格の警官がもう数名病室に突入する。トゥイの痩せこけた小柄な体がさらに小さく見えた。

警官たちはきびきびと手際よくトゥイをとらえ、手錠をかけ、床に押し倒した。トゥイ本人が入念に下調べを重ねた病室の床へ。

押し倒された勢いで、トゥイの撃たれた脚を手当てした包帯があらわになった。

わたしと同じく病院のガウンを着た入院患者だからといって、メスを持って殺しに来た以上、警察がトゥイに手加減することはなかった。

警官たちはトゥイを抱きかかえるようにして自力で立たせると、いすに力ずくで座らせ、もうひとつの手錠でいすに彼を固定した。これで警官たちの仕事は終わった。彼らは足早に立ち去り、トゥイ、彼の左右に立つ双子刑事たち、そしてわたしだけが病室に残った。

トゥイがはじめて口をきいた。

「で、どうしてわかったんです?」世間話でもするような、陽気とも受け取れる声のトーンは、警察に拘束されているにしては不自然なほど、いつもと変わらなかった。恐れてもいない。怒ってもいない。怒りも恐怖も、まったく感じていない。生まれてからこのかた、トゥイは怒りも恐怖も感じないのだ。

わたしはようやく、ようやく胸のつかえを吐き出した。

これで終わりだ。

終わった。

すべて。

*

ブラムヒルダが帰ってから、わたしは双子刑事たちに、トゥイについてすべて語った。わたしたちが電話で助言を求めると、レス神父は、トゥイが本性を現す一連の作戦手順を伝授してくれた。

レス神父はわたしにこう言った。「彼を拘束したら、あなたは彼のそばにいてください、フィン。あなたを殺すことが彼の儀式と結びつくなら、トゥイの殺人衝動はあなたの存在に大きく影響されるでしょう。彼は無言を貫くか、逆に多弁になるでしょう。だからといって、彼が心の内を明かすとはかぎりません。儀式だろうがなかろうが、殺人は殺人です。彼の衝動を充足させてはいけません。トゥイの性的衝動はまだ満たされず、充足していません。あなたはまだ、彼の欲望を満たすターゲットです。彼の執着心はまだ続いています。性的興奮が続くかぎり、彼はあなたに執着します。運がわたしたちに味方すれば、トゥイはあなたと話をしたがるでしょう。動機を話すために。ですからフィン、あなたはあくまでも彼に対して率直で、誠実な態度を取り続けてください。彼はあなたより一枚上手《うわて》です。彼の脳には、わたしたちにはない、ある特定の感情を察知する能力があります。トゥイにうそをつくことも、自分の意のままに動かそうとするのもやめてください。彼に気づかれたところで、せっかくの奇跡が台無しになります。とにかく彼を一方的にしゃべらせるよう仕向けるのです」

「トゥイ、正直に言おう、おまえが犯人だなんてぜんぜんわからなかった」わたしは手錠でいすに拘束されたトゥイにそう言うと、ため息をつき、彼の目をじっと見た。

どこにでもいる、善良な市民にしか見えないトゥイがすべての黒幕とは、このときでもまだ信じられなかった。

気立てがよくて、自分よりもずっと真面目に生きてきたと信じていたトゥイが、犯人だったなんて。

「病院に運ばれ、ベッドで寝ていてようやく気づいたんだ。ゾイル家があの土地で何をしていたか。彼らは人身売買の首謀者、奴隷商人だった。彼らはアリスを誘拐していないし、その六週間後に骨を敷地内に捨てていないことにも気づいた。あいつらにはアリスを殺す動機がない。かりにアリスが偶然、人身売買の現場を目撃したからといって、彼らがアリスを殺してまで一族の秘密を守ろうとしたとは考えられなかった。アリスの恥骨《ちこつ》を六週間後に捨てる意味もね。なおのこと自分たちが目立ってしまうじゃないか。だいたい隣に住んでいる少女をなぜ狙う？　そこまで危ない橋を渡るだろうか。ゾイル家を経由し、それなりの数の人々が目的に応じた取引先に売り飛ばされてはいたが、その事実を知る者は外部にいなかった。だけど、トゥイ、おまえは知っていたんだろう？」

「ああ、そうだ。先代のゾイル夫妻とその兄弟が生きていたころに知った。ダレルはまだ赤ん坊だった。おれはまだ、くちばしの黄色い若造だった。茂みに身をひそめて見ていた。場所はもう知ってるだろうが、あの波止場で、ゾイル家のやつらが女たちを船から降ろしていた。女たちは目隠しをされ、縛られ、一列に並んで歩いていた」話しながらトゥイは笑みを浮かべ、下を向いた。笑わずにはいられない、さぞや甘美な記憶なのだろう。

「おれだって近寄れなかったさ。女子どもが波止場に着くときには、必ず見張りが立ってたからな」トゥイはしゃべりながら首を横に振った。「みんなあそこに閉じこめられるとわかっていても、ガキがひとりで中に踏みこむなんて無理だ。そりゃ盛大に聞こえたさ、叫び声とか、泣き声とか。でもおれは、うかつに余計な口出しをするのはまずいと思った。

で、あんたはゾイル家が犯人じゃないと言うなら、どうしておれに目星をつけた？」トゥイは相変わらず自分とはまったく関係のないことのような顔で、好奇心をあらわにしてわたしに訊いた。

「おまえが助けに来てくれたとき、ひょっとしたら、と思ったんだ」予想以上に落ち着いた声が出たのには自分でも驚いた。「さっきも言ったが、ゾイル家のほんとうの生業がわかった今、これまでの事実関係を最初から洗い出すことにした。すると矛盾が次々と現れた。ゾイル家がアリスを殺す動機は？　ゾイル家は下手に目立つのを避けていたはずだ。そして……正直に言おう、わたしはあいつらが怖くてたまらなかった。考えすぎかと思うほど神経過敏になっていた。だから、あいつらが裏で悪だくみをしていたと思いこんだ。あいつらには全部見すかされていると。ゾイル家の三兄弟は、わたしたちと同じ、ただの人間なのに」

あの三人が死んだのも、わたしのこんな思いこみのせいかもしれない。トゥイはあきらかに異常性格者だ。頭は常人とはちがうメカニズムで動いているが、ゾイル家はわたしたちと同じように健全な精神を持ち、家族代々の仕事を続けてきた。トゥイは根っからの異常性格者だが、そのゆがんだ欲望を満たすには、同時に健全な精神を維持しなければならないのだ。

「そこで考えた。ゾイル家が犯人でなければ、アリスはだれが殺した？　まず、あの三人より年上の人物。少なくとも一九八八年には成人し、現在も存命中の人物。ここでかなり絞られた。次に、わたしとゾイル家の両方をよく知っている人物。それだけじゃない、わたしの人間関係や行動範囲を知っている人物。身近にいて、わたしたち関係者全員とつながっている人物。ここまで来ると数名まで絞りこめた。その後、犯人はゾイル家の裏のビジネスを知っている人物だと気づいた。だから犯人はアリスを誘拐した。だから骨をゾイル家に残した。犯人は嫌疑がゾイル家に向かうようにと、いや、彼らが捕まるようにと仕向けた。よくできた偽装工作だった。あの農場で行われていた真相を知らなければ、ゾイル家のだれかがアリスを殺したとみんなが思うだろう」

「ほう、すげえな、こいつ頭いいな」トゥイはうれしそうな顔を双子刑事たちに向け、同意を求めた。そして彼は挑発的な目をこちらに向けたので、わたしは話を続けることにした。

「そこでまた別のことに気づいた。真犯人は、ゾイル家に危機感を抱かせようとも考えたはずだ。彼らはあの農場からめったに出ず、人との交流を絶っていた。わたしは数回彼らと顔を合わせたが、向こうはこちらのことをまったく知らない。わたしの知り合いのことなど、あの三兄弟が知るわけがない。わたしがコッター家の事件を知っているかすらもわかっていなかった。ではあの晩、あいつらはわたしのコテージで、何のために、何を探していたのか。あいつらに入れ知恵した人物がいたからだ。たぶん一度にではなく、少しずつ、わたしに疑いを抱かせるぐらいの情報を小出しにして。そういえば、おまえはゾイル家にも仕事で出入りしていた」わたしがここまでしゃべると、トゥイはなんと、クスリと笑ってみせた。

わたしは話を続けた。「そこでわたしは、ここに引っ越してから見舞われた災難を振り返った。まちがいない事実として、ゾイル家の三兄弟がコテージに来たのは一度きり、わたしが留守だと思いこんで、わが家に侵入した晩だ。だが猫を殺したのは真っ昼間、目撃される可能性は十分にあった。猫殺しの真犯人は、当日わたしが外出し、戻ってくる大体の時間を把握していた。さて、守るべき秘密があり、人目を避けて生きている家族が白昼堂々と猫を殺すだろうか。しかも犯人は当日、わたしがコテージにいないのを知っていた。トゥイ、おまえはアルビーと会うようわたしに勧め、アルビーも、わたしが訪ねてくるとおまえから連絡をもらったと言っていた。おまえはわたしと何度も会っている。かわいがっていた猫を殺されれば、わたしのゾイル家への疑念が募ると考えたんだな。そもそもゾイル家の噂をはじめて聞いたのは、おまえの口からだった。どうせニセのアリバイだろうと決めてかかっていたが、あの晩、ゾイル家はほんとうに海に出ていた。おまえがわたしの家に火を放った晩だ。わたしが死のうがどうなろうが、おまえには関係なかった。なぜなら、わたしたちの疑いの目はすでにゾイル家一本に絞られていたから。警察は捜査を再開した。トゥイ、おまえは捜査線上から外れた。アリスを殺したときと同じように。

ところがその後、事態は予想外の方向に進んだ。トライポットのからくりに気づいたわたしは農場に向かった。みんなまとめて始末するはずが、わたしは生還した」

「ああ、そうだ、よかったじゃないか、フィン」トゥイは心からそう思っているような口ぶりで言った。

「あれもおまえの策略だったのか？　農場にわたしをおびき寄せ、三兄弟にわたしを殺させてからあいつらをみな殺しにし、自分が英雄におさまるつもりだったのか？」わたしはトゥイに訊いた。

トゥイはその問いかけには答えず、ただ笑ってみせただけだった。こちらも強く出ることにした。

「今言ったことがすべて正しいのなら、ジェイムズがどういう最期を遂げたのかもわかってるんだろうな。トライポットにジェイムズの遺体を隠しているのも知っていた。たしかに、あの隠蔽工作があった一九八九年、おまえがたまたま現場を目撃していたかもしれないが、それはちがうとわたしは思っている。わたしにしたのと同じように、ゾイル家の実情を知るよう、ジェイムズを誘導したのだろう。情報を小出しにして。ちょっとしたほのめかしを繰り返し、娘がゾイル家に殺されたと思わせた。ジェイムズが出かけたあの夜、おまえは彼のあとをつけた。そして一部始終を目撃した。ジェイムズに使った手口は、おまえの常套《じょうとう》手段じゃないかと思っている。アリスのときも、わたしのときも、最後はゾイル家にたどり着くよう誘導した。だが、ゾイル家のほうがおまえより一枚上手だった。彼らはジェイムズを殺して、自分たちの秘密を守りきった。

それなのにおまえは妙なことをした。これだけはどうしても説明がつかない。わたしがあの三兄弟に殺されるのを見届けることもできたのに、おまえはわたしたちのまえに出てきた。あの茂みでわたしを助けた。わたしのすぐそばに隠れていた。なぜだ？」

「いや、別にあんたを助けたわけじゃない、フィン」トゥイは薄笑いを浮かべた。「おれはゾイル家のどこにプロパンガスのボンベが設置されているか、知ってたからな。アーチーがちょうどそこを通りかかったので、ぶっ放してみたくなっただけさ」と言って、やつは肩をすくめた。

「あんたも見ただろう。あんなになっても、まだ生きていた」トゥイは目を輝かせ、興奮で声がうわずっている。「美しかったよ、神々しいまでにな」と言いながら、あいつは強くうなずいた。

「あんたがちゃんと死んだか、確認するために行ったんだよ。生きていたら殺すつもりだった。かなりぐったりしていたからな。ナイフで数回切りつけたらとどめが刺せると踏んだんだ。それからショーンを仕留めればいい。おれには時間がない、そろそろ警察が来る。そこへショーンが、あのディーゼルトラックに乗って戻ってきた。いや、刺すより焼いてしまったほうが、こっちの手間も省ける。そんなヒマもなかったけど、善人のふりをして、あんたに親切にするのは気分がよかったねえ、ほんと」トゥイの口調が穏やかになった。「そのときだ、警察のヘリが飛んできて、ショーンが逃げた。あのガキに運よく追いついた。見てのとおり、おれはもう若くない。それでも追いつけたんだ。ショーンの銃の腕はたしかだった。おれだって脚を撃たれちまったからな」と言って、トゥイは脚の包帯を指さした。

わたしは言った。「その後、わたしが助け出されて自分と同じ病院に収容されたと知ったんだな。おまえにとっては都合よく、わたしは意識不明で、あの日、あの場所でのことはだれも知らない。だがおまえも傷を負っている。その上わたしのまわりから人がなかなか立ち去ろうとしない。わたしがひとりになることが一向にない。朝も、晩も。おまえはタイミングを待った。そして今夜、ゾイル家であったことを思い出し、犯人がおまえだと言い出すまえにわたしを殺す機会がようやくやってきた」

「最初はあんたがそこまで知恵がまわるとは思わなかったよ、フィン。ところがあんたは窮地を何度も乗り越えた。その都度生き延びた。悪運が強いやつだ。おまけに負けん気が強い。こいつならすべてをあきらかにするだろうと思ったよ」トゥイは肩をすくめてみせた。

「わたしが腑《ふ》に落ちないのは、なぜ今動いたか、ということだ。おまえはゾイル家の秘密をずっとまえから知っていた。なぜ今になって、あいつらの悪事を暴こうとした？　トライポットの中身を警察に話す機会はいくらでもあっただろうに」

「いや、それじゃ面白くないだろ、ぜんぜん面白くない。警察は、ただ事件として処理してしまう。だれも死なない。おれは待ってたんだよ。アリスのときも、ジェイムズのときも、そしてあんたのときも、事件で町がどれだけ騒ぎになるかを見たかったんだ。エミリーとプルーイットが長年苦しむ姿を見たかったんだ。そして今回は、あの三兄弟を一日で根絶やしにした。痛快じゃないか。ゾイル家を根絶やしにする格好のタイミングを待ち続けて、ようやく成功した。あんたを殺せなかったが、それでもおれは満足だ」トゥイの話はここで終わらなかった。

「それに、おれは十分やり尽くした。おれの人生がいつ終わったって、後悔はない」

その口ぶりが気になった。「どういうことだ？」

「おれは前立腺がんだ。がんは全身に転移している。余命半年と言われた。ならば体が動くうちに決着をつけようと思ったんだ」トゥイはあっさりと、まるで他人の人生を語るかのように平然と言ってのけた。

そしてわたしは、一番気になっていたことを最後に訊いた。「アリスはどうした？」

「アリスは海の底にいる」生きていてほしいと固く信じていた最後の希望が、わたしの中でポキリと折れた。

「アリスはかわいい子だった。芯《しん》も強かった。あの子にはたくさんの希望があった。あの骨を取り去るときも、痛くならないよう気をつけたのに、出血多量で死んでしまった。あの子の遺体を海に持っていき、石油のドラム缶に入れ、海の底深く沈めた。ドラム缶には花も入れたよ。アリスは大事な子だったから、その分ていねいに葬ってやったさ」トゥイは言った。

第四十六章

一連の出来事があきらかになれば、メディアがきっと大騒ぎするのは想定の範囲内だったが、そんな彼らすら、報道をためらう部分も一部あった。世界の果ての果てにひっそりと位置する我らが小さな町は、しばし耳目を驚かせた。わたしは一切の取材を拒否して表に出ないようつとめたが、メディアはそれでもわたしの居場所をつきとめた。

とはいえありがたくも、報道でのわたしの扱いは、〝生存者の〜〟や、〝九死に一生を得た〜〟というものだった。この事件は人々の記憶に爪痕を残すこともあれば、人々の記憶をするりと抜けることもあり、やがてわたしたちに向けられた世間の関心は消えゆき、またいつもの暮らしに戻った。

あの日から四か月後、トゥイは裁判を待たず、勾留《こうりゅう》中に息を引き取った。彼とはあの日を最後に、顔を合わせてはいない。

トゥイは亡くなるまで、警察にかなりの供述をした。彼は自分が正しいことをしたと最後まで信じていたと思う。警察が数か月を投じてゾイル家を捜索し、敷地内を掘り起こした結果、遺骨の数は日を追うごとに増している。現場は目を覆う惨状だったが、捜査が進むにつれ、目を覆うだけでは済まされなくなった。双子刑事たちまでもがわたしへの報告をためらうほどに。

トゥイが生前語ったとおり、彼は彼なりに精一杯の貢献をはたした。ゾイル家の捜索は今も続いている。インターポールと複数の国が手を組んで行っているようだ。最後に耳にした情報によると、フィリピンで逮捕者が出たという。

本音を言えば、もう耳に入れたくない情報だ。

プルーイットは健康を取り戻した。

心臓発作で懲《こ》りたのか、それとも真相がすべて明かされたからか、プルーイットはタバコと酒を断ち、食事に気をつけて大幅に減量した。現在は妻と、ダンス系エクササイズ〈ズンバ〉のレッスンに通っている。

この事件にはもう触れないと言っていたけれども、プルーイットはこれが最後と、ウエスタンスター紙で今回の顚末《てんまつ》を記事にまとめて掲載した。一九八八年から現在までの記録を、すべて。

裁判所はゾイル農場の敷地を差し押さえ、マオリ族の住民に返還した。同日彼らは法廷から帰るなり現場を訪ね、すべて更地《さらち》にした。後日この土地に灌木《かんぼく》を植え、そのまま手つかずで残されている。今はかつての面影すら残っていない。正しい判断だったとわたしは思う。

コテージが建っていた土地の所有権は、今もわたしにある。

だがあそこに戻る気はないし、かといって、売却するのもどうかと思っていた。タイの娘たちがいいことを思いついた。最初は無謀な計画だと思ったが、いや、無謀ではないなと考えるようになった。わたしには仲間がいるじゃないか。

町の仲間がわたしの計画を支えてくれた。

さて、ニュージーランドに旅行する機会があったら、ぜひこの町に来てほしい。南に向かってほしい。

南島の南端まで、〝最果ての町〟と呼ばれる町を訪ねてほしい。着いたら今度は〈最果ての密漁小屋〉への行き方を訊いてほしい。最果ての町の外れに残された最後のコテージ、世界の果てだ。

知らないと言われても、そこであきらめてはいけない。

今度はアルビー博物館への行き方を訊けばいい。

道路に出たら、〈コッター家の公園〉という標識を目印に進む。

その公園に着くと、大自然の中に子どもの遊具が置いてあるのを不思議に思うかもしれない。

その日がよく晴れた日曜日なら、年配の男女がいるだろう。

そのふたりは、姉と弟。

姉のほうに、あなたはだれ、ここで何をしているのですかと尋ねたら、「わたしはエミリー、娘に会いに来たの」と言うだろう。

エミリーは笑顔を見せるはずだ。

彼女が恐れるものは、この世にもうないのだから。

訳者あとがき

ニュージーランド南島の南端、サウスランドが舞台のミステリ、『死んだレモン』(原題:*Dead Lemons*。二〇一六年刊行、二〇一九年七月 *The Killing Ground* に改題)をお届けします。

若くして経営者として成功したものの、どこでボタンをかけちがえたのか、メンタルのバランスが崩れ、不眠に悩まされ、酒に溺《おぼ》れ、交通事故で下半身の自由を奪われたフィン・ベルは、終《つい》の住処《すみか》を求めて南の果ての町、リヴァトンへとやってきます。町の中心部から離れた海沿いのフィヨルド地域にある、〈最果ての密漁小屋〉と呼ばれる古いコテージを手に入れ、新生活が軌道に乗りはじめたある日、電気のトラブルがきっかけで訪ねた隣家でフィンを迎えたのは、一種異様な雰囲気をまとった、不気味な三兄弟でした。やがてフィンは、コテージのまえの持ち主の家族が二十数年前に相次いで失踪し、いまだ行方不明であることを知り……。ストーリーを簡単にご説明するとこんな感じです。すでにお読みになった方は冒頭の展開にきっと驚かれたことでしょう。まだの方は今すぐ最初のページに戻り、どうぞ本編をお楽しみください。

さて、本書はニュージーランドのミステリ賞、ナイオ・マーシュ賞の二〇一七年新人賞受賞作です。第二作の *Pancake Money*(*One Last Kill* に改題)も同賞犯罪小説賞の最終候補作(ショートリスト)五作に選ばれ、著者のフィン・ベルはひとりの作家として、同年で二部門のノミネートと受賞を達成するという快挙を成し遂げました。

著者は出版エージェントと契約を結ばず、活躍の場を電子媒体の自費出版市場に置く作家です。ナイオ・マーシュ賞はプロ・アマ、自薦《じせん》・他薦を問わず、広く門戸を開いているため、彼のような自費出版作家にも受賞のチャンスがあります。とはいえ、並み居る有名作家たちに伍《ご》して栄冠を勝ち得るのはけっして容易なことではありません。電子媒体でのみ出版された作品がミステリの新人賞を受賞したというニュースは、当時イギリスの有力ミステリ書評サイトでも話題にのぼりました。

二〇一八年の夏、*Dead Lemons* の書評をネットで読み、興味を持ったわたしは Kindle で読んでみました。過去と現在の時間軸を巧みに往還する中、読者をいい意味で裏切り、惑わせるいくつもの伏線が終盤ですべてきれいに回収される、新人の作品とは思えないクオリティの高さに、一気に魅了されました。以前訳書を担当していただいた東京創元社の佐々木日向子さんにご相談し、ニュージーランドの地図やロブスター漁の画像もまじえた企画書をお送りした結果、邦訳出版が実現しました。

著者のフィン・ベルは一九七八年、南アフリカ共和国のワイン銘醸地《めいじょうち》に生まれました。幼少期は父親の仕事の都合でアフリカの各地を転々とし、十代で南アフリカに戻ります。時まさに、アパルトヘイト制度がようやく廃止に向かうころで、人間が肌の色で差別される社会を目の当《ま》たりにして育ちました。

幼少期は祖父の影響でシャーロック・ホームズ・シリーズに親しみ、数ある作品の中でも

「まだらの紐」に衝撃を受けたとのこと。その後、元FBI分析官、ロバート・K・レスラーの著作『FBI心理分析官』（トム・シャットマンとの共著）を読んだことがきっかけとなり、犯罪心理学やプロファイリングに興味を抱きます。レスラーがモデルという元刑事ロバート（ボブ）・レス神父は、本書以後の作品にも登場します。

南アフリカでは法心理学の専門家として、裁判所や刑務所で被告人や受刑者の心のケアにあたっていました。犯罪心理学の分野で興味深い独自の試みが行われていると聞き、著者はニュージーランドへの移住を決意します。先住民と入植者とが共存するニュージーランドの社会構造をより深く知りたかったのも動機のひとつだったとも語っています。

ウェリントンの刑務所で精神鑑定や受刑者のカウンセリングを担当したあと、リハビリテーション施設でマネージャーの職を得ますが、当時オークランドに住んでいたパートナーのリサとの別居生活を余儀なくされます。そこで二〇一六年、ふたりは生活拠点《きょてん》を南島のダニーデンへと移し、フィンは専業作家としてスタートを切りました。

本書の執筆当時、現役のケースワーカーとして働いていた著者は、クライアントからの聞き取り調査で得たエピソードからストーリーの着想を得ていました。エピソードからクライアントが特定されないよう、彼はつい最近まで心理学専門職の前歴を明かしていませんでした。

また〝フィン・ベル〟は著者のペンネームであると同時に、デビュー作である本書の主人公の名でもあります。これにはちょっとしたいきさつがあります。

作家を志《こころざ》したころ、『ゼロ・グラビティ』や『ROMA／ローマ』でアカデミー賞監督賞を受賞したメキシコの映画監督、アルフォンソ・キュアロンの一九九八年作品『大いなる遺産』（チャールズ・ディケンズの同名の小説をベースにした物語です）の主人公の名をめぐって、著者は友人と賭けをしました。「もし彼の名がきみの言うとおり〝フィン・ベル〟なら、僕はペンネームも、デビュー作の主人公の名も〝フィン・ベル〟にするよ」と。皆さんご存じのとおり、『大いなる遺産』の主人公はイーサン・ホーク演じる〝フィネガン（フィン）・ベル〟。賭けに負けた彼は友人との約束を守り、現在にいたる、というわけです。

二〇二〇年初夏の時点でフィン・ベルは第五作の執筆を終え、年内のKindle配信を目指して準備を進めています。サイン会や取材対応など、執筆以外のしがらみに悩まされることなく、ほどほどの収入が得られる今の生活がお気に入りのようで、金銭的に困ればまた心理学の仕事に戻ればいいとも語っています。

ネットの海をのぞきこむと、旅行中に著者に会うためダニーデンまで足を延ばしてロングインタビューを敢行《かんこう》する人、メールでインタビューを申し込み「こんな面白い小説が書けるのに、どうしてプロモーションに力を入れないのですか？」と詰め寄ったとブログに綴《つづ》る人など、フィン・ベルの熱烈なファンが見つかります。愛すべき作家、どこか放っておけない作家と思っているのは、どうやらわたしだけではなさそうです。年に一冊ほどのペースで執筆活動を続けるフィン・ベル。世界的な大ブレイクを果たす日はそう遠くないかもしれません。

解説

吉野 仁

ニュージーランドが舞台のミステリとは、めずらしい。そんな好奇心ひとつで読みはじめたところ、のっけから驚いた。死と紙一重の状況に追い込まれた主人公の苦闘が、圧倒的な迫力で展開していくではないか。

「六月四日」の日付のあと、書き出しこそ、主人公がマーダーボールを初体験した時の興奮の思い出をたどっているものの、すぐに彼はいま崖っぷちで絶体絶命だと分かる。まるでヒッチコック映画のクライマックスシーンを寄せ集めてぎゅっとひとつにしたごとき、強い緊張感と高まるサスペンスに彩られたページが続いていく。

もしも本文を読む前に、この拙文に目を通している読者がいるのであれば、そんなもったいないことはやめてただちに第一章から読め！　と強く命じたい。こうしたサスペンスは、いっさいの予備知識なしでページをめくったほうが圧倒的に面白いからだ。最後の最後まで仕掛けや企みに満ちており、興奮や驚きは尽きることがない。

主人公フィン・ベルは、交通事故により下半身の自由を奪われてしまった男。すなわち車いす使用者である。冒頭、その車いすに乗った主人公は、さかさまになった姿勢で耐えている。

片脚が車いすごと巨石にはさまれ、崖で宙ぶらりんになっているのだ。八メートル下には荒れた海と岩場が広がっている。しかも、敵に殺されそうになっていた……。第一章はわずか八ページながら、恐怖と緊張が半端なく詰まっており、ヒッチコック監督による『裏窓』『北北西に進路を取れ』といった名画のラストにおける危機一髪シーンに勝るとも劣らない。

もちろん、全ページがこんな調子で進行するわけではなく、宙ぶらりんとなった主人公のその後を描く現在パートと、主人公がそのような危機におちいるに至るまでの出来事をたどる過去パートが章ごとに交互に展開する構成である。すなわち読者は、崖でさかさまになった主人公の運命の行方をじりじりと気にかけながら、新たな章のページを開き、主人公がそこにいたる道筋をひとつひとつ追うことになる。文字どおりのクリフハンガー型サスペンスだ。いつのまにか過去から現在へと時系列順にたどる物語にも引き込まれてしまい、話の先も知りたくてページをめくる手がとめられない。こうしたプロット構築の妙や緩急のついた話運びがじつに見事である。

過去パートは、現在から五ヶ月前、主人公のフィン・ベルがアウトドアショップで大きなハンドガンとホローポイント弾を買いもとめる場面にはじまり、なぜニュージーランド南島の南端、リヴァトンへやってきたのかが淡々と語られていく。さらに、フィンが担当セラピストである老女ベティ・クロウによるカウンセリングを受けることで、独白だけでは分からなかったフィンの内面が明らかになってくる。ここで本作の原題になっている*Dead Lemons*は、作中で「人生の落伍者」と訳されている。英語の俗語で、レモンは「欠陥品」や「騙《だま》す」という意味があるようだ。見た目や香りはいいけど、中身は酸っぱいということらしい。フィン・ベルは、もともと少年時代は南アフリカで過ごし、世界を放浪した後、ニュージーランドのウェリントンに拠点を構え、事業を興した男だった。ところが三十歳の半ばをすぎてから、いわゆる〈中年の危機〉におちいった。なにをしても満たされず、むしろ胸にぽっかりと穴があいたような気分となり、いつしか酒に溺《おぼ》れ、妻とは離婚し、飲酒運転で事故を起こしたあげく、両脚の機能を失い、田舎の町へやってきた。彼はもうなにもかもいやになり、生きる意味を失った人物、まさに「死んだレモン」なのだ。

訳者の安達眞弓さんによるあとがきで、作者と主人公の名前が同じフィン・ベルとなった意外な経緯《けいい》が紹介されている。作品のあちこちにちりばめられたユーモア、それも人を喰ったようなおかしみは、すでにこのフィン・ベルという名に備わっていたのだ。そして主人公フィン・ベルの経歴は、かなり作者フィン・ベルの生い立ちと重なっているようだ。二人とも南アフリカで育ち、ニュージーランドにやってきて職を得た男。だが大きく異なる点は、その職業である。作者フィン・ベルは重大犯罪にかかわる法心理学の専門家で、刑務所などで受刑者のカウンセリングを担当していたという。

あるインタビューによると、本作は、作家になる以前、犯罪心理学者時代に面談した受刑者の話を下敷きにしているという。隣人の悪事を知った車いすの男が狩りを口実に車で誘い出され、車中で隣人と口論となった。車が海辺の崖に差し掛かったところで、つかみあいの喧嘩のすえ隣人は崖から海に落ちて死亡し、自身も身動きがとれなくなったが、警察に通報ののち救出された。その一件で心に傷を負ったせいで、彼の話は時系列が定まらなかった。まさに本作冒頭の構成そのままだ。

もっとも、身体に大きな障害や欠損をもった人物が探偵役をつとめる作品は、それこそヒッチコック監督の『裏窓』をはじめ、数多く存在する。たとえば世界的なベストセラー作家、ジェフリー・ディーヴァーの代表作〈リンカーン・ライム・シリーズ〉の主人公は、ご存じのとおり四肢《しし》麻痺《まひ》の科学捜査専門家である。もしくは、不気味で怪しい隣人を題材にした、いわゆる〈隣人サスペンス〉も小説や映画ではお馴染みの題材だ。また、本作における重大事件は少女アリスの失踪と殺人だが、消えた少女を題材にしたミステリを挙げれば枚挙にいとまがない。さらに、家のなかで奇妙な冒険が展開する場面もあり、作者は『不思議の国のアリス』を念頭において、少女の名をアリスと命名したのだろう。すなわち、本作の発想のもとになったのは実話かもしれないが、同じ題材を扱った古今東西の名作にひけをとらぬよう、ミステリとしての面白さを最大限に引き出すための、さまざまな工夫や色づけがなされているのだ。

そして、主人公フィン・ベルだけではなく、セラピストのベティ・クロウ、美容師のパトリシア、彼女のいとこタイ・ランギとその一家、〝温水のトゥイ〟、地元紙記者のブルーイット・ベイリー、地元の歴史に精通したブラック・アルビー、アフリカ出身の双子の刑事・ファソ兄弟、そして、凶悪なゾイル家の三兄弟など、いずれもみな個性が強く印象に残る登場人物たちだ。

なかでも元刑事のロバート（ボブ）・レス神父は、強い印象を覚えるキャラクターである。

モデルは『FBI心理分析官』の著者の一人ロバート・K・レスラーだというから、犯罪心理学者だった作者の分身かつ理想像なのだろう。第二十三章で、レス神父はアリス殺害犯や性犯罪者に対するプロファイリングの知見を語り続けていく。実際に起きた事件をもとにした犯罪心理学的考察のみならず、警察官だった当時の体験談も興味深い。ほとんど犯人を特定できたのにもかかわらず立証できず手放すことばかりだったと語る、四十二件の未解決事件を残して警察をやめ、いま神父として教会で祈りを捧げているという男。いったい刑事時代にどんな地獄を見てきたのか。

じつは、作者フィン・ベルの第二作 *Pancake Money*（のちに *One Last Kill* に改題）は、若き日のボブ・レス神父が主人公をつとめている。本作『死んだレモン』の前日譚となっているのだ。もともと『死んだレモン』と *Pancake Money* の話をあわせて一作として書いていたものの、あまりに複雑になりすぎたために分割したという。ぜひ、この第二作の邦訳も期待したい。

そして、まず作者がこの二作を電子書籍で発表したところ、『死んだレモン』はニュージーランドの女性作家の名を冠した文学賞であるナイオ・マーシュ賞の二〇一七年の新人賞を受賞、*Pancake Money* は同年の犯罪小説賞最終候補作となったのである。

そう、これまで世界的に有名なニュージーランドのミステリ作家といえば、一九三〇年代から活躍した女性作家のナイオ・マーシュくらいだったのだ。近年は、ポール・クリーヴがデビュー作で二〇〇六年発表の『清掃魔』で本国だけでなくドイツで人気となったり、その続編にあたる『殺人鬼ジョー』がアメリカ探偵作家クラブ賞最優秀ペイパーバック賞にノミネートされたりするなど、世界で人気を集める書き手になっている。フィン・ベルは彼らに続く注目株といって間違いない。

もっとも、現在ニュージーランド在住だとはいえ、もともと南アフリカ共和国の生まれで、大人になってから移住してきた書き手である。そのことが、さまざまな面で作中にもあらわれているように思う。すなわち、外からの関心や視点でこの島国を興味深く見ているのだ。とくに移民の歴史や先住民のマオリ族に関する話題がさまざまな場面で紹介されており、物語に厚みを与えている。捕鯨《ほげい》ブーム、ゴールドラッシュといった出来事だけではなく、社会の裏側にある醜《みにく》い部分までも捉えている。

そのほか凶悪な事件やプロファイリングといった犯罪捜査の専門的な知識にとどまらず、車いすラグビー・マーダーボールに関する詳しい紹介など、好奇心を刺激する書き込みに事欠かない。作者の面白がる気持ち、よく知らないことや不思議な出来事への関心とそれを表現しようとする熱量が半端ないのだ。ときおり過剰な語りが続く場面があるものの、けっしてマイナスになってない。

なにより、物語の前半でベティがフィンに対して語りかける「あなたはほんとうに人生の落伍者《デッドレモンズ》なの?」という言葉が深く印象に残る。フィンはその解決法を自ら考え実践しなくてはならない。すなわち本作は、失った自己を取り戻すための再生の物語でもある。

しっかりとフェアな記述に徹しつつ、ラストで驚くべき真実が明かされる本格探偵小説の骨格まで備えた本作は、強烈なサスペンス、自己の復権をかけた闘い、意外性にあふれたミステリ、と三拍子そろった文句なしの傑作だ。

検印
廃止

訳者紹介　英米文学翻訳者。主な訳書にシュナイアー「暗号技術大全」、デイリー「閉ざされた庭で」、アフォード「闇と静謐」、ディルツ「悪い夢さえ見なければ」「ペインスケール」など。

死んだレモン

2020年7月31日　初版

著者　フィン・ベル

訳者　安《あ》達《だち》眞《ま》弓《ゆみ》

発行所　（株）東京創元社
代表者　渋谷健太郎

162-0814/東京都新宿区新小川町1-5
電話　03・3268・8231-営業部
03・3268・8204-編集部
URL　http://www.tsogen.co.jp
DTP　キャップス
萩原印刷・本間製本

乱丁・落丁本は、ご面倒ですが小社までご送付ください。送料小社負担にてお取替えいたします。

ISBN978-4-488-16205-4　C0197

英国推理作家協会賞最終候補作

THE KIND WORTH KLLING◆Peter Swanson

そしてミランダを殺す

ピーター・スワンソン

務台夏子 訳　創元推理文庫

◆

ある日、ヒースロー空港のバーで、
離陸までの時間をつぶしていたテッドは、
見知らぬ美女リリーに声をかけられる。
彼は酔った勢いで、１週間前に妻のミランダの
浮気を知ったことを話し、
冗談半分で「妻を殺したい」と漏らす。
話を聞いたリリーは、ミランダは殺されて当然と断じ、
殺人を正当化する独自の理論を展開して
テッドの妻殺害への協力を申し出る。
だがふたりの殺人計画が具体化され、
決行の日が近づいたとき、予想外の事件が……。
男女４人のモノローグで、殺す者と殺される者、
追う者と追われる者の攻防が語られる衝撃作！